尧山壁文存

卷三 散文

母亲的河

河北出版传媒集团
河北教育出版社

目录

母亲的河

003 襁褓里的长征

008 家

013 母亲的河

018 理发的悲喜剧

022 汪老师

025 父亲

028 舅舅

032 五叔

035 儿子

037 从“茶壶盖儿”到小戏迷

039 隆尧中学

044 隆尧秧歌

047 红色堡垒魏家庄

老枣树

053 粝食篇
055 凤尾草
058 家住六楼
060 腰肌劳损
063 大脚
066 笼中鸟
070 母亲的心是孩子的课堂
073 慈母临终时
077 老枣树
081 说媳妇儿
086 我是你永远的学生

家风

091 我的读书故事
093 我的戏迷生活
096 甜蜜的回忆
100 我的书房
101 我的退休生活
103 家风
105 受惠于前，施惠于后
108 酒功新说

111 水与人
114 归去来兮
116 刀拉儿
119 潮白河畔忆浩然
121 洼地上的战役
123 不为腐败当保镖

不灭的星辰

127 忆赵树理
134 诗人田间
142 忆梁斌师
149 临洮李满天
157 忆公木先生
164 方纪回乡
171 河间刘流
178 平山老杨
185 田涛先生
191 老坚决
199 哀谷峪
206 记刘真
213 风雨雁翼
220 难忘浩然
227 怪人汪润

233 秦兆阳与邢台
238 流沙河在北戴河
245 拜访郭小川故乡
251 怀念臧克家老师
255 随白羽同志访苏
258 乔羽与邢台
266 汪曾祺
269 想念贾大山
275 朱增泉印象

艺术家的悲喜剧

281 周惊湖
287 白寿章
292 大家黄绮
300 刘凌沧
308 鸡王小传
323 戏说韩羽
326 铁峰铁笔
332 内画王
342 齐啸云
347 迷上奚啸伯
351 看梅兰芳
354 尚小云回乡

358　荀慧生说戏
362　记王昌言
367　李文珊文学之路
371　怀念解青林
374　缅怀韦野先生
376　草长“鹰”飞毛玉林
383　现代杂技之父孙福有
386　洪福远和蜡染艺术
388　墨道荷魂
393　相识范德元
396　从农民工到藏书家

母亲的河

襁褓里的长征

七七事变后，父亲的滏西抗日游击队烧了日军的粮站，炸了日本人的军火库，成为敌人的心腹大患。日伪花了两年工夫终于杀死了父亲，并扬言要斩草除根，到处追捕我母子。母亲抱着我东躲西藏，半年里逃难两千五百里，虽然这个数字只有长征路程的十分之一，但是要知道那时母亲只是一个 25 岁的小脚女人，我是一个刚刚落生 14 天嗷嗷待哺的婴儿。孤儿寡母在日军魔爪的夹缝中出生入死是多么艰难。半个世纪后，我终于完成了多年的愿望，步行走完了这一段艰苦的历程，体验了这一份人世间少有的沉重的母爱。

14 天的我是什么德性不得而知。我观察过儿子 14 天时的模样，像是一根毛茸茸、皱巴巴的胡萝卜。

密集的枪声没有惊吓着我，我依然在炕角沉睡不醒。闯进来的日伪军搜不着父亲，屋里炕上刺刀乱挑。母亲把我埋在一堆破单子下面，等他们想起斩草除根的命令二番回来，“孽种”不见了。躲在邻居家的母亲托一位奶奶把我从北屋炕上挪到东屋柴草堆里，这三两分钟的时间差使我捡了一条小命。

母亲发疯似的跑回家中，从柴草堆里把我抱起时，我还在沉睡，在沉睡中永远失去了父亲，失去了本该得到的许多许多。母亲挟着我上了房，跳到房后的麦秸垛上，打了个滚儿下来，去敲邻家的门。门闪了个缝又合上了，人家像防瘟疫一样躲避我们。也有不怕的，后街的赵奶奶伸手把母亲拉进门去，给了个喘息的机会。天黑下来，失魂落魄的母亲抱着我溜出村去，推开景福村张奎子叔叔的柴门。他们已经听到噩耗，也听到敌人追捕的消息，三个大人守着一个小生命泣不成声。

等我从沉睡中醒来，就一发而不可收地哭个没完没了，也许冥冥中得知永远地失去了父亲，一个孤儿面前是漫长坎坷的路。张叔叔用棉被堵严门窗，母亲用乳头堵住我的小嘴，生怕哭声传出去招来大祸。但是母亲因受惊吓而没了奶水，没奶的乳头更促使我大哭不止。奎子叔说："这小子命硬，生下来就克大人，把他掐死吧。"母亲当然不肯。她失去丈夫，儿子成了唯一的希望，尽管十分渺茫。

鸡叫两遍母亲要走，敌人迟早会追捕到亲戚家来的。奎子叔说天黑前大道上放了岗哨，贴了布告，悬赏五百大洋，这小子生下来就有身价的。母亲说走小道奔泽畔村，那里有个干姊妹，一般人不知道。那一天正是六月三十，没有月亮，一路泥泞水洼。论节气，芒种过后，俗话说麦子撂倒才放下棉袄，夜里泥水透心凉。母亲深一脚浅一脚没少摔跟头，临明敲开干姨家门时，站在姨眼前的是个泥人。

干姨已经从布告上知道消息，给母亲换衣服时泪流不止。这时的我依然哭个没完，只是气脉微弱，越发让人可怜。干姨问："起名儿了吗？"母亲说："只顾逃命，哪还有心思起名？"干姨说："就叫老桃吧，一是逃难，二是淘气。"母亲说："你就给孩子当干娘吧。"干娘太穷，只能给我打高粱面糊糊喝。

在干姨家住下，开始安然无事，后来不断有男人来转转看看。母亲警觉起来，怕是汉奸便衣。干姨笑笑说："不是坏人，是来相人的。看你们孤儿寡母没法过，年纪轻轻不如往前走一步，甩掉那红帽子就一身轻松了。"母亲立刻变了脸，说："你姐夫是抗日英雄，这孩子是英雄的骨血，我不能对不住他爹，留一世骂名。"抱起我抬腿就要走。事已至此，什么也瞒不住了，走就走吧。干姨打听到我爷爷一家已经逃到内丘山里去了，投奔过去吧。

晚饭后干姨送母亲上路，夜幕漆黑，田野很静，只听见两人的脚步声。走着走着看见了灯光，干姨说前边是金店村。听到这个名字母亲激灵了一下，金店村就是二十四孝郭巨埋儿的地方。传说当时连年大旱，寸草不生，一个名叫郭巨的汉子讨吃回来孝敬父母，父母舍不得吃分给孙子，郭巨为了不让儿子与父母争食，就把孩子活埋了。母亲犯了忌讳，踌躇起来。干姨说官道上人多，就走南边沙滩吧。

干姨回去了，母亲抱着我在沙滩里跋涉。开始看着北斗星，大致有个方向，后来变天了，云彩遮住了星星，伸手不见五指。偏偏又刮起了怪风，沙子打到脸上刀割一般疼，母亲用衣襟紧紧裹住了我，生怕我被大风刮了去。风大得迈不开步，走几步喘几口气，又不敢坐下，工夫大了会被沙土埋住。母亲这样走迷糊了转磨磨，天明也没走出多远。碰上一辆上苍岩山烧香的铁轱辘大车，车上的奶奶们说："这位老姐姐起这么大早，真是心诚，上车一块儿去吧。"原来母亲头上盖了一层白沙，黑发变成白发，如同个老太婆，黎明时分轻易地过了内丘车站盘查路口。

在内丘县山区神头村找到了爷爷一家子，他们寄住在一个朋友家里，靠祖传的下粉手艺糊口，就是把高粱加工成粉条，赚出了粉芡的渣滓吃。我们来了，多了两张嘴，叔伯们不高兴，砸盆子摔碗。爷爷一来生他们的气，二来可怜我们娘儿俩，气火攻心一病不起。神头村是战国时名医扁鹊为太子治病的地方，可惜兵荒马乱没人给爷爷治病。老人家一辈子刚强，知道自己不久于人世了，不愿死在朋友家里。他让人抬到村外土地庙里，紧闭双眼任凭哭叫再也不睁开，决心不再看这悲惨世界了。爷爷死后，一家人迁怒于襁褓中的我，实际上是说给母亲听的。母亲一句话都没说抬腿就走，奶奶颤抖着手从兜里摸出两块洋钱偷偷塞给母亲，哭着说："他们把你的家三伙四都卖完吃了。"

四叔把我们娘儿俩送下山，送过铁道就回去了。母亲待在那里不知所措。在山里顺着沟走不用问路，平原上田园阡陌四通八达，反而觉得无路可走了。去哪儿呢？母亲想起尧山有个天主堂，有外国神父主持，日本兵不敢侵犯。

奔尧山不敢走大路，走庄稼小道，七八月高粱玉米长起来了，人像钻进了绿胡同。中午时分地里没人，心里害怕。正走着，突然两只胳膊从后面把母亲抱住了，回头一看是个披头散发的疯男人，龇牙咧嘴地傻笑。母亲低头朝那脏兮兮的手咬了一口，疯子号叫着松开了，母亲撒腿就跑，一口气跑出半里地，一摸兜儿，仅有的两块钱也跑丢了。

尧山名义上是县城，实际上是个村庄。小城大南关像个蛤蟆蝌蚪，曾经是国民党专员公署所在地，本来叫唐山。唐尧虞舜，尧是帝名，唐是年号。七七事变后，国民党撤退，共产党打游击，民团头子王子耀占据尧山，号称尧山王。日本兵“扫荡”八路军，也打王子耀，常常把尧山城团团围住。形势紧张时，人们就躲进天主堂里。堂里的郎神父是个波兰人。起初日本人不敢越雷池一步，后来听说游击队也混在里边，便不断向神父提出警告，最后架起了机枪大炮。教堂里人满为患，加上三伏天气，闷热异常。大人们还能忍受，孩子们呜哇乱叫，郎神父挤来挤去，不停地手画十字为人们祈福。他走到母亲身边，看到我骨瘦如柴的样子，忍不住落下泪水。

教堂被困三天三夜，神父还不投降。日本兵的机枪大炮开始射击。起初人们还不惊惶，传说有人看见圣母玛利亚站在房上，衣服像一片白云遮住了枪林弹雨，还手拿扫帚不停地打扫弹壳。后来一发炮弹呼啸着穿过窗户落进人群，幸好是枚哑弹，人们呼天抢地散开来。神父觉得责任重大，仓库里粮食也吃光了，劝大家各自逃命去吧。

母亲随慌乱的人流逃出尧山城，走田间小道向东南奔魏村姨姥姥家。魏村距我的老家南汪店三四里，母亲出走后不断有日伪来搜查，事情已经过去三个月了，风声渐渐缓和。这个村的两面村长想了个主意，让我认王子耀手下一个小头目尚二贵为义父。尚二贵少林寺出身，是尧山王手下的爱将，双手使枪百发百中，喝了酒赤膊上阵，有个风吹草动能压下去。写帖子那天正是庙会，尚二贵抱着我上戏台勾了个红脸，举在手上招摇过市。汉奸们果然没有动作，反而来送酒钱。这样有了一两个月安静日子，母亲有了奶水，我像气儿吹的一样胖起来，粉嘟噜的脸蛋一边一个酒窝，人见人爱。

这年冬天，抗日政府开辟了一个小根据地，在隆尧、巨鹿、宁晋、新河、南宫边界地带。有个小村叫五县长路，旧社会土匪杀了人就把尸体扔在这里，推来推去没人管。加上这里是九河下梢，洼大村稀，正适合打游击。抗日政府安定下来后，就捎信叫我们母子过去，并告诉了行程路线。

大表哥书文送母亲上路，依然是晓宿夜行。那时隆尧东半部是一片白花花盐碱地，为了不让岗楼上的敌人发现人影晃动，头上蒙条白毛巾，母亲披个单子，表哥反穿棉衣白里朝外。黎明时分走到滏阳河边，对面就是根据地了。不敢过大桥，桥上有敌人把守，找到了一座独木小桥。1939 年冀南发洪水，到了冬天河面还有七八丈，而独木桥仅有一脚宽，是供男人们过河种庄稼用的。母亲试了几次不敢过，而天马上就亮了，不容再犹豫下去。母亲把我交给书文哥，让他先把我送过河去，放到岸上再回来接她。表哥在前，母亲在后，手牵着手，小脚一寸寸地往前挪。到河中心时，波浪翻滚，冒着寒气，母亲眼晕腿软，心往下坠，晃了几晃几乎掉进河里，听到了对岸我的哭声才定住神壮了胆，凭着感觉摸过河去。

我们过河后住在一个名叫小寨的村子里。这里地势低洼十年九涝，村子常被洪水围困，逐年起土垫高，就像一个人造的小岛。这样一来村子里土地就金贵，没有多余的房子。娘儿俩暂时找了个牲口棚住下，两间土坯南屋，一半安了牛槽，老牛带着个牛犊，二尺高了；一半住人，就地铺了些谷草，放下我们的铺盖。窗外北风吼叫，屋里牲口屎尿味很大。半夜里母亲睡不着，听那边老牛慢慢倒嚼，禁不住回想起半年颠沛流离的生活。冬夜很长，母亲的回忆也很长。想到害怕的事情就紧紧抱住我，默念：“儿啊，什么时候长到那牛犊一样大呢？”

三天后，抗日县政府霍子瑞县长亲自来接，他老远就下了马，脚步迈得很沉重。霍县长是我姥姥家村上人，同住一条街上，与我舅舅是同学。人很熟，劝慰的话反倒说不出口，只是相对流泪哽咽。县长把母亲扶到马上，把我抱在怀里，泪水吧嗒吧嗒落下来，流进我嘴里，大概过于苦涩，我又咧嘴哭起来。县长说：“这小子命大，叫什么名字？”母亲说：“别人随便起的叫老桃，你给改个名吧。”县长沉思一会儿说：“就别改了，叫下去吧。等打败日本过上好日子，让他别忘这一段苦难。”

这篇文章写完时母亲已经去了，享年 84 岁。她坎坷一生的路终于走完了，而这段襁褓里的长征我还在一遍又一遍地走着，没有了母亲的保护，自己走着。

家

已经年过半百、儿女成人了，我还总觉得石家庄那六楼四室一厅不是家，是暂栖之所。家在二百里外的乡下，家和母亲是同义语。此身在外不过是求学打工，越是漂泊如转蓬，越想到根的重要。我很崇拜白居易，但是对他的“无论海角与天涯，大抵心安即是家”不敢苟同。实行双休日，全中国大概数我最拥护了，可以半个月回一次家，看望八十老母，尽儿子的义务，同时享受一次母爱，那是人间最大的幸福了。

我有一位特殊的母亲和一个特殊的家。

母亲过门时，父亲房无一间，只有一个好名声和一身好武艺。为了拥有一个家，父亲打了几垛坯，母亲到十五里外的外祖父家一趟趟背来木料。他们盖了一间小土屋，没有石头根脚，没有一个砖头蛋，所以洪水一冲便化为乌有了，短暂如夭折的哥哥。眼看姐姐要出生了，仍没有一块落脚之地，父亲万般无奈铤而走险卖壮丁。那年壮丁抓到西街财主头上，吆喝雇人顶替，抬价抬到二百大洋时父亲应声而出。正逢东庄财主破落，一团方方正正的大院出卖，一个男子汉的身价只值大院的三分之一，两间北房与两间东屋全是青砖到顶，院里还有几棵榆树、槐树。尽管开导了一夜，第二天看到父亲被五花大绑上路，母亲还是哭得死去活来。

一路上父亲蔫头耷脑像只病鸡，押出河北地界到达安阳，父亲瞅准机会挣脱绳索，蹿房越脊消失在夜里，像只鹰一样飞走了。父亲回来成了黑人，参加了冀南暴动，两年后七七事变，他又被编入滏西抗日游击队，打了几次漂亮仗，成了红人。我落生14天父亲英勇牺牲了，再也回不到他用生命换来的家了。

经过三四年流浪生活，母亲领我回到村来。家门锁换了，叔伯们把房子占去，并且把父亲名下的几亩河地也卖了，明摆着是要将孤儿寡母挤兑出去，或者以为我们娘儿俩不会回来了。母亲据理力争，被他们打倒在地，至今我还记得血水从母亲脑门儿流到嘴边，那两行血水过早地浸入我幼小的心灵，促我早熟。乡亲们看不下去，愤怒的人群拥进院来，把他们逼到墙角羞得抬不起头来。小叔还是区干部，屁股后边有盒子枪，他也没敢动一动，从此我们娘儿俩有了一个安身之地。

两间宽敞的北房，东窗下一条大炕占去三分之一，那糊马蓬纸的花格窗是我儿时的屏幕，常常用目光在上面勾画种种几何图形，幻想种种美好的图画。西头三分之一放架织布机，是母亲的陪嫁，也是我家唯一的生产工具。我是在织布机边长大的，从记事起母亲就拿我当闺女使唤，搓布卷递花瓤，纺线递布卷，经线挂橛子，穿综递线头，织布递梭，参与全过程。母亲是全村的织布能手，她的四匹综花样层出不穷。晾布时满院花花绿绿，好像现在的展销会，常常花布下机就被准备办喜事的人家买走了，换回斗八升高粱谷子。灾荒年也荒了嫁娶。为了糊口，母亲背一包土布跟上成群结队的妇女们跑山西（那里不种棉花不织布），换回几块豆饼。百八十斤背在肩上，下火车四十里母亲一步一步挪回家。豆饼吃完了，新布也攒够了，再下一次太原。那架织布机供给我二十年衣食学费，天津上大学、邢台工作、北京开青年作家会……直到结婚，我身上衣服鞋袜毛巾被褥都是从它身上扯下来的。

大学毕业参加工作了，我极力想把母亲接出来住，卖掉乡下那个家。母亲开始有所动心，含辛茹苦多少年盼的就是这天。可是父亲用生命换来的这个家她又舍不得，思想斗争了很久，后来有两件事促使她下定决心不走了。一是1963年百年不遇的大水灾，一连七天暴雨，降水一千七百毫米，冀南平原一片汪洋。整个村子被洪水泡起来，户户房倒屋塌，唯有我家地势高，成为全村的避难所，屋里院里挤满了人。洪水落下去，好几家托人说合买这块风水宝地。二是“文化大革命”中“牛鬼蛇神”纷纷被赶回原籍，有家的安置栖身，无房的大队不接收，大人孩子摆在街头，风吹日晒无人敢问。只有母亲不怕，偷偷送些汤水，回来淌几滴眼泪。想起自己孩子离家在外，万一再碰上什么运动打发回来，或者轮到孙子一辈插队落户，需要有自己的一个窝啊。我“文革”中出生的一双儿女都是母亲抱回乡下养大的。母亲像当年拉扯我一样照顾他们，也给予严格的家教，所以他们从小懂事，学有所成。一个贫穷寡妇家里培养出两代三个大学生，在故乡成为佳话，老人们说要在旧社会早该给老太太立牌坊了。

那些年，我总想把母亲接出来，不愿在老家投资，所以那几间老屋越来越破旧。随着农村改革的进程，家家由穷变富，农民的日子红红火火，纷纷修房盖屋，前后左右翻盖一新，比得我家像在一群花枝招展的新媳妇中间衣衫褴褛坐着打盹儿的老婆婆。我自己不好意思了，决定把积攒买彩电、冰箱的一笔钱用来改造这个家。开工那天下着小雨，母亲俨然一位总工程师，指挥着破槽打夯，下根脚砌墙。上梁时全村精壮都来帮工，像办喜事一样鞭炮齐鸣。三间新北房在母亲笑眼里站起来了，卧砖到顶，四梁八柱。母亲像审视花布经纬一样察看着墙线砖缝，抚摸着红艳艳的外墙和白莹莹的内壁，洒下了两行热泪，许是她想起了早逝的父亲，想起一生的艰辛，那年母亲已经 71 岁。等我再回家时，母亲又把两间东屋改建成三间南房，加盖了大门洞，宽一丈进深两丈，说等孩子们发达了好把小汽车开进家来。再后来院里又打了一眼电动水井，至此，家的改造画上句号。这些开支都是母亲从每月 50 元抚恤金和我平时给她的零用钱中省下来的。村里人说这个新家是母亲勤俭持家的纪念碑。

在焕然一新的家里，母亲度过了八十大寿。她一个人生活惯了，守着父亲的烈士证书，守着儿孙们的全家福照片，也很满足。她活得比院里几棵老树还精神，老榆树佝偻腰了，她的腰板依然挺直；老槐树都秃顶了，她的头发依然茂密，只是全白了，鹤发童颜。展现她美好心境的，还有一架葡萄、两架梅豆、三棵木槿、马兰、芍药、步步高。下地回来，先看看它们。母亲还种着二亩责任田，耕种收割请人帮忙，浇水锄草追肥打药都是自己干。每次我回家，十有八九得到地里才能找到她。一辈子自力更生争强好胜，到如今庄稼也不能比人差，夏天收 1600 斤麦子，秋天收 1600 斤棒子，还有棉花、小粮食，院里房上金山银垛。

去年冬天一次回家，母亲正哄着一个两三岁的女孩喂吃喂喝，很是亲昵。开始还不大介意，母亲有祖传儿科手艺，常为孩子们看病。可是晚饭后不见有人来领，躲在母亲怀里乖乖睡了。母亲说孩子是任县北章村的，先天性心脏病，一个月前又患了肺炎，爹娘看着没治了，换一身新棉衣扔在官道上，头枕了一个小包，里面有奶粉和白糖，等到被人发现，已经冻得哭不出声来了。村里知道孩子来历没人想管，母亲听后把她抱回来，使尽浑身解数把肺炎治好了。母亲深情地望着安睡的孩子，说她心灵嘴巧，如果没人要咱就养起来。她打听了，大医院能做心脏手术，将来供她上学，说不定也是个大学生哩。我有些急了，说："您都这大年纪了，往后处处需要照顾，哪有精力管她？"母亲也火了，说："怕累赘是不？当年你也是这样可怜，如果乡亲们怕这怕那，你哪还会有今天？别忘了你是吃百家饭长大的！这孩子既然来到世上，就应该得到温暖，就该有自己的家。"我一向对母亲百依百顺，从不说个不字，躺在炕上翻来覆去地想，还是饱经苦难的母亲胸怀宽广，自己自私了。我今后愿意承担义务，把她当作亲生的孩子看，当作家庭的一员。后来孩子的爹娘不好意思，把她抱回去了，可是这件事却久久地留在我的心上。

妻子儿女常说我心太重了，两次调北京，两次去深圳、海南工作的机会都错过了，一次进京手续办了一半又推了。何止是"父母在，不远游"，对于母亲特殊的养育之恩今生今世也难以回报。好在老人家还很健康，再过几年我退休了，就回到这个家来，回到母亲身边，多尽些孝道，让母亲更好地安度晚年。母亲的前半生太苦了。

母亲的河

无论走到哪里，我身后总跟着一条河，它像一条带子结结实实地系在游子身上。这就是老家门前那条小河，在县地图上只是一条断断续续的蓝线，乡亲们都叫它泥洋河。

我记事时，泥洋河已经变成了一条干河，可乡亲们都说，它曾经是一条水量丰富、四季长流的河。它西出太行山，东入大陆泽，虽然全长不足百里，也不能行船，可它乳汁般的河水浇灌了一方土地，养育了一方百姓。乡亲们还说，这条河与我家最有缘分，西来之后特意拐了个弯，贴近我家门口。抗日战争开始，父亲在上游打仗，常常顺水漂来一些酸枣叶子、柿树叶子。细心的母亲在河边看到了，就猜出是他鞋脚破了，烟叶断了，打点停当，托交通员拐弯抹角送去。父亲在下游打仗，偶尔在河边看到顺水漂来的麻秸秆儿、蔓菁缨儿，就理解奶奶结实，孩子平安，从而放心地去参加战斗。

后来，父亲一次回村执行任务，被敌人包围了。敌人捆绑了十几名乡亲，要他们交出父亲，否则杀头在即。父亲为了解救乡亲，引开敌人，毅然冲出村来，跳进小河，快游到对岸时，突然中弹沉下去了，鲜血染红了河水。那一年泥洋河发了特大洪水，大水涌进村子，涌进院落，涌上乡亲们的心头。天连阴不晴，雨绵绵不停，乡亲们说那是母亲的泪水、悲恸的思潮。

说也奇怪，第二年泥洋河奇迹般地水断了，河干了，河床露出冷漠的白沙。实际上是自然气候变化，冀南三年无雨，赤地千里。可乡亲们都说那是母亲泪水流尽了，一个正值芳龄的妻子失去了雨露滋润，一个嗷嗷待哺的婴儿失去了阳光恩泽。母亲心灰意冷了，曾经是芳草如茵的心田与河床一起变成了沙漠。乡亲们盼望英雄归来，在河上搭了一座石桥。妻子渴望丈夫归来，常常站在河边凝望。可是逝去的人回不来了，逝去的水回不来了，干干的河床、冷漠的河道，是母亲也是故乡土地上永远弥合不了的一道伤痕啊！

敌人扬言要斩草除根，到处追捕我母子，好心的亲友劝母亲跳出火坑，往前迈一步，那就是改嫁。狠心的族人为了甩掉包袱，多得一份家产，变卖了属于我们名下的二亩水地，那是绝人后路。母亲抱着我东躲西藏，夜行晓宿，沿路乞讨。多少人看母亲怀抱瘦得不成形的我摇头叹息："这孩子好难成人哪！"有一天，飘着沙尘，母亲迷了路，摸进一个村子，一打听是金店村，二十四孝中郭巨埋儿的地方。母亲犯了忌讳，紧紧抱着我一口气跑出十八里，来到了泥洋河边，扑倒在地痛哭起来："我的人啊，不管千辛万苦、刀山火海，我也要把孩子养大成人，交给你呀！"

在那人吃人的年月，孤儿寡母生存下去谈何容易！剩下的二亩碱地成为我们母子的命根子。寡妇门前是非多，母亲难死也不求人，耕耩锄耪全是自己来，比别人多下三倍的辛苦，而只得别人三分之一的收成。三五斗粮食哪里够糊口？逢秋过麦，背起我到东泊里拾庄稼。有一年沿河到十里外的东泊里拾麦子，母亲把我安放在树荫凉儿里，自己去拾麦子。母亲只顾拾呀拾呀，拾了很多，忘记了树荫下的我。等想起跑回来，树荫早转过去几尺远，我被晒在太阳地里。六月的太阳很毒，把我晒成了红萝卜。不知哭了多久，哭累睡着了，泪水都蒸发干了，剩下满脸横七竖八的盐霜道道。回家路上，母亲后边背着麦子，前边抱着孩子，沿着泥洋河走，越走越重，哪个也舍不得扔。一步一步挪呀，十里路足足挪了两个时辰，泥洋河滩留下她深深的脚印，到家都鸡叫头遍了。

好不容易把我养大成人，母亲送我去尧山上中学，去邢台上高中，去天津上大学。每次我都是沿着泥洋河走的，每次母亲都是站在村边那座石桥上，望着我越走越远。

大学毕业了，本来确定我留在天津工作。天津是九河下梢，有宽阔的海河，还靠近渤海。但是我心里只有一条泥洋河，三次申请回乡工作，批不准就要求“拥军优属”。我终于回来了，可以经常回到泥洋河边，可以经常安慰母亲了。可是好景不长，三年之后，省里又要调我回天津，又是搞专业创作，在别人是求之不得，可我千方百计推辞，理由是照顾母亲。组织部门真下功夫，专门去找了我母亲。母亲一听大为生气，第一次见她对我那样发火，狠狠地教训了我一顿：“养鸟为飞，娘好不容易把你养大，可不是为了关在笼子里。娘需要你，国家更需要你，为了我耽误了前程，你死去的爹会埋怨我鼠目寸光。”

我又依依惜别泥洋河，回到了省城。二十五六岁了，我还没有搞过对象，除了想搞一番事业外，我太感激母亲了，不愿意把心里的爱再分配。“文革”开始，我被当作修正主义苗子批判，事业无望了，架不住母亲再三相劝，我草草地结了婚，生了个男孩。不久，我和爱人都进了学习班、干校，母亲又把我的第二代抱回老家抚养。这孩子又是在泥洋河边长大的。他很乖，天天跟着奶奶在河边玩耍，端着小木枪在桥上走来走去，保卫爷爷。老年人喜欢隔辈人，母亲比当年疼我还疼她的孙子。孩子到了上学的年龄，我不忍心把他领回来，怕伤了他奶奶的心。可是村里教育确实糟糕，会耽误孩子的一生，无异于又一次郭巨埋儿的愚孝。我反复考虑了好多天，终于想出了好主意，用三岁的女儿把她哥哥换回来。妻子是个明白人，掉了两次泪终于答应了。可是转眼间，女儿上学的年龄又到了，我无计可施，终日愁眉不展。最后是妻子跑回去，左说右劝，把母亲接到省城，还把父亲的烈士证书带来挂在墙上，让她天天看着。

一辈子孤苦伶仃受尽人间苦难的母亲终于享受到天伦之乐。看着进进出出的儿子、媳妇，嬉嬉闹闹的孙子、孙女，她确实高兴。妻子悄悄地说："看他奶奶发福了，脸上的皱纹都舒展了，还哼两句歌什么的。"我知道，那不是歌，是一种叫作秧歌的地方戏，我从小听惯了的。母亲是苦命人，也只会哼几句苦戏，什么《秦雪梅吊孝》《三娘教子》《卷席筒》之类。过去是伤心时以歌当哭的，现在心情不同了，常常哼走了调儿。

住了一个月，母亲的情绪发生了变化，常常一个人望着窗外的杨树出神，有时还捡回几片杨树叶子来。妻子说母亲饭量小了，皱纹又多起来，琢磨是哪儿惹老人家不痛快了。一家三代人生活习惯不同，难免勺子碰锅沿。比如母亲常常埋怨，炒一顿菜放的油够她在家吃一个月的。扔掉的菜帮儿她捡回来包了团子，孩子们嫌没味道。母亲也会数落："花四五百元买那电视干啥？还不如帮你舅舅盖房子，人家过去周济过咱。"

我知道母亲是个开通人，过去的事不放在心上，她的心又回到家乡，回到泥洋河边了，那石桥才是父亲实实在在的烈士证书。她老人家住在四楼，上学上班的都走了，没有婶子大娘串门说话，怕要憋闷坏了。一天我下班回来，见母亲一个人坐在马路边上，面对车水马龙，自己在那儿打盹儿。我的心颤动了，终于同意放她回去，回到她的泥洋河。

母亲走了以后，我放心不下，那条泥洋河整天魂牵梦萦地往回拽我。一天，我终于回到了阔别多年的故乡。一下汽车，我愣住了，生我养我的村庄与泥洋河呢？眼前一片树林挡住了视线。我紧走几步，绿树丛中一座石桥，正是父亲的桥哇。树的两边该是泥洋河了，现在绿荫遮天。白沙变成了沃土，一棵棵白杨都有大碗口粗，横竖成行，整整齐齐，挤满了河道，形成了一条防风护村的林带。多年没回来，村里出了能人，有如此高明的设计，真要感谢他啊！正赞叹间，迎面走来一位老人，是我远房伯伯，笑眯眯地说："愣什么，你猜这树都是谁栽的？是你娘啊，再没有人比她对这条河琢磨得透了。她把那几年县里发的抚恤金全都买成了树秧，一棵棵亲手栽，横平竖直，用绳子拉，像纳鞋底一样认真。树苗发芽，她一天天守在河边，提防猪羊，哄不懂事的孩子，真比小时候带你们还操心哪。"

我眼睛发热，血往上涌，三步两步跑到家里，大喊一声："娘！"母亲没有像往常那样急忙跑过来，接过背包嘘寒问暖，忙吃忙喝。她正戴着花镜给一个婴儿扎针，只是停下来深情地看了我一眼，笑笑，又扎起来。给孩子扎针治病是姥姥家祖传的，用妇女做活儿的针按穴位挑筋放血，配以不同药面。我小时候头疼脑热，没少领略母亲的针法。我凑上跟前，喃喃地说："都啥时候了，还扎这土针，当心感染了。"母亲拿针在我眼前晃了晃，是中医针灸用的银针，一手还捏着酒精棉球。不等母亲开口，候诊的女人们认识不认识的都朝我说开了。这个说："你娘的手艺可神了，看孩子老经验，大病小灾都能扎好。不收钱不收礼，积福行好哩。"那个说："可不能叫你娘走了，咱这一方人离不开她。上次走了一个月，村里好像塌了天，天天有人砸你家的门。你是公家人，可不能只顾自呀。二婶子不光是你家孩子的奶奶，还是全村孩子的奶奶哩。"我说出了自己的担心，她们更七嘴八舌地说开了。说人心都是肉长的，有一次母亲感冒，全村家家都来看望，供销社的罐头、点心都脱销了。可母亲又舍不得吃，和药面一起分发给看病的孩子们。

饭后，母亲的义务诊所还是门庭若市，顾不上跟我说话，我一个人溜出门来，钻进林带。树下三五成群的娃娃正在嬉闹，我贪婪地欣赏着自己不曾有过的幸福童年。枝头鸟儿们叽叽喳喳唱着悦耳的歌，呼唤我心灵深处对人生的种种感受。我真的觉得自己像一只鸟儿飞回到诞生的树上，飞翔在熟悉的林中，禁不住要唱起歌来。

母亲看来不会再走了。也好，人各有志，让她永远生活在泥洋河边，生活在石桥边，生活在父亲身边吧。她的根在这里，她的土壤在这里，她的苦乐在这里，她的天地在这里。我了解母亲，支撑她艰难一生的力量绝不能用贞节二字概括，而是一种生活的信仰、人格的力量。不是吗，她养育了我和我的孩子，如今又把爱撒向了人间。

几天后我走了，带走了一条河，一条绿色的河，一条母亲的河。它的波涛时时注入我的体内，冲动心的轮机，我的眼睛比过去亮了。

理发的悲喜剧

理发对于一般人像吃饭穿衣一样寻常，对于我却有着极不平常的经历，是一出多幕悲喜剧。每次理发，它总在我头脑中重演一次，过一次电影。

理发，在我的故乡叫剃头，我从小就怕。

我的童年是在一个极为偏僻的乡村度过的，方圆几十里也没有一个剃头铺，只有逢年过节才偶尔见到一个走村串户的剃头挑子。俗话说“剃头挑子一头热”，一边是凳子，一边是火盆。乡下人不大讲卫生，一盆水能洗几个、十几个头，最后剩下一盆浑汤和一盆底子黑泥。就这样，一般庄户人也很少舍得找剃头把式，因为剃一次头要花两三升高粱的价钱，大多数人没那份福气。通常是一条街伙用一把剃头刀，剃头刀利用率越高，钢刃消耗越快，最后是一把钝铁片子在脑袋上刮蹭。大人尚且龇牙咧嘴难以忍受，何况娇嫩的孩子们。尤其是我，每次剃头像杀猪一样，号叫半天，所以总是长发蔽目。母亲心疼我上火，特别是夏天捂一头痱子，便用做活儿的剪子给我铰，结果头上青一块白一块，别人笑话我是花狸虎，我再不让铰了。母亲又卖了半匹土布，买了一把剃头刀，学着给我剃头。每一次都是连吓唬带哄，把我摁到凳子上，眼前摆好瓜果梨桃，不剃完不准吃。我是含着眼泪吃，母亲花的代价也很大，都是嘴上省出来的。在我们家乡一带，农民一年到头吃渣子窝窝，就是用高粱做粉条，去了淀粉，剩下的渣子捏成窝窝，口涩不算，还硬实似铁。我每剃一次头，锅里就少几个窝窝头。

直到在镇子上高小，我的头还是回去由母亲剃。那时城市里的分头、背头才开始流传到农村。同班的学生大部分留起了分头，可我都当了组长，头上还顶着个“茶壶盖儿”。那是农村儿童一种古老的发式，像电影《少林小子》中那帮孩子一样，脑袋周围剃光，脖子后头留一绺“九十毛”，头顶上留巴掌大一块桃形长发，像女人的刘海儿一样耷拉在脑门儿上。据说桃形取“寿”的意思，留此发型是为了孩子成人，一般都从胎毛留到八九岁，又叫“桃儿”。而且我的乳名也叫老桃。小时候，我爱我的桃儿，母亲常常把它梳成朝天一炷香，还扎上红头绳，插上一朵野花。长大了，我不喜欢它了，越看人家头发越精神，越看自己的桃儿越寒碜，哭闹着要把桃儿换成分头。母亲说什么也不答应，有一天我自己拿剪刀要剪掉它，这一下可犯了母亲的大忌讳。她像发疯了一样扑过来，夺了我手中的剪子，抱起我失声痛哭起来，哭得那样伤心。

我头上的桃儿是母亲的命根子，根根头发都牵动着母亲那颗伤痕斑斑的心。

我是家里的独苗。父亲是当地很出名的八路军连长，在我落生 14 天时壮烈牺牲了。敌人扬言斩草除根，到处追捕我母子。母亲抱着我东躲西藏，流浪四五个县，后来被抗日县政府收留，所以我在襁褓里就跟着过游击生活。1942年环境残酷，我被寄养到舅父家里。母亲月子里饱受惊吓，没有奶水，我靠高粱糊糊喂大，又黄又瘦。母亲二十多岁守寡，守着我这一根弱苗，生怕有个闪失对不起父亲，一年到头苦扒苦拽，连明彻夜纺花织布，维系我的生命。实在没办法就求助于迷信，把我的“桃儿”作为精神支柱。从小相依为命，我也最爱我的母亲了。此后我再也不敢动自己头上一根毫毛，那个桃儿就叫它长到老吧。

1952年暑假，我考上了隆尧省立中学。全班五十名同学年岁相差很大，大的胡子拉碴，已经有了老婆孩子；小的鼻涕滴答，晚上还尿床。排起队来，由高而低，一条斜线。报起数来，有的瓮声瓮气，有的奶声奶气，好像风琴上一排琴键发出的不同音阶。懂事的大哥哥和淘气的小弟弟相处得很好，其中也少不了青少年们特有的顽皮与嬉闹。

开学半月以后，同学们嬉闹的眼光集中到我头上的帽子。我的帽子并不特别，是家做的紫花土布帽子。特别的是，我的帽子一天二十四小时总捂在头上。同学们好奇，冷不防地来摘，可我也机灵得很，双手抱头死死不放，就连晚上睡觉也保持着高度警惕。慢慢地，背后议论起来。有的猜我可能是花木兰女扮男装，有的猜可能是头上有秃疮，手脚也收敛起来。过了几天，他们又私下研究起来，看我发育不像闺女，也不像秃子，两鬓耷拉下来的头发又黑又亮。

有一天，班长通知我去学生会理发室，说是要卫生大检查，不合格的大会批评。我忧心忡忡地跟在班长后面，来到一座八角亭改装的屋子里，低下头再也不抬起来。心通通地跳，汗呼呼地冒，听门外嘁嘁喳喳有人议论。号叫到我了，班长扶我到椅子上坐下，我又下意识地双手抱起头来。麻脸的理发员眨了眨眼说歇一会儿，卷起旱烟抽起来。忽然，他冷不丁从背后看到了我这位中学生奇怪的发式。大家也愣了一会儿，把我的帽子掀下来，然后哈哈大笑起来。此时，又从门外拥进来几个看稀罕的，羞得我无地自容，我迫不得已把头发的经历讲述了一遍。

中学里生活条件好多了，每月四元钱的伙食费，一天三顿小米干饭，每星期一顿白面馍馍，期末考试还杀一头猪。这种生活对于吃糠咽菜长大的我已经是天堂般的待遇了。回到家里，母亲看我又白又胖，活蹦乱跳，欣慰地端详了半天，觉得她的儿子进了国家的保险柜。在我再三要求下，母亲亲手剪掉我头上留了13年的“茶壶盖儿”，学着给我剪了个小平头。我自己也觉得长大了，把名字中的桃也改成了陶。

1962年我大学毕业，成了国家干部。说不清是什么，鬼使神差，我在天津进了一次理发馆。由于和平路上理发都排队，只有南京理发馆人少，我贸然进去了。女理发师见我一身家做土布衣服，大口罩上方的双眉一蹙，嘀咕了几句，扭动着身子走了，换过来一位上了年纪的师傅。老师傅像修剪疯树一样大刀阔斧地整枝打杈，问了一句什么，我也没听清，却稀里糊涂点了点头。这下子可麻烦了，又是吹风，又是上油。我更加不自然了，身上热乎乎的，头上直冒汗，害得老师傅不住地往我额头、脖根上扑粉。看着镜子里的我，吹风机制造的波浪发出亮光，还有一股呛鼻子的气味。眼前开始出现母亲的剃头刀、瓜果梨桃、渣子窝窝。我心里不安起来，脸上红一阵白一阵，慢慢地泪眼模糊，什么也看不清了。理完发，我摸出五角钱，以为还得找回角儿八分。老师傅摇摇头伸出三个手指头，再补三角。八角钱在当时是个让人心疼的数字。我懊丧极了，刚走出理发馆门，就用两手狠狠地把头发划拉乱了，把那位老师傅几十分钟精心打造的发型完全破坏了。这时我的心情才稍稍平静下来。那是我有生以来第一次也是最后一次进理发馆了。

再往后，就是搞对象拍合影，爱人嫌我头发乱，要我理完发吹过风再照。我面带难色，这次毕竟不是中学时代了，我把自己有关理发的经历详细地告诉了她。她像听故事一样入了迷，眼角里涌出了泪水。她不要我进理发馆了，说要是带着桃儿照才好呢，并且说，她要接母亲的班，把理发的事全包下。结婚以后，她果然买了一套双箭牌推子、剪子，学着给我理发。理发毕竟不是多么复杂的技术，她很快学会了，效果不比街上甲级理发店差。同志们问我在哪儿理的，我有点儿自豪地说:“家庭理发馆！”

年过四十，我的头发大概因为伤感太多，变得脆弱，未老先衰，一根根不辞而别。我一根白发也没有，只是头顶渐渐稀疏起来。还是贤妻心细，把我的发式改成更大的偏分，把左边的头发调动过来，借缕乌云掩秃山。这样的技术，高级理发馆也未必做得到。所以，在家中每理一次发，都觉得是一次享受。在机关的时候，我每二十天就要理一次，头发长了上火，出门两个月，也攒起来回家理。多年来形成的一种习惯，我的发式、我的美，是命中注定要在家庭里制造的。

如今，我谢顶越来越厉害，头顶上一个乳白色的桃儿渐渐显现，大有返老还童的意思。对于我，现实和童年是永远联系在一起的。

汪老师

那一天，大我 9 岁的堂兄哄我去魏庄赶集，花三分钱买了一个油炸糕给我吃，条件是跟他做伴去参加高小招生考试。趁着油炸糕的热乎劲儿，一口气答完语文、算术两张卷子。下一集放榜，我俩居然都考上了。那年我十岁，仅仅上过三年冬学。

十岁的我头顶“茶壶盖儿”，脑后“九十毛”，前面两行鼻涕，除了没穿开裆裤，完全还是一个野小子。爬树掏雀，上房揭瓦，上自习手里拿笔，嘴里噙着琉璃球，单等铃声一响蹿出去挖坑崩球。白天玩疯了，夜里撒呓症，专摸同学们的鞋壳篓尿泡。班主任知道我调皮，只是因为学习好，给留点面子。

班主任姓汪，干巴老头，铁青面皮，不到四十岁就留起了山羊胡。他一皱眉山羊胡就抖，抖得我心里发毛。高小老师与初小不一样，初小老师本乡本土，一门心思种自家庄稼，捎带着教学生，会数手指头认自己的姓名就得了。高小老师住校，一天二十四小时跟着，一班学生当一茬庄稼。

那年秋天，学生宿舍后院丝瓜架上有一只蝈蝈唱得很动听，引出了学生们的灵感。大家每人从地里捉回一只大嗓门蝈蝈放上去，就有了听不完的大合唱。冬天到了，瓜叶落了，学生们穿上了棉袄也带来了蝈蝈葫芦。这蝈蝈葫芦茶碗大小，扁平，染上色，刻上花，有透气孔，顶部有口和盖，放菜叶给蝈蝈吃。平时揣在怀里，中午放风晒太阳，蝈蝈高兴了就振翅高歌。大家都给自己的蝈蝈起了名字：九岁红、白牡丹、苏金蝉……都是本地秧歌、丝弦、梆子的名角。我的蝈蝈叫大眼，是乱弹剧团的黑头，嗓门儿最大，顺风听三里。

有一天正上语文课，汪老师讲曹植的《七步诗》："煮豆燃豆萁，豆在釜中泣……"忽然传来"吱吱吱"的声音。糟了，贪玩崩球，忘了放下蝈蝈葫芦，大眼在怀里叫了。我急忙用手拍它，可能是急得出了汗，棉袄里更加暖和，大眼唱得更来劲了。全班哄堂大笑。课让我搅了，我低头无地自容。只听见汪老师气呼呼走来，提起我的耳朵拽到讲台上。看山羊胡子连连抖动，我咬紧嘴唇准备挨打，想不到教鞭高高举起又轻轻放下，他只让我把葫芦交出，在一旁罚站。汪老师继续讲课，我脑袋里呼呼刮风，什么也听不见。下课前汪老师想让我当众出丑，叫把诗背一遍。"煮豆燃豆萁，豆在釜中泣。本是同根生，相煎何太急！"居然一字不差，汪老师笑了。出教室我把葫芦摔在地上，抬脚要把它踩个稀巴烂。汪老师说:“且慢，蝈蝈没罪，把它放了吧。”

吓出了一身汗，又受了风，下午我病了，忽冷忽热。汪老师把我抱回他的宿舍，放在床上。看看老师洁白的床单，想想自己蓬头垢面两条泥腿，说什么也不躺。汪老师硬把我摁下，烧了姜汤，然后用他干净的被子给我捂了一身汗。晚饭时，同学替我打来饭。那时学生自带干粮，伙房管给馏馏。汪老师把我的糠菜窝窝捧着吃了，边吃边流泪，然后给我煮了小米粥。那时老师们的工资是小米，汪老师每月120斤小米。躺两天病好了，汪老师晒被子，白被里上留下一个小泥人的图像。

高小二年级要求开历史、地理课，课本都发下来了，老师无人敢应。新中国成立前邢台一府九县才有一座初级师范和几十名学生，不是一般人家上得起的。我们的老师只念过五经四书、斤秤流，语文算术还勉强应付。历史呢，戏台上张良、韩信、刘关张，也许沾边儿。地理就难说了，春种、夏锄、秋收、冬藏二十四节气种地的理无师自通，地球的理就悬乎了。只见过田间小道独轮车，连自行车都不知为何物，什么铁路、航运、矿产、机器，见所未见，闻所未闻，怎为人师？大家推来推去，捉了汪老师的大头。

汪老师讲语文滚瓜烂熟，口若悬河，拿起地理课本就结结巴巴念不成句。讲中国四大山脉、四大河流，我问老师:“你见过吗？”问了老师个大红脸，他说别提国都、省会，专员公署邢台也没到过，两脚没走出过县界。他讲山就是石头，很大的石头。我问:“整个一块大石头，人都住在山顶上，河从哪里流出来？”他讲城市就是大村，很大很大的村。我说:“那么种地要走出多远？带饭还是送饭？”老师都答不上来。幸好没过几天就到秋假，汪老师家种的都是晚庄稼，他说带我出门走走，长长见识。

带上师母烙的一大摞饼，我俩出村一直往西，走二十公里见到了铁道、火车，再往西二十公里见到了太行山。原来山并不是一整块石头，是由大大小小许多小山头组成，中间缝隙很大就是河谷、盆地，泉水从石缝流出成为小溪，小溪慢慢汇聚就成了河。又往南走了两天，到了顺德府，现名邢台。邢台市的街道很长，胡同很宽，城里人不种地，靠做工经商生活。汪老师说："脚上没白磨了泡，地理我能讲了。"

从此汪老师迷上了地理课，宿舍里装满了世界、中国、省、地、县地图，毕业生走到哪里，他就把小红旗插到哪里，要求他们每人写一封信介绍那里的地理知识。积攒多了，分门别类装订成册。我大学二年级见到他时，他已经拥有了厚厚的二十九本，中国地图上插遍了他的小红旗，二十九省、市没有空白。那一年正是困难时期，他又捧着十年前我吃过的糠菜窝窝吃，人瘦了，脸更黑了，更像那块黑板了。

今生今世我不会忘记汪老师，不会忘记他的整枝打杈，如果不经修理，也许至今我还是一丛灌木。我不会忘记是他在我童年的视野里铺开了地图，给了我山脉、河流，给了我航线、铁路，给了我幅员和气候，给了我方向和速度。为此，我立志走遍中国和世界，走遍名山大川。每到一处都久久注目，我的脚和我的眼负有双重任务，替我的汪老师多看一眼。在前方地平线上总有一个人影，佝偻着身子为我导游。

父 亲

我享受了人间最充分的母爱，得到的父爱却是零。我落生 14 天父亲就没了，而且连一张照片都没留下，所以父亲在我心目中只有门口那块烈属牌子，只是墙上那张烈士证书。

我生下来好孤独啊！瞪着大眼睛找啊找啊，屋里空荡荡只有母亲一人，地里空荡荡只有母亲一人。父亲呢？别的孩子有父亲我也应该有呀，缺什么都可以忍受，唯独缺少父亲实在难以忍受呀。

当受到孩子们欺侮的时候，当受到大人们白眼的时候，当离开娘怀就要背起柴筐又背不动的时候，当经不起卖杏的诱惑垂涎欲滴的时候，我是多么需要一个父亲。有一次从河坡里挑苦菜回来，连路上的山羊也欺负我弱小，把半筐苦菜抢吃光了，我躲在路边一棵孤零零的黄连树下不敢回家，母亲还等着用它包菜团子充饥呢。我幻想着父亲来拉我回去，帮我挑多多的苦菜。可是等呀等呀，父亲是不会来的，倒是等来了母亲焦急的吆喝声。我又问起了父亲，母亲还是和往常一样不作声。天很黑了，母亲和我彼此都看不清楚，眼泪却可以纵情地流了。

渐渐懂事了，我才知道父亲是一位抗日英雄，一个模范支队的连长。乡亲们谈论起来，总是充满赞美和惋惜之情，讲他一把刺刀拼死过十几个敌人，讲他一匹马踏烂了敌人的营盘，讲他深入虎穴瓦解了一个最大的土匪据点，讲敌人花一万大洋悬赏他的头颅，讲他牺牲那天云彩血红血红的，晚霞久久不散。

我再也不埋怨父亲了，原来我有这样一位好父亲，别的孩子不曾有过的英雄父亲。我开始在梦里寻觅父亲的形象，但是十次百次都寻觅不到。我壮着胆子去问东院的奶奶，平时不大去，没父亲的孩子总有一种自卑感。奶奶揉揉眼睛，竟叫起我父亲的小名。奶奶拿来一面镜子让我看，说我的模样跟父亲小时候活脱脱一个样，看见我就看见父亲了。从此，被母亲搁置多年的一面中间裂了一道通纹的镜子成了我的专用品，什么时候想父亲了就拿起它来看看。

从此，我再也不觉得孤独了，英雄的父亲常常伴在身边。拾柴，筐总要比别的孩子装得满一些，累的时候好像总有父亲在后边帮一把。考试，总要比别的孩子多几分，疏忽的时候又好像总有父亲在旁边来提醒一下。每月领取助学金，我总觉得那是父亲按时送来的钱。

“文革”开始那年，我已经26岁了，可是头脑简单，天真得还像一个孩子，对突如其来的灾难毫无应变能力。

在那怀疑一切、打倒一切的日子里，连牺牲多年的父亲也难幸免。因为他收编过土匪，就被叫作土匪头子；因为他做过地下工作，就被说成执行白区路线。起初连造反派也不好说出口，毕竟是盖棺定论的革命烈士。到后来“刮十二级台风”，刮得天昏地暗，有些人的良心和正义被刮到九霄云外去了，为了达到他们的目的，什么都可颠倒。我发愁了，一向胆小怕事的我不知从哪儿来的力量，竟敢冒天下之大不韪，暴跳如雷，撕下了红袖章，还粗野地骂人。

社会上这个潮流，那个风暴，热闹得开了锅。我游离出来，常常一个人躲在楼顶平台上，痴望冀南平原上那个小小村庄，多想看见多灾多难的母亲，你的儿子又陷入童年那样的孤独，重又开始寻觅父亲了。

南面天上那一片星野，密密麻麻，或明或暗，哪一颗星是父亲在天之灵？乡亲们都说，你有深入虎穴的胆量，你有舌战群寇的口才，你为什么不下来争辩？为你自己也为你的儿子呀！看那星星也非往日的星星了，滞呆而无神。望着望着，我的眼模糊了。慢慢地，一片云彩过来，遮去了那片星星，父亲也许躲在后面哭泣呢。

为了排解心中的烦恼，我去了一趟北京。第一次来到首都，在天安门前下了汽车，一眼望见广场中间的人民英雄纪念碑。不知为什么，认定那就是父亲，那就是寻找了二十多年的父亲。我已经长大成人，父亲再也不是镜子中那个模样了，而是这一个，那么高大威严的这一个。

那天晚上，我就在纪念碑座上过了一夜。一次又一次地靠近碑身，用手抚摸，用脸贴紧，躺在它身上。我长大了，用心和它交谈，将心里的委屈向它诉说，也静心地听它开导。谈着谈着我睡着了，醒来太阳已经老高了，阳光暖暖的，就像父亲给我盖的毛毯呢。

回想起来，还要感谢父亲在天之灵，在那个年代他让儿子冷静下来。否则，我说不定也会跟着造反，那样对我自己和我的家庭无疑是一种灾难。

作为革命烈士的后代，会本能地选择牺牲，牺牲精神已经成为我们的遗传基因了。

舅　舅

我是在舅舅家长大的。舅舅很喜欢我，见了总是眉开眼笑，从没对我发过脾气。记得六岁那年我放学回家，见东屋墙刷得白白的，像一张大大的粉莲纸，心里动起来。上学十几天了，能认几十个字了，可老师总也没有叫我去黑板上写写，看别的同学上去写心里就痒痒。这粉白墙比黑板大得多呢，何不露一手呢？正好屋里有刷门窗剩下的黑烟子，我就用手指头蘸着在墙上尽情地写开来，歪歪扭扭、横七竖八地写了多半墙。这下可惹了乱子，原来这刷新的房子是准备给大表哥娶媳妇用的。一家人急得团团转，娘拿着笤帚疙瘩追着我满街跑。恰好舅舅回来了，家里人怕他生气打我，舅舅却朝着墙上的字左右端详，末了嘿嘿乐了，连说：“好，好，咱家祖祖辈辈没识字的，这回可要出个秀才了。”还抱起我来亲呢。

这便是我第一次发表作品及引起的风波。舅舅不仅没有打我，而且用他的行动给了我终生的鞭策，我要好好学习，为舅舅争口气。

舅舅在乡政府工作，土里土气，可是干部群众为什么那么尊重他呢？慢慢懂事了我才知道，原来舅舅是个不平凡的人物。他1926年入党就担任县农民协会常委。本村土豪劣绅为了保护自己的利益，鼓动筑土围子，强迫农民们摊派并从中大肆贪污。舅舅他们组织农民协会抗捐清账，民主选举村长，迫使财主交出八百大洋赃款，农民协会唱大戏，连顺直省委也派人来祝贺。四一二政变后，舅舅在白色恐怖下搞地下工作，后来又参加了冀南暴动，七七事变后参加了冀南第一支抗日游击队，任指导员、教导员，打过无数次恶仗，他的肩膀从枪林弹雨里背出过四任县委书记。抗战胜利，土改完成，上级打算安排他一个比较高的职务，这在别人是求之不得的，舅舅却婉言谢绝了。一是文化水平很低，两次坐牢让他的身体垮了，担不起太重的担子。二是家庭拖累太重。他是我二舅，大舅在冀南暴动时因掩护他和县委，被敌人绑在树上活活烧死了，留下一个孤儿。我父亲也是他引导参加革命的，抗日战争中牺牲了，又留下姐姐和我一对孤儿。这沉重的负担他不忍交给国家自奔前程，请求上级批准，留在本地任乡党委书记。

后来我外出上学了，每次放假都带回一张优秀成绩单来。舅舅比见了什么都高兴，常常当着人夸奖我，我怪不好意思的，便一个人走进东屋去，看看我儿时的劣迹。

1958年寒假，我从天津回来，家里停了伙，要去食堂里打饭。我要去，以往回来舅舅什么活也不让我干的，这次破例叫我去了。在后街的食堂里，左邻右舍的人们都提着大大的罐子排着长长的队。都过了灶王爷上天的日子了，还不见一点儿年味，大锅里清汤寡水漂着几片菜叶，大伙儿眼巴巴盯着一大锅汤，个个脸上挂着菜色，没有一丝笑容。开饭时每人一瓢汤一根胡萝卜，拿胡萝卜当人参吃啊。舅舅把公社食堂的一份干粮拿回来，全家一口口分吃，我回来了自然让我，可是哪里吃得下呢？舅舅笑眯眯地说："你不是写食堂吗，体验一下生活。"舅舅准又看到我在报刊上发表的诗了，1956 年他从报上看到我第一次发表作品曾经写信鼓励我。想起最近发表的诗，我不禁脸红起来，其中还有一首歌颂食堂的，叫《食堂婚礼》。舅舅关切地说："现在时兴吹牛皮，可不能脑瓜儿一热跟着起哄。你看看实际是什么样，食堂是什么样，不能自欺欺人。你心是好的，说假话却帮倒忙。"我发现舅舅的脸色是严肃的，第一次看见他那样，远不像我六岁时在墙上涂字那一回了，因为我长大了。我默默地走进东屋，面壁自忖。今天的事情与 12 年前何其相似，但是性质不同了。那时是孩童的幼稚，今天却是政治上的幼稚，因而舅舅的态度也就不同了，这是两种不同情况下的不同形式的爱护。

1959 年"反右倾"，家里好长时间没有来信，我很为舅舅担心。知道他"大跃进"以来窝了一肚子火，以他那个直性子没有不爆发出来的。寒假回家，意料中的事情终于发生了。表弟说舅舅这两年常常发火，跟上边顶撞。开始碍于他是老红军，没人怎么他，有的干部下乡都绕着走。后来矛盾激化，舅舅拂袖而去。

可是我见到舅舅时，他却忙得不可开交，乡里没事干，他正操持给生产队开砖窑，度过暂时困难。舅舅瘦了，皱纹增加了很多，满腹心事。表弟埋怨说："上边罢了官，生产队乱了套，人家都为他撂了挑子，他自己却来挑，有官瘾！"舅舅笑笑说："我要有官瘾，官早做大了，脑袋掖在裤腰里出生入死二十多年，如果为了当官鬼才干呢，不就是为了信仰吗？我一个穷老百姓，领着乡亲们斗地主、打日本，多少乡亲牺牲了。革命成功了，让他们老婆孩子饿肚子，我常常夜里睡不着。别人在上头说风凉话，我在下边能看着不管吗？"

从此，舅舅沉默了。一个曾经有过轰轰烈烈前半生，干过惊天动地事业的老党员沉默了，而且一下子就是20年。他又回到自己熟悉的土地上，像一个种地把式一样干活，利用自己的行动和影响，带动周围的父老乡亲熬过了三年困难时期，又熬过了十年动荡。这期间有一件事给我印象很深。有一年，全家好不容易养了一头猪，有二百多斤，准备卖了给表弟结婚用。不防这头猪丢失了，家里人都急疯了，半道街人都帮着找。终于有了线索，是一位和舅舅一起干了多年的村干部被磨扇压住手，偷去卖掉还医药费了。表弟要找他算账，舅舅死活拦住不让去，说:“他穷得无路可走，偷了咱的比偷了公家的、别人的好，没人追究他，也是万不得已的事。”并且叮嘱全家见了他一如往常，千万别让他知道了。

直到党的十一届三中全会以后，舅舅才恢复了老红军的待遇，可他已经年逾古稀了。领导安排他到城里去住，他拒绝了。他从十几岁搞农运，六十年才搞成这样子，心里感到不是滋味。这一两年农村出现了转机，他要看看，如果从此好起来，他就死而无憾了。

果然，舅舅在他党龄满六十周年不久默默地离开了人世。之前，他特意告诉家里人，他死了不要告诉县委和老干部局，不要开追悼会，丧事从简。入党六十年没为人民做多少事，不愿意听到赞扬。

舅舅离开了，那间东屋还在，那面墙壁还在，我儿时的字迹依稀可见。我面壁而立，心里久久不能平静。这几年村里情况好多了，家家都翻盖了新房。我们家还是几十年前的样子，这间屋和这面墙壁也许是舅舅专门留给我的。

五　叔

五叔去世了，我也在陪灵之列。听到大门外一声鼓响，灵堂里便哭声大作，吊丧的一路号进来，趴下磕头，哭声更提高了调门儿。高潮过去，来者先讲，大家附和，议论逝者苦难的一生，提到一些动情的话题，泪水自然涌出。我哭不出泪来，因为少有直接触及痛处的细节，五叔在我心中更多的是一个概念化的人，带着一些政治色彩。

五叔留给我的第一印象不好，他和四叔一起打我母亲。父亲牺牲后我们孤儿寡母流浪在外，他们占了我家的房子，卖了我家的地，不打算让我们回来了。母亲回来理论遭到一顿毒打，血从母亲脑门儿流到嘴边。等我慢慢长大，毕竟是秦家的骨血，五叔对我渐渐好些。他当区委书记时带回几个白纸本给我，我扭脸扔进灶膛里，站在母亲一边。

五叔没上过学，人很精明，15 岁参加抗日游击队，由勤务兵一步步升到区委书记。功成名就无端休妻，带回来个花枝招展的大闺女，这在偏远的农村是大逆不道的勾当，五婶牵儿带女到处喊冤，痛骂他是陈世美。过不多久五叔真的被抓走了，望着远去的囚车乡亲们议论纷纷，有的说该进狗头铡，有的说也不过八十军棍。果不其然传来消息要判死刑，原来咬牙切齿的人反倒声声叹息起来。

三叔探监回来垂头丧气，说咬他脖嗓管子的不是那小妖精，而是一只大老虎。此人姓陆，土改时在邻县当副县长，有个妹夫是这村的恶霸地主，风声紧了躲进他的府邸。陆县长给正当区委书记的五叔写了个条子叫刀下留人。五叔年轻气盛没当回事，村农会派人从陆县长眼皮底下把人抓走，恶霸地主上吊了，陆县长的妹子当了寡妇，从此结下了不解之仇。又过若干年陆县长升为副专员，用了这村一个被斗户当女保姆，一个汉奸当私人医生，两人轮流奏本，把五叔说成十恶不赦的大坏蛋，捏造出许多莫须有的罪名，副专员火冒三丈，说要把他斩了。

然而五叔毕竟革命多年，打日本锄汉奸，出生入死地干过，县委审查研究了材料认为应该无罪释放。副专员反映到地委，地委一位副书记是五叔的老上级，了解内情从中斡旋。后来发展到副专员和副书记针锋相对，副书记出门，副专员就驱车尾随，到了一个镇上，一个在街北吃饭，一个就在街南喝茶。司法部门见势不妙，就在死刑和无罪之间来了个折中，判了十年徒刑，将五叔转移到千里之外的一个劳改盐场，让他们都鞭长莫及。从功臣到阶下囚，五叔受不了，绝食七天，急得眼睛都瞎了。

这些都是我后来才知道的，当初对五叔只有一腔埋怨。我本来是烈士后代，偏偏摊上这样的社会关系，红上抹了黑，灰不溜丢，入团入党还得交代审查。“文革”结束后的一天五叔突然来找，要申请平反。我那时还心有余悸，不敢领到家里，安排在办公室。他带了一口袋干粮，我送些菜过来，把火炉捅得旺旺的。五叔没有全瞎，还有一点儿视力，书写诉状时埋头贴近纸面，多年的苦水从笔底涌出，半天头也不抬一次，一气呵成。我接过来看时，一二三四、时间地点、人证物证、情节细节写得清清楚楚，每个字都是多年苦水结晶的盐粒，每句话都是怒火烧结的铁块。看着看着，我泪眼模糊了，甚至记忆中孩童时期那条血迹也被泪水冲淡了一些。

连我也没想到，五叔的三十年沉冤一朝化解，因为本来卷宗上就画满了问号，当年参与办案的人员成为省司法部门领导，当年的同事成为负责干部，大家心里都知道这是个冤案，更主要的是等来了一个冰雪消融、春暖花开的季节。经过一番核查，五叔彻底平反，恢复了党籍和县团级待遇，还因为年过六十，办了离休手续。

从省城回来的火车上，五叔感觉黑暗多年的眼睛突然亮了，远方的山丘村舍，近处的手纹布丝，都看得清清楚楚，久违的世界原来这么美好。突如其来的喜悦和冲动刹不住车了，控制不住的哭声和泪水令整个车厢都用诧异的目光看他似哭非笑的脸，看得他发毛了，怀疑是否在做梦。出了火车站，他感到迷糊。眼前的道路应该很熟悉，打日本除捉奸，摸黑走过千遍万遍；上访告状，瞎着眼走过千遍万遍。偏偏冤也申了眼也亮了，他倒转起了磨磨，认不得路了。三十里路转了一夜，天明一个放羊老汉才把他领到家里。

可能是三十年压抑的情感突然兴奋起来，三十年绷紧的神经突然松弛下来，五叔的精神失常了。过度兴奋引起高血压，多少药片和药水都压不住的高血压又使他瘫痪在床。五叔一会儿糊涂一会儿明白，糊涂上来就喊叫骂人，骂日本骂国民党，骂汉奸骂伪军，骂他想到的一切坏人。从此，我回去也不多去看他了，怕他骂到自己头上。他平反时我没能帮上多少忙，而且从未让他去家里住。

五叔走了，可怜他受了一辈子苦。少小吃糠咽菜，青年枪林弹雨，壮年牢狱之灾，“文革”批斗扫街。好容易熬来了出头之日，平反补偿、县级待遇都无缘享受，吞够了苦水又喝够了药水，背半生骂名又背半生疯名，一声鼓就把人送走了。

儿　子

少年成名，大学毕业，26岁当上河北省专业作家，加上一米八的个头，我在20世纪60年代也算奇货可居了，身后异性追求者众。但是我还是沉得住气，不慌不忙，做钻石王老五。我想的是先立业后成家，等出一本诗集，拍一部电影，再考虑婚姻之事。想不到“文革”突如其来，梦想成空，睁眼一看，已到了“小子过了二十五，衣服破了没人补”的境地。业难成，家需立了。结婚提到了日程，但是书读多了，年岁不小，少几分冲劲，多几分冷静，宣布了择偶标准，选媳妇，更选儿女。那时尚没有遗传基因一说，人们相信“母大子肥”“爹矮矮一个，娘矮矮一窝”，我看重的是对方的智商，而不重学历和职业。

几经周折，有人给介绍了这一位，就是现在的老伴儿，孩子他妈。她曾经是涿州一中的校花，保定地区1964年高考的探花（第三名），形式内容结合比较完美。那年月正逢城市“五反”和农村“四清”的高潮，阶级成分强调到极端，只因为爷爷是富农，她便没被录取。可是她符合我的条件，一口标准的普通话，一手好字，能独唱，会谱曲，当过音乐教员、省电台广播员，有口才有思想，一见钟情，没有犹豫。现在证明我的选择是对的，她果真给我生养了一双优秀儿女。假如不是这样，儿女智力一般，升学就业买房子啃老，那我的后半生就不得清闲了。

决定结婚，“文革”已开始，哪有心思操办喜事，双方经济境况不良，领了结婚证就没办典礼。在机关就说回家办，回家又说在外边办了。还是老作家李满天眼尖心细，帮忙在史家胡同饭馆摆了一桌，请来朋友热闹了一番，也让她的心稍弥补了一下，我的心情稍平静了一下。李满天老师的这份情谊让我终生难忘。

儿子要出生，保定武斗升级。那时妇产科不讲什么预产期，肚子疼了才收。1968年阴历二月二，前一天两派一场血战，夜里枪声不绝。儿子要出来看热闹，我准备了排子车，扶妻子上车躺下，盖上两床被子，踏着黎明的星光，摸黑走出《河北日报》大门。妇幼保健医院在东南角，要走完整个裕华路，穿过多半个保定市。我哈腰弓背，像骆驼祥子大步流星，两旁枪声像爆豆一样，不断有子弹从耳边呼啸而过。在河北剧场、马号还遇上三次岗哨盘查，怀疑是为武斗运送枪炮弹药的。掀开被子，一位痛苦不堪的大肚子孕妇，也就放过去了。久住保定，听惯了枪声，也不怎么害怕，生儿子的喜悦壮大了胆。我边走边对呻吟的妻子说笑话："咱这位少爷多有派头，十里长街排仪仗，千响礼炮迎贵人，鸣锣开道呢。"

56天产假刚完，单位通知妻子去拉练。为了加强战备，一些部队走出营房，进行野营训练，提高野外生存能力。各地闻风而动，部队、机关、学校争先恐后，来了个第二次全国大串联。军令如山，正在哺乳期的妻子，背上行李，带上干粮，一身绿军装，真有点儿"飒爽英姿五尺枪"呢。她们出城向东，晓行夜宿，经过清苑、高阳，绕白洋淀一圈。所到之处，放下行李，拿起扫帚，访贫问苦，下地劳动，宣传毛泽东思想，修理农具，排练文艺节目，接受贫下中农再教育。按照市革委统一安排，全程四个单元，政治教育10天，军事训练4天，劳动7天，行军7天，共28天，行程800里。期间，儿子在家嗷嗷待哺，饿得哭个不停。妻子行军路上，乳汁白白溢出，洇湿了衣服，泪水咽到肚里。回到家抱起瘦瘦的儿子妻子泣不成声，哄他睡觉，多少摇篮曲都不起作用，最后哼起《老房东查铺》，拉练中最流行的一首歌。儿子小手抓住妈妈的衣襟不放，生怕她再走，不哭了，睡着了。

没了母乳，牛奶供应奇缺，奶奶把孙子抱回。那时候统购统销，城里人吃玉米面，院子里有棵老枣树，是我家的救命树。我就是在老枣树下长大的。春天有小粉花的梦，秋天结满了果实，圆滚滚，亮晶晶，绿时像翡翠，红时赛玛瑙。七月十五花红枣，八月十五打个了。竿子一敲，熟透的枣子红雨般落下，溅起甜蜜的笑，摊在房上一片红云，堆在炕上一片火焰。母亲从来不肯吃一颗，全部背到集上，换了钱供我上学。从小学到大学 16 年，是枣树给我缴学费，枣树是我家的小银行。

村里人吃的高粱是晋杂五号，又苦又涩。母亲把存下的红枣烘干磨面，过了筛子又过箩，变成孙子的代乳粉。几年以后，孩子回城上小学，我们又把女儿送回乡下。母亲和枣树救活了我们一家三代。三代人背后有两位成功的母亲。

后来母亲去世了，老枣树是母亲不变的身影，不老的雕像。而妻子，成了家里的新“枣树”。

从“茶壶盖儿”到小戏迷

1952 年 9 月 1 日，一驾老牛慢车摇摇晃晃地把我送到隆尧省立中学。学校设在旧尧山县城，它大概是全国最小的县城了。高高的土墙围了一个圆圈儿，东西、南北两条街把它切成了四块儿，中学占了西北面的一个扇形，弧线自然是一段土城，把旧衙门、文庙还有一所破旧寺院包括在内。官吏、和尚没有了，这里成为天真烂漫的学生的乐园。

入学以后，我都 12 岁了，头上还顶着“茶壶盖儿”，成为同学们取笑的对象。那是一种特殊的发式，脑袋周围剃光，头顶上留巴掌大一块桃形长发，又叫桃儿，含有长寿的意思。同学们再嘲笑，我也不敢触动它，它是我母亲的命根子。我落生才14天，当八路军连长的父亲就牺牲了，敌人到处追捕我母子，母亲抱着我逃难四五个县，为抗日政府收留，后来寄养在姥姥家。大舅冀南暴动后被敌人烧死，二舅是1926年入党的老红军。我从襁褓里就出生入死，受尽磨难。为我成人，桃儿从胎毛一直留下来。进了中学，生活条件好转，每月四元钱的饮食费，一天三顿小米干饭老咸菜，每星期吃一顿白面馍馍，每学期期末伙房杀一头猪。不少同学平日嘴馋，考试时精神压力大，偏偏吃不下去。这种生活对于从小吃糠咽菜的我，已经是天堂般的待遇了。放假回去，母亲看我吃得又白又胖，活蹦乱跳，一颗心才算放到肚里，对别人说："孩子上国家的中学，就是进保险柜了。"并且特别准许我剃去留了13年的"茶壶盖儿"。

学校的教室是一排新瓦房，早晚自习不是油灯碗，也不是泡子灯，而是雪亮雪亮的汽灯，这种灯过去只在戏台上才见过。全班50名同学年龄相差很大，大的胡子拉碴，家里有了老婆孩子；小的鼻涕滴答，晚上还尿床。排起队来，由低而高一条角度不小的斜线。报起数来，有的瓮声瓮气，有的奶声奶气，好像风琴上一排琴键发出的不同声调。这些农家子弟都知道用功，知道家长们抡锄把、拧辘轳、摇纺车供自己上学很不容易。我在学校里是出了名的好学生，各门功课成绩优秀，连每次小测验也都力争满分。记得有一次物理老师课堂提问给我记了个四分，急得我一连两个星期耿耿于怀，直到下次提问得了五分心才平静下来。每学期我都带回一个满意的成绩单，向舅舅、母亲汇报。

除了努力学习之外，我还有许多剩余精力去搞业余爱好。儿童少年时代，我最喜爱戏剧。刚刚解放，农村经济繁荣，我们村子里一年到头不断戏。为照顾军烈属，村里发给家里一个免费看戏的小木牌子，我常年把在手里，天天晚上泡在戏园子里。农村的戏园子实际上是一个土墙库伦，上边罩个席棚子，前边垒个土台子，观众站在下边看。记得有一次，临清京剧团晚场上演《欧阳德》，天下大雪，特别冷，最后台下只剩下不到二十人，我坚持到最后，散了戏腿都冻僵了，成了村里有名的小戏迷。我迷到晚上看戏，白天画戏剧人物，与小伙伴们玩也是离不开戏。用秫秸篾子插成各种各样的帽子戴在头上，木头棍子削成刀枪，比比画画，咿咿呀呀。到了中学，我终于由小戏迷而成为小票友“下了海”。班里有个大个子李益民，也是个戏迷，我们就商量演戏。开始演了一出话剧，我扮演一个农村小媳妇，觉得不带劲。后来排演京剧《打渔杀家》，我不仅扮相好，还有一副很好的小嗓儿。只是唱腔还不严格，过去是戏台下哼哼，高粱地里喊嗓子，没有经过正规训练，只能大体上有个板眼。但是，这就足以把全校轰动了。排演《霸王别姬》，我不会舞剑，一路乱耍。为了学剑，我到几个戏园扒台板，记下路数，终于能比画下来。说也奇怪，那时毕竟年岁小，不知道害臊。我唱京剧的瘾头一直保持到高中毕业。在邢台市一中还组织了一个业余京剧班子，上演过《宇宙锋》《玉堂春》等，我主要唱青衣，也反串小生、小丑，既是主演，又是导演。初中毕业时，好多人动员我考戏校，幸亏我没有去。不然，后来长成一米八多的大个子，还怎么去演青衣。

演戏要找剧目、背台词、研究角色，我渐渐接触到了剧本、诗词、小说，于是由此而走上文学之路。

隆尧中学

1952年隆尧中学招生，春节招了一个十班，暑期又要招三个班。我高小才上了一年半就被高年级同学拉去“垫背”，四分之一课程还没学，特别是“四则运算”“鸡兔同笼”等问题，一无所知。无知者无畏，我觉得反正考不上，权当作一次演习，所以精神非常放松，第一个交了卷，走出了考场游逛。东操场上两排瓦房，是二、三年级教室，为新生准备的一排新教室正在开槽打夯。建筑工人是从石家庄请来的，夯歌与当地不同：“五月里来刮南风，呀哟咿呀哟，齐心协力建省中。呀哟呀哟呀咿呀嗨，嗨嗨打起来……”

发榜那天我也跟着来了，人家看榜从前往后数，我是从后往前查。先看备取，没有。再看正取，最末一名下打了截止符号，叫“坐椅子圈的”。倒数好多行，依然没有发现我的名字，不想再看，扭头要走。忽然同学喊道：“有的，秦桃彬，还在老前边呢。”这才回来正数，每行竖写四个名字，第三行头一个名字果然是我，新生录取 150 名，我是正数第 9 名，喜出望外，还有点儿不相信。想想我这穷小子，从小踩坷垃，隔三岔五上学，小学念了五册跳八册，高小上了一年半，四册书还没有见到，考上中学，一半是撞运气，一半是平时爱看书听书，杂七杂八的知识多。

9 月 1 日开学，发个校徽——“河北隆尧省中”，区别刚刚成立的县二中。新生分三个班，我分到十二班，全班 47 名同学，来自高邑、柏乡、隆尧、临城、内丘、邢台任县、巨鹿、宁晋、新河、清河等十多个县。

年岁大的二十多了，有了老婆孩子，小的十二三岁。排队身高从一米八到一米四一条斜线，报数从瓮声瓮气到奶声奶气，像钢琴上的琴键，音节变化，颇有乐感。新落成的教室，红瓦灰墙，大玻璃窗，晚自习亮瓦瓦的汽灯，有进入宫殿的感觉。宿舍在东南角，一团小院，睡大通铺，十几个人一排，头顶一个大尿缸。冬天不生火，窗户都结了冰，还是农村景象。

尧城镇是尧山旧城，曾经是专员公署所在地，周围有城墙。

中学包括了原来的文庙、县衙，占了三分之一城垣，西北两面都是城墙。伙房在西苑，没有饭厅，饭场在一片柏树林里。十人一组，以菜盘饭盆为圆心围一圈儿蹲着吃。早饭高粱面窝窝老咸菜，午晚饭两餐小米干饭。小米多为县粮库陈米，有沙子也有虫。一组一个大瓦盆，到伙房打菜盛汤。大锅一米深、一米半直径，看着令人眼晕。冬天一般熬白菜、萝卜条儿，夏秋多是菠菜、北瓜汤，不见油星儿，常常漂一层蚜虫。每人每月四万元伙食，现在听起来怕人，其实那时通用冀南票，两年后改为人民币一比一万，四万元就是四元钱。每人每天只合一角三分钱，现在听起来不可思议，那时是低标准低物价。小米六分钱一斤，鸡蛋一角钱六个，猪肉二角五分钱一斤。学生们正在长身体，半大小子吃穷老子，敞开肚皮吃主食，菜金所剩无几了。有一次传达河北省教育厅文件，中学生伙食每人每月不低于六元。这可难坏了总务主任，他知道学生的父母都是土里刨食，鸡屁股眼里抠钱，每提高一元钱伙食标准，就会有一大批学生过不了坎儿，只有退学。没办法就提交学生公决，结果大家一致要求维持原来标准，无一例外。

总务主任叫傅充吕，瘦高个儿，头发花白，东北口音，一天到晚愁眉苦脸的样子。他曾是辽宁省一支抗日游击队的司令员，后来辗转到冀南工作，曾任十一区专员。一次反扫荡他被日本兵俘虏，受组织委托做伪事，坚持地下工作，营救大批革命干部。抗战胜利回到根据地，听说派他做地下工作的同志牺牲了，对敌工作单线联系，这样一来，他浑身是嘴也说不清了，一夜之间白了头发。一名叱咤风云的行署专员屈就一个乡村中学的总务主任。

深受学生敬爱的总务主任，白山黑水，尧山滏河，曾经枪林弹雨，现在又像侦查员一样，出没粮店、集市、农民菜地，斤斤计较，一角一分地讨价还价。记得每年春天，他们都要到南关孵小鸡人家买些泄黄蛋，极便宜又富营养，鸡蛋汤上飘着血丝儿。

每星期改善一次生活，蒸一顿白面馍馍，吃厌了小米干饭的学生们眼里放着光，把抬出来的笼屉围个水泄不通。好动的小伙子们拥来挤去，女生们总是被挤在外围。这时就有一位可爱的教导干事，站在横卧的石碑上对大家训话。风平浪静之后，大家排队一一领取，笑逐颜开地美餐起来。

伙房一项重要任务是种菜和养猪。西城墙根儿下开出一大片菜地，种一些应时蔬菜，弥补菜金不足。猪圈里总是肥猪满栏，还养了一头老母猪，一窝一窝地生产，小猪劁骟成膘猪，气儿吹似的长肉。这些猪平时不动，只等期末才杀几口，考试几天吃几天大锅菜，为学生们解馋鼓劲。高年级男生有经验，排队打饭往后蹭，让女生和低年级学生先打，因为白花花肉膘子飘在上层，瘦肉块儿沉在锅底。肉菜打回来，大家呼啦围上去，瞪大眼睛看，伸着鼻子闻，哈喇水往下掉。这时小组长就履行职责，撑起勺子一块肉一块肉地分，大小块搭配，绝对公平。稍一走神儿，菜帮子当肉膘子分到谁碗里，就会引起一场小小的“战争”。

回首70年，一中三年是我此生最美的时光。解放伊始，经济恢复时期，要发家种棉花，农村一片兴旺。没有什么政治运动，民主平等，团结友爱，一心向上，形成绝好的学习环境。在这个穷乡僻壤的初中，却有着一支十分豪华的教师队伍，以今天的标准，够上大学本科的阵容。他们来源有三：一是京津名牌大学毕业，抗日战争爆发后回乡务农，被政府请出山；二是省教育厅派来的师范大学毕业生，支援农村；三是各界旧知识分子经过培训，走上新的岗位，积极性很高。我的语文老师曾经是天津工商学院中文系讲师，已经出过三部语文学专著，不断有学术论文在报刊上发表。业余时间，他给我们讲《三国演义》《儒林外史》，吸引了大批同学。河北师范学院分来三个实习生，两个教音乐，一个教体育。三把火把校园燃得热火朝天。

美好的学习环境，像沃土、像阳光、像雨露，使我们的智力得到充分发展，记忆力超常发挥。初中三年，我保持着班级、年级绝对第一名，各门功课都是高分，连作文都得过 100 分。一方面那时记忆好，死记硬背，还看一些《数学千题详解》等参考书；二是得益于文学艺术，形象思维与逻辑思维互补互助。我是数学、英语课代表，又是班里文艺活动的主力。一年级演了一个独立话剧，我扮演一个农村小媳妇。接着又演出了一出历史剧，我自己编的。二年级开始演京剧，唱青衣，上演过《打渔杀家》《霸王别姬》《苏三起解》，与我唱对手的是李益民，大个子，新河人。学校隔三两个星期就搞一次文艺晚会，会场在旧文庙里，各班争先恐后。每次晚会，十二班都有节目，我那点玩意儿全是看戏学来的。我在魏家庄舅舅家长大，那个村是有名的集市，冀南粮棉集散地，有两个戏园。我白天劳动、上学，晚上蹭戏，《京剧剧目初探》上的大多数戏，儿时都看过，耳濡目染，学了不少知识。晚上看戏，白天高粱地里喊嗓子。那时文化馆每年分片搞文艺会演，我参加了村里的文艺队，有了一些实践。但是毕竟是高粱地的玩意儿，没有经过正式训练。语文老师看了我的《霸王别姬》说：“没有程式，一路烂耍。”毕业时李益民去保定考省戏校，年岁太大，没被录取。上年级一位女生，音色不错，后来进了部队文工团。

学校体育活动开展得很好，经常举办运动会，有个叫刘玉的同学，百米 12 秒 1，保持着邢台市记录。有一次内丘驻军的篮球队上门来打比赛，把校队打了个稀里哗啦。

我 13 岁入学，头上顶着“茶壶盖儿”，不敢进理发店，闹了不少笑话。后来写了一篇散文《理发的悲喜剧》，收入人民教育出版社的中专语文课本，就是记录隆尧一中的这段生活。

我 1952 年入学时身高一米四，1955 年毕业时长到一米七五，隆尧一中是我的高生长期。隆尧一中也为我的文学创作打下了坚实的基础，毕业时已经开始在报刊上发表文学作品了。羊羔跪乳，乌鸦反哺，隆尧一中对我的培养，终生感恩。校庆四十年时，我曾写了一首长诗，居然引起轰动。可惜一气呵成，没留底稿。诗是年轻人的艺术，散文是老年人的艺术，这次只能写一篇散文，表达我的绵绵情思。

隆尧秧歌

据说毛主席、周总理每次到河北必然过问一下隆尧秧歌，因为这北国旱地的秧歌极富特色。

它拒绝丝竹管簧，只有鼓板锣钹，说方言，唱自由调，一人一调，可高可低，俗歌俚曲，生动活泼。曾有秀才撰一联："听秧歌听一句明白一句，看皮黄看一天糊涂一天。"传统剧目二百多个，多是家长里短、儿女情长、打老婆骂孩子的戏，如《小二姐做梦》《借髢髢》《跑沙滩》《闹花灯》等。历史久远可以上溯明清，新中国的第一个十年空前繁荣，二百多秧歌剧团遍及冀南，邢台、石家庄还有固定戏院。

我生在秧歌窝里，姥姥家魏家庄有个"秋来班"，秋来是秧歌界的老大。他侄媳安平书是有史以来第一个坤角，剪分头包金牙，以彩旦见长，花腔俏丽，演《跑沙滩》叼真铡刀跑圆场。民谚曰："不吃不喝，去看秧歌。""宁卖二亩地，不舍平书戏。"解放初，要发家，种棉花，农村欣欣向荣，秧歌风靡一时。我们村南汪店也打了秧歌班，拜秋来为师。农忙下地，农闲唱戏，逢年过节，喜雨瑞雪，老头儿贺字号，小孩子过十二晌，相好不错的送一台戏，全村乐呵。

在过去城里人视戏子为下九流，农村可不那么看，谁家人登台亮相是一种身份和荣耀。出门在外，只要一说是南汪店的就有人递水管饭。我的族叔秦三、秦四是戏班的主角，一生一旦，唱得很红。有位阴阳先生路过秦家故地，连连摇头说:“按风水可以出娘娘、大官，可惜让两个唱戏的预支了。”

农村没有戏院，土台子席棚子，不卖票挨家挨户敛粮食，够演员吃米面卷子大锅菜就行。农闲一天两开厢，老百姓吃饭没时晌。等人打三通鼓，人不齐出来一个定台师，老生扮相，坐在那里东拉西扯没完没了地唱，内容与正戏无关:“胡说话，话说胡，高粱地里耪两锄，一耪耪在枣树上，葚子落地黑乎乎，捧回去煮红薯饭，蒸出一锅老豆腐。”村长说与其让你胡诌不如我来宣传，戴上髯就唱:“今冬上级要征兵，对象就是贫雇农。年龄十七到十九，眼不花来耳不聋。要是报名还罢了，不来报名上绑绳。一不打来二不骂，喝凉水来吃冰凌，饿得小脸黄又瘦，说好的媳妇吹了灯。”

那时农村没有电灯，大碗棉油花布卷做捻儿，呼呼冒黑烟。后来时兴了汽灯，隔一阵打一回气。一次管台的站在高凳上打气，他没系腰带，卷的裤腰，一使劲裤子脱落下来，两手又不能停，大喊一声:“乡亲们合眼吧!”

俗话说，唱戏的是疯子，看戏的是傻子。台下看台上花里胡哨出相百怪，台上看台下黑压压一片人头攒动。中间是男子汉的方阵，女人孩子靠边儿站，界限分明。演员和观众互相认识容易沟通，特别是那些脸皮薄泪窝浅的女人们，台上哭台下擦眼抹泪儿，台上笑台下前仰后合。挤在前边扒台板的小伙子们不安分，戏好时鸦雀无声，戏不好兴风作浪，搅得台下开了锅。闹得唱不下去时，管台的手持丈八打枣竿，朝着一个个脑瓜子乱敲一阵，直到台下平静为止。

评论演员的功夫，勾人掉泪的是青衣，逗人发笑的是小丑。秧歌的小丑往往成为戏台的中心，学拉逗唱，插科打诨。戏无定词，要能把三里五乡奇闻趣事、四邻八家故事笑话信手拈来，脱口成俏。名丑高桃子出场忘了词，一眼瞟见他大嫂，顺口便唱："懒老婆，没事干，抱着孩子把门中。男人下地回家转，掀开锅盖没有饭。案板上鸡粪攒成堆，屋地上蚂蚁滚了蛋。清水缸里蛤蟆叫，针线笸箩鸡下蛋。鞋儿破，帮儿烂，十个脚指头露一半，骂声贱人哪儿去了？台子底下把戏看。"台下的大嫂听了心虚，站起来就骂："王八羔子糟蹋人，谁不做饭？哪一天你哥不在俺摊闲食，不是叫你见了伸手就抓，那闲食喂狗来！"桃子说："吃了人的嘴短，不说你了。"那边看见马六奶奶拄着一根枣木棍颤巍巍走来了，他便大声呼喊，借马六奶奶枣木棍一用，唱道："枣木棍，弯弯多，大婶拿它打婆婆。光吃饭，不做活，叫你活着干什么。新过门的儿媳妇，伸手就把棍儿夺，包了包，裹了裹，就往板柜底下搁。大婶问她干什么，媳妇说，等你到奶奶这年纪，我也用它打婆婆。"大家都知道这是不久前发生在马家的一桩真人真事，羞得那大婶无地自容。别看指桑骂槐，当事人并不恼怪，因为是小三花脸，丑事当作笑话说，劝人行善学好的。

就这样，秧歌好比农民饭桌上的包饺子、大锅菜，平时不大吃，节日少不了，既吊胃口，又是一种精神享受。逢年过节，赶集上庙，如果看不到秧歌就觉得扫兴，吃饭没滋没味，出门没着没落。有了秧歌，农民便有了节日，红火热闹，群情激奋。老人们酒足饭饱，陶醉在剧情里。年轻人花枝招展，往往魂不守舍，挤来挤去，眉来眼去，戏台底下成就了不少美满婚姻。舞台上的小生小旦往往是更多目光的焦点、青年人追逐的对象，不时地传来绯闻，某村某家的闺女被秧歌班拐走了。谈论起来人们往往不以为耻，反而称赞剧团演员的魅力。

这篇文章写成压在箱底多年，一个偶然机会我去灵寿县出差，看到当地也有一种秧歌，并从《灵寿县志》进而《五代史》找到了两者的渊源，我大喜过望。

后唐时灵寿人董光嗣曾任昭庆县尉（昭庆在北宋改名隆平，1947年隆平与尧山合并为隆尧县），有一爱女，幼晓律吕。此女半生坎坷，嫁与隆平人郭威为妻。后来郭威称帝，国号为周，册封董氏为德妃。周太祖郭威素知德妃爱听音乐，就叫宫女为之歌舞，德妃看了依然闷闷不乐。郭威想起了她说从小喜爱家乡的秧歌，诏命执事太监从德妃故乡灵寿召来一个秧歌戏班。面对乡音乡歌，德妃粲然一笑，思乡之情大解。从此这班艺人留住汴京，成为御用戏班。郭威年年回故乡祭祖，也把秧歌带回隆平。后周短命，仅仅存在了十年就发生了“陈桥兵变”，可是秧歌并没有随之灭亡，而是传回故乡流传至今，经过千年淘洗，不留宫廷脂粉，完全土色土香了。

红色堡垒魏家庄

魏家庄熏鸡风靡邢台，魏家庄大集名满冀南，上推七八十年，魏家庄还是河北省著名的红色堡垒。

我的家乡在隆尧，出生地是南汪店，长大成人的地方是魏家庄。1939年6月16日，我刚落生14天父亲就牺牲了，抗日县长霍子瑞对我舅父说：“那地方两县交界三不管，冀南暴动失败后，反动黑恶势力猖獗，孩子是烈士遗孤，接到魏家庄红色堡垒来吧。”

魏家庄北临泜河故道，东北二里王尹村有李唐祖陵，明清以来就是直（隶）南四大集镇之一。十字大街东西四里，南北三里，店铺林立，商贾云集，二、七大集人山人海，是粮食、棉花、木材集散地。街上两家戏院对唱，著名的隆尧秧歌和秧歌皇后安平书就出生在这里。

1923 年，王尹村（魏家庄乡）朱林森考上保定二师，次年加入青年团。1925 年二师放长假，他和同学侯薪等回乡，宣传群众，建立了十个团支部，1926 年转党。魏家庄支部是人数最多、工作最活跃的一个，党员有霍子瑞、刘鸣山、我舅父刘凤奎等十几个人。霍子瑞和我舅父同住在刘家后街，一块儿长大，又是教会学校的同学。

清朝灭亡，军阀混战，土匪四起，奉军占领隆平，横征暴敛。1925 年，魏家庄村长羊馍馍联合商家修筑围村寨墙。羊馍馍指令人均负担，霍子瑞和我舅父指出，寨墙主要保护富人，应以资产多少摊派。青年团员分头发动群众，人多势众，斗争取得胜利。但是村长掌握施工大权，从中贪污舞弊。团员们乘胜追击，轻工查账，抓住了真凭实据，公布于众，迫使羊馍馍认错退赔。村里唱大戏庆祝胜利，直南特委派刘大丰赶来祝贺。羊馍馍下台，霍子瑞当选村长，我舅父刘凤魁为副村长。这件事轰动了全省，天津《益世报》发了消息。不久成立隆平县农民协会，霍子瑞为会长，我舅父任常委。

稍后，朱林森在王尹村开展反对奉军摊派粮款的斗争，与魏家庄农民运动相呼应。该村地主豪绅朱老连，想以顶官差为名，将李唐祖陵一对石狮子卖给美国商人。朱林森发动群众，揭露其阴谋。朱老连见势不妙，连夜将石狮送往内丘火车站，准备运走。朱林森组织群众紧紧追赶，终于将这一对珍贵文物截了回来，至今这对石狮还稳坐在县文物保管所里。

1927 年四一二政变，隆平农民运动遭到镇压，县委书记朱林森被捕。霍子瑞发动城南十八村村长，连环作保，自己暴露，被押往天津监狱。他被组织营救后，一度给北方局彭真当交通员。隆平党组织遭到破坏，柏舍村张子政临危受命，任县委书记，仍以魏家庄党支部为中心，发动短工罢市，赶走流氓教育局局长。

1935 年冀南暴动失败，国民党组织四县反动势力围剿魏家庄，党员群众三人牺牲，我大舅父刘墩子被绑在树上活活烧死。

1937 年七七事变，9 月 15 日张子政在魏家庄召开紧急会议，成立隆平县委军事部，张子政为部长，霍子瑞为政治部主任，刘鸣山为后勤部长。宣布成立“冀南抗日游击队”，有魏家庄、柏舍等村党员群众 21 人参加。10 月 12 日，日军占领隆平县城，国民党县长南逃，抗日游击队北上，22 日进驻李村。打听到日寇山口粮站守军暂回柏乡，无人守卫，26 日拂晓，游击队攻占粮站，日军六七十人闻讯，乘三辆卡车返回。游击队隐蔽在山坡上、棉花地里，南北夹攻，一直打到下午四点，附近群众赶来助阵，四面土炮响起，杀声震天。日军不摸底细，狼狈逃窜。游击队首战告捷，缴获长短枪 21 支，汽油 10 桶 1000 公斤。之后游击队转移县北洼地，控制 20 余村。正义群众纷纷来投，部队发展到上千人。

10 月初，霍子瑞等二人通过封锁线，赶到邢台山区皇寺，找见八路军一二九师先遣支队司令员张贤约，汇报隆平抗日情况，要求派干部领导。霍子瑞带着三名红军战士回到魏家庄，人们看到了希望，游击队士气大振。霍子瑞个子矮小，人们戏称“程咬金搬兵”。10 月中旬，八路军挺进队孙继先、胥光义率部 40 余人来到魏家庄，听取汇报，喜出望外，命名游击队为“冀南抗日模范支队”，张子政为支队长。后几天又分出部分战士到附近的庄头村宣传群众。11 月初陈再道、李菁玉率东进抗日纵队来到魏家庄，不久宋任穷率骑兵连到达魏家庄北边五里地张村。

1938 年 2 月，模范支队奉东进纵队命令，扫除南泊一带土匪武装，魏家庄党员刘凤魁、杨梦南和我父亲深入虎穴，一举解放了盘踞 20 年的土匪老巢，收编部分地方武装。至此，抗日模范支队整编为一二九师三八六旅新一团。魏家庄乡郭贾村战士闫长林跟着新一团转战南北，后来担任毛主席的卫士长，写了一本著名的《胸中自有雄兵百万》。陈再道同志多次来魏家庄工作，其中一次碰到敌人扫荡，在杨梦南家的地道里藏了三天。

抗日部队需要粮食棉花，常常从魏家庄大集筹措。为此，县委非常重视恢复集贸市场，印制了一种“流通券”，作为一种根据地的货币，活跃了市场，我舅舅刘凤魁抓这项工作。抗日战争后期和解放战争时期，是魏家庄的黄金时代，粮棉成山，源源不断地运往前线。魏家庄熏鸡正是那时期形成的，招待外来采购人员和剧团名角，研制者刘老茂也住在刘家后街。解放初，中央老区慰问团专程来到魏家庄，向这个红色堡垒赠送了一面锦旗，给我舅父胸前戴了一朵大红花。

（本文依据河北人民出版社相关出版物中的张子政、朱林森等人回忆录撰写）

老枣树

粝食篇

美食，这个原来较为生疏的词，因为陆文夫的一篇小说，在我们这馋嘴的国度里一下子风行起来。对于我这生不逢“食”、一向以水饺和大锅菜为最高待客水准的冀南人来说，关于八大菜系，关于几千元一桌的宴席，确实缺乏足够的想象力。但是，笨人也有一时的狡狯，如果反向思考，比粗茶淡饭瓜菜代，比吃劣质粗粝的食品，我还是食有其长，在同龄人中很可能是出类拔萃的。必须郑重声明，绝不是为了忆苦思甜，提供一篇阶级教育的乡土教材，这种想法早就在自家饭桌上被儿女们击败了，只不过作为一篇散文，写出它的知识性、趣味性，或者为吉尼斯纪录的追求者打开一线思路而已。

我出生在七七事变后第三年，用水深火热还不足以形容那空前劫难。除了日军、汉奸烧杀抢掠，老天爷也助纣为虐：头年淹，二年旱，三年蚂蚱滚成蛋。碌碡不翻身，赤地千里。有男人的下关东，像我们孤儿寡母的只有听天由命。所以饥不择食，吃过的没吃过的、能吃的不能吃的都抓来往肚里填。

最先吃的是家里村边的树叶，槐叶鲜柳叶淡，杏叶酸梨叶甜，臭椿苦杨叶涩，柿叶吃了肠干，白楝叶吃了拉肚。树叶生吃容易中毒，就用开水焯过，温水浸泡三四天，毒没了味也没了，只剩下一堆粗纤维。

继而是地里的野菜。春天里，扫帚苗、老鸹爪，取其鲜嫩；夏天里，灰灰菜、硷蓬蓬，取其肥硕；秋天里，打碗花、洋地黄，取其根茎；冬天里，大稗子、老白草，取其籽粒。野菜中的上品是马齿苋，叶厚茎粗，凉拌生炒鲜美，煮熟剁碎做馅肉头，晒干了过年当肉吃。树木中的宝贝是榆树，开春榆钱熬菜粥，春夏榆叶拌苦累，冬天榆皮磨面，可以做任何糠菜的黏合剂。

天无绝人之路。洪水里青蛙鼓噪，那时也不知其名田鸡，无须保护，小蝌蚪老蛤蟆通通抓来充饥。天旱时蝉鸣震耳，只想彼可食之，早起掘地挖其蛹；晚上树下点火，摇晃树枝，成虫纷纷落地。扫进火里烧熟，背上一块疙瘩肉。飞蝗过境，遮天蔽日如乌云，翅声阵阵似雨来，那不能吃。地上蝗虫未生翅叫蝻，在地里挖些沟轰进去，用麻袋装回去，大锅爆熟，吃不完还可囤起来。至于大肚子蝈蝈长腿担杖，放进灶火，剥开一兜黄子，那是哄孩子的。鼹鼠刺猬，糊上泥巴，埋进火堆，闻见熟味，取出来一摔，皮毛脱落露出一团红肉，吃起来顺嘴流油，那是孝敬老人的。

人民政府救济灾民，从外地运来豆饼、花生饼、棉籽饼，锅盖大小，二寸来厚，都是连皮带壳榨过油的，坚硬似铁。用油锤砸成小块分而食之，像啃骨头磨牙，半天一个白印。后来村政权搞自救，籴高粱做粉条。红高粱连壳榨去淀粉，剩下渣滓做窝头，成为大家的主食。这些东西吃了发干，拉不下屎来，人人用棍子掏，故需要配以苦菜。

那时不懂科学种田，粮食产量很低，舍不得拿地种菜，一般是腌一缸萝卜吃一年。孩子馋了，窝窝壳篓里放点香油盐面蘸着吃；大人们馋了，打一锅糨糊放把盐当菜吃。这样久了，家家只有一口大锅一把锅铲，别无长物。家庭主妇们只习惯蒸煮，别的不会。

“文革”有一句口头禅：“防止吃两遍苦，受二茬罪。”其实这两遍苦二茬罪已经吃过受过，那就是 1959 年开始的三年困难。1958 年风调雨顺，但是丰产不丰收，劳动力大炼钢铁，成熟的庄稼丢弃烂掉，收回的一部分经不起吃饭不要钱的消费，形成全国大饥馑。

那时我正在天津上大学，食堂里实行增量法，加倍掺水，米饭像稠粥，饼子不成个儿，撑起肚子不当饿。有人发明“人造肉”，用刷锅泔水发酵形成小球藻，又酸又臭。后来抽调我到霸县整风整社，坚持“三同”，一天三四两粮食，很快浮肿起来。领导看我是个人才，特意抽调到分团，协助高熙曾副教授编写《代食谱》，使我这个粝食家大开眼界。除了从历代继承下来的传统经验，又有许多新的创造，比如薯类的系统加工。鲜薯切片晒干轧面，那是当时的细粮，包饺子做点心用；红薯把子，根根须须，或蒸或煮；大量的薯蔓晒干轧面蒸食熬粥都行，苦中略带甜味。剥掉籽粒的玉米轴，现在当柴烧，当时是农民的主食。粉碎，水磨成糊状，晾干晒成银灰色粉末，当时叫玉米淀粉。棉区则把摘去棉花剩下的花蒂如法炮制，叫作棉花淀粉，其实是木质纤维粉末，毫无营养可言。如果棉花淀粉也不够吃，吃一种细土，纯粹是肠胃功能的需要。

后来听说高副教授“文革”中因为《代食谱》的问题，被说成丑化社会主义，大受皮肉之苦，其实当时接受这个任务正是为了美化。有位同学含着热泪说，当时高老师为了不连累我们，自己承担了全部责任。我听了心里非常痛苦，也许当时替他分担一些拳打脚踢，现在心里会好受些。

凤尾草

仆仆风尘，我自故乡来。一进宿舍大门，目光就投向四楼角上的阳台，我那“高层干部”的空中花园。果然，在月绣和月季中间有朵最鲜艳的花开了，悄悄地探出园外，那是小女儿的笑脸。

“爸爸回来了！”随着一声甜甜的喊叫，那朵花消失了。“目中无人，光看到你的女儿！”只顾抬头看阳台，没注意妻子早已站在面前，她在等我。小女儿飞跑来了，刚要抱我的双腿，发现我手中捧着的花盆，她一双小手直直地伸过来……

一家人都是花迷。

她们娘儿俩取下花盆上的塑料罩，围着、瞧着、品评着这棵草绿色的生命。妻子说：“密枝细叶，比云竹富贵。”女儿说：“亭亭玉立，比云杉温柔。”妻子关切地问：“它叫什么名字？”我说：“凤尾草。”多美的名字！看她娘儿俩喜形于色，一定进入了美好的想象。于是我又告诉她们：“还有个俗名叫扫帚苗，成熟后就变成扫地用的扫帚了。”她娘儿俩一同直起身子，长出一口气，面部兴奋的神经一下子松弛下来。我心里暗暗好笑，一个物种由于名字的差异，竟会在人的心中产生两种不同的反应。她们哪里知道，这种植物在我的一生中留下了多么深刻的记忆。

抗日战争的第三个年头，当八路军的父亲牺牲了，母子相依为命。1942 年环境残酷，日军实行“三光”政策，老天也助纣为虐，头年淹，二年旱，三年蚂蚱滚成蛋，三年碌碡没翻身。家家靠吃树皮、树叶过日子，村里村外的杨、柳、槐树都被剥光了皮，吃完树叶吃草根。我的两条麻秸秆似的腿支着个大肚子，细脖颈挑不起一个脑袋，夏天光屁股，皮肤呈草绿色，像一只螳螂。

俗话说，天无绝人之路。那遍地扫帚苗，是野草中的“细粮”。用榆皮拌扫帚苗做的食品，简直是高级点心。记得第一次吃的时候，母亲蒸了七印锅满满一大筐子。母亲刷锅的当儿，我已经把一多半儿塞进肚里。问我什么味道，我摇着头，大概是没来得及咀嚼，囫囵吞下去的。

知道扫帚苗的珍贵，家里有人的跑马圈地，把一向没主儿的河坡瓜分了。我家孤儿寡母，能守住父亲留下的几亩碱地也就不错了。母亲饿怕了，自家地里的扫帚苗也分畦分段有计划地吃。

有一天我问母亲:“怎么咱地里的扫帚苗也比别家长得稀?”母亲说:“咱命苦!”小孩子不懂得什么是命，晚上躺在炕上想，我家地里的扫帚苗能多长些就好了。

土改那年，农会要分给我家几亩好地，母亲不要，孤儿寡母连几亩碱地还种不好呢！主要精力放在纺花织布上。村里代耕只管犁地、播种，以后的活计全靠母亲一个人干了。地里只能种高粱，苗长不高，扫帚苗倒长起来了，原来扫帚苗喜欢碱地（后来知道它的种子含皂素，可做肥皂）。谷雨以后，我们娘儿俩就开始在地里锄草，草苗一齐长，昔日救过命的扫帚苗如今成为一害。草苗上遮阳，下争水，影响高粱生长。母亲和我一畦一畦地锄，这些家伙们长得快、扎根深，很快就锄不动它了，需要一棵一棵用手拔。大棵的我使出吃奶劲也拔不下来。母亲看我两手血泡，把我搂在怀里，心疼地流下了泪水。我偎在母亲怀里，喃喃地说:“娘，这些扫帚苗，前几年咱们吃它，它那么少，如今不吃了，它又这么多了，是不是来报仇啊?”母亲说:“别瞎说，扫帚苗救过咱的命，请神容易送神难!”

以后，我离开了故乡，离开土地，离开相依为命的母亲，到城市里上学。从中学到大学，到工作岗位，再也没看到扫帚苗，也从来没有想起它，可万万没想到，十几年后，我又同它邂逅了。

在那特殊的年月，扫帚一下子兴起。大院里大字报上画的是它，街上的大标语画的是它，报纸漫画上也是它，遍地扫帚，漫天扫帚，“横扫”着一切。多少人被当成了灰尘，多少人被当作垃圾。连我这个穷苦出身的烈士遗孤也在“横扫”之列。因为我写了一些诗歌、剧本，参加过全国青年文学会议，成了专业作家，被当作“修正主义苗子”批判。1968年，我们省文联的“灰尘”和“垃圾”们，被关在石家庄西郊原日本兵营里，占地上百亩的大院被称作“垃圾箱”，军工宣队把我们这些作家、编辑们当作政治犯看管起来。

春节到了，一律不许回家，母亲放心不下，打发爱人来看我。新婚不久的夫妻，隔着铁栅栏相对无语。沉默了一会儿，妻子小声说：“娘让你别惦记她，她什么都经受过，剿共、日本兵、灾荒年……”妻子含泪走了，这天晚上我做了一夜噩梦，剥光的树木、浪山一样的扫帚，迎面挥来。还有人听到我在说梦话：“请神容易送神难！”

前几天，我回家看望母亲，在窗下的花池里突然看到我一生印象最深的植物。我说：“娘，这不是扫帚苗吗？”母亲说：“如今这物件儿地里少见了，我把它移回来，当花种。”儿子和母亲心是相通的，我在母亲的花池里移出一棵，拿回来加入我的空中花园，希望人间的扫帚苗都变成花朵！

家住六楼

首次来访的客人气喘吁吁爬上六楼，无不摇头：“你怎么住这么高？”好像我不该住这么高。民谣曰：“一楼脏，二楼乱，三楼四楼住高干，无职无权靠上站。”这时我总是解释：“习惯了住楼顶，如果有七层八层，我还往上搬，永远高高在上。”

既非调侃，也不是自我解嘲，确实是心里话，多年来住高楼住出了经验，尝到了甜头。

“文革”后期，家从保定搬到石门，住到旧楼底层，出出进进，买煤买菜真够方便。可是事物总是一分为二，住一楼也有弊端。儿子刚上小学，放下书包就往外跑，院里有棵大柳树，是省文联的娱乐中心。孩子们白天做游戏，晚上全院凑在一起看黑白电视，心都放马跑野了。女儿才学走路，也在家里憋不住，出门就跑，磕碰得膝盖上血痂不断。

这时候机关四层新宿舍楼竣工了。因为地皮是我出面交涉从部队造纸厂要来的，办公室说只要我张嘴就可以分上二楼或三楼。我与妻子商量来商量去，决定要没人愿意去的西四楼头，那儿距离大柳树最远，距离大门口最远。小家伙们下来不方便，心就好圈住了。我还找到了一个根据——“孟母择邻”的故事。果然院里的热闹听不见，儿女们心就收拢在功课上。于是高楼层出高才生，西四楼头走下来一名硕士、一名学士。

转眼十几年，机关人员膨胀，住房紧张，特批了一幢六层高知楼。久为住房难困扰的知识分子一个个红了眼，从有图纸就开始竞争，空气日趋紧张。论分房资格，工龄、联龄、职称排名我可以站到最前列。但是面临一场激烈的分房竞争，一向不愿多事的我自然退避三舍了。我和妻子不言语，一人手里写个字，亮出来都是个“六”字。

同上次分房一样，此举并非出于高风亮节，而恰恰为自己。宿舍楼与办公楼相隔不过二十米，打声招呼都能听见。像我这种常年坐办公室的中年人，又不爱动，出了家门进办公室，放下筷子就拿笔，时间久了还不坐成腚大腰圆血压高？六层楼令人望而生畏，除热点之外，与人无争。果然分房方案撕了又贴，三榜五榜，许多名字勾来抹去，唯有我的位置稳如泰山。

住上六楼，受益匪浅。前年出差，登四千米黄龙、五千米昆仑，连年轻人都气喘吁吁，汗流浃背，而年已半百的我尚能健步如飞，如履平地。许多人惊奇地问我身体何以如此健壮，答曰：“在家天天爬山。”不是吗，六层楼梯九十磴，每日上下十几个来回。医生说爬六层楼等于慢跑五百米，那我一天就爬一个十八盘，四天就登一个泰山。而且我还是负重的脚夫，菜篮面袋煤气罐，大脚快腿就是如此这般练出来的。

当然高有高的难处，妻子进入更年期，这儿疼那儿不舒服，上楼不敢快走，半路还得歇歇腿儿，难免有些后悔。尤其到了春夏，农业用水多，城市水压不足，六楼成了“上甘岭”，妻子成了“盼水妈”，千百块买的金鱼牌淋浴器成了鱼干，小天鹅洗衣机成了旱鸭子。妻子着急上火，骂我自作自受，每到这时我便悄没声儿地大桶小壶下楼提水抗旱。半夜三更，睡梦里听到水龙头“喘气”，起身盆盆罐罐一滴滴贮水备荒，终于用汗水和耐性熄灭她的火气。

高也有高的好处。比如绝无来自上边噔噔嚓嚓磨地板、稀里哗啦搓麻将、叮叮当当剁肉馅的干扰。居高临下，俯瞰一切，红火热闹可以不凑，说长道短可以少听，远离纷争远离烦恼。夜深人静，爬格子累了，可到晾台看天上银河；逢年过节，兴之所至，凭窗看人间烟火；天天早起，伸开双臂，最早迎接喷薄而出的太阳。高一层楼就高一层风景，高一层境界。

腰肌劳损

从北京开会回来美美地睡了一觉，闹钟铃声响过我再也爬不起来了。腰部撕裂样剧痛，疼得难以忍受。不敢翻身，不敢伸腿，不敢咳嗽，上一次厕所像上一次刑场，连上厕所解腰带都得老伴儿代劳。没有下楼上医院的勇气，只能屏息静气地躺在床上忍着。

女儿下班回来看到问题严重，请了个骨科大夫来。我刚刚查体不久，包括脊柱 CT 都正常，排除了腰椎间盘突出的可能。大夫发动家人把我翻转过来，这儿摸摸那儿摁摁，问近来干过重活儿吗，我说一个月前回老家秋收，从院里往房顶上扔了一天玉米棒。老母亲都 80 多了，还在下边连装带递，我才 50 多岁，在她眼里还是一名棒劳力。还有我自恃身体好，扛煤气罐上六楼，一年也有几次。大夫“霍”地站起来吓唬我：“不要不服老！这把年纪在京剧舞台上已经是花白髯口了，还‘老夫聊发少年狂’。一有闪失你就成了《白鹿原》后半部的白嘉轩，拦腰打断你的不是土匪，而是你自己。”

大夫说这病叫肌纤维炎急性发作，加上陈旧性腰肌劳损，必须卧床休息，加上喷肌乐灵，服舒林酸，贴天和骨通，会慢慢恢复的。大夫走后，我用手抚摸腰背，只感到它粗糙、疙里疙瘩，看不见病色和痛苦的样子。这多半辈子它负重太多，吃苦太多，损伤太多了。

出生 14 天父亲牺牲，孤儿寡母相依为命。5 岁那年个头儿刚刚高过锅台，东院奶奶就用炕席改制一个小背篓，让我开始供灶火。刀麦茬，割茅草，刨树根，搂树叶，一篓篓背回家。大人们指着笑：“看，又背回来个老鸹窠。”可不是呗，都是鸟儿一样一根一根衔来的。

我的小背篓不仅背回来源源不断的柴禾，还背回来吃不完的野菜，春天的扫帚苗、老鸹爪，夏天的灰灰菜、硷蓬蓬，秋天的马齿苋、打碗花，冬天的老白草、地梨。苦菜更是一年到头的看家菜。我们那一带是粉条之乡，人们常年以出过芡的高粱渣滓为主食。渣滓窝头坚硬似铁，必须就着苦菜才能解下大便。到河滩挖苦菜，大孩子欺侮我，跑马圈地，把苦菜又肥又多的地块占去，让我一边儿眼馋。有一次我索性躲得远远的，发现一块苦菜旺地，不声不响地挖了一大堆，小背篓装得满满的，背不动就一步步往回挪。挨到天黑了，母亲呼天抢地地来接我，心疼地抚摸我的腰背。小学六年我只上过三年，还只是冬仨月。小背篓是念不完的书，念破了一个又一个，然后送进母亲的灶膛里。

农村孩子上到高中、大学才算脱离农业，手脚上老茧、腰背上疙瘩肉才慢慢褪掉。1958 年教育革命，教育与生产劳动相结合，学生告别了课堂。高三下学期面临高考，我们却扎扎实实劳动了半年。上山植树，下河修水库，一个月下来都不会直着身子走路了，养成一种猫腰前倾的习惯姿态。后来转战丘陵区抗旱点种，从村边大坑挑一担水，担到坡上浇十个坑。开始单程一二百米，后来延长到二三里，肩上水泡压成血泡，血泡压成老茧，脊柱曲度越来越大，最后人人都成了小罗锅儿。

上大学先大炼钢铁，接着寒冬腊月修塘沽新港，窝棚搭在防波堤上，两边海水都结了冰，晚上风吹透心凉，校长正好叫梁寒凉。可是一上工地就生龙活虎，扛两袋水泥上跳板如走平地。筋疲力尽时，二两一个包子一顿塞二十多个，又马上加了油充了电。1961 年低指标瓜菜代下乡种麦，牲口死了人拉犁，我人高马大常常驾辕。一次晕倒在垄沟里，犁尖从背上划过，带血的麦粒种进肉里。

大学毕业原定留在天津，经过再三申请改派邢台基层工作。报到后第二天步行 130 里到太行深山区一个小村，一个猛子扎下去两个月。此后加重“红旗”驮上行李下乡，三年同吃同劳动，倒也愉快。可惜好景不长，“文革”开始，我这坷垃地里长大的孩子也成了“臭老九”，学习班搬到一个劳改农场，工宣队像管犯人一样对待作家。一次锄地，豁嘴儿队长一会儿嘲笑田间跪着干活儿，一会儿挖苦刘流、刘真“猪往前拱、鸡往后刨”。我看他不过是刚穿上工装的学生，想逗逗他，说：“你看我这活儿咋样？”他看看说：“70 分。”我说：“咱俩比试比试，我锄两垄，你来一垄，到地头赶上我算你 100 分。”结果他没及格。晚上，工宣队开会抓阶级斗争新动向。几天后帮助公社割麦，工宣队挑兵选将把我夹在中间，要报一箭之仇。我是大陆泽畔长大的，洼大村稀麦地宽，割麦子是拿手好戏。我一猫腰飞镰出去，平展展麦田开出去一条沟。割麦的诀窍一是把大，二是少直腰，不怕慢，光怕站。200 米长的地，我割到头返回来接他们，刚好碰在地块中间，说话间狂风大作，别人的麦个儿满地滚，我的麦个儿纹丝不动。原来下镰时我看西北天边有块黄云彩，料定会有大风，每个麦个儿留一撮连根麦，风吹不走。这是大陆泽农民的看家本事。

第二次报复是派我去临西插队，扬言逐渐掐断我的皇粮当一辈子农民。当农民我不怕，本来就是农民。我扑下身子劳动，让腰背充分享受阳光，风吹日晒形成一层老皮，油光锃亮像涂了一层釉。有一次赶毛驴车到200里外的京广线拉煤，带一口袋干粮，饿了花两角钱在路边小店烩烩。去时坐空车悠哉游哉，回程重载又赶上下雪，驴拉不动，自己拴根绳子拉帮套。早起路上玻璃样滑，中午泥泞不堪，累得浑身是汗，湿透的棉衣结冰，变成银色胄甲，咔吧咔吧地响，半夜回到队上，人和毛驴一起趴下了。

粉碎“四人帮”，机关恢复正常秩序，有劲没处使。只有在植树、抗洪、扶贫之类活动时，人们才想起我，称作省文联第一条好汉。家里更甭说了，买煤买粮贮大白菜，闹着玩儿就干了。后来，机关和家里力气活儿越来越少，英雄无用武之地，腰背渐渐“搁置”起来，让五官四肢风光，于是便出现了这次“苦谏”。

卧床养病如妇女坐月子，常常胡思乱想，想我们这一代人生在枪林弹雨里，长在和平蓝天下，前没摸着扛枪，后没轮上插队，处在历史浪潮的波谷间，大都生活平庸没有官运。开始落实老干部政策没资格，后来干部年轻化又过了年限，得天独厚的是天长日久的劳动，所以患腰肌劳损者众。

大　脚

邻居特意来告，人民商场新设特号鞋柜，妻立刻放下手里的活计，拉我乘车赶到。这个特号鞋柜好像是专门为我一个人增设的（我确实曾几次在鞋组的顾客意见簿上呼吁过），无人问津，女售货员在看一本花皮杂志。如果说普通鞋柜货架上形形色色的名牌高跟鞋像一个个窈窕淑女，这里只有一种肥硕臃肿的大鞋如畸形的相扑选手。但是对我来说如获至宝，从45码试来一直到最后一双48码，才算大小肥瘦合适。我像小孩子一样乐颠颠地走来走去，干脆甩掉旧鞋付了款，两眼瞅着双脚走向楼梯口，回头看女售货员目送着像我一样开心。

我天生一双大脚，不光长，宽且厚，一向与市场上的鞋无缘，穿的鞋都是母亲家做的。后来母亲年岁大了，眼花手迟，再不忍心难为她老人家，谎说外边买鞋。可是外边哪儿买得到呢？不知道多少同事、朋友为我的鞋发愁，到处寻觅。逢阳把我的脚按在一张四开报纸上，刚好描上一个轮廓，拿回去请他爱人所在的鞋厂定做了两双三接头皮鞋，结果长度够了，忽视了宽度厚度，脚伸不进去。张雪杉去长春出差，见到一双45码大鞋买上寄来，妻子和我四只手塞一只脚，好半天才装进去，跷着脚走路，心想穿几天就撑大了。结果鞋没撑大，十个脚指头上磨出了十个鸡眼。田间同志的爱人葛文在西单商场买来一双翻毛牛皮大头鞋，像两个冬瓜。我把里边的毛剪去，请鞋匠在两边鞋帮上开了口接块皮条，这才破天荒有了第一双合脚的皮鞋，一直穿了五年。有人绘声绘色地说，我下乡劳动后，耗子在鞋里做窝，一只鞋里竟有24只小老鼠。

一次随以艾青为首的诗人访问团到青岛，街上有一批出口转内销的皮鞋，都不能为我所用，只有一双黑色皮拖鞋像一对乌篷小船，“空前绝后”，勉强可以。这种拖鞋带子颇宽，如果穿上黑色袜子，可以冒充皮鞋。这双拖鞋我年年从“五一”穿到“十一”，一穿又是五年，钉了三次掌，鞋底还是磨成纸样薄。我就是穿上它和流沙河从北戴河走到沈阳、丹东、大连，越海又走到烟台、青岛、济南，爬过水丰水库大坝，登过泰山南天门，游到大明湖，朝过孔庙。关于沙河兄和我的大脚还衍生过故事，流传颇广。不少人都知道我有一双二号国脚，据说头号是穆铁柱。

后来我的这双可爱的大脚还出过洋相。1987年随刘白羽同志出访苏联，跑遍莫斯科、基辅、列宁格勒也找不到一双合适的鞋，可见它已经达到国际水平。最后花50戈比买了一把不锈钢鞋镏子，此物是穿鞋的辅助工具，国内市场早已绝迹。回国时在机场过海关，红外线探测器突然呜哇乱叫起来，那时国际打击劫机犯声势正猛，安全人员全副武装包围了我，一时空气骤然紧张起来。我也不知祸出哪里，直到打开提包一看，是一把鞋镏子。双方大笑不止，一直把笑声带到云彩里。

许多人惊异我的这双大脚是怎么形成的。说来话长，有先天也有后天因素。据说我父亲人高马大英武异常，我母亲也是妇女中少有的高身材。父亲牺牲后，母子相依为命，从能走路起就扯着母亲的衣襟下地。母亲从旧社会带来一双小脚，在乡道上田垄里咯拧咯拧，留下一行行痛苦的脚印。每当看母亲挣扎着劳动一天，回来解开裹脚布，变形的脚趾血肉模糊，我常常心疼地发誓快快长出老大老大一双脚去替母亲干活。光着脚丫踩坷垃、串垄沟，故意踢石头、踏麦茬，甚至踩卵石、搓蒺藜，脚底磨出一层铁皮，除了冬天从不穿鞋。

于是，我的一双脚奇迹般地疯长着，是父亲气概的延伸，是母亲能量的释放，更是独立生活的需要，12岁脚就长成了个儿。出村上初中得穿鞋，穿上鞋像裹脚一样难受。星期六下午回家，一出校门就脱了鞋甩开脚片子，15华里用不了一个小时。那时长个儿也长脚，先是趾甲突破，随后鞋底磨穿，一双鞋只穿20多天。别人家孩子一个鞋样用两年，我的鞋样两个月换一个。去邢台上高中单程90华里，一个月步行回一次家，吃了午饭出校门，到家能赶上晚饭。上大学我的脚成为体育教研室一大难题，普及滑冰，全天津市也找不到我穿的冰鞋，只得批准我一个人免修。大学毕业申请回乡，第二天上山，一天走了130华里。有人说我是飞毛腿，坐下来就要看脚心里是否有一撮毛。毛是没有，倒是汗腺特别发达，鞋壳篓里总是水汪汪的。还有人推算按人体比例我的身高不止一米八一，而应该是两米二，可能三年困难时期正是我的高生长期，营养没有供上，耽误了一个高大中锋。

再后来进城市坐机关，一双大脚的优势没了，反而变成累赘，常常惹麻烦出乱子。在家里稍不留神，不是踢倒瓶子就是打翻盆子。在外边跳舞，不是绊人家的脚就是磕人家的腿，于是就产生了这样的戏谑："尧山壁跳舞——打一作家名。"谜底是胡采（踩）。

好了，不啰唆了。鞋作为脚的包装，脚作为鞋的内容，在我身上几十年没有和谐过。放纵、束缚，忍受、突破，在矛盾和痛苦中走过半生坎坷，留下了无尽的省略号。可我自己对自己的一双大脚，半是欣赏半是自嘲。那一年在北碚开散文会，去参观大足石刻，我大叫要回故乡了。乃至看到那个特大的脚印，不禁目瞪口呆。把我的一双脚放进去，好比蜂儿落进鸟巢。之后又到了乐山大佛，竖躺在大佛的小脚趾上，不过一条纹理，好比鸟儿落上山岩。原来，我得意半生的一双脚不过是很小很小的两只爪子。

笼中鸟

失去母亲，58岁的我仿佛又一次沦为孤儿。奔丧回来疲惫不堪，万念俱灰，恍惚中听到一阵鸟叫，以为是幻听。睁开眼鸟声仍在，寻声找去，晾台上果然一只鸟笼，那鸟儿仰头瞅着我，好像说："久违了，还记得在下吗？"记得，百灵鸟，儿时每年秋天豆地里逮到，回家没笼子，养在母亲的干粮篮子里。妻子跟过来说：“‘有朋自远方来’，托人从坝上草原捎的，给你解闷儿。”我报以感激的目光，母亲走后全靠她照料了。

妻子温存地伏在我肩上，鸟语般地问：“你说这百灵鸟是公是母？”我一时答不上来，和它们打交道时我还是个孩子，没有性别知识。迟疑了一下说：“是母的吧。”在我心中雌物都是美好的。妻子撇嘴说：“傻帽儿！公百灵鸟才会叫呢，母的不叫。大到狮子，小到蝈蝈、孔雀、雉鸡，都是雄性优越。哪像咱家，母鸡打鸣儿，公鸡哑巴。”她又在挖苦我生性木讷，不善言辞。

妻子如同照料孩子一样善待这只百灵鸟，查资料，跑鸟市，了解它们的生活习性，喂鸡蛋清拌小米，饮淡茶水。笼底铺一层细沙，天天换食罐、水罐，清扫粪便。鸟儿吃饱喝足便引颈高歌，变换花腔。我听得悦耳，妻子听得出神。她说看见鸟儿就想起了自己：“你这家就是个笼子，当初看着高雅，想钻进来。一旦进来，便失去了自由，失去了自我。”

我们相识于1965年。那时我刚调任省文联专业作家，在邢台“埋种子”，写出一个小戏《轰鸡》，参加地区文艺会演，被总政文工团和中央电影学院看上了，著名剧作家傅铎称之为“北方打铜锣”，要拍电影，正在春风得意。有人给介绍对象，戏校的音乐教员，如有意可叫来看看。她来了，借口感冒，穿着棉猴儿戴着口罩，不让见庐山真面目。可是留下一口标准的普通话、一手潇洒的字迹，足令我想入非非了。会后她到内丘县搞“四清”，我专程去，她正在舞会上独唱，歌喉婉转，像只快乐的小鸟。一见钟情，不仅仅因为漂亮的外表，她聪明过人，温柔而善良。在那个偏僻的小城，已经是难得的追逐目标了。

不久“文化大革命”开始，她美丽的眼睛忧郁起来。谈起身世，她说生不逢时，高中二年级被选调省电台，是个很有特色的播音员，不久发生了“三年困难”，大批精简人员，她又回校接着读书。在涿州中学品学兼优，被誉为校花。高考成绩名列保定地区第三名，因为出身问题未被录取。父亲出身教师，祖父出身富农，查三代就高不就低。这次运动来势凶猛，怕连累了我。她伏在我胸前微微发抖说：“你是我的大山，失去你风暴会把我吹走。”正在热恋中的我光往好处想，相信文件“有成分论，不唯成分论，重在政治表现”。还给自己找理由，看中央首长的夫人，哪个不是出身高的，背叛原来的阶级就行了。选择爱人，一是我爱，二是爱我，不计其余。她的想法也像我一样简单，生个漂亮的孩子，成分随父亲，此生也就满足了。

老天有眼，有时也会给绝望中的弱者一个安慰。婚后生了一儿一女，聪明伶俐，我家这只百灵自剪翅膀，做起了贤妻良母。那时我俩工资加起来不过八九十元，四口之家，还有双方老人，她柔弱的双肩承载起重负。她把聪明才智用在了厨房里和缝纫机上，把歌声变成了急促的脚步声和劳动节奏。粗粮细做，穷日子过得有滋味，定量供应节省下来的肉招待朋友，一斤肉能炒四样菜。精打细算，巧用每一寸布票，大人孩子整整齐齐，连衣服上的补丁都当花绣。

那时候还没有“小天鹅”和“小鸭圣吉奥”，妻子的一双手就是洗衣机，还是永动机，一天到晚洗洗涮涮。偏偏家住高层常常断水，她变成一个十足的“盼水妈”。晚上我和孩睡下了，她不敢合眼，支棱着耳朵捕捉水龙头的声息，水来了接满盆盆罐罐。人穷衣服少，天天轮流洗，孩子棉衣脏了也不过夜，洗净烤干，保证第二天穿上。冬天为了省煤，一双手常泡在冷水里，手总是红通通的，常年寒气透骨，落下了风湿病。

儿子胆小，不敢学骑自行车，她手把手地教了一个月，连自己也摔得鼻青脸肿。女儿娇气，吃饭剩碗底，多一口也不咽。她顿顿喂，隔两三个月悄悄换大一圈儿的碗，女儿大了，一色的瓷碗攒够一套。我出了几十部书，每篇文章她不知抄过多少遍，把人间的爱发挥到了极致。人常说，一个成功男人背后总会有一个强大的女人。我背后有这样一个强力的女人却不成功，想起来愧对于她。

粉碎“四人帮”，时来运转。所在的工厂提拔她当综合统计。她能写会说，论文获兵器工业部奖。电大各门功课优秀，高等数学显露天赋。省里部里都想调她，有关部门要送她去大学进修，老天要把收回的一切发还给她。

希望之光在头上聚焦，幸福之门为之开启，她却犹豫了，连连失眠。一天夜里她摇醒我，认真地说：“大学梦困扰了半生，常常半夜哭醒，眼看梦想要实现了，却必须放弃。我想好了，一家四口组成一个三脚架，你是现实，儿女是未来，都不能动摇，我只是后勤，也不能撤劲，缺一条腿，这架子必倒。前几天出差回来，才几天你就瘦了，孩子成绩也下滑，我就心软了。我不牺牲谁牺牲！”

她哪儿也没去，甚至连最后一年电大也退了，用全副精力来相夫教子。她的手里握着全家幸福的钥匙。儿女本科生、研究生毕业，一个个抖抖翅膀飞走了，笼子里剩下她自己。紧绷了20多年的弦松弛了下来，她得了一场大病，头疼、背酸、燥热、失眠、早搏，医院诊断为精神疲劳综合征。性格也发生变化，怨天尤人，唠叨不停。怪我只顾成名成家，没有给她调个好工作；怨儿女不听话，办事不合她的心思；想不通辛劳半生，工资还不如刚参加工作的毛孩子，每月才几百元，只有孩子的几分之一、十几分之一，心理不平衡。

以孩子们的年龄尚不能理解母亲，倒退几年我也不理解妻子，现在我理解了，带着十分内疚的理解。她是天下难觅的好妻子好母亲，是治家功臣，不光为我们的家族注入了优秀的基因，还树立了一个做人的榜样。然而长期以来我只知使役，不懂关爱；只知享受，不知回报，漠视她的奉献。一个散漫的丈夫，造成一个心情沉重的妻子；一个懒惰的丈夫，造成一个积劳成疾的妻子。多少年了，她中午一点半上班，没有替她做过一顿饭，让她睡几十分钟午觉；多少年了，我被窝不叠，东西乱堆乱放，屡教不改；多少年了，只顾自己出门风光，走遍中国飞遍世界，而把她一个人留在“笼子”里……

理解了妻子，再看那笼中的百灵鸟，也一样地委屈它了。再听那鸟叫，分明是一种哀怨、一种唠叨。放飞吧，连同可爱的妻子，给以广阔的天空和自由，多少年没听她悦耳的歌唱了。

母亲的心是孩子的课堂

人们都说，高中三年级学生是全中国最苦最累最紧张的人。人生第一次搏斗使这些乳臭未干的孩子们如临大敌，早起晚睡，废寝忘食，生活的弦绷到了最大的限度。眼看着这些天真烂漫的孩子们脸瘦了，眼圈黑了，家长们十分心疼，而嘴上不敢叫停，心急火燎地等待着他们最后冲刺的结果。还有人说，当今高考，与其说是考孩子，不如说是考家长，望子成龙，为孩子一生着想，其心理紧张度比孩子有过之而无不及。

我的孩子大成进入高中阶段却喜讯频传，一次又一次代表学校参加智力竞赛，文学作品接二连三地发表，一系列考试保持着领先位次，获得特优生称号，直到提前四个月被保送到一所名牌大学最热门的专业。一场决定命运的战斗不战而胜，多少人投来羡慕的目光，报以热烈的祝贺。那一次我一夜未合眼，使我激动的不是早已酣然入睡的孩子，而是身旁病弱的妻子。教育孩子的功劳当然首先归于学校师长，但我分明知道，大成的每张考卷上、每张三好学生证上，倾注了他妈妈多少心血。

人们常说慈母严父，可在我们家里正好相反。我自幼丧父，从未尝到过父爱是什么味道，吃尽了人间的苦楚，所以大成生下来，我捧在手上怕摔着，含在嘴里怕化了，不知怎么疼爱才好。多虑的妻子看出了我的弱点，毅然把刚刚学会走路的独生子送给乡下奶奶去养。她说:“人生难得少年贫，这是你的经验，也应该传授给孩子。”大成在乡下住了四五年，到了上学年龄把他接回来了。孩子不认妈妈，哭闹着要回去找奶奶。我看到妻子一次次眼圈儿红了，她强忍着泪水，用糖果、画书、好言好语与孩子亲近。从小学第一天起就煞费苦心，要把孩子培养成才。

早期，她注意培养孩子专心学习的心境和习惯。小学二年级时机关盖了新宿舍，按我家的条件可以分到一二楼，妻子却说服我要最高的四楼，她讲了“孟母择邻”的故事。小孩子最怕玩疯了，心野了。三五个小伙伴一声喊，或者挤眉弄眼，能使他们把父母的苦口婆心抛到九霄云外。我家住上了四楼，每天晚上孩子做作业，她在旁边打毛衣，监督又辅导，或者教他背唐诗、做模型。最初听楼下孩子喊两声，大成趴在窗口摆摆手，等做完作业再放他下去。有的贪玩的孩子心里像长了草，大成心静如水，养成了专心学习的好习惯。

稍后，她把精力放在培养孩子的骨气和毅力上。到初中，学校离家三四里，别的孩子都骑上了自行车，我家大成笨手笨脚学不会，恳求说:“我学不会了，笨鸟先飞，每天我早走一会儿不就行了?”妻子给他算时间账，骑车一天可以节省多少时间。孩子被说服了，可心里还犯怵。那一年暑假，娘俩每天早上4点起床，妈妈一边分析要领，一边扶着推着，不知摔了多少跟头，洒了多少汗水。妻子像老鸟带着雏鸟学飞一样，领着大成到马路上去。天天上学，儿子前边骑，妈妈后边保驾，院里人都喊她是护航员。

初三上学期期中大成体育课得了零分，俯卧撑、引体向上一个也做不来。老师找到家里说，体育课不及格不能升重点高中，一家人坐在家里发愁。妻子从商店买回来个闹钟，每天催促孩子早起跑步、举哑铃，晚上做俯卧撑。大成每天把闹钟上到6点，放到他屋里。可是开始几天铃响了他都听不见，还得妈妈过去把他叫醒。我开玩笑说："这闹钟原来是给你妈妈上的呀。"后来无论刮风下雨、酷暑严寒，他坚持体育锻炼，还当上了班里的体育委员。这种毅力也很自然地表现在学习上了，多难的数学题从不求人，非自己攻下来不可。除了星期六晚上，绝不看电视，什么《霍元甲》《射雕英雄传》都动摇不了他。

孩子逐渐懂事以后，她觉得没有必要扶着推着他了，要让他自己走路。大成学习成绩越来越好，她不让他死读书，着重增强他的实验能力。孩子从小喜欢文学，初中毕业已经把我书架上五百部古今中外小说浏览完了。她不让孩子偏科，一方面引导他记日记、写稿子，把读书与提高写作水平结合起来；一方面引导他对数理化的兴趣，向他灌输当代青年需要多学科知识、最新知识结构和当代意识。高中二年级文理分班，我让孩子读文科，她同意了，但是坚持要学好数学、英语，自修理化。她半开玩笑地对我进行分析："中文系毕业知识面窄，缺乏生活，写不出好作品，要搞创作就别上中文系。生活是创作的源泉，最有出息的人应该去创造生活。"她根据孩子知识丰富、思维敏捷的特点，鼓励他学经济，国家急需，直接为四化服务，同时也积累了生活，将来也可以写作。

她在工厂工作，每天都带回来一些经济、科技信息，在饭桌上传播。为孩子订了《青年文摘》《中学科技》等杂志，买了四川人民出版社的"走向未来"丛书和美国未来学家阿尔温·托夫勒的几本著作，让孩子广泛涉猎。大成利用剩余时间读了许多书，做了上千张知识卡片。高中二年级时，他们娘儿俩跟着电视学微机，连我都莫名其妙，她说现代化微机必然要普及，一年以后果然教育界提倡重点中学高才生要学微机。招保送生的两位大学老师走了若干重点中学，考核了几十名优等生，唯有对大成看中了，就是因为他除了成绩突出外，知识丰富，思维广阔，天上地下对答如流。

写到这里，可别以为我的大成是什么天才，她妈妈一定受过什么高等教育。其实，我的孩子起初成绩平平，小学还上的慢班，智力是逐渐开发出来的。他妈妈也只是高中毕业，“文革”前没机会上大学。她很聪明，前几年上了电大，每次考试都名列前茅，只要读下去，取得一张电大毕业证书很有把握。可是她是厂里的综合统计员，工作很忙，我又常常出差，家务繁重。如果她只为了自己的文凭，很可能耽误了孩子。她含着眼泪退了电大，把全部业余精力花费在孩子身上。用她自己的话说，在中小学阶段，大人在孩子心田上耕耘多少，就会收获多少。

大成上大学走的那天，孩子只让我们送到门口汽车站。我依依难舍，妻子却表现得很冷静，目送汽车缓缓驶去。孩子成熟了，我长出了一口气，觉得身上轻松了许多。回来的路上，妻子步履沉重。她常说母亲的心是孩子的课堂，如今并不觉得空空荡荡，好像只是下了第一节课，第二节课很快又响铃了。

孩子，你走多远，也走不出你妈妈的心啊！

慈母临终时

母亲逝世一年多了，我还是极力回避这个话题，害怕感情的堤防一触即溃，巨大的悲痛会把我吞没。哪怕看到母亲一类的字眼，也会出现管涌，冒出不尽的泪水。

后悔没有遵守那一则古训："父母在，不远游。"去了一趟哥伦比亚，远而又远。回来发现母亲有些消瘦，又没有引起警觉，以为老人家年年三夏大忙长在地里，难免缺少汤水，精力不济。半个月后又回去，在当院吃晚饭，发现母亲手里的馒头举到嘴边又放下，一连三次。我问娘不愿意吃？母亲说过麦天上了火，又跟外甥女生了一顿气，咽东西不顺当。看我着急，又说没事，吃几片氯霉素就好了。那年在外边犯过一次，看孩子打扫卫生把过期的药片都扔了，捡回来一把吃下去好了，就是氯霉素。可是这次新买的药吃了又不见轻，我劝她到石家庄检查一下。

在省四院做食道造影，有肿瘤迹象，又做细胞分析。把母亲安置在医院门口坐下，自己在化验室门口如坐针毡，心里咚咚敲鼓。从来不迷信，也祷告起上帝，保佑母亲平安无事，瘤子是良性的。化验结果出来，偏偏是那个最不愿看见最让人害怕的字眼，我眼黑腿软瘫在那里。中医说吃麦不吃秋，西医说只有三两个月期限。回来路上，还要强打精神强作笑颜，和母亲说是炎症，吃一阵药就好，自己让泪水往肚里咽。不敢设想，失去母亲，我会成什么样子。

都说癌症有遗传因素，可我姥姥家历来无此病史，母亲的病纯属后天所得。七七事变后，舅舅组织抗日游击队，父亲收编地主武装，母亲枪林弹雨中传书信，历尽艰险。父亲牺牲后，孤儿寡母，什么样的怕没经过，什么样的气没受过，什么样的苦没吃过。灾荒年树皮草根，三年困难山药秧棒子油，"文化大革命"中，生霉的、长毛的、发酸的、发臭的，为了塞饱肚子，吃下去多少致癌物质。就是改革开放以后，依然粗茶淡饭，清汤寡水，一斤油吃半年。逢年过节做了好饭，自己舍不得吃，送半道街。常说自己吃了填坑，人家吃了扬名，难为自己整整一辈子啊。

害怕失去母亲，妻子做着各种营养流食，我白天寻医找药，夜里忧心忡忡，睡不着觉。临危的母亲，依然与平时一样，忘记自己，只关心儿子，察言观色，一会儿看看舌苔，一会儿摸摸脉象，反倒我成了病号。偏偏单位统一查体，做 B 超时，医生说我心率快，有早搏，留下来复查。我说一向气壮如牛，一时精神负担过重所致，没什么问题。医生还不放弃，给我挎上一个盒子，做 24 小时动态心电图。自打母亲病后，我天天夜里失眠，睡不着就翻看医书。大概母亲也睡不着，半夜里看见我屋里灯光，便摸着墙根过来，催促我睡觉。这天晚上母亲摸来的脚步轻，我没有听见，来不及关灯，便合眼装睡。母亲颤颤巍巍走到床前，给我掖毛巾被时，发现了那倒霉的盒子，倒吸了一口凉气，拉了灯一步步挪出去时，脚步显得非常沉重。

大概母亲深思熟虑了一夜，第二天郑重提出要回乡去自己养病，她决定的事一向不会改的。我懂得母亲的心思，她粗通医道，知道得的是绝症，不愿意把儿子身体拖垮。在她看来，儿子的生命比自己重要，从 25 岁上守寡，多少次死里逃生，多少次忍辱负重，多少次忍饥挨饿，全都是为了我啊。

母亲走后，我请了长假，带了足够的药物营养品，力图尽量延长老人家的生命，多一天是一天，多一晌是一晌，不惜任何代价。可是到家知道母亲已经拒绝吃药输液了，谁劝也不听。气得我大哭一场，背过气去。母亲心肠软了一下，答应吃药输液，可第二天又变卦了。母亲拉着我的手说："儿啊，别给娘打针了，白花钱治不了病，反倒给我添心病，人活七十古来稀，娘活到 84 了，比你姥姥多了 20 岁，已经很知足了。娘这辈子没有白熬，没有白受罪，在这街上站住了脚，活成了人样儿，你给娘争了口气。媳妇孝顺，30 多年没有红过脸，孙辈男女都有出息，没有什么遗憾的。'七十三、八十四，阎王不请自己去。'再不走就成了人精了，白毛老鼠会成精，人老了也会成妖怪。"说得大家破涕为笑。

人间的爱是倾斜的，娘想儿，长江水；儿想娘，扁担长。参加工作后，来去匆匆，不要说尽孝道，坐下来说话的时间也不多，记得搞“四清”和“文化大革命”期间，有两次过革命化春节，连除夕饺子也不能跟母亲一块儿吃。不养儿不知父母恩，只知享受母爱，只知索取，不知回报，生儿育女以后，才逐渐体会到母爱的厚重。可是如今母亲的日子已属屈指可数，守候在母亲身边已是最后一次机会了。因而我一时一刻也不愿意离开，以弥补多年的怠慢和疏忽。可怜的母亲，到了这般时候，还时刻惦念着儿子。看我吃不多，让姐姐杀了两只下蛋的老母鸡，我当然吃不下，躲在里屋哭，一碗鸡汤里半碗是泪。

趁没人时，母亲吩咐我扶起她，一步步挪进里屋，把分藏在棉裤里、柜底下的两千元钱翻出来交到我手里，说这些钱料理后事够了。娘一生勤俭，死后也不准铺张浪费，手里的钱像火一样烧着我的心。这里边有政府的抚恤金，也有我给的零用钱，平时在手里攥出了汗也舍不得花，翻盖了一处院子，打了一眼机井，还剩下这么多为自己准备后事。可怜母亲临走之前还这样替儿着想，使儿欠下的债更多更重，而且不假时日容我偿还。看我还是一个孩子，至今没有长大啊。

谁都知道，癌症晚期的剧烈疼痛是让人难以忍受的。可是母亲在死神面前是那么平静，那么安详。除了疼上来皱皱眉、咬咬牙之外，没有半点儿痛苦的样子，总是闭目养神，面带微笑。80多天没有听见一声叫嚷，没有听见一声呻吟，直到最后缓缓没了呼吸。我呼天抢地地哭叫啊，从此再也听不见母亲叫一声我的乳名，那是人间最为优美动听的呼唤了。

母亲临终那天，妻子抱病而来，女儿悲痛欲绝，儿子远在德国法兰克福，儿媳从深圳飞到北京，又连夜赶到乡下。送葬时，全村人拥上街头，列队挥泪相送，像58年前送别抗日英雄一样，送别他的遗孀，一位又壮烈地生活了半个多世纪的普通而又伟大的母亲。说也奇怪，上午还是响晴的天，安葬时落了一阵细雨。老人们说：“好人一生啊，感天动地了！”

老 枣 树

母亲走了10年了，我依旧两星期回乡一次，坐100公里公交车，来到自家门口，朝门里喊一声："娘，桃子回来了。"依旧从厦子底下找出担杖水桶，到老官井挑水回来，慢慢浇到北屋窗前枣树坑里，泪水也掉进树坑里，引出一串串水花，那是母亲对儿子说不完的话。靠在树干上，像依偎在娘的怀里，闭上眼睛，曾经的母爱依次回到眼前。任枣树的影子撒在身上，像母亲的手指抚摸着，暖流传遍全身。老枣树是母亲的替身，是母亲不朽的雕像。

80多年前，一根筷子粗的枣树苗作为母亲的伴娘，从15里外的沙土窝移到这里的盐碱地。古老的大陆泽边，夏天水汪汪，冬天白茫茫，一望无际的碱疙瘩，只有春天才冒出零星的绿色，那是当地人民的主食苦苦菜。姥爷安慰闺女，说这是一棵滩枣，会结出紫红色的大枣，皮薄肉厚，甘甜如蜜。可是它根须扎进苦水，苗泛得很慢，半死不活，可怜巴巴，像母亲的命运一样苦哇。

父亲是个穷小子，几亩碱地养不了家口，靠刮碱土熬小盐为生。熬小盐犯私，参加了冀南盐民暴动，便成了"黑人"，跑地下工作，很少回家。第二年"卢沟桥事变"，投身滏西抗日游击队，成了"红人"，更是有家难回。两年后为国捐躯，因为是抗日英雄，鬼子汉奸要斩草除根，到处追捕我母子。一个25岁守寡的小脚女人，抱着一个落生14天就失去父亲的苦孩子，在魔鬼的指缝里挣扎逃命，东躲西藏，夜行晓伏，走过刘秀亡命的任县南泊，走过郭巨埋儿的内丘沙滩，走过韩信背水一战的泜水，走过尧山羊肠小道和滏阳河上的独木桥，历时6个月，行程2500里，才在五县交界的小寨村找到抗日县政府。县长霍子瑞是父亲的战友，他把我紧紧抱在怀里，眼泪吧嗒吧嗒往下掉，落到我脸上流进嘴里，大概有些苦涩，引得我哭叫起来。县长说："这小子命大，叫个啥名？"母亲说："随便起的，叫个老淘，一来逃难，二来淘气，他伯伯给换个名吧。"县长沉思了一会儿说："音不改了，改个字，就叫桃，桃子的桃，革命的果实。将来长大了，也不忘他娘这段难处。"

后来环境艰苦，五一大扫荡，为了减轻政府的负担，母亲抱着我回到家里。小枣树尽管经过敌人的火烧刀砍，伤痕累累，还是坚强地活过来了，青枝绿叶。不知愁的我在树旁牙牙学语，蹒跚学步。邻居婶子大娘们都来看望，其中也夹杂着两个媒婆，探听母亲的口风。母亲看看小小的我，看看矮矮的小枣树，长叹一声："熬吧，好歹有这个根儿，得对得起他死去的爹。"

熬，一个熬字，说出一个苦命女人的无奈和志气。意味着从此将失去一个女人的一切，单薄的肩膀扛起巨大的苦难，走向茫茫苦海。沦亡的冀南，屋漏偏逢连阴雨——头年淹，二年旱，三年蚂蚱滚成蛋，赤地千里，人相残食，孤儿寡母何等难熬。狠心的叔伯们偷偷卖去我家几亩薄田，又算计几间旧屋，还扬言砍下小枣树当柴烧，天天指桑骂槐，挤兑母亲带犊改嫁。母亲怒不可遏，一手举起镰刀，一手护着儿子，披头散发，像一头愤怒的狮子。被惊动的四邻八家都站到母亲一边，指责他们。正值隆冬，树叶脱落，枝丫如枪，满树枣圪针倒竖起来，像一名武士，站在母亲身后。

好难熬哇，母亲起早贪黑，纺花织布，改了男装去山西换糠麸豆饼。天天巴望我和小枣树长高，埋怨怎么长得这么慢哪。熬到日本投降，我六岁，小胳膊像小枣树一样粗了，母亲眼里放出光来。母亲用席篾折了一个小背筐，送我去河坡挑菜；用锅铲弯成一把小锄，教我分辨谷苗和杂草。第二年又做了一身新衣，送我去上冬校。我们那一带不尚教育，孩子们农忙跟着大人干活儿，冬仨月才去学堂，能认识自己的名字，能算豆腐账就到头了。

熬到我 12 岁，小腿像小枣树那样粗了。母亲长出了一口气，到村公所把户主换成老桃，要让我顶立门户了。忽然舅舅上门报喜，送来隆尧省中的录取通知书。母亲目瞪口呆，我躲在一旁害怕。十天前受同学怂恿，谎说去舅舅家，到尧山城参加初中招生考试。因为是闹着玩儿，没放在心上，估计考不上，回来也没向母亲汇报。想不到居然考上了，而且 200 人名单高中第 9 名，以我那几年冬学水平，简直不可思议。

那天晚上，娘儿俩都没睡好觉。母亲辗转反侧，难以抉择。千辛万苦哺育的小鸟长大了一点儿，不放吧，苦命的孩子舍不得难为；放飞吧，刚刚暖热的窝就要成为空巢，连个说话的小人儿都没有，身边只剩下那棵哑巴枣树了。母亲终究是母亲，第二天早早起来，用凉水洗了脸，精神起来，郑重地宣布让我上学去，脸上和话里不露一点儿勉强。

从此一去十年，从初中上到大学。小枣树也进入高生长期，春天有小粉花的梦，秋天结满了果实，圆溜溜亮晶晶，绿时像翡翠，红时赛玛瑙。七月十五花红枣，八月十五打个了。母亲举起竿子砰砰一敲，熟透的枣子红雨般落下，脸上溅起微笑，摊在房上一片红云，堆在炕头一片火焰。母亲舍不得尝一颗，全都背到集上换钱。除了伙食费和助学金，其余路费、书费和零用钱全靠它开销，这棵半大枣树成为我的“农村信用社”。

大学毕业，留我到天津高校任教，别人求之不得，我却三次上书坚辞，回到故乡县文化馆，回到母亲身边。因为心情愉快，写作大有起色，出席了 1965 年全国第二届青年作家代表大会，还做了大会发言。省文联选调我去当专业作家，又被我一口拒绝。馆长亲自跑来求助母亲，说漏了我上次毕业分配那桩事，引起母亲一场大怒，拿岳飞的戏文教训我：“你好糊涂哇，好男儿志在四方，娘辛辛苦苦把你养大，是为你成个好样儿的，也为娘争一口气，这才对得起你爹。”母亲不识字，说的却符合古圣贤的道理：“夫孝，始于事亲，中于事君（国家），终于立身。”我不得不听从，不过也做了个折中，关系调到省里，人还在下边深入生活。

不想事与愿违，第二年“文化大革命”，召我去省里参加运动。一天，一张对开的铅印传单传到乡下，贴到我家门口，标题是《刘子厚看〈轰鸡〉》。母亲认识刘子厚，是邻村刘家屯人，当年冀南暴动领导人，现今是省委第一书记，被称作头号“走资派”。《轰鸡》是我写的一出小戏，被批判为“大毒草”，我也被称作“修正主义苗子”。图片上有刘子厚穿着大红袍游街的镜头，找不到我的影子，母亲慌了神，连夜赶火车奔保定，心同脚下的车轮一样咚咚跳着，仿佛又回到当年逃难的路上。

后来我和爱人先后进入学习班和五七干校，关在石家庄原日本西兵营和唐庄劳改农场。母亲又两次到保定，抱了孙子、孙女回老家喂养。时逢“学大寨”，“要过江，种高粱”，种的是“晋杂五号”，人吃不大便，鸡吃不下蛋。母亲把积攒下的红枣烘干磨面，过筛子过箩，制成代乳品，老枣树又救活了我家的第二代。

“娘想儿，似长江；儿想娘，扁担长。”我虽自幼失怙，却享受到了人间最丰厚的母爱。遗憾的是，所尽孝道甚少。尤其不该违背“父母在，不远行”的古训，去到远在天边的南美洲哥伦比亚，参加了一次世界诗人大会。回来看到母亲消瘦了，咽东西困难。逼着她去省四院检查，已是食道癌晚期，年岁太大又不能手术。我一下子吓蒙了，四处求医问药，无济于事。夜里失眠，急火攻心，心脏出了毛病，带上24小时心电图仪。母亲也睡不着，半夜起来给我掖被子，发现了那个倒霉的盒子，倒吸一口凉气。可怜的母亲粗通医道，明白自己已属不治，害怕灾难降临儿子身上，毅然决定提前断了自己一口气，以换取儿子的生命，这本来就是她给自己多半生确定的生存意义。任我怎么哭闹，还是坚决让人送回老家，回到老枣树身旁。从此拒绝吃药和输液，忍着剧烈疼痛，嘴唇咬出血来也不呻吟一声，一脸安详地给我交代后事。可叹老母孤苦一生，勤俭一生，忍饥挨饿了一辈子，什么样的惊都担过，什么样的气都受过，什么样的苦都吃过。多半生食不果腹，发霉变质的饭菜都舍不得扔，吃下去太多的亚硝酸盐和黄曲霉素，整整委屈了自己一辈子呀！

那一年母亲84岁，可我总觉得她走得太早了。那一年我58岁，总觉得自己还没有长大，便又一次沦为孤儿。几个月前，我有意撤到二线，本想尽早退休回家，做一个实实在在的儿子，从早到晚侍奉她老人家，弥补我此生太多的亏欠。可惜老天不遂人愿，让我永远地背负遗憾。古人讲守孝三年，于我则是无期的。

母亲走了十年，我守在家里的日子越来越多了，越来越觉得老人家没有舍我而去，还留在家中。她与老枣树合二为一了，皱纹、老茧和老皴堆积在树干上，精神、心气和语言掩映在枝叶间，母亲结束了六七十年的孤苦，终于与久别的父亲团聚了，心情好了，老枣树的长势也好了。经过苦雨凄风的洗礼，春天花儿特别香，秋天果实特别甜。遵照母亲生前的嘱咐，年年我都把枣子分给村里的孩子，寄给远方的儿孙，让他们心里永远有这棵老枣树。

说媳妇儿

落生14天父亲抗日牺牲，25岁的母亲守我一棵独苗，苦海无边。刚会坐，娘就教我说嘴儿："猴，猴，扒着窗户露着头。""豆来大，豆来大，一间屋子盛不下。"长点的："嘴对嘴，喝凉水，凉水凉，吃冰糖，冰糖冰，吃烧饼，烧饼烧，吃火烧，火烧火，吃秤砣，秤砣硬，砸你奶奶的腚。”说的最多的是：“小小子儿，坐门墩儿，吃了喝了想媳妇儿，想媳妇儿做啥？点灯，说话儿；吹灯，做伴儿。”我啥也不懂，娘若有所思，泪光渺茫。

那时农村普遍早婚，男孩子刚断奶，就有媒人登门，七八岁定亲，十二三过门儿。我家孤儿寡母，吃了上顿没下顿，自然门前冷落。一天娘忽然想起来，听说爹打游击时，曾与一个战友指腹为婚，那家刚好有个与我同岁的女孩儿，就托人去探探口风。那家说，不过荒天野地一句玩笑话，送来二升黄豆，事情就算黄了。十年后我考上高中，十里八乡头一个，那家来翻旧账，娘说，泼出去的水，收不回来了。母亲生在大村镇，懂不少戏文，说的是《马前泼水》，那家大老粗，不知道还有《烂柯跪雪》，如有诚意雨水变雪，还是能收的。

高中男女分班，分不开不安分的心。后排学兄们常常神不守舍，心向隔壁，在作业本上写：小花猫，小黑狗，都是我的好朋友。猫呀狗呀，是他们给女生班起的外号。唯我例外，心里只有相依为命的母亲。母亲抱着襁褓里的我躲避敌人追捕，五个月逃亡两千五百里。大饥荒，头年淹二年旱三年蚂蚱滚成蛋，母亲背着我逃荒要饭三四年。如今依然一个人在农村苦苦挣扎，哪里还容得我胡思乱想。因而我感受迟钝，情窦紧闭，说话就脸红，碰见女生躲着走。

大学依然如故，上课坐最后一排，扫舞盲被抓了典型。欲不动，心不动，动手写诗，还是爱情诗，省市报刊发表了不少，引得女同学们的青睐，可我内心没有丝毫反应，被说成是一个绝缘体。其实当时写诗不过是学习古典文学、明清民歌的作业，一心想造出几个警句，并非来自生活，更无真情实感。一次向山西《火花》月刊投稿，居然收到诗歌编辑公刘先生一封回信，说全诗平平，尚有一句“可怜周周正正一棵槐，生生地教她靠歪”可取，问可否生发一首，结果苦吟半年也没交卷。1984 年在任丘开会，公刘先生来了，去诗经村的路上还提及此事。

大学同班同学四个，三个已经在农村完婚，落实了人生大事，集中精力学习，过得很幸福。尤其是韩丙坤，家境与我相似，父亲牺牲，母亲体弱多病，常常拽他回去。后来娶了媳妇，生了孙子，他娘病也好了。渐渐地我也有了主意，给孤苦的母亲送上一朵向阳花。当时有首流行歌曲:“公社是棵常青藤，社员都是向阳花。”大三暑假回家，我故作天真地坐在那个旧门墩儿上，说出自己的想法。本以为娘会高兴，想不到被一口否定，她像早有准备地说:“那可不沾，结婚是你自己找媳妇，不是给娘弄个陪绑的，我一辈子就这样了，不能把孩子们拉回来，绑在一起受苦。娶个媳妇一头沉，生了孩子也两头跑。”一头沉是一种旧时写字台，抽屉落在一边，形容家属在农村的单职工，夫妻都吃商品粮的叫双职工。

娘的话出乎我所料，完全把我打蒙了。穷乡僻壤的母亲有这等见识，我不理解，也不知如何“拐弯儿”。临近毕业，组织上要我留校工作，我专程回乡，动员母亲去天津过城市生活。没承想又错了，娘说:“这个你压根儿就甭想，我守家在地哪也不去。人家刘月子他爹，七老八十了，还一个人在家受苦，天天背着挎篓捡柴拾粪，谁也请不动。”刘月子是河北省省长刘子厚的小名。他村与我村相距一里。两人见面就念叨:“庄家主，庄家主，不离乡，不离土，咱们也有两只手，不去城里吃闲饭。”没想到，两个老农的这句话十年后竟成了《人民日报》头版大标题。

母亲不出来我就得回去，改派邢台县文化馆工作，离家三十公里。1962 年的邢台小城，人口不过三五万，听说来了个光棍大学生，不少人介绍对象，但因为择偶方向未决，便都被我回绝了。眼看到了“小子到了二十五，袜子破了没人补”的大龄单身上限。刘馆长知我苦衷，亲自出马，从农村俱乐部借来一位姑娘和两辆自行车，找到我家门口。用尽多年群众工作经验，谈古论今，拐弯抹角，引导母亲上套。母亲何等英明，招架不住就绝地反击："别为难俺孩子了，往后这家就封门了，我搬到他舅舅家住，俺哥是个老红军、村支书，有三个侄子伺候，受不了罪。"刘馆长回来说，三娘教子，就要断机杼了。

自此不再坚持面向农村了。有了方向不愁目标，地区文教局一位领导介绍了一位戏校音乐教员，会作曲也能独唱，有时还兼报幕。才艺不说，中意的是这个职位，不高不低，能上能下。1958 年以前地、县层层办戏校，三年困难时期多数被砍掉，困难过去又都恢复了。

第一次见面在地区文联，我的剧本《轰鸡》刚写完，领导说她写的一手好字，让她来抄一遍送审。人掀帘进来，高高的，正值冬天，穿棉猴戴口罩，不见庐山真面目。交代任务后我躲到隔壁，又沉不住气，隔一会儿就过来添炉火，弄得屋里很热，终于看到她脱去外装。一眼就看呆了，温润如玉的脸上，一双蒙胧的眼睛，两汪清亮的春水，端正的鼻子下玫瑰含雪，美得像冬天的一株水仙。相视久久无语，倒是她先开口，翻动稿纸，说："这段唱词下句收在仄声字，不好唱。不怪你，邢台人四声不准。还有这里、这里，幸字都少一笔，幸福写成辛福，好像有意写的。"哎呀，一双什么眼睛，一下子就看破了我多年的秘密，自打出生我就只有辛而没有幸，有意写成这样，很多老师、编辑都以为是错别字，真是遇到知音了。

无法拒绝的魅力，不光外表，更在气质。一口标准的普通话，一手流利的钢笔字，满腹学问，无限温柔，而且她自己全然不觉，表现淡定，看一眼就有一种说不出的舒服，像读到一首好诗，听到一首好歌，看到一朵好花，不由自主地想与之亲近，难道这就是爱？她的出现，把我矜持十年的婚姻观打了个粉碎，斟酌十年的标准顿时化为乌有。不好意思，连我身后的母亲一时也忘怀了。当时社会人口不及现在一半，读过书的人更少，世面上聪明人不漂亮，漂亮人不聪明，像她这样既聪明又漂亮的少之又少，感谢老天没让我白等，晚饭是好饭。

一见钟情，相见恨晚，很快跑完一个规范的恋爱全程，最后一公里是感受她的善良。1966 年 3 月 8 日，我还在临西县写《吕玉兰》，突发地震。先于电台报社，接到她一封电报，地震发生在我的家乡隆尧，所幸震中的白家寨距我家三十公里，母亲安然无恙。等我赶回家中，她已先我到达，忙活一天了。屋里家三伙四都搬出来了，摆放得井井有条，防震棚也已搭好，麻绳是她自己带来的。娘给我说："这个工作队的姑娘真实诚，人也好。"我说："好就留下来吧。"娘这才明白了，握住她的手久久不放。含在眼里二十多年的泪珠，终于扑簌簌滚下来，落在多皱的脸上，亮晶晶如枯树开花。

本来想处一段再结婚，一场政治运动突如其来，天下大乱，事业干不成就结婚吧。因为时局和家境的困难，一生头等大事，别说婚纱红毯，连仪式都省去了。到家就说在外边办了，到机关就说在家办了。那时我已调到省文联当专业作家，被老作家李满天看破了，在唐家胡同饭店摆了一桌，也算名正言顺了，为此我感恩他一辈子。

李满天席上说小李有旺夫相，果真她就是我家的福星，头胎生个儿子，二胎生个女儿，一子一女谓之好。好上加好的是她最知道孝顺，儿子刚三岁就忍痛送到乡间奶奶膝下。过了四年，又把女儿送去，换儿子回来上学，孩子又陪奶奶四年。这八年是母亲最快乐的时光，享受天伦之乐，寂静的小院热闹起来，娘把三间老屋翻盖一新，还栽了一棵梧桐、两株石榴。

女人一旦认可男人，家庭就成为生活的全部，不要命地投入和担当。从保定搬来石家庄，她放弃一切爱好特长，甘心调进一家兵工厂，当了一名统计员。这个厂子就在我们机关隔壁，喊一声就能听到。精通音乐的她，对数字有特殊的感情，很快成为这一行业的业务尖子，厂里要保送她上大学，省里部里有关部门要调她去工作，都被她一一谢绝。工作之外她全心全意相夫教子。我从小没爹，不会管孩子，她就当黑脸，文的武的全使出来。在那升学竞争最激烈的20世纪八九十年代，一双儿女都考上了全国一流大学，找到了理想的工作。《河北教育》刊发了她家教的长篇报道，她把一切都归功于婆婆，说孩子从小跟着奶奶，受到良好的家庭教育，有了吃苦耐劳的童子功，没有骄娇二气，根好苗才壮。

参加了孙子的婚礼，见过孙女对象以后，母亲安详地走了，享年84岁。如今我们已到钻石婚龄，平淡的生活不乏闪光的记忆，孙辈们个个活泼可爱，学习优秀。我没见过面的父亲，在天之灵也应该欣慰，这个饱受苦难的家庭，得到了应有的补偿。

我是你永远的学生

为什么我的眼里常含泪水？

因为我对这土地爱得深沉……

艾青的诗句道出了我对故乡的思恋，也道出了我对《邢台日报》的怀念。因为报纸是这一方土地的拓片和影印，一张张报纸积累着历史。这段历史与我有着千丝万缕的联系，《邢台日报》于我有养育之恩。

《邢台日报》前身叫《先进报》，中学时代总装在校门口的阅报栏里，磁石般地吸引着我，看报成为我的一门必修课。除了外语，数理化、文史哲都可以从中学到，它成为我将书本知识与社会生活沟通的一种媒介。初中时偶尔举行时事政治考试，我总是得高分，同学们奇怪，没有课本，我是从哪里学来的。我把他们领到阅报栏，说这就是我的课本和老师。

年长日久，报纸版面上纵横交错的文字阡陌在召唤，我也产生了艾青一样的想法：“假如我是一只鸟，我也应该用嘶哑的喉咙歌唱。”1956 年春天，正在邢台市一中读高一的我，向《邢台日报》投石问路，虽然不是处女作，之前发表过两三个豆腐块，但是发表诗歌还是第一次。题材是农村副业生产，写我们村的油坊、粉（条）坊、豆腐坊。居然投中了，这就是我文学之路迈出的第一步。

1962 年大学毕业，本来可以留在天津工作，我三次申请回邢台，一是家有相依为命的老母，二是还有与老母一样离不开的故乡。省文联主席田间支持，邢台县的领导何耀明、王永淮欢迎，还有乔羽，那时兼县委宣传部副部长，也给予支持。

邢台县文化馆报到的第二天，我步行 100 多里到深山区石槽大队，跟着劳动模范孙清贵上山植树，一个猛子扎下去 20 多天。从此骑着姐夫给我攒的一辆杂牌车，尾架上驮着行李，走到哪儿哪儿是家，半年走遍了邢台县山山水水，遍访了十几位劳动模范。果然生活是创作的源泉，艺术感觉触及生活，诗歌便源源而来。轻易不回机关，机关只有我一张床。我总是把《邢台日报》当作家，把一摞稿子送到编辑部。《副刊》每周一期，几乎期期有我的作品，编辑们把我当成培养重点。报纸一期期摞着，也慢慢地摞高着我的写作水平。组诗、长诗在《河北文学》《诗刊》等全国报刊满天飞起来。

报纸的特点训练我贴近生活、紧跟时代，要求地方特色、群众语言。1963 年抗洪救灾、1966 年地震，我都抢在第一线，1964 年的“四清”被编入专业队，转战邢台、任县、南和、沙河四县，我像一名战地记者，随时把文艺作品寄到报社，剧本《轰鸡》也就是这样写出来的，轰动全国，得到周总理的表扬。对于一名作家来说，这种素质的训练是至关重要、受益无穷的，也是《邢台日报》给我的。

1965年调任河北省文联专业作家，我提出的条件是不离开邢台，继续深入生活。可是“文化大革命”击碎了我的美梦，我被政治运动了三四年。只要有机会我就回邢台，1969写剧本，1971年插队落户，都选择了东留善固，当了《邢台日报》的一名业余记者。

后来写作应酬多了，还是始终不敢忘记《邢台日报》——我当初的老师。有了好一点儿的作品，先寄去汇报。郭守敬的家乡郭村发现了石膏矿，寄去一首《为郭守敬塑像》。以报效邢台为己任。是我第一个发现了紫金山书院，第一个宣传英谈古寨，创办了《散文百家》，多次组织作家到邢台采风，我的作品都是首先在故乡的报纸发表。最近出版的三本书，《庄稼院，心灵的家园》有三分之一写的是邢台山水，《河北书画评论》有二分之一推介邢台书画家，《百姓旧事》十之八九是邢台地区的生活反映。我的作品中有浓得化不开的故乡情结，我的语言风格是在《邢台日报》上开始形成的，我永远是《邢台日报》的一名学生。

家风

我的读书故事

生于穷乡僻壤，村里没人识字，只有一本皇历、若干小学课本。东院爷爷娶儿媳妇，借来皇历请教二年级学生黑蛋，黑蛋把“闰玖月”念成“闹玩月”，美了一帮年轻人，闹洞房整整闹满了一个月。

村里没书读，有戏看。土地改革调动了农民积极性，“要发家，种棉花”，家家富起来，村村打戏班，各村剧团交流演出，可让我看足了戏。后来到舅舅家上高小，魏家庄大集出名，东西两座戏园子，北京的、天津的、晋冀鲁豫四省的名角都能邀来。我们家是烈士家属，发个木牌作戏票，一年到头把在我手里，天天晚上泡在园子里。白天有好戏就逃学，我成了有名的小戏迷，数不清看了多少出戏。戏行里有个说法：“唐三千宋八百，唱不完的三列国”。1957 年出版了一本《京剧剧目初探》，收入 1383 出剧情提要，绝大部分童年时期都看过。

初中一年级作文课，老师出了个题目：我最敬爱的人。同学有的写父母，有的写老师，有的写志愿军战士，我不假思索地写起诸葛亮。我从《三顾茅庐》写到《七星灯》，涉及几十出孔明戏，重点发挥《空城计》。语文老师叫吴英华，新中国成立前在天津工商学院国文系任教，有四本语言学著作，与裴学海、朱星一个等级的，自愿来到我们这个乡村中学。吴老师讲评我的作文，笑得前仰后合，夸奖了好一阵，最后还是给了个不及格。说我文不对题，诸葛亮不是人，是一个艺术形象，罚看一遍《三国演义》。我从图书馆借来，一看就上瘾了，大约 70 万字五天看完，还找吴老师申辩，第九十五回“马谡拒谏失街亭，武侯弹琴退仲达”与《空城计》故事大体一致。吴老师不回答，把他自己的一部《三国志》递给我，说:“仔细看，看三遍。”

《三国志》是文言，古汉语，几乎每句话都要查字典、看注释，加上裴松之注，共计110多万字。看头遍用了三个月，二遍用了一个月，三遍十天，花费了整整一个学期时间。真如吴老师所说，仔细看，反复看，比对看，就看出了问题。原来诸葛亮首次北伐，对手并非司马懿，而是张郃。裴注说:“此时宣帝（司马懿）尚为荆州都督，镇宛城（今南阳）。”直到公元231年大都督曹真病死洛阳，他才接任，“始于亮在关中相抗衡耳。”《三国演义》街亭之战发生于公元228年，罗贯中“关公战秦琼”，调司马懿提前三年披挂上阵了。

读《三国志·赵云传》，发现当年唱《空城计》的也不是诸葛亮，而是赵云。昔日定军山之战，曹操争夺汉中，“运米北山下，数千万囊”。黄忠邀赵云一同劫粮，逾期未到，害得赵云且战且退，退至沔阳，被曹军包围于营内。赵云急中生智，命令四门大开，偃旗息鼓，曹操疑有伏兵而退。赵云令擂鼓震天，强弩相送，曹军惊骇，自相践踏，纷纷坠入河中。第二天刘备赶到，惊呼:“子龙一身是胆”。定军山之战发生在公元219年，罗贯中却把它推后了9年，纯属张冠李戴。

还有地名也驴唇不对马嘴。蜀军北伐，驻扎阳平关，即今日之勉县，在秦岭南麓。小说和京剧中街亭失守，诸葛亮退居西城。街亭在今日甘肃秦县，在秦岭之西，汉末为街泉县，因街中有井，称街泉亭，简称街亭。西城有两个影子，汉代的西城，在今安康市西北。还有个西县，秦置晋废，在今甘肃天水南。如果西城在安康，则与甘肃秦县的街亭千里之遥，那救驾的赵云难道是从天上飞过来的?

吴老师教我读书，不光用眼还要用心，我慢慢体会到从史书到艺术的飞跃过程。1963 年在邢台县北尚汪大队搞“四清”，依据真人真事写了剧本《李莲芝倒算》，在本村很欢迎，县里会演却反应冷淡，认为只是一个村的事。第二年到南和分团工作，在一个大队听到偷吃牲口料的事；在另一个大队，村边圈养鸡，墙外是集体菜园，墙根有个出水洞口，老大娘定时赶鸡过去觅食。县里调我写剧本，合二为一，移花接木，一天便写成了丝弦剧《轰鸡》，表现公私斗争，在河北省和华北会演拿了大奖，受到周总理表扬，总政文工团付铎称之为“北方打铜锣”。

回头看，早年那么多戏也没白看。戏曲把历史和小说筛选浓缩，更加典型化了，舞台剧是彩色立体的书。懂戏的人写小说、影视会更好。我后来不写戏了，把一些戏的元素，比如简洁、朴素、幽默带进了诗歌、散文创作里。

我的戏迷生活

大家知道我是诗人、散文作家，很少有人了解，我的兴趣和大部分时间都用在了看戏和唱戏上。

1939 年落生在大陆泽畔盐碱地，村子里没什么人识字，更没有书籍报刊，唯一的娱乐是搭台子唱戏。我在还不懂事的年纪就被勾上花脸，坐在大人肩膀上招摇过市，随着锣鼓点手舞足蹈，先入为主吧。抗战胜利农民欢天喜地，村村打戏班，俺村是秧歌。前后邻居、本家叔叔都参加了，孩子们也都跟着凑热闹。那时戏台上不少封建意识，法海是正面人物，白蛇青蛇是妖精，曹操是奸臣，梁山伯是小丑。我不懂故事，记住的是程咬金的糙话：“瓦岗寨上当皇帝，水土不服光蹿稀。”“罗八弟你挑好的，糠窝窝菜团子是我的。”

七八岁住舅舅家，魏家庄是个集镇，一条街上两个戏园子。农民分了地，情绪高涨，“要发家，种棉花”，有了钱，好戏连台。小镇上体面人物讲的是“一笔好字，两口二黄”，连扛锄下地的庄稼人也会喊两嗓子“一马离了两凉界”“八月十五月光明哪”。放学路上停在戏园子门口，等着“放气”，散戏前半个钟头，放没票的进去看戏尾巴。晚上优待军烈属，我可以天天泡在戏园子里。没座位，都是站票，男人们在中间，妇女们靠两厢，孩子们钻来钻去寻找位置。有一次临清京剧团演出连台本《大侠欧阳德》，数九寒天，舍不得落下一场戏，大雪把戏棚子都压塌了，数一数台下只剩下 13 个人，其中就有我，从此获得一个“小戏迷”的绰号。

冀南剧种很多，除了秧歌，还有二黄、梆子、乱弹、蹦蹦、丝弦、四股弦、南调、坠子、曲子，丰富多彩，越看瘾越大。散戏了，爬到台板上蹦跶几下，后来在村剧团跑个龙套，上个《秦香莲》的春哥、冬妹什么的，到初中不知道害臊，周末晚会粉墨登场了，演过《打渔杀家》《霸王别姬》，有扮相也有嗓子，谈不上规范，高粱地里的玩意儿。上高中，兴趣不减反增，演过《玉堂春》《宇宙锋》，发现台下掌声不如过去那么热烈了，邢台虽小也是个城市，观众眼光高了，有一定的艺术标准，要字正腔圆，没有师傅口授，就要按曲谱学，一段西皮慢三眼，整整练了一个星期。

高三下学期，听说邢台县来了个女花脸，名叫齐润霖，就是后来的齐啸云。同学们都在复习，我却溜出来跟着剧团上了山，白天赶场，晚上演出。没有电灯，各家各户把马灯集中起来，给戏台子镶了个金边儿，感到戏曲是那么神圣，几乎不想参加高考了。齐啸云劝我，演员要求童子功、科班出身，年龄大了，当票友吧。她自己就是大学毕业，在外贸部有正式工作。

1958 年我到天津上大学，开学典礼上看了校京剧团的演出，震蒙了，比邢台地区京剧团水平都高，女演员后来成了哈尔滨京剧团的主演。我从此哑巴了，高粱地里那两下子再也不敢露了。天津剧团更是兵强马壮，看历慧良的《艳阳楼》，武戏文唱，既行云流水，又有棱有角，一招一式满是功夫。写商业史，在劝业场住了几个月，天天晚上在四楼天华景看戏，看了许多角儿，更知道了天津观众的厉害。前几排老先生，眯缝着眼睛，支棱着耳朵，专挑毛病，叫倒好，名角就是这样炼成的。我从此彻底死了心，再也不做演员梦了。

大学毕业，辞了天津的工作，选择邢台县文化馆，亦城亦乡，能上能下。平时下乡搞俱乐部，排练节目，有好戏来了回城，还可以跟着县丝弦剧团巡回演出，熟悉舞台和演员，了解观众的喜好。1965 年根据亲历生活写了小戏《轰鸡》，一不留神演红了，得了河北省和华北地区大奖，还受到了周总理的表扬，弄得晕晕乎乎，又做起了剧作家梦。

“文革”开始，喜欢河北梆子的省长刘子厚被抹上花脸披上红袍游街示众，我也被捎上了，一张铅印传单《刘子厚看〈轰鸡〉》传到老家，贴到他门口，也贴到我门口，他村与我村相距一华里，鸡犬之声相闻。后来还是沾了写戏的光，第一批解放出来，我被分到剧本创作组，可是不会写戏了。一来底子薄，二来样板戏理论“三结合”“三突出”，与过去蛮拧。我先后参加了《吕玉兰》《雁翎队》剧组，为上海的新歌剧《白毛女》写歌词，都失败了。戏曲题材需要传奇性、陌生化，雁翎队故事家喻户晓，从 20 世纪 40 年代开始，一批又一批作家尝试写剧本，包括孙犁先生也写过一稿，都没成功，我明白了戏剧题材可遇不可求，剧作家的梦也到此为止了。

新时期文艺，诗歌、话剧、小说、电影、电视轮番发热，唯独戏曲依然冷清，回暖无望，应了王国维先生那句话，一个时代有一个时代的艺术，唐诗宋词、清末民初的戏曲出尽了风头，也就风光不再，后来连白燕生也辞去戏曲节目主持，改行了。可是我与生俱来的戏曲情结并没有为此淡化，不唱不写，转向收藏剧本，从全元曲到京剧现代戏上千部，包括河北梆子、丝弦全套剧本和曲谱，没事就拿出来翻翻，像剧团亮箱一样。

中央电视台戏曲频道、河南台梨园春，天天看，不满意也看，孩子们说我是玩精神古董，我说正是，看同光十三绝、四大须生、四大名旦，就像欣赏汝、官、哥、定、钧，炉火纯青。“雨过天青云破处，这般颜色作将来”。而现今演出顶好也就是仿品，墨守成规，缺乏创造。当然传统剧目也有不少瑕疵，比如《武家坡》唱词“自从降了红鬃战”，少了个马字，从马连良嘴里唱出来就特别丢份儿。我都记下来，万一有机会整理呢。

最后还要补充一句，几十年戏迷功夫也没白下，渗透在许多创作中，细心的读者会发现，我的散文，情调、结构、语言都有一些戏剧元素。

甜蜜的回忆

各省省会的确定，如太原于山西、济南于山东、南京于江苏，都由历史形成，很难变更。唯独河北例外，省会像是一顶没号的帽子，戴在谁头上都可以。清初建直隶省，设在冀南的大名，后搬到冀中的保定。洋务运动兴起，直隶总督兼北洋大臣，冬在保定，夏则天津。随着现代工业发展，国民目光投向海洋，九河下梢的天津自然成为河北的经济政治文化的中心和重心，众望所归。但是军阀混战了，1928 年直隶改河北省，直系的商震要将省会迁回保定，天津80万市民通电反对，7月仍定为天津。霸占一方的白崇禧不干，10月改定北平。奉系入关，1930年张学良改回天津。1935年汉奸们搞“华北自治”，在日军威逼下，南京政府又决定将省会迁回保定。1937年七七事变，省长鹿钟麟南逃，省政府偏安太行山南段深山的小村贺家坪。1949年8月1日，河北省人民政府在保定成立，1958年省会又回到天津，1968年省革命委员会改建在石家庄。200多年十几次搬迁，不仅给历史地理出难题，而且把畿辅重地河北也搬穷了。

1958年省会第四次迁回天津，我也跟着来了，上河北大学，住八里台。放下行李就去找省文联——业余作者的组织。天津街道不直，七扭八歪，终于找到和平区营口道58号，一座小洋楼。门口两副牌子，一个是“河北省文学艺术界联合会”，一个是“蜜蜂月刊杂志社”。门卫老边是原冀中文工团的鼓师，看我在门外徘徊良久，出来嚷道:“走，走，这儿不卖蜂蜜，别处去！”我说明来意，老边笑了，说:“从挂牌子那时起，天天有人提着瓶瓶罐罐来打蜂蜜。我就说俺们这儿的蜂儿不吐蜜，只吐字。买一本杂志看看吧，有滋有味的。”

不久得知，天津市并入河北省后，本着一省一刊的原则，《蜜蜂》并入天津的《新港》，带走几个编辑：钟铃、韩映山等。剩下的人办一个理论刊物《文艺哨兵》，北戴河会议后，讲起阶级斗争。河北作家归属天津作协，那时各省不设作协，一个大区设一个中国作协的分会，沈阳、天津、武汉、上海、西安、重庆。没了《蜜蜂》，我们这些蜂儿没了蜂巢，没着没落的。作者与刊物的关系不是一朝一夕建立起来的，省委宣传部部长远千里写过一篇文章《谈刊物的风格》，重点讲田间、梁斌、孙犁等作家的风格就是刊物的风格，也谈到刊物和作者相互依赖，互为因果。

没料到《新港》想在前头了，正抓紧与河北作者联系。老一代作家不存在这一问题，天津文艺界上层本来就是老冀中的班底，王亢之、王林、方纪、孙犁，与远千里、路一、梁斌本来就是一家人，一个战壕的战友，亲密无间。重点是团结青年作者，从省文联抄来名单，一一落实，连我这芝麻粒小作者也不忽视。一天《新港》编辑部主任阿凤同志来到中文系，要找尧山壁，办公室查无此人。那时我还偷偷摸摸写，用的是笔名。开学伊始，系领导就宣布中文系培养目标是研究人员和大学、中学教师，文学创作是不务正业，隔三岔五就敲打两下，还举例说明，某一届有个阿乐，不专心学习，写什么诗，末了还不是教中学去了。

有同学猜测可能是我，进图书馆不怎么借大部头，光看文学杂志。办公室传唤，说有个叫阿凤的找我，同宿舍的以为是我搞对象，尾随而来。进门一看是个半大老头儿，脸上还有一块大胎记。我心里很激动，知道阿凤是个男同志，天津作协理事。刚读完他的《散文二十六篇》，又新买了一本《在岗位上》。

阿凤同志很热情，自报保定府人，还说了几句家乡话，一下子没了距离。阿凤说河北有个光荣传统，写农村题材的多，但写工业的少，来到天津是了解工业的好机会。他还说咱们国家的政体是工人阶级为领导，工农联盟为基础，你年轻敏锐，可以下工厂写东西。正好系里接到教改通知，教育与生产劳动相结合，与社会实践相结合，我们年级正在飞龙橡胶厂参加技术革新，让我找几个同学写点什么。稿子写好了，经阿凤同志手把手修改，在《新港》选发了一组，有散文、特写、小小说，署名河北大学中文系创作组。系里觉得光彩，从此我的创作由地下转到地上了。

不久阿凤同志又通过中文系给我派了个活儿，到光复道食品店，跟在全国劳模张士珍身边体验生活，同去的还有相声演员苏文茂。天津老百姓都认识他，一出场准会吸引全部关注，只好将他留到店里。我一个半大小子，跟班拉车正合适。工作一天就彻底服张士珍了，光复道两千多户，男女老少没有不认识的，见了谁都有话说，不笑不说话。一天多少菜，分多少车，心里有数，公平分配，保证家家不断顿，人人有菜吃。货少时一棵白菜分四份，只要她出面，谁都没怨言。更令人惊奇的是她有一门绝活儿，拿菜一手准，算账一口清，看一眼秤星随口说出价钱，分厘不差，那时候中国还没有计算器，全凭脑子。拉车送菜是个力气活儿，一车又一车，一趟又一趟，装装卸卸，连我都觉得累，何况她一个女同志，十年如一日，一人风雨，方便千家，颇受感动。写总结时，我说出力出汗不出文思，不像苏文茂时不时甩出一个包袱。阿凤同志说，初来乍到，还是对生活不熟悉，对群众语言不熟悉，熟才能生巧。这话让我记了一辈子。

怎样才能熟悉城市？掌握工人语言。阿凤同志带我到了第一工人文化宫，一位女馆长介绍了几位工人作家成长的过程。我看过万国儒的《龙飞凤舞》、张知行的《巧大姐》、飞鸽自行车厂工人诗人刘中枢的作品。当时的天津工人文学社与上海工人文学社齐名，是中国文苑的一枝并蒂莲，工人作家的摇篮。中国工人作家有多少？有人说两万，如上海的胡万春、天津的万国儒。女馆长说，其实天津第一个工人作家是阿凤，产业工人，当过火车司炉，办过《铁路工人》报。天津工人文学社从孕育到成长，他出力最多，是个老母鸡，光下蛋不“咯咯嗒咯咯嗒”地叫。

1962年大学毕业，我申请回冀南农村，临行前到《新港》辞别，阿凤同志和几个编辑都支持。以后省市分开，来天津的机会少了，可是常常心向天津，难忘《新港》，我文学起步的地方，阿凤同志是我文学路上第一个贵人。有了作品，总是先投给那里的报刊，以为回报。有时给《天津文学》的稿子少了些，是因为几位从前的同事、同学在那里负责，不想为难他们。我当过编辑，管过刊物，深知搞创作的人当编辑常常遭人非议“交换文学”。作品没有十全十美的，难免人家说三道四。我爱《新港》和《天津文学》，不愿意人家说它一个不字。刊物期期都看，越看越好看。

我的书房

上小学那会儿，穷乡僻壤没有什么书，连课本都是向邻居借的，邻居小三的书又是邻村表哥用过的，所以一本书就包了三层书皮。中学有了图书室，借来看的叫课外书，狼吞虎咽，三天看完一部长篇小说，老师说你这就叫“吃书”，一学期能吞下二三十部书。

工作了，省吃俭用买书，有书店买的，有地摊淘的。自己的书细嚼慢咽，津津有味，越读越上瘾，废寝忘食。积攒多了，纸箱里、床铺下，全是书。没有衣柜，先买书架，陋室顿时生辉。这些“朋友们”排好了队，等我天天给它们相面。每位都有一串故事，从相思到追求、邂逅、情深意浓。可我 20 多岁还是个书呆子，不懂得搞对象，沉浸在与唐诗宋词的热恋中，心无旁骛。

奋斗 20 多年，终于有了书房，床铺一个个加，书架呈几何倍数长。祝贺我这些“新朋旧友”，都有了归宿，排好座次，标上门牌号码。我常常在书籍的胡同里溜溜达达，拍拍这个肩膀，与那个攀谈几句，怡然自乐。满目琳琅，幽幽墨香，越来越觉得书山之高、书海之深，越来越感觉自己渺小和无知。沉下心来读书，星期天、节假日更会把自己关了禁闭，进入做不完的文学梦。

没想到随着时间变化，世界越来越热闹，诱惑越来越多。近在咫尺的书房不知不觉疏远起来，进来读书的时间少了，有时自己也心虚。一天夜里睡不着，听隔壁书房窃窃私语：“我们那主儿，老实人也没主意了，喜新厌旧，常常被那小三、小四、小五迷住，先是听不够，后来看不够，现在摸着人家的手不放。”我知道，那是指收音机、电视机、电脑。

坐起来拉开灯，走进书房，“老朋友”都生分了。摸摸书架，落了灰尘，心里咯噔一下，有了负罪感。大家都板着脸，一片责备的目光落在背上，沉甸甸的。想起当初借课本的日子，一个满头高粱花的穷小子能有今天，脚下的路还不是书本铺成的。

后悔起来，也庆幸没有背离太远。不少人有了电脑，废了书房，一小块优盘能装下《全唐诗》。看今日天下文章一大抄，中央、省、市、县，四级刊物一个水平。我没全信，不舍书房，手写稿，还是白纸黑字牢靠。靠查电脑写作，总感觉是不劳而获。万一断了电，黑客杀来，几十万字就没了。传媒形式发展太快，你死我活，螳螂捕蝉，黄雀在后。书是世界上唯一不会死的东西。

我的退休生活

早打了招呼，到点就退，绝不恋窝一天。一是因为老母去世，悔不提前回家床前尽孝，造成终生遗憾；二是拒为封疆大吏写吹捧报告文学，局面尴尬，工作也没法儿干了。

中学就有了作家梦，奋斗十年，1965 年 26 岁当上了省文联专业作家。可惜只过了半年瘾，“文革”突如其来，经过 6 年改造，最后带上户口去临西，变成一个真正的农民。落实政策时，专业作家制度取消，当了十年编辑。盼到拨乱反正，可以归队了，组织又决定让我放弃个人写作，任省作协常务副主席，主持工作。在当时这是“提大头”。解放初，梁斌不当天津市副市长，李满天不当湖北省文化厅厅长，回河北只为当专业作家；四川的雁翼宁愿不要工资，也要搞专业创作，可见专业作家是怎样一块金字招牌，每省只有几个名额。而我只能服从，没有讨价还价的资格。这些年来，都是文学前辈们前拉后推，手把手教，我这个穷小子才有今天。还有一个原因，田间、梁斌、李满天都大把年纪了，还能让他们披挂上阵？从这一点上说，我有临危受命的意思，我这人实心眼儿，给个棒槌当针纫，在全国率先办起作家班、文学院，没完没了地开会。作家们看我劳动态度好，代表大会上给转正了。又奋斗10年，“洼地上的战役”结束，河北又重新回到文学强省地位，完成了任务指标。

归去来兮，老之将至，退休之后想真正成为一名“专业作家”，还得要重新从一名业余作者做起。有些社会工作还欲罢不能，诗词学会、散文学会是我参与创建的，推不掉，轻车熟路，也用不了多少精力。省环保联合会是个新生事物，边学边干，先后组织30名作家，深入全省11个市，一起改变观念，出版了一部《绿色畅想曲》。

由于特殊身世，我对抗日题材情有独钟。2005年初，一个人步行800里太行，从北到南，寻找抗日烽火遗迹，写出了《慷慨悲歌的热土》《庄稼院，心灵的家园》两本书。

我自幼生长在农村，长期工作在农村，“衰年变法”，反观历史，写熟悉的那些人和事，写个人的编年史，先后出版了《百姓旧事》《流失的岁月》《不曾远去的流年》，有人给我的颁奖词是：“一个个小人物通过散漫的秩序，还原成有血有肉的时代；一幅幅鲜活生动的底片，组成了横亘数十年的百姓生态图。从一个长者的视觉，俯瞰历史纵深，从人到物，从逸闻到事件，庞大而细碎的截面结构了复杂的迷宫，对历史的回望和反思，尽显洞见，又见修养。晨昏之间，窥视时空，轻语之下，实为凝重。”

退休后与书画结缘，练过几个月书法，知难而退。画了几年画，有过童子功，省作协搞书画展，每次都拿一等奖。接触书画界，看到其中乱象，写了一本《河北书画评论》。

退休 17 年，像一个农民耕种自己的土地，不论年景，只在躬耕，平均每年出一本书。不求大红大紫，只为读者喜欢。所幸故乡冀南有我的知音，每部书都有几千册销量。个人努力也得到社会一定的认可，已有《母亲的河》《理发的悲喜剧》《老枣树》《陶醉壶口》《石头的生命》《那不勒斯与庞贝》等入选中小学课本，对比已经出版的 56 部小册子，知道了社会更需要一个作家写什么。

除了写作，喜好有二。一是旅游，去过 77 个国家，除西藏外的全中国，河北省所有的市、县，包括有名的村镇；二是戏剧，中学时登台，演过《打渔杀家》《霸王别姬》《玉堂春》《宇宙锋》，老来天天看戏曲频道，不放过任何一个“音配像”。本身给力的器官也有二，一是一双穿 48 码鞋的大脚，二是至今还可以不戴眼镜的眼睛，依然用钢笔在稿纸上划拉着。

家　风

落生 14 天父亲抗日牺牲了，一点儿也记不得，父亲在我脑子里只是一个概念。睁开眼家里只有母亲一人，母亲就是家。孤儿寡母相依为命，母亲千辛万苦供我上学，我成为村里第一个大学生。妻子进门来，耳濡目染，以母亲为榜样，相夫教子，先把儿子送到母亲膝下，几年后又用女儿把儿子换回来，既温暖了老人，又使他们受到了好的家教，兄妹早早成才。乡亲们说寒门三进士，是母亲的福报。母亲的言行就是家风，母亲的胸襟就是儿孙的课堂。

母亲说芒种那天是她的生日，命中该着受苦。家中只有几亩碱地、一架织布机，母亲又当娘又当爹。农忙种地，农闲纺织，白天下地，晚上纺线，一年只给自己放四天假，正月初一到初四，破五就成为一只陀螺，转个不停。早年织的布乡里闻名，晚年二亩承包地季季高产。母亲的手又粗又大，满掌老茧，脚是解放脚，都传给了我，我穿 48 号鞋。想起母亲，我就不敢怠慢，天天早上 4 点起床，写一首诗。出国机会多，别人游山逛水，我出去一次写一本游记，退休后每年出一本书。有人看好的语言，干净洗练，其实都是一点点磨砺出来的，铁杵磨成针。

母亲说我是吃百家饭长大的，襁褓中东躲西藏，半年逃难 5 个县 2500 里，许多人家像保护赵氏孤儿一样保护我，母亲说永远不能忘了那些好人们。工作后我不想老母一人孤苦伶仃在家里，三番五次要接出她来享受天伦之乐。母亲说啥也不，人家刘（子厚）省长的老爹还在家里呢。其实是她不肯为小家冷落了大家。祖传一门医术，看儿科病，接生。家中天天门庭若市，村里三分之二人口是她接生的。不论刮风下雨，白天黑夜，随叫随到，不收分文。我 26 岁成为省里专业作家，第二年“文革”开始，一耽误就是 10 年。好容易盼到“文革”过去，想把失去的时间补回来，潜心创作。组织偏偏安排主持作协工作。“文革”前河北是文学强省，我接手已是洼地。上了套就得拉磨，办了四期作家班、三期文学院。每期都要申请成人高考指标、办班经费，组织考试录取，安排课程。1985 年全国儿童文学会在石家庄召开，临时决议办个儿童文学作家班，时间来不及了，申请到指标没申请到经费，几万元都是我拉的赞助，教室、宿舍包括铺板都是借来的。河北文学是个跛子，评论这条腿短，我就亲自带头，为 60 多名作家写了评论文章，在《文艺报》等报刊发表，为 200 多作者出书写了序言，有求必应。我一个苦孩子成为作家，全凭前辈作家帮助，臧克家给我写了 70 封信，郭小川一封信写了 5000 字，田间、张庆田更是手把手地教，老师怎么教我我就怎么传授下去，受惠在前，施惠于后。作家班四期170人解决了文凭、农转非、军转干，改变了一生的命运。朋友们说，这些工夫写长篇，也能写几部，名利双收。我说这都是母亲的传统，为人做嫁衣，也享受了裁缝的快乐。我的儿女们也受到影响，认真工作，出差、采访碰见困难户都会想法帮助，拿出几百元塞给人家。

母亲，一个不识字的女人，经受了人间最多的苦难，把一个烈士遗孤养大成人，带出一个幸福的家庭，不光靠精神支柱，还要凭骨气、智慧和惊人的毅力，还要会做人。土地改革时，不当妇女主任，分地不要，就要自力更生。母亲常对我说，活着容易做人难，身正影子直，不能软的欺、硬的怕；不能只想沾光不吃亏，吃亏是福，沾光减寿；不能给娘争光也不能给娘挣骂，中国人骂人先骂娘。这些话遇事就在耳边响起，犯嘀咕时娘就站在身后。有个大官，名声不好还要高升，需要造舆论，用记者觉着不够，要找个作家吹捧自己。任务落到我头上，写了当然有好处，不写肯定会受制，晚上翻来覆去睡不着，跟谁商量，只有母亲。母亲的话给了我底气，不光不写，还连夜写了一篇杂文《不为腐败当保镖》。压在箱底，几年后有机会发表出来，邵燕祥看后来了一封信，说作家中还有你这样的硬骨头——硬骨头来自母亲。

穷家难舍，因为它有许多财宝，仁爱、信义、智慧、忠恕和平安。《大学》上说："一家仁一国兴仁，一家让一国兴让。"从家看国，家庭是国家的细胞。

受惠于前，施惠于后

解放初期，每省一报一刊，省文联与文化厅合署办公，办一个《河北文艺》，面向村剧团和街头文艺，以发表剧本和曲艺为主（北京市的刊物干脆就叫《说说唱唱》）。编辑部经常关门下乡。后来不断增加文学成分，1957年改名《蜜蜂》。

中学时期，我爱上了文艺写作，试着给《蜜蜂》投稿，有一首儿歌《小枣树》："小枣树，弯弯腰，树上挂着黑板报，表扬哥哥劳动好。画又画，描又描，生怕一字写不好。手捂心，心在跳；手捂嘴，嘴在笑。忽听背后有人叫，书记拉着哥哥到。张大姐，脸发烧，双手摇红了一树枣。"《蜜蜂》发了，还加了编者按，据说是张庆田老师选的稿。

1958年刊物随省会搬到天津营口道58号，天天有人提着瓶瓶罐罐要打蜂蜜。看门的老边说："俺们这儿的蜂不吐蜜，只吐字。"这一年兴起新民歌运动，倡导工农兵方向，刊物发表作品，作者名字前要冠以工人、社员、战士字样。我当时是大学生，不在重点培养之列。课上正讲唐诗宋词，加上情窦初开，学写爱情诗，比如《歇工》："歇工哎，井台变成梳妆台，人眼是镜子，对坐梳起来。嫂嫂看妹妹，直把嘴笑歪，头发蓬松像堆柴，怕人不识女秀才，墨水染两腮……梳着梳着妹发呆，梳子溜下来。嫂嫂回头喊奇怪，是哪个刁羊倌，鞭声单朝这边甩！"还有《水火》："咱俩结婚时，有过多少波折，你娘嫌我憨，我爹说你泼，算命先生说八字克，你是水，我是火。凑巧今天全应着，你开锅驼机管水，我在铁匠炉看火。你因那泼性格，驯服了一条龙，我有这憨力气，打出来好家伙，你娘我爹到处说，俺一家出了俩劳模。"那时爱情诗是禁区，属小资情调。编辑看中又不能发，压了两三年，舍不得退。最后煞费苦心，变了个戏法，让钟铃写一篇文章批评《歇工》，又由田间写一篇文章，表扬《水火》，发在同一期上。读者反应强烈，也给爱情诗的解禁找了个台阶下。

1962年大学毕业，田间、张庆田鼓励我到农村去，一猛子扎到邢台县。编辑部先后派韩放、魏茂林看望我，对我鼓励指导。

青年作者下到生活中，如鱼得水，《诗刊》发了几个组诗，《河北文学》长诗、短诗连续发，剧本《轰鸡》刚彩排，《河北文学》就发了增刊，帮助我总结《在生活中学步》，推荐我参加全国青年作家会，作大会典型发言。其实对青年作者厚爱，绝非只对我一人，张峻、郭澄清、申跃中都受过如此厚爱。发现了一个康传熹，十几岁，小说编辑王泽震三下井陉，连发三篇。编辑部把发现培养青年作者作为第一要务。

1965年底我与张峻等调省文联当专业作家，第二年便碰上“文革”，与《河北文学》编辑部的同志共渡难关，一个熔炉里炼了六七年，越来越感觉到这是一个优秀的团队。主要领导田间、李满天不是挂名，真抓实干；张庆田、张朴善于团结作家；刘哲是个实干家；编辑刘怀章、沈金梅、王泽震、张庚等都能独当一面。省委宣传部管文艺的副部长远千里写过一篇《谈刊物的风格》，重点说《河北文学》尊重、团结作家，作家们的风格就是刊物的风格。作家们有了佳作，发给自己的刊物，《红旗谱》《铁木前传》《水向东流》《“老坚决”外传》《小兵张嘎》，包括刘真的短篇，冯健男的评论，都是先在自己的刊物上发表，这样才保证了《河北文学》成为全国名刊。60年代，李满天、张庆田主持的两个短篇小说专号，产生了巨大影响。《河北文学》与《延河》成为全国短篇小说的旗帜。

1972年省革委成立文艺组，执行原省文联的职能。阮章竞任组长，不久调走，换上田间，老文联的干部陆续被召回，换汤不换药，也掺和了几个新人。专业作家编制取消了，省内外几个部门挖我去写剧本，我还是首选当编辑。张庆田主持再创《河北文艺》，在棉纺三厂租了两间房子，抽渔民诗人李永鸿讲故事，大家帮忙，完成了长诗《红菱传》，发表在试刊号。试刊三期，1973年正式出刊，田间主编，张庆田、刘哲、肖杰具体负责。编辑阵容也够强大，理论组沈金梅、吴泰昌，小说组王泽震、邹尚庸，诗歌组王洪涛和我，美编张庚，四梁八柱撑得起来。先后推出了铁凝、贾大山、王安忆、贾平凹、陈冲、汤吉夫等的小说，发现了刘小放、萧振荣、边国政、张学梦、姚振函等青年诗人。我还兼管剧本曲艺，发表了冯思德、崔砚君等人的处女作。当时的《河北文艺》（1980 年恢复《河北文学》）以健美的姿势独秀于全国报刊之林，发行量飙升到 17 万份。

我在《河北文艺》（《河北文学》）工作了十年，是此生最愉快奋进的十年。全身心地融入高雅的艺术氛围和光荣传统之中，得恩图报，受惠于前，施惠于后，前辈怎么帮我，我就怎么助人。后来进入省文联领导层，分管刊物，把继承发展《河北文学》的光荣传统当作己任。愿她越来越好，不想听到一个不字。

也还有个不得已的事，刊物的名字经常变换，随遇而“按”：《河北文艺》《蜜蜂》《文艺哨兵》《新港》《河北文学》《小荷》《当代人》，但是万变不离其宗，传统还在。现在《当代人》办得不错，每期必读，能感觉到一脉相承。坚守传统，坚持风格，为人民写，为人民看，为人民喜闻乐见，刊物就会有生命力，长生不老。

酒功新说

我的家乡是尧的封地。尧海量，曹丕说：“盖闻千钟百觚，尧舜之饮也。”（《与群臣书》）孔融论酒功：“尧不千钟，无以建太平。”尧山之麓有一香泉，世代出好酒，所以那一带酒风很盛。酒也会酿出祸害来。尧山出过郭威、柴荣两代皇帝。《新五代史》记载，郭威少年嗜酒，镇上有位屠户欺行霸市，鱼肉乡里，无人敢管。一次郭威喝醉了，呼叫屠户割肉，这一刀不行，那一刀也不行，再三挑剔。屠户从来没有受过这般欺侮，撩衣袒肚说：“你厉害，敢杀我？”郭威一刀把他刺死，满市皆惊。醉里郭威若无其事，官方捉拿后怜惜他大勇，暗地里把他放了。从小听家长以此为训，所以我滴酒不沾，酒量开发很迟。

“文革”后期，我劳动改造5年之后回到机关，一次跟“三结合”的军队干部周主任到涿州出差。张飞的故乡喜欢闹酒，革委会全套班子起哄敬酒。周主任肝脏不好，表示只能喝半杯。当地人听南方口音半杯为八杯，逼着他喝。我以人道心肠站出来替喝一杯，不想引火烧身，大家把灌酒的目标转向了我，我初出茅庐不会应付，被一连灌下去十几杯。周主任知道我没喝过酒，心疼地问怎么样了，我抹抹嘴说：“第一杯下去嗓子眼儿如同着火，鼻涕眼泪都呛出来了，后来除了辣以外没感到什么。”周主任说：“你可能是喝酒的天才。”

不久，这种天才被发挥得淋漓尽致。我与萧振荣到保定采访部队放鸭班，放鸭班所属团曾在省文联“支左”。团领导全部出动热情接待，从团长到副主任一至八号，加上那时副职多员配置，16人对2人，满满两桌。三巡过后，16人轮番进攻，狂轰滥炸，每人至少3杯，残酷的热情。我那时还不知深浅，来者不拒，六钱的杯一连喝下去50多杯，把众人都喝傻了，不是政委出来阻拦，后果不堪设想。当时除了口干舌燥外，没什么异样感觉，还可以说说笑笑走回招待所。还有一次三个同学聚会，两个人基本不喝，三瓶白酒让我喝干了，还能上自行车骑出20里去干校看朋友，被一个同学写进了文章，遂有了酒名。

李白斗酒诗百篇，醉写吓蛮书，我不全信，但是酒出灵气，使人豪爽，是正义思想火焰的助燃剂则深有体会。1976年春我们在邢台县会宁村劳动，队长魏淙江接到一项政治任务，抽一名干部到保定清苑收枪。保定武斗闻名全国，清苑县又是保定武斗之最，除了飞机火箭，老百姓手里什么武器都有，天天枪林弹雨，省直的人不敢去保定出差，何况去收枪。老魏收到通知不敢张口，愁得两天两夜睡不着，好像文昭关前的伍子胥。他一个人喝闷酒，我们去了也喝起来，酒足才讲出来。三杯落肚，我心热胆壮，拍拍胸脯说我去，老魏说："你是烈士遗孤、独生子……"我说："不怕牺牲正是革命的传统。"感动得老魏泪如雨下。

和平年代少有抛头颅洒热血的机会，这一年 7 月唐山地震，传来的消息吓人，没水没电，吃大锅的饭，喝游泳池的水，遍地尸体，瘟疫流行。机关忧心忡忡，鸦雀无声。老魏又提着酒瓶笑眯眯地来找我，我也笑眯眯地说："闻闻你的酒味我就敢去。"

有人说我可以报考陪酒员，其实我是半拉酒盲，能饮而不谙，品不出味道，又苦又辣如同中药，从不自饮，也尽量回避酒场，只不过傻小子睡凉炕，全凭火力壮，汗腺发达，酶系统健全，自恃其勇。酒多必伤身，我从不上头，主要犯胃，吃了名医高濯风 80 剂解酲通补的草药：葛花、黄芩、苍术、大黄，苦不堪言。80 次重复了第一次喝酒时的痛苦，也许是对以往豪饮痛快的报应，妻子抄来的葛洪《抱朴子·酒戒》、庾阐《断酒戒》、顾炎武《酒禁》，成为我天天读的"老三篇"。从此，我基本不喝了。

也没想到，近几年我的酒又复出了。地摊书刊万紫千红，严肃文学陷于困境。我分管八种文学报刊，经济压力很大，常常需要化缘赞助，被称作丐帮帮主。同志们找到了对象，常常拉上我去，酒桌上酒一杯、心一热、嘴一开，合同就签了。一次从廊坊喝到秦皇岛，人逢知己千杯少，话不投机半斤多。餐厅里喝白酒，回宾馆喝三九胃泰，两大包三九胃泰喝完了，新版《文论报》开办费也有了。我苦笑着对刘向东说："报纸出来了，人们能否读出来酒味儿、药味儿？"

水与人

听说白洋淀有水了，病中的我也长起精神，连忙赶到安新，来看望我日思夜想的水乡和牵肠挂肚的渔民兄弟。

东关码头又重现了往昔盛景，舟船纵横，帆樯如林。不同的是旧时光秃秃的木船加上了花花绿绿的阳伞，旅游局一色新的机动船，一切都带上了现代味儿。

随便跳上一只小船，急催船家向淀中划去。我像小孩子一样俯身撩着水花，还捧起喝了一口，恨不得一个猛子扎下去，泡它三天三夜才来劲呢。

久违了，水呀！我最后来的那次，是坐拖拉机逛的白洋淀。那时碧波万顷已经变成赤地百里、尘土飞扬。苇田干枯，像一丛茅草。荷花、菱角更是销声匿迹。那次是去王家寨看小舟哥，只见村边倒扣一只只木船，鸭子们张着大嘴号叫，连嗓子都喊哑了。

一向水灵灵的莲嫂也已经打蔫了，干巴巴的脸上新添了皱纹，一向灵巧的织网能手正笨拙地学糊纸盒。吃饭的时候，更是难为情。过去来客都是鱼虾满桌，最差也是贴饽饽熬小鱼；现在换成窝头咸菜，拉长脖子咽不下，小贩们从黄骅倒来的臭鱼烂虾比保定、石家庄还贵。小舟哥没精打采地回来了，他说白洋淀人没水就没魂了，小舟也晾干了。多残酷的大自然，我的心像渔民兄弟一样被焦晒着、撕裂着。目不忍睹，华北明珠黯淡下去了，像一只被遗弃的干蚌壳。

从此，一别五年，我再也没来白洋淀，可又无时无刻不惦念着它。我了解白洋淀的人天性离不开水，哪儿有水往哪儿奔。先后有 2000 只船、7000 口人背井离乡，四处漂流。北到兴凯湖，南到滇池，西至青海湖，东至渤海湾，凡是较大的水面都会有白洋淀人的身影，把他们强悍的性格和高超的技术传遍四面八方。白洋淀人的捕鱼技术堪称世界之最。识水布阵，何止钩叉网箔十八般武艺，光渔网就有几十种，春夏秋冬变化无穷。那外出的 2000 艘船每年捞上来五六千吨鱼虾，大把大把的人民币流回干涸的白洋淀。真让外地人眼馋，也难免遭人嫉恨，被缴船偷网的纠纷屡屡发生，甚至于葬身异乡做鬼，成为春闺梦里人……

好不容易从记忆中挣脱出来，小船已经划过小鸭圈，进入大鸭圈了。人说欲把西湖比西子，白洋淀是个北国美人，久别相见，更加妩媚动人。平静的淀水碧绿碧绿，像披在美人身上的锦缎，绿柳金苇好似绣上去的图案，阳光下闪着金边儿。只是少了娇红的荷花，素淡了一些。

忽然，迎面出现了一座金色小岛，船慢慢靠过去。登上一看，是土堆的平台，是来水前推土机的杰作。因为面积是 24 亩，就取名二十四亩地。岛上熙熙攘攘，摄影的、卖烟卷的、卖饮料的、卖贴饽饽熬小鱼的。听说还要建宾馆饭店，和端村、赵北口等一起辟为旅游点，白洋淀这颗明珠又要大放光彩了。

小船继续前行，又到了王家寨，远远望见了莲嫂的家。红砖房高出绿水面，门前是渔网围成的鸭圈，鸭子们见人来了，老远就高唱起欢迎之歌。莲嫂挑帘出来，手里拉着个小男孩。我打趣地说:“莲生贵子，白洋淀又增加了一个小渔民。”莲嫂感慨地说:“孩子都 5 岁了，才头一次见水。在从前，白洋淀的孩子都是水里泡大的。”

我原以为水来了，会给白洋淀带来生机，会给莲嫂带来滋润，恢复当年荷花一般的笑靥，想不到她还是愁眉苦脸，阴云不曾散，笑纹不曾开，说出了水来之后渔民的心里话。

淀干了，水乡成为旱区。打鱼人扣船挂橹，学起了赶车使锄，航道修起了柏油路。苇田衰败，人们开始营造青纱帐，人工挖鱼池、盖鸭圈、打井浇地。白洋淀人从来没流过那么多汗水，每根汗腺都成为一眼泉水，四五年时间才慢慢适应了这种新的生活方式。

可是，今年忽然发了洪水，猝不及防。八月初十那天进水 6 亿立方米，水位上升到 9.2 米，超过了 1963 年特大洪水。一些新建的乡镇企业、民房、道路被洪水吞噬，400 座鸭圈、1000 多亩鱼池被冲毁，700 亩苇田、20 万亩庄稼受灾。白洋淀人盼水盼得眼干，水来了又陷入另一种困境，不得不改变刚刚熟悉的活计，停车挂锄，修船补网，重操旧业了。

漂泊四海的白洋淀人闻讯回来了。他们疲惫不堪，风尘仆仆地扑回故乡的怀抱。可是大水冲走了一部分痛苦，另一种忧愁又漂浮上来。新水少鱼，渔民又不肯吃“青苗”，可是满满一淀水又能维持多久呢？有关方面说，如果大气候还是枯水期，上边蒸发下边渗漏，不出三年五载又是一个底儿朝天。渔民们经过一阵短暂的欢喜之后，又陷入一种长久的困惑，怏怏地走了。

莲嫂望着墙上挂着的一个半旧的斗笠，眼圈红了。小舟不在家，它就是男人，每天擦得干干净净，上边挂着她好多心事。思谋久了，又觉着它像一个扣着的苍穹，笼罩在头上。

古人说沧海桑田，往往指一个漫长的自然变化，如今在白洋淀区，它的周期大大缩短了。从 1909 年有水文记载以来，白洋淀共干过 6 次，有 5 次发生在 1966 年以后的这 20 多年。人们说，一会儿旱一会儿涝，老天爷的政策变得太快，让人哭笑不得。

但是，白洋淀总算有水了，有水毕竟比没水好。时下尚不能人定胜天，人在水面前总是吃败仗，白洋淀人水性好，会渐渐适应的。

归去来兮

众所周知，我的头发从来是由妻子理的，不只为了省钱，也还有个感情问题。每当出差回来，白布脖子上一围，刀剪头上一响，如蟋蟀，如百灵，嘤嘤唧唧，令人陶醉，实在是一种享受。所以那时候发理得也勤，20多天不理，就觉得发长上火。

近几年来，妻子进入更年期，脾气在变，常常烦躁不安，渐渐无此雅兴了。窃想，社会在进步，生活也该相应变化。在家里理发，弄得满屋子头发渣子，还得自己洗头刮脸，还得扫地、洗布、膏推子，也不合算。于是就想改变一下20多年的习惯，让我这植被稀疏的脑袋到市面上风光风光。

初进理发馆感觉颇好，整洁敞亮犹如大车间，从叫号到出厂，推、剪、洗、刮、吹一套规范化工序，特别是往大躺椅上一仰，任他刮边、修眉、剪鼻毛，其精细之处确实为妻子所难及。还有排队等号，拿一本书消遣，听大家讲道听途说的新闻，也颇有一番味道。

可是好景不长，高级理发馆渐渐被奇装异服的青年男女们占领，成为他们跳舞、约会、赴宴之前的化妆室，把好端端的秀发冷热加工成为钢丝、刨花、泡沫。出得门来，女的变成一头雄狮，男的变成一位坤角。这样的特殊加工自然需要特殊的价格，于是理发费高得惊人，让人望而却步。于是我这个一级作家只得退到丙级理发馆屈就，再往后就是退到街头巷尾马路边的个体摊位了。个体户只信奉赵公元帅，怎么赚钱怎么干，也不知从哪一天起，几乎所有的一般理发馆、发廊、发屋，把为男人服务的躺椅通通撤掉了，改为小小的折叠椅，以做女活儿为主了。我问一位女理发师何以然，她笑笑用一口广东话回答："先生你好不聪明，做一个女活儿至少五元，做一个男活儿顶多一元，这道理不明摆着？"是呀，价值规律起作用，自然无可奈何了。

然而男人的头发却遵从自然规律一天天地长，理发成为老大难了。一天隔壁办公室的老郑惊喜地告诉我，某大街上有家宾馆给男人理发，不妨试试。我听了，不亚于哥伦布发现新大陆，急忙骑车去了。真格的，有间理发室，果然有张男椅，还没人排队。我刚要坐，一位年轻的女同志说下班了，我看看手表刚 11 点 20 分，但也不敢争辩，好事多磨呀。下午上班我第一个赶到，女理发师正面对大镜自我端详，刚做过的头发这儿摸摸那儿按按，配上一身湖蓝色的高级套服，活像一只美丽的孔雀顾影自怜，全然没有发现我进门已经坐等一刻钟了。等我故意弄出声响，问："理发吗？""孔雀"回过头来，一脸的不高兴，扔过来一块石头："不理发来这儿干吗？"我好像做错事的小学生，一声不敢吭在男椅上轻轻坐下。"孔雀"拿起推子，看看我稀疏的植被，嘴角一撇。这细微的动作和睥睨的眼神，我在镜子里都看见了。

"孔雀"姑娘人秀气，活儿也做得潇洒。电推子在我头上草草转了一圈儿，三两分钟就完了，马上折叠围布，要下逐客令。我问："不刮脸了？""我们这儿不刮脸！"我好纳闷，哪有理发不刮脸的，不刮脸可以，洗头总不可少吧？我不知趣地坐到洗脸池前，伸头等着。"孔雀"也不吭声，把水箱上的龙头拧开，一阵冷水浇头，冰得我牙齿咯咯，浑身鸡皮疙瘩都出来了。初冬天气，她自己也知道水凉，不肯动手，用圆塑料梳子在我头上划拉了两下。我自己擦擦眼，看她那张脸，冷冷地结了一层冰，让我又重打了一阵寒战。看这种表情，心里有火也不想发作了。假如你提出水冷，她也许会用一壶开水浇在你头上。我自认倒霉，一句话也没说，赶快逃走吧。再若不走，那位女将也许会舞起剃刀给你"二斗红高粱"呢。

回家去，我把这不幸的遭遇告诉妻子，妻子心疼了半天。从此，看到我的头发长了，她就拿起推子吟道：“归去来兮，田园将芜胡不归？”

刀拉儿

堂弟的女儿兰兰到省城上学，刚来不久就嚷着退学回家，原因是受不了那种环境的折磨。同宿舍的几位城市小姐讲吃讲穿，轮流过生日，吃馆子送礼物，比国庆节还隆重。不随波逐流受孤立，随大流又没钱。后来时兴起洋名字，谁喜欢什么就叫什么：格拉芙、辛迪·克劳馥、克劳迪亚·希弗、麦当娜、惠特尼·休斯顿。有个女孩说：“我喜欢钱，就叫刀拉儿。”刀拉儿（do11ar）就是美元。兰兰赌气说：“我的学费都是粮食换的，还常常打白条儿，我该叫白条儿了。”最后评比，刀拉儿和白条儿并列第一，我觉得很有意思，决定去考察一番。

这所商业专科学校是30多年前我所在大学的西院，原来周围都是稻田，像一座孤岛。如今成了市中心，四下高楼林立，一片三四层楼的宿舍区反而成了盆地。尽管涂色勾缝，抹了一层“劣质化妆品”，依然可以认出是从前我们住过的旧楼，但是走进宿舍去却让人大吃一惊。

那时候一间宿舍也住7个人，但是显得空空荡荡。学生们除一床被子、一个包袱、一个脸盆，别无长物，院子里的高音喇叭是大家共享的唯一电器。如今可大变喽！一个微型的大杂院儿。门口那床上铺摞着山样高的皮箱，下铺是兰兰简单的被褥，其余6个床位则是用花布帘隔成的屋中屋，墙上贴着花花绿绿的明星照片，挂着大大小小的布娃娃，床头摞着图书杂志、化妆品和随身听。里边上铺那个刀拉儿，睡的是单人木床，有微型电视、大哥大、笔记本电脑，墙上还特意挂着一把琵琶，刀拉儿说它的形状就像 $。

推门进来几个女孩子，我一眼就认出谁是刀拉儿。平常相貌，微黑发胖，不烫发不化妆，紧身牛仔服是苹果牌的，脚上的鞋是耐克牌的。这孩子已经洋化到骨子里了，追求自由洒脱，不像一般水平的只追街上的潮流。刀拉儿很爽快，说这屋的大学生只有兰兰是正品，凭分数进来的，其余都是假冒伪劣的，靠父母上自费，别看乐乐呵呵趾高气扬，其实内里很空虚。我被刀拉儿的坦诚感动了，回来时对兰兰说："我上大学那阵儿也是这样，农村学生城市学生泾渭分明，互相看不起，钩心斗角，经过四年磨合才慢慢融洽起来，回头一看都是偏见。九十年代了，理解万岁。"

兰兰后来明白了，刀拉儿身上有不少长处，心地善良，侠肝义胆。一次街上碰见个残疾人拦路要钱，她二话没说倾其所有，连打车的钱也没剩，十几里路硬是走回来了。兰兰患重感冒，喝姜汤捂了一身汗也无济于事，刀拉儿去医院花 300 元买了一板进口药，高烧才退了。从此二人成了好朋友，有什么电影、球赛，刀拉儿忘不了兰兰，需要求助时，也直言不讳。平时抄兰兰作业，考试抄卷子。结果刀拉儿不怎么用功，每次也都能得上六七十分。

刀拉儿想打通班主任的关系，第一次尝试没有成功，一本精美的画册被拒收。但是也没白去，发现班主任溺爱小孩儿，从孩子小手里夺回画册时费了好多口舌，目光在那画册上流连忘返，显然是想要，又碍于师道尊严。刀拉儿不甘心，失眠了两个晚上，最后想出了一个主意。她打听到班主任的小孩儿上小学二年级，每天上午十一点半下学，班主任星期一、三、五上午有课不能去接。这一天她准时推自行车在马路边等着，见孩子走过去了，从后边前轱辘一歪就把孩子拨倒了，然后不由分说抱起来拦个车直奔医院。其实孩子只不过摔了一下，一点儿皮也没有碰破。刀拉儿楼上楼下、内科外科挨门做检查。下午班主任风风火火地跑来了，刀拉儿装得十分害怕，痛哭流涕的样子。这一下可有了借口，肇事者看望病号天经地义，食品玩具，大包小包不断地送上门去。到后来不限于孩子了，大人用的化妆品、成衣、戒指、项链，也一一被笑纳。随着班主任衣着首饰日渐变化，刀拉儿在班上的地位也日渐变化着，小组长、团支委、副班长，连升三级。兰兰说："你真有经验。"刀拉儿说："不瞒你，是跟我老爹学来的。不是我有经验，是有了经验才有我。"

最后一学期，大家都在埋头写毕业论文，宿舍教室看不见刀拉儿的身影。她正一天到晚奔走于经贸委、公司、企业和市场之间，偶尔回来大哥大、传呼机叫个不停，顺手做成了几笔交易，有赔有赚，净落下八万元。全班每人一本纪念册，同屋每人一只"飞亚达"，班主任那儿可想而知。刀拉儿说，钱不是目的而是工具。

收毕业论文，刀拉儿交上去的是厚厚一沓商品价格调查：钢材、汽车、水泥、小麦、咖啡、可口可乐……不下50种，涵盖纽约、东京、伦敦、悉尼、上海、深圳、石家庄甚至县一级的批发零售价。科任老师啼笑皆非，不好打分，理论没有，实用价值不小。

毕业分配，多少人走投无路，急得团团转。兰兰父母是农民，我也只是个无权无势的文人，帮不上什么忙。刀拉儿却稳坐钓鱼台，看几家热门单位争着抢她。分手那天，刀拉儿对兰兰说："只要你不忘咱姐妹，不出半年就能调回来。"

对于刀拉儿这孩子，至今我也想不清楚。时代变了，风俗也在变。你说世风日下，可是风向也在变，下风头会变成上风头。

潮白河畔忆浩然

明知浩然同志卧病医院五六年之久，乍听到他离去的消息，还是感到来得突然。叹息很久，我痛惜中国文坛失去一名优秀作家，自己失去一位良师益友。

浩然是一位河北作家，他生在河北，成名在河北。1957年，时为《河北日报》社记者的浩然到邢台采访，记者组一位朋友知道我痴迷他的小说，喜欢《喜鹊登枝》，便让我拜见。见到心仪已久的名人，朴素得像个农民，一口庄稼话，一下子拉近了距离。那时我正上高中。《艳阳天》出版，一时洛阳纸贵，他笔下鲜活的人物和朴素的性格令我赞叹不已。浩然一生爱农民，写农民，被誉为“我们农民的一支笔”。这也是刘玉林电视专题片的题目。

后来有个机缘把他和我拉在了一起。1986年我当选河北省作协主席，兼任香河县文联主席；1987年他当选北京作协主席，兼任三河县文联主席。两县毗邻，一条潮白河串联起来。我俩经常一起出席廊坊地、市的文化会议。他说，咱俩是一个绳上的蚂蚱，为了潮白河的文学，谁也不能跑。我在廊坊师院办作家班，请他来讲课，每一次他都十分认真。记得香河县文联召集近百名业余作者开会，请他作报告。他从自己苦难的经历到每部作品写作过程，都讲得非常生动，深入浅出，引人入胜。他说，香河和三河是近邻，我应该给老乡吃偏饭。

香河县文学创作开展较早，有一支可观的作者队伍，是全国著名的儿童文学县。浩然也喜欢为孩子写作，出版过儿童故事《幼苗集》。他多次来香河考察，把了解到的情况认真地记在本子上。一次，天津一家儿童刊物来香河召开创作座谈会，他听到后专程赶来，与大家一同探讨儿童文学的创作态势，并当场将了一军，让我把香河儿童文学创作当作河北作协的工作重点。

当时三河县文学创作基础相对薄弱，像样的作者不多。浩然在三河定居伊始，就制订了繁荣全县文艺的计划，想出了一系列措施。首先促使成立了三河县文联，骑自行车到场边地头寻访写作苗子，发现一批作者以后又创办了《苍生文学》，为业余作者开辟发表园地。为了达到发表水平，他起早贪黑给业余作者修改稿子。有不少草稿是写在白纸、信纸、学生作业本上的，字迹歪歪扭扭，密密麻麻，还需他一边辨认，一边誊清，像教师批改学生作业那样细心。几年后三河县便涌现出一批小说、诗歌作者。他又扶上马送一程，着手编辑出版“泥土巢文学丛书”，为朱力弘、李绵星等一批作者出书，扩大影响，帮助他们走出三河去见世面。办刊物、出丛书，所需经费都是他求爷爷告奶奶拉的赞助。他经常给我写信、打电话，介绍三河作者加入河北省作家协会。在他的长期辛勤耕耘和大力扶持下，三河县出现了一批重要作家和作品，刘玉林的《中国牛王》获全国“五个一工程”奖，李绵星的长篇小说《庶出》加入了有影响的“布老虎丛书”……

浩然为人光明磊落，办事旗帜鲜明，针对当时文化市场一些低俗现象，提出“京东绿化工程”。在县委书记齐浩东支持下，在燕郊镇召开了大会，倡导先进文化。从此更把工作范围扩大到廊坊市的大厂、香河，北京市的平谷、密云等县。记得他亲自到大厂访问农民作家张国庆，帮助他解决生活和创作问题。他主编的《苍生文学》发稿对象遍及周边各县，香河县作家赵金山、尹玉如、高勤、王洪勇等经常在《苍生文学》发表作品，得到浩然老师亲切而具体的帮助。

几十年交往，特别是在三河那段时间，浩然同志为人为文，为农民写作的精神，对我产生了很大影响。我主持河北作协工作近 20 年，做了一些服务工作，就是受前辈作家的启发和带动，其中包括浩然。

浩然同志去了，又回到生他养他的河北平原，又回到他的“艳阳天”和他的“金光大道”上了。在潮白河畔，一定会见到他那熟悉的身影。

洼地上的战役

1983年元旦，我受命主持河北省作协工作。“文革”前河北是文学的高原，长篇小说为全国之冠，短篇、诗歌、剧本名列前茅。改革开放后变成了文学洼地，不仅思想滞后，还有作家兴趣偏重农村、文化水平不高等短期难以解决的问题。怎么办？办学习班轻车熟路，可是时代变了，青年人知道了学历的重要，纷纷转向夜大、函授。只有合二为一，办个正规的高校作家大专班才有吸引力，既能学文化，又可拿文凭。

经过多半年调研论证，省委领导批准了。1984年2月开始筹备，作家汤吉夫当时是廊坊师专校长，乐于承担这个任务。可是让这些青年作者参加高考，肯定比不上应届高中毕业生，只能列入成人高考。成人高考严格控制，1个指标比10个城市户口还难办。需要40多个指标，难度很大。我天天坐在省教委，求爷爷告奶奶，死乞白赖磨了一个月才拿下。接着发动报名，择期考试，教委和作协共同出题，按分数录取，400多人报名，录取47人，重点青年作者几乎全都囊括进来了。

1984年9月开学，汤校长拿出创作长篇的气魄和精力，打造全国第一个作家班。按照高等教育大纲参考文学创作需要，商定教学计划，开设文学概论、古典文学、现代文学、外国文学、古代汉语、现代汉语、哲学、美学、逻辑学、中国通史等十几门课，还把专题讲座列入重要内容，先后邀请秦兆阳、刘绍棠、浩然、刘心武、韩少华、毛志成、滕云等京津著名作家、评论家，讲授创作经验、文学观点和创作态势，每讲一课都带来一次冲击波，掀起一次学习的热潮。

值得回味的是，这个作家班赶上了好时候。新时期文学伊始，思想活跃，创作繁荣。国内文艺思潮此起彼伏，外国各种流派轮流上演，争鸣争议作品层出不穷。学生们大开眼界，眼花缭乱，禁不住跃跃欲试。从观潮到下水，风浪里学游泳，天天新空气，时时新营养，知识迅速增长。

47 名学员，来自基层工农兵，大者三十五六岁，小的不足 20 岁，多数发表过作品，小有名气。进了校门就是学生，扑下身子，如饥似渴地学知识，图书馆被他们占去一角，他们的床铺被书刊占去一半，读书，争论，做作业，一直到熄灯。每人都有自己的座右铭——“学无止境”“创造自我”“重铸灵魂”等等。老师给每个人开了书目，每个人都画了自己学习的路线图，长计划，短安排。谁写出初稿，拿出来当靶子，七嘴八舌，一改再改。第三学期中间，河间县人民政府寄来喜报，给临时工闻章转国家干部，农村户口改吃商品粮。班里一阵轰动，天上掉下馅儿饼，眼前一片光明，大家凑钱在校外小饭馆撮了一顿，有烟有酒，又笑又唱，局外人看不惯，打了小报告，给汤校长带来了点麻烦。

学员们两年毕业，因为有了文凭，被行政和事业单位一抢而光，农转非，工转干，改变了一生命运。这些文学苗子，追了肥、浇了水、除了草，很快进入高生长时期，大面积丰收。刘玉林获“全国报告文学奖”；张立勤获“庄重文文学奖”；何玉茹多篇作品进入中国小说排行榜；雪静出版《旗袍》等 14 部长篇小说并获“中国女性文学奖”；闻章出版 20 多部作品，被称为学者型作家；刘千生出版 4 部畅销书；许久东等 16 人获省级文学奖；谢玉久两次获全军一等奖，成为将军诗人。

首届作家班取得经验，又在河北大学和廊坊师院办了两期作家班，在河北师大办了一期儿童文学作家班，涌现了刘向东、贾兴安、王聚敏、老九、阿宁、李春雷、刘福君等一批后起之秀。四期作家班170余人，成为河北文学的生力军。1997年首届“鲁迅文学奖”评奖，河北获奖人数占第一，“洼地上的战役”取得阶段性胜利，作家班功不可没。

不为腐败当保镖

七年前我接受过一项任务，为某领导写一篇报告文学，全面反映其政绩。多年养成的习惯，当面不好推辞，稀里糊涂答应下来。回来觉得事关重大，这是某领导精心策划的形象工程之一，意在制造舆论，图谋升迁。写好还算罢了，写不好会惹下麻烦。

硬着头皮去采访，结果令我大吃一惊，原来此公并非一般口碑不好，而是思想与手脚极不干净。不禁倒吸口凉气，身为作家，不能如张平那样站出来斗争已属惭愧，反来文过饰非，不仅有辱人类灵魂工程师的称号，连人格也大打折扣了。这下子可坐了洋蜡。

问计于两位在大机关工作的作家朋友，在小餐馆摆了一桌。开始他们嘻嘻哈哈，转脸又严肃起来：“文章一发，白纸黑字，此公总有一天会败露，他臭了你也跟着臭了，坏了一世清名。反正你这主席干了十几年，也该撤退了。何必呢？”于是决议不写了。

事实证明，七年前我那次选择是对的，否则后果不堪设想，今天此公问题已大白于天下，成了过街老鼠。正应了雨果所说，一个作家为坏人唱赞歌，无疑是为坏人当保镖。

如今收买作家、记者当保镖的，不仅有贪官污吏，还有不法商人、企业家。他们吃黑走私，投机钻营，暴富之后心虚胆怕，除了烧香磕头求神灵保佑之外，还会花钱雇一两个记者、作家为之评功摆好，涂脂抹粉，招摇撞骗。而有些文化宣传部门、集体或个人文穷志短，接受一点儿赞助就会见利忘义，就会用自己手中的笔弄虚作假，为豺狼纺织袈裟，为魔鬼制造光环，欺骗舆论，蒙蔽群众，使他们进一步在画皮之下变本加厉地胡作非为。但是纸包不住火，迟早要暴露出来，何止本人和单位丢人现眼，连整个新闻、文学脸上都被抹了黑。

十年前某杂志为唐山一位不法商人编发了一篇报告文学。文章发出来，那人也锒铛入狱，弄得这家杂志好一阵没面子。最近又有“中国裘服大王”张葆祥大曝光，原来这个大骗子又把影视和文学耍了一把。十年前他出钱赞助拍了八集电视连续剧《走出沼泽》为自己伪造历史和业绩。犹嫌不足，又赞助某文学部门几十万元，派作家为他写传记包装自己。交稿之后一改再改，老不满意，总嫌不够高、大、全，结果一部40万字的报告文学由某权威出版社豪华推出。就在此书墨香四散时，张葆祥被捕了，这就是震惊全国的“807”特大涉税案，这个被媒体炒作为“商界枭雄”“叱咤海外服装业风云的商界巨子”，偷骗税额竟达两亿元之多。谁能说清在他的骗术中新闻与文学艺术究竟起了多大作用呢。安知不就是那几笔赞助使国家蒙受两亿元的损失呢。

或许有人会说:“不知者不怪。”我想，如果就事论事，写一篇千儿八百字的消息，也许还可以原谅；如果写长篇剧本、传记，作家深入采访，住在他单位，跟在他身边，一年半载下去，怎样高明的骗子也会露出马脚的。凭借作家、记者的眼力是不难识破的，问题是吃了人的嘴短，拿了人的手软，戴上了有色眼镜，只有按图施工，听人摆布，为坏人当保镖了。

无论单位还是个人，谁忘记了自己的尊严，就会步入生活的陷阱。

不灭的星辰

忆赵树理

赵树理是山西人，也是太行山人，这太行就有了河北一份儿。抗日战争开始建立的太行区，划界为石太铁路以南，京汉线以西，同蒲线以东，包括晋东南，石家庄、邢台、邯郸、安阳西部山区，也称晋冀豫，属晋冀鲁豫边区。从1937年到1949年这12年，赵树理先后在太行区委、北方局党校和边区新华书店工作。八路军总部在山西武乡王家峪，太行军区在河北涉县赤岸，晋冀鲁豫边区政府在河北武安冶陶。最后一年，晋冀鲁豫与晋察冀合并为华北人民政府，赵树理也随迁平山县。所以冀西人习惯把赵树理看作自己的作家，赵树理也多次自称："我是农民出身，是在华北的太行山区长大的。"

也正是在这12年，赵树理完成了《小二黑结婚》《李有才板话》《李家庄的变迁》，确立了在中国文坛的重要地位，形成了通俗化、大众化，为人民群众喜闻乐见的风格。当年仅有500万人口的太行区，《小二黑结婚》就发行了四五万册，平均每百人一册，真正是家喻户晓。1947年美国记者杰克·贝尔登在冶陶访问赵树理，在后来出版的一本书中称赵树理"可能是共产党地区中除了毛泽东、朱德之外最出名的人"。我是正儿八经读着赵树理长大的，边区小学课本有《地板》《富贵》《孟祥英翻身》《田寡妇看瓜》，乡村舞台上有《小二黑结婚》《武家坡》《罗汉钱》。歌剧《小二黑结婚》的主旋律就来自武安平调，太行山区人人会唱。

我在邢台上高中时，班上好多同学是武安县人，武安与邢台县山水相连。他们说上小学时经常看见赵树理，老赵还把老婆孩子接过去住。有个同学是赵庄人，说老赵在他们村搞土改，住了一年多，还是工作队的领导。赵树理留着分头，经常不梳，粗布对襟褂子，棕色旧毡帽，趿拉着旧布鞋，端个大烟袋锅子。他经常出现在田间、饭场和老百姓炕头上，也去巫婆、神汉家中，好像一个和事佬。夜里趴在棉油灯下写作，鼻孔熏得黑黑的。写累了到合作社买一碗白酒，一饮而尽，也不就菜。喝罢抹抹嘴往回走，逢人便问好。群众说他像济公，一次去冶陶开边区群英会，门岗看他衣帽不整，挡住不让进。

老赵说话像他的小说一样幽默。妇女会没人发言，他就拐弯抹角地启发。说旧社会妇女没地位，就在茅坑里顶个人。外边问："里边有人吗？"里边答："有哩！"来到大街上就不顶了，问谁发言，没人吭声。赵树理在赵庄写了两本书，一本是调查报告《民主整党在赵庄》，一本是小说《邪不压正》。小说是根据真人真事写的，有一户中农，闺女长得俊俏，村干部想占她的便宜，不从就把她家划为富农，扫地出门。老赵了解实情后，定为错斗中农，力主纠偏，处分了坏干部，为闺女找了个对象。结婚那天，还从他们边区新华书店拉来一匹大红马，让闺女骑上，风风光光走了四条街，使政策深入人心。

邢台是太行区最大的城市，建立新政权，第一任市长是任仲夷。副市长中有个王量宏，是赵树理长治师范的老师，闹学潮时曾经掩护过他，所以赵树理经常来邢台看望老师。1956 年春天那一次，在地委礼堂开座谈会，团地委书记董振国主持，到会多是师范和一中的学生，我也有幸参加。先由王副市长介绍，说赵树理是长治师范学生。长治有个山西省立第四师范，邢台有个直隶省立第四师范，都是名校。邢师出了个刘宁一，革命家；长师出了个赵树理，文学家。赵树理在学校就是个传奇人物，入校时别人都是赶着马车送到，唯独他一条扁担挑着行李，200 里山路一步步走来的，可是 100 名新生考试成绩高居第四。他上知天文，下知地理，床上床下都是书，大部分时间被书埋起来，外号“赵子曰”，老舍先生一部长篇小说的名字。赵树理学富五车，可是家里穷，20 岁前没吃过一片肉。在长治师范入了党，发起驱逐贪腐校长运动，一纸《驱姚宣言》出自赵树理手笔，犀利如徐敬业、骆宾王讨武檄文。四一二政变后被开除校籍，摇着串铃、穿着长衫，以江湖郎中的模样把脉治病，还真有两下子，祖传偏方治产后风，治一个好一个。

赵树理在一片热烈的掌声中走出来，与王市长介绍的不同，已经戴上前进帽，穿起中山装。也许是进了京，当上中国曲协主席、中国作协理事、《人民文学》副主编，需要讲究一些。但是坐下来，帽子一摘，扣子一解，还是那个万人迷，一口地道的晋东南话，满嘴笑话、顺口溜，逗得听众哄堂大笑，一阵接一阵。座谈会主题是《三里湾》，被《人民文学》连载后刚刚出版，正是街头巷尾说老赵时节。真不愧为中国语言艺术家，高深的道理从他嘴里出来，三言五语、一两个比喻，就变得简单明了。关于长篇小说叙述方式，他戏称自己是卖盆的，大盆套小盆，讲故事有头有尾，循序渐进，环环相扣。问到怎么学习群众语言，他说处处留心，用心记也用本子记，记下来就是法宝，用到点子上就会出彩。写书呆子马有翼上夜校，玉梅讥讽他：“你是哥渴我喝吧。”用的是汉语拼音 g、k、o、h，谐音双关。“骂死公公缠死婆，拉着丈夫跳大河”是民歌民谣。写王满喜见义勇为，“为了气不平也可以不收秋也可以不过年”，全是群众语言。

问到为什么只写农村题材，只走通俗化、大众化一条道，赵树理说：“一方水土一方人，山区老百姓，平时萝卜白菜，红白喜事粉条豆腐，习惯成自然。你叫他吃鱿鱼海参，腥气，犯胃。十几年前我就拿定主意，不想上文坛，不想做文坛文学家，只想上‘文摊’，写些小本子，夹在小唱本里去赶庙会，三两个铜板可以买一本，这样一步一步地夺取那些封建小唱本的阵地。做这样的文摊文学家就是我的态度，至今初衷不改，为农民写作。”他还特别强调要通俗不要低俗，为农民写作也要讲品位，什么品位的东西放在什么位置上。茶壶摆在茶几上，夜壶放在床底下，不能摆在茶几上，台下哄堂大笑。可是可笑之事并不会在笑声中绝迹，一不留神就会堂而皇之地重新出现在你面前。这不，当今天下又有不少夜壶摆在茶几上了。

1962年我大学毕业，申请到农村工作，邢台县县长王永淮接纳了我。王永淮也是我崇敬的人物，高中语文课本上就有秦兆阳写的一篇《王永淮》。王县长是邢台山区人，山里人爱用顺口溜，像李有才一样，《邢台日报》也发表过他的诗，诗也像快板儿。秦兆阳的散文开头就引用了他的一段话：“七星滩，八里湾，四十里路不见边，硬的是石头，软的是沙滩。”王县长亲自把我送到文化馆，鼓励我学习赵树理。说他在太行区见过两次老赵。一次是在襄垣，减租减息现场会，老赵带着一个剧团，编剧、作曲、导演都是他；打鼓、拉弦，手脚并用；哪个演员病了都能救场，除了旦角都能上。一次是在涉县开文教工作展览会，赵树理一个人办了一份墙报，编、写、插图、刻蜡版，消息、言论、大鼓词，样样精通，深受群众欢迎。我也照着王县长说的，一个人办了一份《社员报》。下乡辅导俱乐部，冬仨月能排出一台节目。跟着县丝弦剧团巡回演出，拉大幕，干剧务，有了舞台经验，再写剧本心里有数。1965年写出了小戏《轰鸡》，被评为河北最佳剧目，受到周恩来总理表扬。王县长高兴地说：“再这样干20年，也能成个小赵树理。”

1965年我调进省文联，与李满天一见如故，共同语言是赵树理。不久前《文艺报》公开批判大连小说会，还点了赵树理的名。李满天并不紧张，顶多说句笑话：“一个串上的蚂蚱。”1946年就发表《论赵树理的创作》，称赞赵树理的创作是毛泽东思想的重大胜利。大连会上给予更崇高的评价：“中国作家真正熟悉农民、熟悉农村的没有一个能超过赵树理。他对农村有自己的见解，敢于坚持，你贴大字报也不动摇。”称赞他是描写农村的“铁笔”“圣手”。说这话李满天在场，甚至“文革”开始,《河北日报》点了他的名,“大连黑会干将”，也还沉得住气。可是看了 7 月号《红旗》杂志，点了周扬的名，头上扣了一堆帽子，文艺黑线“祖师爷”“大红伞”“总头目”，声称有一条又粗又黑的文艺黑线，必须“犁庭扫院”“彻底清洗”。谁都能感到，一向笑口常开的李满天失语了，脸上阴沉起来。我知道他不是为自己，而是担心老赵。1953 年 10 月，赵树理和康濯到他深入生活的定县宣传总路线，朝夕相处四个月。康濯随和，不温不火。老赵正直，宁折不弯，发庄稼火，自己说驴脾气，尥蹶子，不像他李满天遇事能忍。知道老赵去年被逐出北京，回山西去了，不知家乡父老能否保佑他过此一关。

李满天牛棚里发愁，我在外边给他搜集情报。出人意料，那些平时奉老赵为山西的骄傲、甜言蜜语吹捧的乡党并不可靠，后院起火了。《山西日报》大字标题《打倒周扬黑帮树立的标兵赵树理》，晋东南地委书记带头写老赵的大字报，公布了赵树理的书信、诗词。李满天坐不住了，要我千万去探望一下，是死是活，弄个明白。我去探望，只有一条途径，借外调之名下山西。机关造反派不同意，说赵树理跟河北关系不大。李满天想出两个理由，一是田间写了《赶车传》，赵树理改编成曲艺《石不烂赶车》,“贫农石不烂，故事一大串，有人告田间，写了《赶车传》”；二是刘真的短篇小说《春大姐》在《人民文学》发表时，结尾部分是副主编赵树理加上去的。这样就跟河北连上关系了。

1967 年冬季一天，我和于建华来到太原。山西省革委成立很早，但是貌不合神更离，两派对立，武斗升级，“北京军区三大难，山西、保定、战友文工团”。山西省文联已被群众组织夺权，头头们热衷社会争斗，仅留一个红卫兵看门。大四学生，闻喜人，比较随和，安排我们和他同住一间大办公室，烤火聊天，外调工作给了不少方便，顺利地见到了赵树理。与11年前相比，他整个脱了相，原来黑红，如今惨白，背也驼了，语也迟了。他好像记不得我了，看我们与别的搞外调的不同，一不训斥，二不动武，紧张情绪放松下来，答应写个材料。

晚上小于把那个红卫兵拖住，我单独去取材料。他家在南华门16号，与省文联很近，一套四合院缺了北房，住南屋，经过几次抄家，空空荡荡，显得很冷清。我上来就叫赵老师，说起那次邢台座谈会，说起王量宏和李满天。他交给的证明材料，我看也没看就塞到兜里。赵老师明白了，立刻精神起来，眼里涌上来泪花，艰难地站起来跟我握手。皮肤接触的那一刻，我激灵了一下，感觉手掌里只是几根冰凉的铁棍，没什么肉，没什么体温，按中医说气血双虚到了极点。哪还是那双写小说的圣手，哪还是那双创造了小二黑、李有才，描绘过《三里湾》《灵泉洞》，写出过《实干家潘永福》《套不住的手》的手呢！屋子里很静，衬托得他那发自肺部和气管的哮喘声很大，大得吓人。我赶忙扶他坐下，又抓过他的手捂在怀里，尽量地传给他一点儿热量。

赵老师感慨地说，看到你就想起了邢台、涉县、武安，想起了太行根据地。小孩子在外边挨了欺负，会天然地叫一声“娘哎”，太行区与我是母子之情。“文革”初期关在长治地区东招，写了两万多字的检查，回忆历史，认识自己。越想越觉得在太行那12年是我人生最得意的岁月，顺风顺水。山这边叫和顺县，山那边叫顺德府（新中国成立前邢台名顺德），一帆风顺。所以“文革”开始在晋城，也不把自己当外人，还敢给红卫兵逗嘴。

我说，你那些逗嘴在小报上看过。人家贴你的大字报，你在大字报上加了一首诗：污垢沾身久，未能及早除，欢迎诸同志，策我去尘污。批斗会上红卫兵问：“赵树理，你是不是黑帮？”答：“你们说我是黑帮，我可不敢当。我这个人长相黑，可是心不黑，也没帮没派，作品尽是豆芽菜，连西红柿都够不上。要说大毒草，我还不知道怎么种呢！”红卫兵被激怒，改用三班倒，车轮战，熬得他实在困了，低声说：“说我是黑帮，你们说是，我就是……”红卫兵以为招了，让他写字据，他写好了倒身便睡。第二天红卫兵欢庆胜利，他当场否认，拿出纸条看，最后是个问号，意思正好相反。

赵老师说：“那时总觉得本乡本土，红卫兵不认我，回到家里还有他爹他爷爷呢。”游斗七县，也按头，也坐喷气式，但没受过大伤。到太原就不同了，不容分说往死里打，咬人的狗不露牙。批斗会上抓住头发往后拉，然后扳着脑袋往下猛按，叫作“仰面示众，低头认罪”。还有人打偷锤，冷不防朝胸口一拳，打倒在地。回去时爬不上车，又有人朝肋部连打几拳，疼得刀割一般，冷汗横流。医院检查，肋骨折了两根，刺伤肺部，不给治，还得忍着疼喘着气扫院子，清厕所。赵老师讲苦难好像小说故事，有情节有细节，赵式幽默。可是我笑不起来，反倒勾起许多泪水，实在不忍听下去，起身告辞，竟成永别。

此后听说赵老师又被揪回晋城，造反派把三张桌子摞起来，让他跪在上面交代“罪行”，狞笑着说：“你不是写过《三关排宴》吗，这回真的中你‘三关’一次。”冷不防推倒桌子，赵老师像舞台上的“高空滚翻”加“僵身”，摔倒在地，又摔断了肋骨。这情景梁斌在保定也上演过一次，而且惨剧就发生在我眼前。赵老师被送回太原家中，坐不能坐，卧不能卧，通宵抱个小板凳，咳喘不止，奄奄一息。到医院，医生看病历，惊诧不已：“作家赵树理就是你？！”赵老师至死还未改幽默本性：“都这种时候了，谁还敢冒充我？”

1970年9月23日赵树理含恨去世，差一天没过上64岁生日，没吃上家乡沁水的卤面，没能用筷子在碗边上敲出那上党梆子鼓点。

2008年我去晋城开诗词研讨会，专程到沁水县加丰镇尉迟村。早出晚归，在老师的故居和墓地整整待了一天，流连忘返。一个伟大的灵魂工程师在这里诞生，从这里走出，上过天堂，也下过地狱。活着有家难回，死后入土为安了。村东的沁河干涸了，一位著名的语言大师无话可说了。只有村西的凤凰山还挺立着，骄傲着，这里出过一个伟大的作家，一个时代的农民的代言人。

诗人田间

中学时代迷上了新诗。中国新诗的天空，一弯新月，三星高照，群星灿烂。三星者，臧克家、艾青、田间。三星高照的气象一直持续了半个世纪。三星高照又非三足鼎立，不同时代交互领先。

臧克家、艾青、田间先后出生于1905年、1910年和1916年，分别诞生于中国北部、南部和中部农村，几乎同时登上了诗坛。臧克家1932年出版《烙印》，1934年出版《罪恶的黑手》；田间1935年出版《未明集》，1936年出版《中国牧歌》《中国农村的故事》；艾青1936年凭《大堰河》一鸣惊人。

三大诗人风格迥异。臧诗精粹，对农村的困苦感受深切，情感真挚，善于捕捉典型，酿造诗意，苦吟农民悲惨命运；田诗火热，紧紧把握时代，大胆疾呼农民起来反抗；艾诗深沉，留学归来，身陷囹圄，对黑暗进行诅咒。审美取向上，臧克家有传统诗词功底，构思精巧，把中国的悯农诗提高到一个新的境界。艾青留过洋，吸取了西方象征主义精髓，挥洒自如，追求诗的散文美。田间学习苏联和民歌，采用一种活跃、铿锵的句式，表达自己的激越之情，给诗坛带来一股新风。

那时我正值少年，仰望三星，光芒四射，高不可及。比较起来田间更亲近一些，与我的身世和籍贯有关。我是抗日战争期间的孤儿，听到“时代鼓手”短促而跳跃的旋律就热血沸腾。还有田间在晋察冀战斗十年，地方报刊和中小学课本中常有他的信息，还带有一点儿传奇色彩。

田间本名童天鉴，出生在安徽无为县羊山脚下。17岁考上光华大学政治系，把怀揣来的作品天女散花一样在上海报刊发表，引起左联的注意。胡风赞赏他敏锐的感觉力和奔放的想象力，又较少“革命诗歌”概念化和口号化的通病。茅盾先生写了评论文章，称其“完全摆脱新诗已有的形式的束缚，这是很可贵的”。同时也引起当局的警觉，他反映东北人民抗日斗争的《中国牧歌》、以红军长征为背景的《中国农村故事》被列为禁书，本人也被列入搜捕名单，亡命日本投奔郭沫若。不久七七事变，与郭沫若同船回国，应茅盾之邀投奔武汉。武昌艺专十平方米的收发室，一头艾青夫妻，一头田间，中间拉了一道布帘。两位诗人亲密无间，在上海时田间曾出资为艾青出书。艾青看了田间墨迹未干的《给战斗者》，兴奋不已，说:“赶快送给胡风主编的《十月》，他没说错，你就是第一个喊出民族革命的战争的诗人！”出版后，闻一多亲自登台朗诵，并发表评论:“摆脱了一切诗艺的传统手法，不排解，也不粉饰，不抚慰，也不麻醉，它不是那捧着你在幻想中上升的迷魂音乐……用最高限度的热与力活着，在这大地上。”称他是时代的鼓手。

1938年2月，田间与萧军、萧红、聂绀弩到达临汾，参加丁玲领导的西北战地服务团，脱下西装，换上八路军的灰制服。不久又奔赴延安，入党，发起街头诗运动，写出《假如我们不去打仗》《义勇军》《坚壁》等名篇。11月响应毛主席号召，深入敌后，把街头诗运动带到了晋察冀。深入生活熟悉群众，使田间的创作转入叙事诗，三年创作了长篇叙事诗《亲爱的土地》《铁的子弟兵》《柏树》等三部，又写了小叙事诗《回队》《曲阳营》《英雄谣》等十几篇。继《给战斗者》开中国近代政治抒情诗之先河后，小叙事诗又成为新诗之创举，他是名副其实的中国抗战诗歌第一人。田间不仅是一名出色的抗日诗人，更是一名勇敢的战士，曾任中共盂平县委宣传部部长、雁北地委秘书长、张家口市委宣传部部长，都是正职实职。他身先士卒，有勇有谋，深得贺龙、聂荣臻、萧克、杨成武的赏识，结下生死之交。陈庄战斗中，贺龙送给他一支手枪，一件缺一只袖筒的日本军大衣。1944 年冬，西战团受命回延安，邵子南、孙犁绕道盂平约他同往，田间说："不行，在这里几年，和群众已结成骨肉之情，难分难舍呀！"把大衣转送孙犁。后来延安发大水冲坏窑洞，这件大衣被洪水冲走，每次提及，孙犁都感到十分惋惜。

田间 1941 年兼任晋察冀文协副主任，还是北方局文委委员、边区参议员。1946 年和行署主任杨耕田一同当选抗日根据地"国大代表"，因为蒋介石撕毁协议，才没有成行。这等显赫的经历，在战争年代的诗人中是绝无仅有的。所以建国初期，艾青错划"右派"，臧克家属民主人士，周扬把田间奉为中国诗坛一面大旗，自有他的道理。在外交空间有限时，田间屡屡受命出访亚洲、苏联和东欧，代表中国诗人参加亚非作家会议，作品被翻译成十几种文字，成为各国汉学家关注最多的一位中国当代诗人。

1957 年底，田间调回河北省任文联主席、《蜜蜂》主编。1958 年我到天津上大学，感到与田间更近了一步，省会的青年诗人莫不以聚拢在田间的光环下而自豪。1960 年秋一天，校党委书记戈华送客，见我路过，呼来引见，说田间是他冀西抗日的战友。田间伸出手来，让我受宠若惊。仔细看时，又似曾相识，正如胡风描述的那样，"和尚头，圆圆的脸""眼色温顺""个子不高，步幅很大"。尤其是孙犁写过的，连走路都"一往无前的姿态"。孙犁还说过一个故事，田间在平西采访时，一个人走夜路，“一往无前”地走进敌人的阵地。幸亏天下大雾，没被发现。

正是这一面之缘，决定了我人生之路，着迷似的向往田间的战士生活。毕业之前我给田间写信，希望到农村去，到火热的斗争中去。他很快回信，鼓励我的志向。毕业时，校方决定我留在天津，别人是求之不得的，我则连连上书坚辞，因了田间的这封信，我才如愿以偿。下去以后，生活赐给我的诗有了较快的进步，连续在《诗刊》等报刊发了不少组诗，田间看到都来信鼓励，还在《河北文学》写了专门评论。1964 年在保定召开全省创作会议，田间在工作报告中两次提到我，一年后我选调为省文联专业作家，大概有田间一票。

1966 年省委成立《吕玉兰》写作组，文音美戏 60 多人，田间带队，正月十六进村。两间土房住五个人，田间、李满天、张朴、李润杰和我。东留善固是个穷队，一天两顿饭，锅上锅下都是红薯把儿，连我这穷苦出身的都觉着有点儿受不了，田间这个大诗人却很适应。吃派饭时怕吃超了，数着块吃，其实五斤鲜薯顶一斤粮票，他怎么也吃不了一斤二两粮票指标。打游击落下毛病，半夜需要嚼点东西，翻来覆去睡不着。我到供销社给他买了几包饼干，非让退回去不可，不搞特殊。白天打井，晚上开会，他都先到，随身带个小本，写了短诗抄在上头。天津歌舞剧院作曲家肖云翔谱了曲，教社员们唱。李润杰是中国快板儿书大王，说了《双枪老太婆》就说田间的诗。田间鼓励我向李润杰学习，学习他生动活泼的语言和群众喜闻乐见的形式。

“文革”开始，田间首当其冲，被打成河北文艺界头号“走资派”和“反动学术权威”，关进牛棚。起初估计不足，会议室田间吐着烟圈，走廊里梁斌哼着昆曲，饭桌上李满天还讲笑话。造反派杀他们威风，一个个给戴上高帽，坐上喷气式，“打倒在地，再踏上一只脚”。田间少年参加革命，戎马半生，历史清白，用放大镜也找不到半个污点，只有拿他的作品说事，上纲上线：抗美援朝的诗是“和平主义”，《欧游札记》是修正主义。田间果真是一位战士，不肯失去诗人的尊严，不肯低下高贵的头颅。摁下去又抬起来，常常为一个名词、一个定语坚持半天，招致“批判的武器变成武器的批判”。有时我偷偷接近他，小声说：“又不是定性，含糊一点儿，免受皮肉之苦。”他说：“这个我知道，但是动摇一步，就会后退十步，叛徒就是这样形成的。”让我想起他的一句诗：“我从枪林弹雨中走来，一点儿不留媚颜奴色。”

造反派早就把田间划成敌我矛盾，为找证据，三次去北京抄家，拉回来的“战利品”不过是电视机、录音机、油画、相册。最神秘的物证是阎锡山的布告和日军的宣传品，以及日本人拍摄的平阳、阜平、应县惨案的照片。其实都是报请组织批准，留作创作资料的。正是根据这些，田间创作了长篇小说《牛棚传》《拍碗图》。这些“罪证”公安部门不认可，当作垃圾扔掉了。田间夫人葛文说：“太可惜了，留到今天，都能帮助打赢南京大屠杀那样的国际官司。”

随着运动的深入，田间和省文联的干部处境更加险恶。从保定的“牛棚”，到石家庄学习班，住进一座旧时日本鬼子的西兵营，棺材盖子式的屋顶，有门无窗，一条炕上挤二三十人，只能侧卧不能翻身。后来又转到唐庄劳改农场，住进临时腾出来的监号，在明晃晃刺刀下低头进出，因为多数人戴眼镜穿干部服，被周围群众称为政治犯。从学习班到五七干校都是工宣队管制，知识分子成了工人阶级的俘虏。工人阶级“占领上层建筑”，需要大批人马，人手不够。里头没有几个产业工人，多数是刚刚参加工作的技校毕业生，田间他们浴血沙场时，还没在他爹腿肚子里转筋呢。

工宣队从劳教干部那里学来一套本事，叼着烟卷儿坐在树荫凉里，吆喝我们劳动，成了二地主。文联干部多是农民出身，吃不饱时，你糊弄我肚皮，我糊弄你地皮。只有田间认真，他生长在扬子江边，北方农活儿不大会干，春天间苗时，不是屁股朝天，就是双膝跪地，手忙脚乱，还总落在后面。我劝他惜一点儿力，马虎一点儿也能过去。田间面带难色，说习惯认真了，不会作假。让我暗暗佩服他的为人真诚。

进入1972年，干部陆续“解放”，干校只剩下田间、梁斌少数人不能毕业。从“牛棚”算起，已经第八个年头了，和全面抗日战争一样长的八年。那个八年，他是勇敢战士，叱咤风云，写下了震惊世界的诗篇。这个八年，成为阶下囚，忍气吞声，写不完的交代材料。1973年初，唐庄五七干校清场，把田间、梁斌他们转交芦台农场。一个风雪夜，田间在监管人员押送下，敲开北京后海北沿38号，解放初用2000元稿费买下的四合院。葛文出来，面前站着一个乞丐样的人，帽檐压着眉毛，围巾裹着头脸，只有一双细长的眼睛说明正是等了八年的丈夫。八年了，夫妻没说过一句话，一双小儿女早已记不清这个父亲。

1973年底，政策终于落实到田间头上，接替阮章竞任省革委文艺组长、《河北文艺》主编。文艺组只有4排20多间小平房，田间在二排一号，与我们诗歌组为邻。田间1941年就是高级干部，可以吃小灶，这时也跟我们一起吃大食堂。星期天改善生活，分发馅和面，田间和几个光棍汉一起包饺子，迫不及待，凉水下锅了，煮成一锅片汤。田间意外地发现一个完整的饺子，好奇地解剖开来，是两层皮，不知谁怕馅大撑破皮，又顺手补了一层。恍然大悟，原来饺子需要两层皮，一时传为笑柄。1976年唐山地震，田间像战士接到命令一样赶赴唐山，住帐篷，喝雨水，冒着余震奔走在废墟瓦砾之间。

1974年天津宝坻县小靳庄搞“意识形态领域革命试点”，用民歌评法批儒，一家出版社出版了《小靳庄诗选》。香河县文化馆送来一沓张庄社员民歌，要跟小靳庄对着干。我看了稿子，都是写学大寨、农村气象的，还有些艺术性。其中一首至今还没忘：“张庄社员真是棒，个个都是红高粱，颗颗粒粒实心眼儿，还有一身绿军装。”送交田间，心有灵犀，三人商定在张庄召开民歌创作现场会，全省重点作者参加。时间定于 9 月 22 日，会开得热火朝天。宝坻与香河一河之隔，原来同属廊坊地区，新划天津不久。宝坻一名作者趴在我耳边说：“大家都想弃暗投明，东边天阴西边晴，一条河旁两样诗。”

1974 年秋天，《光明日报》刊出一首短诗，署名红柳，收到读者来信，质问好像是田间的诗，为什么发？当时田间虽然“解放”了，还要夹着尾巴做人，稍有不慎就是“走资派还在走”。直到粉碎“四人帮”，才重见天日。为夺回失去的光阴，重回延安，重返太行，南下深圳，迈开“一往无前”的长腿。省文联有四大快：肖林的嘴，田间的腿，刘振声的抓挠，侯民泽的鬼。一时间田间的诗又满天飞了，出版了诗集《青春中国》《离宫及其他》。

正当田间重振雄风、只争朝夕时，意外地遭到一记闷棍误伤，折断了诗人的翅膀，击碎了诗人的梦想，那就是 1979 年春天的一场《歌德与缺德》风波。李剑的这篇文章在田间主编的《河北文艺》发表之后，举国震惊。关于这场风波的来龙去脉，我已在《美文》发表专门文章，本文不再赘述。又不得不说的是，文章是李剑写的。但是我们的社会习惯刮风，听风就是雨，习惯莫须有，一传十，十传百，传着传着就走了样，最后好像李剑就是田间。18 年后我去洪湖开丁力的纪念会，一位诗刊的老编辑竟然也说《歌德与缺德》的作者是田间。经我解释才恍然大悟，追恨自己，误解了这位老诗人。

我们的文艺批评和社会舆论有个让人很无奈的标准，唯题材、唯政治、唯当下的政治，基本上不说艺术。这样一来复杂的问题就可以简单化了，否定杨朔一句话就够了：“正是三年困难时期，你为什么粉饰太平？”否定郭小川、贺敬之也很简单：“人民群众都那样了，为什么还歌功颂德？”其实作家创作是百花齐放，从生活出发，作品的生命力在艺术。但是习惯势力往往能改变一个人的命运。1980 年省文联换届，田间变成了名誉主席，新任主席梁斌比田间还年长两岁。

孙犁说过：“田间是一个勇敢的、真诚的、日以继夜战斗不息的战士。”“他成名很早，好像还没有领会人情世故，就出名了，他像一个孩子。”田间的确十分单纯，不善言谈，与人为善。举一件事，他扶持多年的一位青年诗人，“文革”中与自己对换了位置，曾经对他动手动脚。后来调查“三种人”，田间沉思了一会儿说：“记不得了。”还要保护他，想他一生道路还很长，但是又要汲取教训，给他捎话：“真正的诗人，在琢磨诗歌的同时，是会雕琢自己灵魂的。”田间对自己的误伤窝在心里，不解释，也不会发泄，郁郁成疾，患上了不治之症。1985 年住进医院，艾青来看望他，鬼使神差，胡风也住在这里。中国文坛三个传奇人物，有过上海和武汉共同的浪漫，又有着后来不同的命运。三星高照即将结束，最早陨落的却是最年轻的田间，8 月病逝时还不到 70 岁。三缺一了，臧克家异常痛心，写了一首诗悼念田间：“黄金足赤从来少，白璧无瑕自古稀，魔道分明浓划线，是非不许半毫移。”

田间八宝山的葬礼来了许多将军，杨成武、萧克、孙毅、魏巍，也来了许多文人。军界对这位抗日战士的追思是真诚的、永远的，而文学界对这位杰出的诗人却显得薄情。曾经有过辉煌历史的田间，身后是如此暗淡和冷清。

诚然，田间新中国成立后的诗歌不如战争年代精彩，但是绝对是不容忽视的。他的创作热情十分高涨，17 年中出版了诗集《短歌》《向日葵》《汽笛》等 11 部，长篇叙事诗《一杆红旗》《长诗三首》《英雄战歌》等 4 部，《赶车传》续篇上、下两卷，其中的《马头琴集》《芒市见闻》和《雷之歌》曾经受到普遍好评。当然也不否认，从战争年代转入和平建设，田间的创作有点儿找不着北，紧跟形势，为政治服务，甚至认识生活有过失当。连他当年的文学向导茅盾也曾经指出，田间的危机在于“没有找到得心应手的形式，因而格格不入不能畅吐，有时又有点儿像是扯着脖子拼命地叫。”听话的田间开始找啊找，找到民歌，又钻进牛角尖，把六言当成主要形式。倚重民歌，他这个南方人对北方群众语言又不大精通。好朋友孙犁说：“我并不喜欢他这些年写的那些诗，我觉得他只在重复那些表面光彩的诗句或形象，比如花呀、果呀、山呀、海呀、鹰呀、剑呀，已经没了《给战斗者》那种力量。”但是，一个诗人能够独领十年风骚，留下那么多脍炙人口的名篇，足以在文学史上占据一席之地了。不懂得田间就是不懂得历史。

忆梁斌师

1958 年，新中国涌现了一个蔚为大观的长篇小说潮，站在潮头的是河北作家，领军人物是梁斌。《红旗谱》短期内印刷 500 万册，铺天盖地，创造了文学史上的最高纪录。文学热的炽热程度远非今日的畅销书能比。从郭沫若、茅盾、陈毅、周扬、邵荃麟、冯牧到文艺评论家侯金镜、李希凡、冯健男争相发表评论文章。广大农民把它当“新水浒”来读，田间地头都在说《红旗谱》。那时我正上大一，学生们人手一册，几名保定籍同学日夜奋战，写出了一本解读《红旗谱》方言的小册子。一天梁斌应邀到河北大学与读者见面，人山人海，风雨不透，我只能站在后边翘首踮脚向前看。只见梁斌阔脸高额，鼻直口方，目光如电，声如洪钟，不像一个文人，倒像一名威风八面的将军。

我买了一本《红旗谱》，三个月就啃烂了，被它史诗的品格彻底征服了——波澜壮阔地表现了冀中农民运动，塑造了朱老忠这个继阿 Q 之后一个杰出的中国农民的典型形象。阿 Q 是中国农民的灵魂扭曲，朱老忠是现代国人的灵魂。艺术上则是毛泽东倡导的革命现实主义和革命浪漫主义相结合的典范，语言风格是地地道道的民族风格、民族气魄。

我无限向往，梁斌这样一个出色的革命作家，第一是革命，第二是作家。他 13 岁加入共青团，小说中写的反割头税、高蠡暴动、二师学潮，他都亲身经历过。他组织游击战争，当过县大队政委，深入敌占区搞兵运，亲历性保证了真实性，真实性决定了作品的成功。他不忘作家的使命，不论白色恐怖还是枪林弹雨，都不曾放下手中的笔，1935 年写了短篇小说《芒种》，同年写了《夜之交流》，1942 年写了《三个布尔什维克的爸爸》。从小说到剧本，一个题材反复挖掘，这个草稿一直经营了 20 年，百炼成钢。为了写作，他放弃了做官，先后辞去《武汉日报》社长的职务，又回绝了天津市副市长的任命，埋头做一名专业作家。不为名利，只为安抚一个个战斗中英勇牺牲的战友们的灵魂，当时战场上一个许诺，便成了他一生一世的契约。

我父亲的战友张子政，1926 年任中共隆平县委书记，是滏西抗日游击队的创始人，时任河北人民银行行长。他听说我上中文系，也拿了一本《红旗谱》来找我，说冀中、冀南不过一条铁路之隔，冀南的抗日斗争比之冀中毫不逊色，牺牲更为巨大，怎么冀中出了那么多好小说？咱们冀南就寸草不生呢！这句话像块石头沉沉地压在我心上，恨不得早生 20 年。我知道自己没有亲身经受血与火的考验就成不了梁斌，写不出惊天动地的故事。

1965 年，我意外地被选调为省文联专业作家，诚惶诚恐，前面十位老作家，梁斌、田间、李满天、葛文是土地革命时期的老革命，其余几位都是“三八式”，与我远非一个等级。当时他们还都不老，梁斌、李满天 52 岁，田间 50 岁，刘流、汪润、张朴、张庆田、田涛、司仃都不过四五十岁。那一年我26岁，在这几位仰慕已久的文学偶像面前，我只不过是一个大孩子，像一个刚过门的小媳妇，羞答答不敢抬头。

专业作家平时在下边深入生活，“五一六通知”发表后，回机关参加运动。小会议室在临街二楼，对面就是河北礼堂，批判林铁、胡开明的口号一阵阵随风传来，山雨欲来风满楼。可是几位老作家政治嗅觉迟钝，他们从来都是革命的动力，历次运动的领导者。1957年反右时，省委让梁斌主持工作，梁斌推给李满天，李说：“不成问题，你去北京养病去吧。”对他来说，那是老头脱泥钱——撂下的活了。大家却没进入角色，躲进小楼成一统。

那时省文联编制56人，还没有满员。占机关多数的业务人员不想造反，招致革命输入。第一批上门“串联”的是省直文艺系统的红卫兵，说我们是保皇派。第二批闯进来的是保定市红色文艺兵，给门上贴了标语：“庙小妖风大，池浅王八多。”第三批杀进来的是满城三线厂的初中生，个个腰扎皮带，脚穿翻毛皮鞋，生瓜蛋子，呜呜呐喊，摔摔打打，还安营扎寨不走了。稍不留神他们把梁斌绑架了，拳打脚踢，勒索出2000元稿费，置买扩大器、高音喇叭，用来大批判，还叫作“取之于黑，用之于黑，狼毛出在狼身上”。2000元稿费能触及梁斌的伤心处，酝酿20年，苦写4年，《红旗谱》出版，第一版得了4万元稿费。有人红了眼，说梁斌写了一本书，拿了20年工资。梁斌是行政10级，月薪200元，20年正是4万多元。省会搬到天津，省文联分到营口道58号，开门第一件事就是“刮共产风”，动员作家交稿费，矛头直指梁斌。梁斌是个血性汉子，看着过不了这一关，把省文联秘书长叫来，说：“我交三万元稿费，支援国家建设。”直到中宣部副部长周扬来天津，对河北的做法很不满，开大会讲了两条：“搞过火的，要道歉。搞错了，要退赔。”想不到这次是秀才遇到兵，两千元的血汗钱，竟被一群毛孩子轻易抢去了。

文联机关造反派也学了一手，抄田间和梁斌的家，三辆卡车，三上京津，抄来的东西布置了两个展室。田间展室叫作“白宫”，他经常出国，带回来的电视机、录音机、油画被当成崇洋媚外的证据。梁斌的展室叫作“皇宫”，多是笔墨纸砚、古玩字画。最让人心疼的是用《红旗谱》稿费从荣宝斋买的三幅字画。一幅是齐白石晚年得意之作，自题：“窗外留得破碎，风光已是残秋。萧萧一夜冷雨，白了多少人头。”一幅是吴昌硕 84 岁为弟子启之画的大幅梅林，梁斌见过故宫博物院相同的珍藏，不如这一幅好，要二百元，没还价。再一幅是吴昌硕的墨荷，自题：“荷花荷叶墨汁涂，雨大不知香有无。频年弄笔作狡狯，买棹日日眠菰芦。天池雪个呼不起，谁真好手谁野狐。”笔墨淋漓，艺术珍品，花 170 元买下。梁斌自己画画多年，深知它们的价值，悬挂壁间，得意地说：“此后数十年，京津各地能与此三幅杰作相媲美者已经没有了。”如今这些都成了他“地主生活、封建复辟”的罪证。后来这些艺术珍品随着群众组织更迭、军工宣队易手，都不见了。梁斌临终之前还念念不忘，不知便宜了哪个小子。

文联机关开始出现大字报，开始多为鸡毛蒜皮，说梁斌不爱学习，在家养蝈蝈。说他在襄樊地委工作时，在森林里发现一只小猫，抱回家去，变成了一只小老虎。稍有内容的说他护犊子，刘真、司仃挨了整请求他保护，他就像佘太君一样，拄着拐杖去找远千里。远千里是宣传部副部长，是他的老部下，拐杖一戳，远千里就哆嗦。后来批判逐步升级，说田间是“和平主义”“投降主义”。田间较真儿，对强加给他的一个词、一个定语斤斤计较，不肯承认，招来不少皮肉之苦。批判李满天“中间人物论”，李满天光棍不吃眼前亏，顺杆儿爬。造反派文化不高，还以为他态度好。梁斌见过大世面，揣摩对方意图，能进能退，有理有节，还会变被动为主动。《红旗谱》被上纲为宣扬王明路线。梁斌说：“我知道二师学潮、高蠡暴动发生在“左”倾路线阶段，所以写他们的失败。中央明确，错误路线只有上边领导人负责，广大群众对它没法负责。这是我们党发展中的一段历史，我表现的是广大农民的革命性，歌颂真善美，批判假恶丑。威逼之下，不说一句违心的话，像暴动失败后的朱老忠，捍卫自己心中的信仰，捍卫他作品中和生活中的战友们。”造反派无计可施，暴跳如雷，让他跪在五尺高的柜子上，然后一脚踹倒，梁斌重重地撞在地上，吓得我出了一身冷汗。

1967年初夏一天，来了两个陌生人，手持天津市业余作者造反团介绍信，要借田间、梁斌、李满天到天津批判。省文联不同意，他们就通过内线抢人。田间半路溜了，藏身在铁路机关食堂，梁斌、李满天被带上火车，向南绕道德州。车过定县，其中一人向梁斌递话：“是王亢之同志叫我们接你回天津的。”又说上级可能安排他到天津工作。王亢之、梁斌和方纪号称“冀中三杰”，几十年生死之交。听梁夫人散国英说，老梁在保定天天挨斗，性命难保，精神濒临崩溃，不由落下两行热泪。

梁斌和李满天被安排在天津第一文化宫后楼，布置他们学习毛主席著作、写检查，允许写家信，允许家属探望。为了掩人耳目，也开假批斗会。

再见到梁斌、李满天，已是一年之后，省直文艺界在石家庄原日本西兵营办学习班，开班典礼是武装批斗地委书记康修民，利刀寒光闪闪。接着“砸烂黑碉堡”，把田间、梁斌、李满天打翻在地，再踏上一只脚。之后就把他们“挂”起来了，毕竟他们的历史清楚。解放初在湖北，刘子厚是组织部部长，梁斌是省报社社长，李满天是文化局局长。学习班的主要任务是针对群众，清理阶级队伍。1969年初夏一天，几辆军用卡车把省文联的干部像贩猪一样，卸到栾城县后小枚大队。听说来了《红旗谱》《烈火金钢》的作者，农民们纷纷找上门来要求签名。工宣队跳起来：“反了，反了，阶级斗争新动向。”在大槐树下开批斗会，让田间、梁斌站在中间，围观群众越来越多，嘁嘁喳喳，把批斗会的声音淹没了。工宣队一名排长站在凳子上喊叫:“农民弟兄们，你们知道这些家伙是干什么的?”有个胆大的社员说:“知道，他们是朱老忠、史更新，打过日本，你们这样对待八路军，难道是皇协军吗?”批斗会被搅了，工宣队离开城市就失去了“领导阶级的威风”。

分而治之不成，又把我们集中在唐庄劳改农场，四周布满了铁丝网。唐庄是隆尧与任县交界的一个小村，社员们习惯了看劳改犯排着长队，穿一身麻布衣服，在刺刀监视下干活儿。听说来了一批新劳改，戴着眼镜，四个兜，说话南腔北调，可能是政治犯。

干校主要功课是劳动，省文联干部多数是农民出身，不怕劳动。梁斌家是小地主，从小劳动惯了，干活有模有样。田间生在长江边上，手忙脚乱，吭哧吭哧，还总落在后边。李满天升“官”了，去喂猪。省戏校教师宋德珠，四小名旦之一，擅长武打，分配烧锅炉。梁斌和刘流当年在晋察冀名噪一时，毕竟只是文工团主演，唱《李闯王》，刘流扮李自成，梁斌扮牛金星，也只能算是票友。打水时看到宋德珠，眼含倾慕，想给四小名旦配配戏。梁斌说,《霸王别姬》《金山寺》《杨排风》都行，他是学花脸的。刘流原来唱老生，说改行也行,《扈家庄》《蟠桃会》《泗州城》，这些都是宋德珠的拿手好戏。

1970年庐山会议，陈伯达倒台，干部们感觉自由了,“斗、批、改”变成逗孩子、劈木柴、改善生活。女同志织毛衣，男同志学木匠,“黑帮”也没人管了。梁斌、田间知道我是本地人，让我领他们四处赶集，东到巨鹿，南到任县，西到内丘，北到隆尧，纵横驰骋。学习班和干校吃够了忆苦饭，两年不知肉味，买些烧鸡、熏兔、烧饼卷猪肉“吹喇叭”，大快朵颐。

闲聊当中，梁斌知道我母亲身体不好，失眠、心悸、浑身串麻，有时憋得喘不过气来。办公室主任邢文光说准备后事吧。梁斌却主动提出要去看看，他久病成医，懂得不少病理知识。我俩并肩走着，一老一少，一矮一高，一胖一瘦，边走边谈，谈他传奇式生活。他也听我讲父亲的革命经历和我自襁褓里的惊险，越说越近乎，好像变成了一家人，就像《红灯记》里的李玉和与铁梅。说得我眼潮乎乎，心热乎乎的，放慢脚步，只盼着通向我村的路不是七八里，而是七八十里。到了家里，他望闻问切，研究了一个多钟头，说不是什么大病，更年期综合征，神经紊乱，过几年会不治而愈。顺手开了一方子：谷维素、维生素 B1、维生素 B12 之类。开导我母亲时，一向不多说话的他好像又恢复了政委、宣传部部长的口才。母亲立刻感到轻松多了，哪儿也不疼了。我儿子搂着他肥硕的头说："真是个神医。"

1972 年，我归队省革委文艺组，职能与原省文联差不多，没了专业作家编制，在《河北文艺》当编辑。后来大家陆续回来，田间任组长，梁斌、李满天任副组长，党组人员基本上是原班人马，省文联恢复。1977 年恢复省政协，有人提议为一些专家、教授、演员平反，张庆田提出了梁斌和《红旗谱》《播火记》，大家不敢轻易表态，不少人头脑中还有一个死结，即写王明路线是禁区。当年省革委成立，梁斌大批判组和政治部同时挂牌，报社连发了五十版批梁文章，人们从生活中得出一条经验："宁左勿右。"

省政协公布的平反名单没有《红旗谱》，文艺组炸了锅。《红旗谱》是新中国最受欢迎的长篇小说，是十七年文学的高峰。其实那时中央的《文艺报》已经发表了为《红旗谱》平反的文章，河北没有转载。文艺部党组会议上，又提出为《红旗谱》平反，没有通过。梁斌在场，还和往常一样，眯缝着眼睛，只是嘴角抽搐了一下。照理说研究室刘振声、白村写了一篇文章，呼吁为田间、梁斌、李满天等平反，列出了一串长长的名单，《红旗谱》打头。《河北文艺》要发表，请示政治部，一等再等，没有回音，出版时临时把《红旗谱》三个字抠下来，开了天窗。1979年在钓鱼台召开解决《歌德与缺德》座谈会，田间、梁斌参加了，我也参加了。一向眯缝着眼睛、大肚弥勒似的梁斌，慷慨陈词，说出他对河北文艺界思想解放的意见时，口齿伶俐，眼里放光，讲得中央领导静静地听，讲得一个当事人呜呜地哭了。我连连送去敬佩的目光。梁斌是文学家，又很懂政治。

1980年，梁斌任河北省文联主席、政协副主席，后调到天津工作。1991年10月回石家庄搞画展。黄胄说，梁斌的画是文人画。这是行家观点，黄胄与梁斌同村同族，管梁斌叫六叔。梁斌的画多为荷、松，也有牡丹、紫藤。他坚持从生活中取材，获得奇志异趣，状物言志。他笔下的白洋淀荷花、太行山青松、深州蜜桃，大气磅礴，水墨淋漓，形象鲜活，"出新意于法度之中，寄妙理于豪放之外"，都是他战斗生活的感悟，是他生命之光的另一种呈现，努力地表现他自己的艺术生命。在省政协会堂住地见面时，他仍用20年前一样慈祥的目光看着我，亲手把刚出版的《一个小说家的自述》和一幅简笔梅花送给我，名是早签好了的，在众多朋友之间，这是最高的待遇。临别送到门外，说话尽在书和画中了。我知道这是传授他一生做人为文的经验，寄希望于我这个平庸的学生。

临洮李满天

在现代文学典型人物画廊中，白毛女是最具光彩的形象之一。不仅在中国家喻户晓，而且登上世界各国的舞台和银幕。但是问起是谁第一个创造了白毛女这个典型人物，大部分人回答都不正确。正确答案是河北作家李满天。

这位李满天也不是等闲之辈。原名李涓丙，曾用名林漫，1914年生于甘肃临洮一个普通农家。临洮一向崇文重教，汉时以“举孝廉”闻名天下，左宗棠督陕甘，建书院二十所，修复书院十所、义校十所，就有洮阳书院和一所临洮义校。李满天就读的养正小校，是开明乡绅杨明堂捐银1800两创办的。杨明堂是清末秀才，师范毕业，有志于教育。其父想给他捐个知县，他却热衷于捐资兴教，先后创建农校、女校等十余所，花费白银万两，受到甘肃省政府嘉奖。杨明堂办校认真，每个学校都定了校训:“勤苦朴实”“端谨朴诚”等。养正小学的校训是:“养心存大志，正气做完人。”刻在校门口，也刻在李满天的心上，一辈子不曾磨灭。

李家祖宅毛家巷临近城隍庙，前后左右聚集了几十家洮砚店铺。洮砚与端砚、歙砚并称中国三大名砚。洮河中的绿色水成岩莹润如玉，叩之无声，呵之出水珠，用以制砚，储水不耗，历寒不冰，涩不留笔，滑不拒黑。洮砚发墨快，研磨细，浓淡相宜，得心应手，深受文人青睐。陆游说:“玉屑名笺来濯锦，风漪奇石出临洮。”黄庭坚说:“洮州绿石含风漪，能淬笔锋利如锥。”洮石深绿而带水纹者叫绿漪石，带黑斑者叫墨点，带朱砂点者叫柳叶青，夹杂黄色痕迹者叫黄标绿奇石，最为名贵。古诗说:“洮砚贵如何，黄标带绿波。”石材经过下料、制坯、雕刻，制成形形色色上百品种，拟人状物、类山临楼，形象逼真，栩栩如生，精美绝伦。

少年李满天放学之后，常常出入砚铺，这儿看看，那儿摸摸，流连忘返。父亲早亡，祖父年迈，母子二人种几亩薄田。李满天十分想拥有一方砚台而手中少钱。一次看一位师傅雕“牧童放牛”，将近收尾时稍有疏忽，碰掉一只牛角，功亏一篑，十分懊丧，举手要把它摔掉，李满天急忙拦住，一边哀求把残砚施惠于他，一边从怀里摸出几枚早被小手摸光的铜钱。师傅看孺子可教，免费赠送于他。李满天得了洮砚，发奋习书，买不起碑帖，临洮寺多，九庙八殿、七祠六牌、四庵一宫，挨家摹写匾牌楹联，进步飞快，小楷作文经常在全校展览。

20世纪二三十年代，鲁迅、郭沫若的文学作品传到临洮，乡绅杨明堂办了师范学校，经常邀请江苏南通教师来校讲课，也把一些进步文化教育理念带进临洮。李满天办了一份《新临洮报》，新锐思想加上清秀字迹，给古城打开了一扇亮窗，乡人争相抢购，这对贫瘠的家庭有所补贴。不料激进言词冒犯了当地财主，串通县长要抓他送监，他不得不躲避一下。

出逃前一个黄昏，李满天独自一人来到东山，先到升仙台跪拜老子，李耳是他陇西房李家的始祖，又到超然台揖拜忠愍公，就是杨继盛，号椒山，河北容城人，明嘉靖朝兵部主事。因谏仇鸾开马市，错贬临洮典史。杨继盛到临洮，除积弊，开煤矿，兴教育。他为兴教拿出薪酬，卖掉乘马，又变卖夫人首饰，在岳麓山建超然书院，亲自授课，从者50余人。置校田2000亩，补助困难生员。又在城内圆通寺设书馆，招收藏族、回族学生300人，政声显赫。第二年离任时，逾千人含泪相送。回京后因弹劾奸贼严嵩被车裂京城西市，年仅40岁。后门生邹应龙、张万纪（临洮人）扳倒奸党，完成其遗志，杨继盛被追封为“忠愍”。临洮人纪念他，城内建杨忠愍公祠，东山超然书院改名椒山书院。杨继盛手书的两副楹联“十两黄金轻一芥，百年名节重千钧”“铁肩担道义，辣手著文章”，被少年李满天抄来当座右铭。

黎明，母亲送他到三岔河桥，望着桥下一去不回的洮河水，抓住儿子衣襟不肯松手，老泪淌在多皱的脸上，曙光下殷殷如血。李满天强作笑颜，谈古论今：“汉张骞两次出使西域，从这儿出发，开通丝绸之路，我们这才吃上葡萄、石榴、苜蓿、核桃、大葱、大蒜。名僧法显、玄奘，从这儿出发，渡流沙，过葱岭，九九八十一难取回真经。文成公主、金城公主从这儿出发，翻山越岭前往西藏和亲，换回来几代人和平。儿子此次出门，也许会取回真经，使穷人过上好日子。”

李满天怀揣一方洮砚到了北京，卖字刻章，代写书信，一边挣钱糊口，一边在北大旁听。1935年正式考入北大中文系，参加了“民先”，一二·九运动爆发，他是组织者之一。1938年赴延安，担任鲁艺文学系二期班长。1944年深入敌后，任晋察冀边区政府教育科长，兼《晋察冀日报》记者。1942年在盂平县采访时，听到了一个故事：佃农聪明美丽的女儿被地主看上，地主利用逼债将其抢霸去，强奸后欲杀人灭口。女孩在女仆的帮助下逃进天桂山，躲在山洞里，生下一个女婴。由于长期不见阳光和缺乏食盐，头发变白，直到八路军来了才重见天日。

李满天捕捉到这个题材，多方搜集资料，采访了几十名群众，反复修改，写成一篇一万多字的小说《白毛女人》。1944年任应县宣传部部长时，托交通员到延安亲手交稿件给老领导周扬。那一天正是中秋节，周扬看到后爱不释手，认为这个故事既有宣传作用，又有教育意义。新旧社会两重天，适合改编成歌剧，为党的“七大”献礼。任务交给鲁艺音乐系主任张庚。一稿由邵子南执笔，邵子南是个诗人，在晋察冀工作过。写成后彩排五场，大家认为诗的风格较重，舞台效果不理想。二稿交由贺敬之、丁毅操刀，年仅20岁的贺敬之自身有父亲遭逼债去世、弟弟夭折的痛苦经历，奋笔疾书，八天交卷。张鲁用河北民歌《小白菜》基调谱出了《北风那个吹》等名段，女主角由唐县人王昆扮演，黄世仁由宁晋人陈强扮演，都是河北人。

1947年李满天随军南下，曾任应山县区委书记、军分区宣传民运科长、《鄂豫报》副总编、新华社湖北分社总编辑、湖北省文化厅副厅长。先后出版过小说《苦根记》《哑巴讲话》《家庭》《绊脚石》等。1952年申请回河北深入生活，一头扎进定县西建阳村，经历了农业合作化的全过程，完成了长篇小说《水向东流》三部曲。中国青年出版社准备全国宣传，可惜迟了一步，风头被柳青的《创业史》抢去了。

后来，李满天把关系转到河北，任河北省文联副主席，专业作家。1961 年参加了“整风整社”，恢复短篇小说创作，两年写出了《穆桂英当干部》《杨老恒根深叶茂》等九篇作品，带动河北作家掀起一个短篇小说创作高潮。以李满天、康濯、张庆田、刘真为主将的《河北文学》，与以柳青、王汶石、杜鹏程为阵容的《延河》并驾齐驱，形成全国两个短篇小说创作中心。1963 年百花文艺出版社出版了李满天的短篇小说集《力原》，受到了茅盾先生特别关注，李满天也应邀参加了 1964 年大连小说座谈会。周扬当众把李满天介绍给大家：“他就是白毛女故事的写作者，现在很多人不知道这个事情，你们要记住，不能忘了。”周扬对此念念不忘，早在 1952 年北京一次会上，谈到电影《白毛女》的成功，就特别指出歌剧《白毛女》是根据李满天的小说改写的。大连会议倍受推崇的作家首先是赵树理，其次是李满天。当然二者不能相提并论，李满天一直把赵树理当作学习楷模，开口闭口是老赵，在河北带出来一支“山药蛋派”。“文革”后，山西“山药蛋派”因为外来知青作家崛起，日渐退化，而河北的“山药蛋派”还是丰收，比如保定的赵新，被称作得赵树理的真传，“小老赵”。人说“山药蛋”从山西移到了（太行）山东。

大连会议结束不久，就遭到政治嗅觉灵敏者的公开批判。机关批斗，李满天没有受多少皮肉之苦，他不像田间那样认死理，常常顺杆儿爬，光棍不吃眼前亏。

1970 年冬天，我被分配到临西县插队落户，工宣队不容分说，把我的城市户口注销了，这意味着我从此便一生一世成了脸朝黄土背朝天的农民。李满天来送行，看我不愉快，说：“知足了吧，农民就有了公民权，总算熬到出头之日了。不像我们，连当农民的资格都没有，属地主富农一类的。”

李满天好像有话要说，平时阳光灿烂的脸阴沉下来，要下雨的样子。说是经过好多天的思考才向我提出的。他家属在昌黎当农民，三个孩子，如今工资减到 30 元，养活不起，求我在临西找一户人家收养他一个孩子，更名改姓，永不见面都行。他抽泣着说完，我哽咽着听完，泪眼相望。一个大作家、高级干部竟然落魄到这种地步。

李满天的妻子我见过，是一位聪明贤惠的女人，老家山西浑源，17 岁参加革命，当过村妇救会主任，婚后随军南下，一直是国家干部，正科级。三年困难时，动员 15% 城市职工为国家担担子，下放到农村去，一般阻力不大，正如当时流行的一首歌："毛主席的战士最听党的话，哪里需要哪里去，哪里艰苦哪儿安家。祖国要我守边卡，扛起枪杆我就走，打起背包就出发。"文联知识分子成堆，心眼儿多，没人报名，党组会开了半天，沉默不语。李满天是个红脸汉，站起来说："党的任务要完成，我不上天堂谁上天堂（不好说地狱二字）。想了想，我是行政 11 级，工资一百八九十元，能养活她娘儿四个。换成一般干部，五六十元，拉家带口就难办了。"一阵掌声，四朵红花，把娘儿几个送到昌黎县。昌黎在燕山脚下，渤海之滨，冬无严寒，夏无酷暑，鱼米之乡，花果之乡。

人间的事就是这样，越怕什么越来什么，李满天的老婆孩子果真下了"地狱"。李茵虽然挣不了多少工分，还可以交钱买口粮，渐渐没了怨言，反正她一生都是为了丈夫活着，万万没有想到赶上"文化大革命"。老乡首先起来造她这个外乡人的反，抄这个大作家的家。令乡亲们万万没有想到的，李满天的家除了铺板之外，就是半屋子书刊，一根火柴就烧成了一个穷光蛋。直到 1973 年落实政策，李满天恢复原职，李茵也结束了 12 年"寒窑"生活，回到了丈夫身边。

庆祝粉碎"四人帮"，省直举办文艺晚会，机关选送了两个节目，一个是李满天的《改造二流子》，延安时期的独角戏；一个是我三岁半女儿的童谣，祖孙两代有着特殊的感情。我年轻时心气高，想先立业后成家，突如其来的“文革”使美梦破灭，睁眼已到“小子过了二十五，衣裳破了没人补”的境地，匆匆找了个对象，还撞了个好运，十分满意。可是人心惶惶，我俩决定不办喜事了，愁有千万，喜从何来？两头瞒着，回老家就说在外地办了，回机关就说在老家办了，不想瞒不过李满天的眼睛。在唐家胡同摆了一桌酒席，为我们祝贺。1968 年儿子出生，李满天被劫持到天津一宫，正处在“砸二黑”的风暴眼里，不曾得知。1972 年女儿出生，李满天在唐庄干校，特意拍来一份电报祝贺，一时传为佳话。迁居石门，同住在一个院子里，女儿经常出没在李爷爷的臂弯膝下。

李满天天生就一个老农，城里住不惯，乡下为家，到正定县深入生活。正定有个作家贾大山，两人经常一起光着膀子干活。对阳光的反应，李满天是黑，身上一层黑釉，戏称黑非洲；贾大山是红，脸上一色紫红，自称印第安。幽默是两位乡土作家的共同特性，碰到一起就笑话连篇。李满天说起来眉飞色舞，手舞足蹈；贾大山是慢条斯理，不温不火，活像是说相声。我也常去凑热闹。县里聘请一批顾问，工农科技之外，还有黄绮和我，每月一次咨询会，还发车马费。大会之后分头到对口部门，我就去找李满天和贾大山，正事之后常常唱两口。我和贾大山都写过剧本，也都是票友。贾大山比我专业，县城戏园子熏陶的，我是农村戏台子学的，李满天不会京剧用秦腔。《打渔杀家》是大山的萧恩，我的桂英，李满天的丁郎。《沙家浜》一个刁德一，一个阿庆嫂，一个胡传魁。李满天官大，还得唱配角。

李满天在正定几年，写了几个短篇小说，《美气的日子》《炉火纯青》《诊脉辩证》，“文革”后气定神闲，笔意老到。我知道他正在着手一个鸿篇巨制，要塑造一个敬业爱民、实事求是、敢开顶风船的地委书记的形象，内中有原张家口地委书记胡开明的影子，可是船开不久就搁浅了。

李满天不能再到正定跟贾大山摽着膀子干活儿了，住到了省医院，哮喘、吸氧。曾几何时，他还晒得和铁人一样，在我们面前显示他的体能，踢腿时脚尖过肩，弯腰时掌心贴地。才几天就变了一个人，头发胡子都白了。上北大中文系时得的肺病又犯了，发展成肺心病。中医所指的心包括心也包括神经系统。几十年一帆风顺，这场打击经受不起，病来如山倒，免疫系统崩溃，心肺痹塞。

李满天人缘好，探望者络绎不绝，人们眼前的他还是一个乐天派，照常开玩笑，但是没有了力气，笑不出来了。每次看见我，他都艰难地伸出手来，好像有话要说，像十年前送我去插队落户那样。张张嘴，又咽下去了。那一次他去送我，现在我要送他，到更远的地方去。临终前两天，终于说出来，放心不下李茵，更对不起李茵："没了我就没了收入，这可叫她怎么活呀！"

是呀，以后李茵怎么活呀。当初下放为国家担担子，家中的担子由李满天一个人担。没了李满天，谁来为她担呢？从前大会、小会李满天不止一次地说作家是苦命人，引用司马迁的话："文王拘而演《周易》；仲尼厄而作《春秋》；屈原放逐，乃赋《离骚》；左丘失明，厥有《国语》；孙子膑脚，《兵法》修列。"而今不光他一个人命苦，连累老婆孩子也都成了苦命人。"三年困难"精简下放问题，别的单位都解决了，李茵解决不了。当年下放是因为李满天，今天落实政策轮不到她头上，也是为了李满天。解决不了的理由是她当年自愿报名，试问历次运动挨整的人，哪个不是以自愿的形式出现，"反右派""反右倾"，不都是本人也得签名画押吗？这块心病李满天是带进棺材去了。遗体告别的那天，人山人海，一半是为李满天，一半是为李茵。贾大山说了句令人心酸的笑话："创作了《白毛女》的人，他就是个白毛男呀！"

忆公木先生

1979年1月中旬，全国诗歌座谈会在西苑旅社召开，“文革”以来13年第一次诗坛盛会。张光年主持，周扬、胡乔木坐镇，到会诗人百人之多，臧克家称“六代同堂共论诗”。按辈分，一代冰心，二代艾青、田间，三代贺敬之、李季，四代公刘、李瑛，六代李松涛，刘章和我忝列五代。

头一次见这阵势，满天星斗落眼前，个个大名如雷贯耳。大会发言群情激奋，分组讨论争先恐后，我资格浅，只带耳朵听。以艾青、公木为首的“归来者”自然成了会议讨论中心，包括公刘、邵燕祥、白桦、胡昭、周良沛、孙敬轩、晓雪，唯独少了流沙河。四川同志说他的情况特殊，省委还没有拍板。22年劫后重逢，互道契阔，以泪当酒。一个个个性鲜明的诗人，经过20多年的修理，依然秉性不改，棱角分明，只有站在公木先生面前才拘束起来，规规矩矩，俯首帖耳。公木先生是他们的亲老师，也吃过他们不少挂落。

1954年秋，公木先生从东北大学调任中国作协文学讲习所副所长，兼作协青年工作委员会副主任，雄心勃勃：“不办成高尔基式文学院誓不瞑目。”他把主要精力用于培养文学新人，还是流沙河的辅导老师，亲自为邵燕祥、张永枚、张天民等的诗写评论文章。1956年3月，在全国青年文学创作者会议上，就青年诗歌创作问题发言，涉及20多位青年诗人的作品，其中就有何理，何理当时还是兴隆县初中学生，刚出版了一部处女作《唱一唱农村》。置身一园桃李，先生满怀希望地迎接文艺春天的到来。没想到不久气候骤变，反右开始，弟子们纷纷落马，流沙河更因为一组《草木篇》成为顶尖的“大毒草”，遭受全国围剿。先生未忘为师的责任，冒险写信安慰，鼓励他莫失信心，写出更好的作品来。

1958 年 5 月，反右接近尾声，眼看躲过一劫，公木奉命率中国作家代表团访问匈牙利、罗马尼亚，所到之处都要讲“反右斗争”“双百方针”。使命未完，接到大使馆电话，火速回国。北京没人接站，迎接他的是一顶右派分子的帽子和开除党籍的处分。罪名一是为丁玲鸣不平。作协要对丁玲“再批判”，他站出来说：“在延安并没有批判丁玲的运动，哪里来的再批判？”二是包庇流沙河、公刘、邵燕祥，给流沙河的那封信也成了罪证。公木脸上难免一丝苦笑，同样这几个人，前年写文章表扬他们的是自己，去年奉命批判他们的也是自己，公开地自打嘴巴，还怎么为人师表。好在最后大家都走到一起，彻底地心安了。邵燕祥从来不埋怨老师，保存着公木写给他的每一封信。狂风暴雨来了，再机灵的鸟儿都会一时迷失方向。

我崇拜公木从一首《烈士赞》开始。作为一个烈士遗孤，开始我只觉得不幸和痛苦。1955 年初在《中华人民共和国颂歌》中读到这首诗：“孩子睁大眼睛，指头向天上找寻，倏地伸出兴奋的手，扳起母亲的头。妈妈你看呀，你往这里看看，爸爸在天上照耀，爸爸对着我们笑。”感觉诗人是针对我写的，说出一个烈士遗孤的心里话，给父亲还有我自己指明了人生的定位。从此先生的作品每诗必看，一直追寻了这么多年。今天终于见到真神了，黑黑的脸膛儿，厚厚的嘴唇，浓浓的眉毛，一口地道的束鹿[1]话，朴素得像个老农，气质更是一个老八路，无论如何也与右派分子联系不上。提起 22 年前那场苦难，先生说那简直就是一场噩梦。

公木原名张松如，1910 年 5 月生于束鹿城北孟家庄一户农家。

[1] 旧县名。1986 年撤销，改设辛集市。

上小学赶上五四运动，两位新派老师分别毕业于保定二师、育德中学，常常在课堂上宣传《新青年》，讲鲁迅、胡适、陈独秀，在公木幼小的心灵播下民主与自由的种子。14岁以第一名成绩考上正定省立第七中学，酷爱《呐喊》《女神》，崇拜革命诗人蒋光赤并在大公报副刊上发表了第一首诗《脸儿红》：“小饮归来意朦胧，徘徊夕阳残照中，山青青，草青青，一片春色遥映落霞明。”公木天生对节奏、韵律敏感，为日后诗歌创作打下基础。1930年在北京师大加入“北方左翼作家联盟”，任执委。他曾主动登门拜访鲁迅先生，邀其来学校讲课。鲁迅先生欣然答应，讲了《再论第三种人》，张松如的《鲁迅先生访问记》，跟鲁迅的文章登在同一期《文艺月刊》上。

七七事变后，公木先生投笔从戎到陕北，在抗日军政大学入党，以公木的笔名写了《岢岚谣》。同在政治部宣传科的郑律成谱成歌曲。两人一拍即合，在窑洞油灯下创作了《八路军进行曲》，（1965年更名《中国人民解放军进行曲》，1988年定为中国人民解放军军歌。）“向前向前向前，我们的队伍向太阳”，雄壮的旋律响彻黄河上下的抗日战场。1942年5月公木参加了延安文艺座谈会。主席紧握着他的手说：“写兵好，唱兵好，你写得好哇，今后多写些。”延安时期他特别重视搜集民歌，发现了《信天游》《兰花花》《白马调》等民间小调，与何其芳合编了《陕北民歌选》。1945年10月随东北文艺工作团到辽宁，任本溪市委宣传部部长，在沈阳演出时想起了陕北的《移民歌》，定名《东方红》，第一次搬上舞台。原歌词只有一段，由公木补写了两段，音乐家刘炽以《白马调》加工整理。在《大家唱》上发表时，署名张松如改词，刘炽编曲。1951年在鞍山钢铁公司任教育处长，写了《鞍钢培训工作总结报告》。毛主席在北京看了很满意，当即指示中央办公厅打电话给他，表示祝贺。公木把这一刻激动的情景写进一首诗《黄河颂》里。

上述几件事，换作二者旁人，早就张扬得满城风雨，取得“免死牌”了。公木先生一向低调做人，从不提起，别人说到都轻描淡写，大事化小，所以运动来了没人保。

解放初期那几年，是公木先生诗歌创作的黄金时期，翻阅报刊，几乎天天有他的作品，抒情诗、叙事诗、讽刺诗，历史题材、现实生活，工业、农业、国际，全面开花。先后出版了《哈喽，胡子》《七里盐湾》《中华人民共和国颂歌》《黄花集》《崩溃》等诗集，仅1957年一年就发表了9组诗、10篇论文、3部新书，可以说如日中天，踌躇满志。

没想到风云突变，横祸飞来，雄鹰折翅，跌落谷底。老八路成了阶级异己分子，作品不能发表，与出版社签订了合同的诗集《人类万岁》从印刷机上撤下来当批判材料，甚至报名参加大炼钢铁都不批准。更难以接受的是，《八路军进行曲》《东方红》的署名权也被剥夺了。诗人在《公木诗选》中回忆：“自从1958年以后，便不曾真正写过诗，是对诗歌的热情消退了吗？不是；是对诗的认识改变了吗？也不是……符合真情实感无由表达，而说真话只有自语或耳语。”自语诗只有自己看，耳语诗只念给妻子听。比如“假真真假凭罗织，是非非是靠引申。枪林弹雨穿过了，归来阶下做囚人。”“扪心无愧悔，瞑目无怨尤。襟怀未尝论，信念未尝丢。”“一从结发读宣言，便把头颅肩上担。遵命何如革命易，求仁自比得仁难。穷途莫效阮生哭，晚节当矜苏子坚。问俺早知这么样，早知这样心也丹。”从军多年，知道胜败乃兵家常事。农民出身，知道麦熟遭雹打，还可以补种一季荞麦。不能写诗了，他想去教书，买了中学几何、代数课本，抓紧备课。开始想去鞍山，人家置之不理，这才投奔长春，新中国成立前在那里办过东北公校、东北大学、教育学院。所幸长春没有拒绝，心里一阵温暖。

1958年岁末，冷得出奇，公木先生只身一人在吉林省招待所过的元旦，等待分配。省委宣传部部长宋振庭力排众议，把他安置在图书馆，当时已经是最好的待遇了。名义上是馆员，任务却是劳动改造，而且是重体力劳动。天天搬运图书，从南关扇子面胡同装车，运到馆里。不是汽车，人拉的排子车，来回 18 里，每天四五趟。书捆卸到院里，再从一楼搬到四楼。先生年纪最大，天天来得最早，干活最重。为了多搬，胸前绑一块木板，吊在脖子上，书本码到不能再加，咬着牙一步步攀登楼梯。到点别人吃饭去了，剩下他一人加班加点，直到搬完最后一本书。搬书之外，还兼管扫院子、淘厕所。固定工作之外还有临时任务，秋天下乡帮助农民收棒子，上冻前到火车站拉烤火煤，支援戏校基建，挖槽打夯、搬砖和泥。在 200 多人的劳改队里，担任积肥组长，下乡割草沤肥，城里走街串巷淘茅稀。为了提高业务水平，还专门买了一摞科普书，钻研氮磷钾、根茎叶，发挥一个图书馆员的作用。经过将近一年的考验，1961 年 11 月，先生因为表现突出，被第一批“摘帽”，分配到吉林大学中文系去教书。

摘了帽子也不以物喜，他知道戴在头上的家伙是甩不掉的。写了一首《帽子诗》:“它挡住明亮的太阳，照，只照见我恍惚空虚——影子呢，影子已经跑了光，一个丢掉影子的人，光明自然成为禁区。”这顶帽子“箍得紧紧，其重千金，把头夹扁，把腰压弯。”摘帽右派还是右派，政治待遇没变多少。从摘帽到平反，又等了 18 年。18 年重见天日，也不是一片光明，偶尔也会有点儿不愉快。当年主持中国作协整风反右的一位领导来长春，出于礼貌，先生不计前嫌，去宾馆看他。隔一张茶几，相对而坐，只有寒暄，对他那桩事避而不谈，22 年的苦难，竟然换不来一句安慰的话。终于等到开口了，那人言不由衷地问了一句:“你今年高寿？”先生报了年庚，对方淡淡一笑:“我以为你比我小呢。”一向温良恭俭让的公木再也忍不住了，起身拂袖而去。嘴里没说，心里默念:“是啊，一直认为我小，不是年龄，而是地位，一个小小蚂蚁，没有必要道歉。”事到如今，我也有个看法，事关重大，责任复杂，也许不好分辨。但是一个文人，同情心总该有吧！毕竟错划了，一错就是20多年，人家受了多少苦难哪。

1983年元旦，我开始主持河北省作协工作，常去北京开会，公木先生是吉林省作协主席，却很少碰面。吉林的同志说，先生工作重点是吉林大学副校长，著名学者，洞明文史哲，兼通儒释道，在文字学、文学史、先秦文学、老庄哲学、毛泽东诗词研究及诗歌理论方面颇多建树。近期的《老子校注》，以马王堆出土帛书为权衡，成为异于先前诸书的新本。《商颂研究》推翻了古今学者“商颂不是商诗而是宋诗”的成见，有理有据地论证了商颂就是商诗。先生穷毕生之力建构自己的诗学世界，晚年提出“第三自然界”论，把人类思维分成三个基本层次，科学理论思维、伦理理论思维、文学艺术思维，讲明了文艺创作中真善美的辩证关系，是对中国诗论美学的一大贡献。

先生一生致力扶持文学青年，顺利时如此，倒霉时也如此。在图书馆劳动改造时，小屋里常常挤满人，谈诗说文，成为当时一条罪状——“拉拢腐蚀青年。”复出后热情不减，活动有加。先生北师大毕业，一生教书育人，最看重的职务是教员，最中意的称呼是老师，一茬一茬地培养作者，吉林省从胡昭、张天民，到黄淮、曲有源、徐敬亚、王小妮、宗仁发，无不受过他的恩惠，讲课、作序、写评论，手把手地修改作品。对外省作者也是如此，河北张学梦发表了《现代化和我们自己》，处女作，我都不知道作者是谁，公木先生第一个站出来喝彩，在《诗刊》写了《发人深思的诗》，推出了一颗新星。1983年第一次全国新诗评奖，先生是评委。会上对舒婷的《双桅船》看法不一，先生慷慨陈词，认为内容是健康的，艺术有独到之处。最后评为二等奖，先生仍不甘心，写了一篇《评舒婷的〈双桅船〉》，北京发不出去，又寄到上海《书林》刊出，充分表现了一个老诗人的伯乐情怀。

1993年8月10日，公木来河北参加国际《诗经》研讨会，先生讲授《诗经》多年，在古代民歌研究领域卓有成就，我看过一篇《〈氓〉的译释》，颇有新意，至今记忆犹新。大会推举他和台湾陈新雄教授主持会议，先生当场赋诗一首：“几月关雎会友朋，相诱相呼宴鹿鸣。诗苑千秋称盛业，文坛一代聚群雄。”

回到故乡，先生一直很兴奋，会前会后总要到门口看看，街头转转，提出最想看的是华北烈士陵园，而且指名要我作陪。陵园在中山路343号，与省府宿舍只隔两条小街，我天天来这里晨练，习以为常，先生却异常激动，远远地就低头垂手，双脚沉重，一脸凝重。

陵园坐北朝南，花岗岩大门，高高的纪念碑像一把光灿灿的银剑朝天。底座浮雕是地雷战、地道战、白求恩大夫、狼牙山五壮士和解放石门。台基四角各一石盆，满盆串红如燃烧的火焰。两廊的松柏，像两队整齐的士兵接受检阅。再往后是八行梧桐，组成四条林荫大道，无数枝干齐刷刷向上伸展，如同无数手臂支撑着蓝天，欢呼人民的胜利。园方好像知道了公木先生要来，低音喇叭正播着他写的军歌。

广场后面是雕塑群，雕塑群后是铭碑室，再往后松柏和花丛中排列着316座烈士墓，每座墓前都有花岗岩石棺、汉白玉石碑，刻着烈士的姓名、简历。我突然产生了一个感觉，像看到了从未见过的父亲，同时把30年前读到的那首《烈士赞》当面背给先生听。先生问我父亲的情况，我说是晋冀鲁豫军区的，营级干部，这里是晋察冀的，最低的是团级。先生说生命都是平等的，当初参加革命，为国捐躯是最高目标，凡牺牲的同志都是好样的，盖棺论定了。现在再让我写《烈士赞》，不那么浪漫了，写陵园里烈士的队列，大地之子又回归大地，现实主义。

316座烈士墓，先生一一停下注目，献上由衷的敬意。最后终于找到一个高克谦的名字，三鞠躬，默哀很久，泪水盈眶。高克谦烈士是他正定中学的同学，高一年级，记忆中第一位革命烈士。高克谦中学时代入了党，积极参加学生运动，下乡开办平民学校，宣讲革命道理。五卅运动时，组织“正定各界沪案后援会”，任总务主任，召集2000多人声援上海、青岛工人，会后到滹沱河桥焚烧日货，步行40里到石家庄游行示威。又在彭真领导下，恢复正太铁路工会，学运、工运又赢得了驻军的同情。警察厅惊慌失措，接受法国正太铁路总管7000元贿赂，将高克谦和爱国将领吴禄贞秘密杀害。少年公木积极奔走呼号，正定中学师生隆重召开追悼会，会场上高悬一副挽联：“吴将军遭暗杀，高烈士又惨死，一地永埋双侠骨；太行山头明月，滹沱河上凄风，千秋凭吊两英魂。”

就是在那次游行示威、奔走呼号中，一股急促的节奏在少年张松如脉管里冲动，一种雄壮的韵律在少年张松如的脑海里萌生，听，今天这满园的松涛正是他的歌词：“向前向前向前……”

方纪回乡

1976年5月到束鹿县组稿，正逢县里开会纪念《在延安文艺座谈会上的讲话》发表三十四周年。第一次听说当年在延安参加座谈会的100名代表中这县就有三人：公木、方纪、任桂林，大概在全国也是绝无仅有的，难怪称束鹿为河北文化强县，1958年誉为“诗洋画海金束鹿”。与三名作家比肩的还有三名艺术家：赵望云、任率英和丁果仙。一位作者神秘地告诉我：“方纪回老家了，敢不敢去看望？”我激动得跳起来，岂止敢去，还巴不得呢。方纪老家佃士营在城东三里，几乎一溜小跑赶去的。十年没见，面前的方纪衰老了许多，但是精神还好，风度依旧，满头乌发，腰板也还挺直，只是右腿残疾，偏瘫语迟，脸上写满了沧桑。

初中时我就崇拜方纪，被他的《老桑树底下的故事》引上了文学之路。我的家乡隆尧与束鹿相距不过百里，只隔一个宁晋县。小说中的土地改革我也经历过，生活和语言大体一样，两相对照，从中领悟到从生活到艺术的门路。高中时这种迷恋进一步加深，1956 年被称作“文艺的春天”，北京召开知识分子大会，大张旗鼓地宣传“百花齐放，百家争鸣”，文艺界气氛活跃，反映到学校，就是电影多了，文学期刊多了。邢台一中建于原北方大学原址，有个很大的阅览室，方纪的名字在报刊上出现最频繁，他写了大量有关三峡、岷江、金沙江的组诗和散文，篇篇热情奔放，才华横溢，显示出一种独异的艺术魅力。

教科书上说，诗与散文是姊妹艺术，而长相迥异。方纪却能一手散文一手诗，玩得神采飞扬，有几篇描绘少数民族风情的散文，兴之所至，往往跳出一段精彩的民歌或新诗，别开生面，这一手对我后来的写作方向影响深远。我们几个同学常常在报刊上寻找他的足迹，无限向往之。1957 年长江文艺出版社出版了他的诗集《不尽长江滚滚来》，第二年作家出版社出版了散文集《长江行》，我都千方百计邮购来，逐字逐句地欣赏，魂儿都被勾去了，高三时还懒得复习，几乎放弃高考。至今还觉得，表现长江的诗文，不论之前李冰的《巫山神女》，还是之后刘白羽的《长江三日》，都不如方纪的川味浓郁。

1958 年动员高考，我报了天津的河北大学，图的是河大有顾随，天津有方纪，方便追随。开学后顾老的课听了，方纪却难得一见，等呀等呀，等到的是一沓批判他《来访者》的讲义，同时受批判的还有管桦的《辛俊地》。又找来另外几篇，《园中》《晚餐》《开会前》，都发表在《新港》1957 年 8 月、9 月刊，都是表现城市普通人的生活，我这乡下人感到题材新鲜，更看不出什么“倾向”。我想起方纪在长江诗文大获成功后，先后受到周总理、毛主席接见，当面听到“百花齐放要放，百家争鸣要争”的指示，会后发表了一篇文章《让鲜花开放满园》，说作家要“学习神农精神，尝百草而明医道”。没想到刚刚尝了一口，就吃到了苦头。

一棍既起，乱棍打来，方纪身陷重围。而且屋漏又遭连阴雨，“反右倾”又找上头来，新账旧账一齐算。方纪还挺得住，在文艺方向上很自信。当年他在延安《解放日报》任文艺组长，新中国成立后从《天律日报》文艺部主任一路上升到市文化局长、文联主席、市委宣传部主管文化的副部长、市文委书记，被称作党的文艺路线在天津的解释人。事到如今，这一切该如何解释？闭门思过，写了一首诗：“行年已四十，犹在犯错误。人生既满百，八十当何如？见人羞遮面，埋头苦读书。遇事方识人，知过意乃舒。岂当墙上草，但效风前竹。杜诗最有味，把卷快一读。”市委书记王亢之是老朋友，与他和梁斌并称“冀中三杰”，看了心疼，出面保护，强调不要对一个作家“残酷斗争、无情打击”。劝他不必闭门思过，到工厂去，换一下空气，先后去了造纸厂、电子厂、钢厂。《人民文学》1960 年 11 月发表了他的《第一千炉好钢》，第二年 10 月又以显著位置发表了散文《挥手之间》。文友们拍手相庆，说方纪终于突围了。《挥手之间》大题材、大手笔，以白描手法、朴实语言，刻画了毛主席在历史转折时刻，大智大勇赴重庆谈判的博大胸怀、从容神态，以及领袖与人民群众呼吸相通的情感，尤其拨动亿万人民神经的那个挥手动作，简直是神来之笔，精彩至极，堪称近代散文一篇经典，一些段落至今我还背得出来。小说创作遇阻，回归散文，此时的方纪已过不惑之年，生命和感情结出了绚丽的艺术之花，《桂林山水》《端溪行》，标志着方纪的散文艺术达到了巅峰时期。

同住一座城市，共饮一条海河水，却无缘相见。有时我就在市委门口转悠，万一碰上呢。一次还贸然进去，找到宣传部，一位女同志说，方部长好久不来了，连办公桌都撤了。头两年演苏联电影，《复活》《白夜》《战争与和平》，方纪刚访苏回来，上演一部解说一部，记录下来就是一篇影评，给影院增加了不少票房。延安时期他自学外语，翻译过苏联英雄马特洛索夫、巴芙里琴科的事迹，写过高尔基、托尔斯泰的评论，发表在《解放日报》上，怪不得他写长江的自然风光和神话传说，单纯明了，行云流水，能读出普希金和屠格涅夫的韵味来。

1961年春，《来访者》和右倾问题得到甄别平反，方纪又回到天津文坛中心位置上来。第一次见到方纪本人，是他代表市委传达周总理讲话，批评文艺界"左"的东西越来越多，作家不敢想不敢说不敢写，整日如临深渊，如履薄冰。鼓励大家放下包袱，大胆创作。那一天会场灯光明亮，有雨过天晴的气氛。方纪诗人气质，感情跌宕，语言动人，低沉时落地有声，豪放时笑语朗朗，把自己心里储存的阳光春风，吹洒到每个人心里，荡起层层涟漪。激动过后再看本人形象，相貌堂堂，黑边眼镜，身体笔挺，穿一件风衣，谈笑风生，引经据典，一派学者风度。

河北作家多不善言辞，田间少气无力听不见，康濯磕磕巴巴湖南话听不懂，梁斌语速太慢供不上听，刘真说得太快像机关枪，刘流有病说话伸脖子张嘴喘大气，都羡慕方纪好口才。不论什么会，他一亮相必然突出出来，成为主角，众星捧月。那时我是个小作者，坐在后排，听方纪的发言是一种享受。一次在干部俱乐部走个碰头，不知所措，又不愿错过机会，临时冒出一句："方部长，请教一下，陀思妥耶夫斯基的小说我看不懂。"方纪愣了一下，认真地说："有人称为复调小说，没有统一意识，不同的价值观对话。不是主人公对世界说什么，而是世界在他心目中是个什么，强调自我意识独立性，同时表现性格的复杂性。这是一个叫米巴赫金的批评家的观点。"听得我目瞪口呆，觉得方纪好有学问。

天津是文艺重镇，文音美戏都在全国拔尖儿，那时中央音乐学院也在天津，海河广场开大会就拉喻宜萱唱歌，她是声乐系主任。周扬出京第一站必来天津，常说喜欢远千里的人、方纪的才。一次周扬、远千里、方纪、陈春荣，四级主管文艺的副部长齐集南郊西佑营大队一家农户座谈，方纪正在那里搞“四清”，人称“四进士”谈“四清”，一时传为佳话。

不久“文革”开始，方纪被从“四清”前线揪回机关批斗，听说老舍、邓拓自杀，当场失声痛哭，被造反派打倒在地。后来又被下了大狱。

一个走南闯北的战士，一个游遍名山大川的诗人，一个出访过大半个世界的文化使者，一下子失去人身自由，方纪像一头被关进笼里的狮子，暴跳、怒吼、抗争。说他反党反社会主义反对毛主席，简直是奇耻大辱。出身受苦农民，祖父牺牲在日寇屠刀下，17 岁进京当学徒，经谷牧介绍加入中国左翼作家联盟，参加一二·九运动，奉命回乡组织抗日武装，任县委书记。七七事变后组织起一支百余人抗日游击队，从冀中一直打到淞沪战场。在八路军办事处工作，武汉、桂林、长沙到重庆，一直在周恩来手下工作。在延安党中央身边工作 5 年，抗战胜利转战热河、察哈尔、河北，最后接管天津。出生入死，枪林弹雨，身上没有一个污点，对党对社会主义对毛主席，爱还爱不够呢，何来“三反”？革命 20 多年，没受过伤，没有被俘过，如今反倒成了自己政权的阶下囚，一关就是 7 年，批斗 400 次，受尽酷刑，遍体鳞伤。更难忍受的是精神折磨，永远开除出党，图书字画洗劫一空。记录自己人生经历的长篇小说《暴风雨的年代》，酝酿 30 年，计划 120 万字，提纲和开篇 20 万字初稿被抄去，像挖走他的心头肉。

漫漫黑夜，方纪常常想起周总理，他最懂艺术规律，最了解自己。1941 年初学写作，写了一篇小说《意识以外》，受到批评。周恩来同志回延安时写信鼓励他：“多为大后方写些东西，以便送出发表。”可惜一代伟人也没熬过这个严冬，于 1976 年 1 月 8 日逝世。监狱不让悼念，加紧弹压方纪，说他1961年贯彻周总理指示，编印讲话材料，是开“黑会”，编“黑书”，明整暗算。一次吃饭，竟然吃出了铁屑、大头针。方纪勃然大怒，绝食抗议，突发脑溢血。当局不得不暂停关押，遣送老家，交当地造反派管制。

故乡敞开胸怀接待它的儿子，在乡亲们眼里，他还是那个胆识过人的少年英雄。面对父老乡亲，方纪惭愧，当年母亲含辛茹苦，望子成龙。他家姓冯，起了个名字叫冯骥，他自己也想做匹千里马。30年前在延安写过一首诗《一匹小红马》，“越过黄河，越过长江，正当奋力越过一条小溪时，在敌人的包围和追击中，被一颗子弹射中，向着黑暗的夜空长啸一声，翻倒在祖国的土地上。”今天倒成了谶语，手中的长枪变成了拐杖。方纪住在堂弟家里，夜不成眠，忽然听到一声鸡叫，接着全村的鸡都叫起来。想起一首唐诗:“金距花冠傍舍栖，清晨相叫一声齐。开关自有冯生计，不必天明待汝啼。”是故乡在唤醒他冯生，不能消沉，黑暗不会太久，光明就在前方。方纪自此给自己定了一条规矩，黎明即起，养好身体，迎接解放。每天绕村走两圈十里路，早起迎着晨光出村东口，正转一圈，傍晚望着晚霞出村西口，倒转一圈，十里乡路上留下深深的一串拐杖印迹。乡亲们看着心疼，革命半生，落到这般地步。年轻人和孩子们想不了那么多，天天晚饭后凑到身边，听他谈天说地，说古论今。这些年外出革命，风风火火，匆匆忙忙，难得这样安闲的日子，鸡鸣犬吠，人欢马叫，男耕女织，豆苗瓜秧，阡陌整齐，麦苗成行，像铺开了的稿纸。方纪心里痒痒的，想起了写作，想起了未完成的《暴风雨的年代》。

1976年9月9日，随着低沉的哀乐，悲恸如决堤的洪水淹没中华大地，而且冻结成厚厚的冰层，沉重地积压在人民心上，喘不过气来。冀中平原上的佃士营村更是这样，人们难以接受现实，方纪像孩子一样号啕大哭。毛主席与他还有着特殊的感情。1942年4月27日，刘白羽送到他手上一张请帖，粉红色油光纸上，毛主席亲笔题字，请他参加延安文艺座谈会。那次讲话，一字一句地印在他心上，使他茅塞顿开，成为一生创作的起点。第二年他给中央机关墙报《轻骑兵》写了一篇稿子，传到毛主席手里，主席亲自为他修改，加了70个字和一段话，又让艾思奇把改稿送给他。原件方纪一直珍藏在身边，后来连同周总理的亲笔信，一起交给纪念馆。1957年3月8日，毛主席在中南海召见刘白羽、巴金、于黑丁和他，微笑着握住他的手说："你是少壮派哟。"那年方纪38岁。

追悼会那天，天地同悲，大雨滂沱，方纪不打伞，也拒绝别人给打，在雨里一动不动地肃立了两个半小时，泪水与雨水一起倾泻，大会结束被人抬回家去，发起高烧。20天后接到北京一封密信，抓了"四人帮"，方纪大吼一声，扔掉拐杖，高唱《国际歌》，破例喝了一瓶白酒。第二次发生脑梗阻，堂弟打电话，天津来车接走了。

第二年十月，问题彻底平反，方纪恢复党籍，也恢复了活力，但是失去的健康再也没法恢复了。北京宣武医院脑外科专家开颅检查，十分惋惜地说，时机耽误，爱莫能助了。1978年召开全国文联理事会，我没资格参加，问梁斌。梁斌说，方纪一瘸一拐走上讲台，大家报以热烈掌声，像欢迎战斗负伤的英雄。可惜昔日口若悬河的才子，已经不能说话了，由广播员代读讲稿《做一个身残而不废的老兵》。声声血，字字泪，控诉"四人帮"迫害作家的罪行。

1984年11月27日的《人民日报》上，看到了方纪一篇文章《我的感谢，我的思念》，说自己对生活充满信心，床头张贴"刻苦锻炼"四个大字，坚持自己上下三楼。右手残废了，练习左手写字，像小学生一样锲而不舍，每天写二三十大字。写回忆文章，参加一些社会活动。春天应陕西省文联邀请，重返延安，会见了一些老朋友。还想再到四川去，看看阔别三十年长江的巨大变化，继续完成周总理交给的任务。读得我热泪盈眶，希望一切好梦成真，看到他更加精彩的长江诗文，看到一个更加神奇的方纪。

我看到过方纪的一些书法作品，“实事求是”“心怀千里志，不居一寸功”，对人生书道已有大悟，功力可具日月之痕，胜过许多的右手，被推荐为天津市书协名誉会长。1994 年我去天津祝梁斌八十大寿，方纪拄杖在场。梁斌要介绍，方纪说：“不用，老相识了，陀思妥耶夫斯基。”相对一笑，笑得我涕泪肆流，感谢我半生远远追随的大作家，饱受摧残的脑子里还保留着我这个晚辈的影子。梁斌知道我正学书法理论，让我研究一下方纪的书法，我当面没敢答应，因为这个课题太过沉重了。

后来得知，方纪截去一条腿，依然每天乐呵呵地写字。1998 年 4 月 29 日逝世那天早上还写了两联：“倾耳无希声，在目皓已洁”“平畴交远风，良苗亦怀新”。

河间刘流

解放初，河北省文联逐渐形成 10 名专业作家，9 名老八路，一名来自国统区的民主人士。田间、田涛 1916 年生，属龙；梁斌、李满天、刘流、汪润 1914 年生，属虎。龙啸虎吟，成为全国文学大省强省。加上 1958 年天津回归，孙犁、方纪加盟，中国作协的康濯、邢野下放到此，河北的作家阵容超豪华，无地可以比肩。

1958 年河北文学特大丰收，四虎中李满天首先发威，三卷本《水向东流》由中国青年出版社隆重推出，是全国第一部反映农业合作化的鸿篇巨制。紧接着梁斌的《红旗谱》一鸣惊人，竖起时代的一座丰碑。第三个是刘流的《烈火金钢》，发行300万册，还被改编成评书、连环画。家喻户晓，街头巷尾争说肖飞买药、丁尚武耍大刀、史更新出生入死，猪头小队长、谢老转、何大拿成为孩子们互相戏谑的名字。这一部反映冀中抗日斗争的精品力作，出自刘流之手，绝非偶然。

刘流的故乡河间，已经有2700年历史。因为地处高河和滹沱河之间而得名，西汉时还一度称中水郡。两河相助，孕育了瑰丽的文化，崇文尚武，是毛诗的发祥地，又是杨六郎把守三关口之一的高阳关所在。科举制以来诞生过6名武状元，还出了一个窦尔敦，“河间府为寨主力压豪强”。刘流的村子叫念祖桥，祖父兄弟四人都是秀才，诗书传家。庚子年八国联军入侵中国，刘家四兄弟揭竿而起，站在反抗洋人队伍的前列。义和团失败后遭查抄，家道中落。刘流生下来就在穷苦中挣扎，心里埋下反抗的种子。

河间是武术之乡，上到九十九，下到刚会走，人人都在习拳弄棒。刘流从小耳边就传诵着许多行侠仗义的故事，不少还是本地的真人真事。洪雁村的张占奎，外号“闪电手”，天津武营处出班首领，民国总统冯国璋的卫队长；张庄李登瀛，“左把抡”的五代传人，给北洋军阀曹锟当过武术教官；左村的“五虎棍”，出神入化，横扫天下。

河间还是文化之乡，盛行河北梆子、评剧，又是西河大鼓的发源地。演员一手击铜板，一手打鼓，三弦伴奏，说唱结合，多是成本大套，有《岳飞传》《小八义》《杨金花夺印》等十多部，一部能说两三个月。西河大鼓有李、王、赵、马、朱五大流派，他最喜欢赵玉峰，追着台口听大棚书，看野台子，肚里装满了故事。

因为家境贫寒，刘流只上了三年私塾，学校解散后，在亲友帮助下，远赴山东烟台读了一年初中。周济中断，背着铺盖，挥泪走出校门，一路哭着回家务农。闲时四处踅摸地摊唱本、武侠小说，后来借阅《三国演义》《水浒传》《西游记》，最后找到鲁迅、胡适、郭沫若，眼界大开。河间处于京津保三角地带，爱国主义情绪高涨，佟麟阁一个师驻在城外，冯玉祥老营扎在东边不远的兴济。一个亲戚在冯部任职，不断地向他灌输进步思想。少年刘流立志报国，16 岁投考南京炮兵学校。后来学校向右转，强迫学生集体加入国民党，刘流不干，愤然出走，流浪天津，又去烟台，寻找自己的理想。

九一八事变后，东北军退至关内，把白山黑水拱手让给日本。刘流乘一股血性，逆流而上，到辽宁参加了一支抗日义勇军，经历过无数次战斗，遭伪满洲国通缉，逃亡途中写诗一首："平生个性喜游侠，到处天涯是我家。日月星辰为我伴，披霜挂露破风沙。荷枪跨马敌前跃，慷慨高歌自我夸。热血澎湃如潮涌，永远浇灌自由花。"

七七事变，北平沦陷，华北变成战斗前沿。刘流像战士接到命令，归心似箭，扮作乞丐，走小路，翻大山，钻老林，长途跋涉十几天，潜入北平，参加地下党的活动，砸了北平第二监狱，救出一批共产党员和进步人士。随后撤离，到平北参加了"国民抗日军"。后来这支武装被晋察冀军区收编，改名"第五支队"，刘流任侦察科长，在赤城、延庆一带打游击。再后来不知什么原因，支队长逃跑，刘流坚持下来，并于 1938 年入党。刘流又写了一首新诗，庆祝自己的政治生命："在暴风雨的夜里，投入了布尔什维克的怀抱。"上过军校，打过游击，刘流很受重用，曾任晋察冀军区军政学校区队长、军区政治部教官、白求恩学校大队长，指挥上千人马。

五支队是一支收编队伍，存在时间不长，支队长逃跑，不少人受怀疑。刘流脱离了心爱的军事工作，调到军区抗敌剧社，做编剧也当演员，并开始文学写作，写了小说《民兵连长李连发》、鼓词《大练兵》，在《子弟兵》报上发表。五一扫荡时，显出了军事才能，带领剧团一次次化险为夷。

1944年晋察冀干部整风，地点在阜平史家寨。领导运动的是程子华，比较稳重，避免了延安整风的逼、供、信，洗温水澡。整风学习文件之一是郭沫若的《甲申三百年祭》，形象化教学，改编成京剧剧本《李自成》，集体创作，邓拓执笔。角色分配是：刘流的李自成，王焕如的李岩，梁斌的牛金星，王琢的顾君恩，路一的宋县令，丁一岚（邓拓夫人）的红娘子，蔡维新的刘宗敏，韩庄的宋献策，曹德泉的吴三桂，娄凝先的吴父，高鹏的多尔衮，高铁英的多铎，导演是丁里。这些人除了刘流以外，新中国成立后都成了高级干部。

演出在抗敌剧社的大棚里进行，边区党政军领导悉数赶来捧场，一连演出六场，场场爆满，掌声最多的是梁斌和刘流。梁斌是专业水平，少年时曾坐科山东戏专，与赵荣琛同期，学铜锤花脸。20年过去风采依旧，唱法沉郁峭拔，念白响亮沉着，宗郝寿臣。刘流是票友，扮相英武，嗓音高亢，有高庆奎的韵味。这角色是文武老生，唱念做打，难度很大，也展示了刘流的艺术才能，如第四场《礼贤下士虎帐谈兵》，幕后一句二黄导板“军营鼓角报二更”，上场转回龙“李自成佩长剑夤夜巡营”，再转原板“望长空银河转夜深人静，一钩月陪衬着点点疏星”，八句大段一气呵成。最后一场还来了一段昆曲“大业付东流，英雄一旦休，这龙泉还在手，难道说此地是尽头”。施展浑身解数，把李自成英雄末路悲怆之情表现得淋漓尽致。

关门整风，人人过关，一人交代，大家七嘴八舌。刘流台上是英雄，台下被穷追猛打。当时南京、东北还是敌占区，无法调查取证。五支队问题是悬案，难下结论，刘流身上被画满了问号，装入档案。档案是一个人的政治生命的副本，像一个阴影跟随在身后，从张家口到保定。起初任保定市文化宫主任，以后在省委宣传部文艺处当干事，最后落到省文联搞创作。

1955年“肃反”，刘流是省直文艺界重点。梁斌替他说了几句好话，查证的任务便落在自己头上。开始梁斌不接，正夜以继日修改《红旗谱》，每天七八千字进度，舍不得丢下。领导研究，这块硬骨头，只有他能啃动，话既说出口也不好收回了。梁斌资格老，政治强，有智慧，宣传部主管文艺工作的副部长远千里都是他的老部下。再说梁斌也爱才，曾一度把刘流借调到他主政的火线剧社，当演员兼音乐教员，编演了《史可法》《苏州城》《蔺相如》，还导演了话剧《子弟兵和老百姓》，为冀中文艺工作出过力。

梁斌打听到刘流五支队的两个同事在沈阳，都已经是高级干部，也是自己党校同学，便带着一名干部乘上火车到了辽宁，以为会顺利完成任务。不想见了面，开始很热情，一个请到家中，夫人作陪，但是提到五支队就立刻冷了脸，支支吾吾，顾左右而言他；一个招待优厚，好吃好喝，一说到刘流的问题，沉默半晌，无可奉告。两人忙活了两天，别说打证明，一个字也没得到。梁斌是作家，研究人的，从脸上看到心里，他们是怕引火烧身。岸上的人见有人落水，若伸手去救，十有八九会成功；若是想到水深莫测，万一救不上来人反被拖下水，也有可能。梁斌理解他们，半生千辛万苦，爬到如今的位置也不容易，便一路苦笑着回到保定，拉上李满天一起去省委，以两个人的名义，担保刘流没有问题。刘流过了关，一身轻松，在菊儿胡同创作之家写完了《烈火金钢》。这个创作之家是个福地，由张朴管理，为作家提供方便，冯志在这儿写成了《敌后武工队》，梁斌在这儿修改了《红旗谱》《播火记》。

1966年春天，召回在外地生活或写作的作家，学习文件，我第一次见到刘流。刘流讲究仪表，毛蓝制服干干净净，棕色裤子利利索索，稀疏的头发梳得顺顺溜溜。走路四平八稳，开会坐得笔直，发言高喉咙大嗓门，还保留着军人风度。

运动初期整党内“走资派”，主要目标是田间、梁斌、李满天，没了梁斌的保护，刘流有点儿紧张。接着横扫“牛鬼蛇神”，大字报扑向刘流。因为备战，干部档案提前一年转移到平山去了，造反派摸不着底细，捕风捉影，说他是“日本特务”“土匪头子”，《烈火金钢》“宣扬战争恐怖，美化敌人”。刘流是老“运动员”了，不慌不忙，一一反驳，有理有据，连平时的大喘气也控制住了，有点儿舌战群儒的意思。

1968 年 10 月，省直机关干部到石家庄办学习班，秋后算账。文联、文化厅归文艺指挥部，文艺指挥部集中了省直京、梆、话和歌舞四个剧团，还有一个戏校。除了刘香玉、贾桂兰、宋德珠、罗蕙兰是上级指定的“反动权威”，中青年演员都要上场，演样板戏。各单位排队进场，梁斌没资格看戏，还关着禁闭，刘流可以。每次我都磨蹭着，站在队伍后面，坐在他旁边。他知道，我是戏迷，之间也没了距离，三言两语地点评，声音很小，只能我俩听见。刘流不仅是个票友，戏剧理论也有高见。看梆子《红灯记》，他说高明利的李玉和比浩亮效果好，是剧种的原因，河北梆子老生唱腔高亢激越，更适合演悲剧。京剧老生唱腔往往过于华丽，削弱了人物真情实感。花脸则相反，梆子唱腔始终没解决，不光河北梆子，秦腔、豫剧花脸都还没找着调，真假声在一起，不协调。看京剧团的《沙家浜》，他称赞许家宝，说这样好的青年演员，北京都没有。演郭建光的祝元昆，还不出名，声音低了点儿，但是中规中矩，是个正宗老生。让他说中了，20 年后于魁智拜师，就选中了祝元昆。

学习班到唐庄劳改农场，一天收麦子，刘流正全神贯注，一镰一镰地割，有个工宣队跟在身后，突然大吼一声，试验刘流的反应，如果沉着不惊，就是训练有素的特务。刘流受惊了，割破手，血流不止。那人不好意思了，让我护送到场部卫生室包扎。刘流满不在乎，一只手摁住伤口上部，血止了。说战争年代，受伤流血家常便饭，有一次血流了半碗。看他心情不错，四下无人，想听他唱几句。刘流清清嗓子，唱“狱警传，似狼嚎，我迈步出监”，监字尾声拉了半截，没挑上去，停下来，咳嗽不止，又喘起来，摆手说:“看来这个监，我是出不去了。”唐庄农场全称是唐庄监狱劳改农场。

学习班办到第五年头上，我们结业了，大部分人回到新成立的省委文艺组，组长田间，副组长梁斌、李满天，换汤不换药。刘流身体太差，回家养病。他家在北京夕照寺，中国青年出版社家属院。刘流只上过一年中学，改稿时间漫长，出版社给了房子，还迁来全家户口。

1972 年春寒料峭，夕照寺家中，刘流生命的火苗忽闪了几下，感到自己油灯燃尽，不由得想老家了，思乡之情日益强烈。考虑再三，决定把自己几样心爱之物留给老家，一盏马灯、一个半导体收音机、一个牛皮文件包、一张三屉桌。四个物件代表他人生的四个阶段：寻找光明、接受进步思想、南征北战、文学写作。念祖桥村委会举行了捐赠仪式,《北京日报》还发了消息。

当年背井离乡下关东，他曾经发誓，不打败日本不回家，不打败日本不成家。1945 年日本投降了，刘流骑了一匹大红马，从张家口一路狂奔，回到了阔别多年的念祖桥，与青梅竹马的乡村女教师结了婚。度蜜月期间，挨门挨户访问，搜集家乡抗日故事。念祖桥是八路军任（丘）河（间）支队的堡垒村，由于汉奸告密，1942 年 6 月 28 日，鬼子出动上千人捂了村，把战士和乡亲们赶到村北据点，架起机枪，让大家伸出手来查八路军。他的一个堂兄刚 20 岁，因为手上没茧，被当场用刺刀挑死。支队战士和乡亲们奋起反抗，当场牺牲 72 人，鲜血染红了小河。

刘流还专门考察了沙河桥，子牙河上一个水路码头，小火轮直通天津，商贾云集。鬼子来了，河东河西安了两个炮楼，每个高 15 米，直径 6 米。炮楼外挖了壕沟，宽 5 米，深 2 米，层层布防，易守难攻。解放沙河桥曾经有过一场激烈的战斗，1943 年晋察冀边区召开群英会，刘流在资料组，记住了许多可歌可泣的英雄形象。他在一篇创作谈中写道："当我了解英雄以后，脑子里自己的经历退让得没什么位置了，游过来飞过去的总是英雄的影子，如何将他们就像生铁投进熔炉一样，锤打成钢。从此把他们的形象记在心里，是我想做的。就好比写作的种子种在我的心底，不能不让它生长起来。"刘流在故乡河间，找到了这样的熔炉，这样的土地。沙河桥成了他《烈火金钢》的桥头镇，以之为背景，上演一出威武雄壮的抗日斗争活剧。

我在1964年《河北文学》上，看到刘流另一部长篇连载《红芽》，好像是《烈火金钢》的姊妹篇。姚文元批评《海瑞罢官》以后，连载停止，没了下文。学习班后期，刘流告诉我，这部长篇酝酿已久，1962年动笔，写了20万字，手抄稿，还请人改了错别字，一半交给《河北文学》，一半留下来继续改。"文革"初期遭抄家，手稿不见了，害怕当毒草烧了，希望当"罪证"留着。没了原稿还得从头写，希望老天假以时日。

老天可怜刘流的身体，没准假，但也给了一个安慰，让他看到了"四人帮"的末日。1977年春节刘流去世了，万家灯火，一城鞭炮为他送行，刘流走完了他传奇的人生。共和国没有忘记他，人民没有忘记他。《烈火金钢》1991年拍成电影，不久又出了电视连续剧。我好像看到，刘流又骑着大红马回来了，又着实风光了一回。

平山老杨

如果推选中国人最喜闻乐见的树种，毫无悬念，北方是松，南方是竹，中间地带是杨。杨树是树木家族中的伟丈夫，挺拔、潇洒、清秀，土质不拣肥瘦，天气不择旱涝，平原、丘陵、山地随处可见。大理石般的树干，绿绸缎样的叶子，站着一方水土的卫士，倒下一个家庭的栋梁。难怪茅盾为之礼赞，阎维文把它歌唱，作家茹志鹃、诗人雁翼选它为书名，演员杨成芳、记者魏巍借它为笔名，一个叫白杨，一个叫红杨树。

太行山平山县，走一山又一山山山不断，过一岭又一岭岭岭相连，村口道边，沟沟坎坎，到处有杨树普通又可爱的身影。看见杨树会自然想起一人，杨润身，一个土生土长，扎根生活的老作家。

杨润身出生的村子北马冢，在滹沱河南岸。旧社会眼看着一川白花花的河水白白流去，他家的三亩旱地和租种的八亩沙地，因为缺水而寸草不生。父亲为打井借了地主300吊钱，戳了个大窟窿，起早贪黑种地，没明没夜地学木匠、石匠，累得筋干皮裂，也还不上一年高利贷。1923年他降生时，上边一个哥哥还养不起，父亲要把他摁到尿盆里溺死。多亏奶奶听到哭声闯进来，捞出来才捡了一条小命。因为奶水不足，哭起来没完没了，取名叫犟巴。

小犟巴在垄沟里、羊肠道、山上长大，从小割草放羊拾柴火，只上过一年小学。听盲人说书，看扭秧歌，喜欢上了文艺。12岁那年正月十五闹花灯，因为衣服破旧出不了门，怕人笑话，父亲连打带哄，说明年给做件新衣。第二年新衣没指望，八路军文工团来村里演戏，搜出母亲的破花袄穿上，站在粪堆上，边看边学台上演员，手舞足蹈，被指导员看出是个文艺苗子。

小犟巴15岁入党，取名杨润身，跟着区小队打游击，冲锋在前，撤退在后。一次战斗负伤昏迷不醒，战友们以为他牺牲了，简单掩埋两下，匆匆开走了。第二天他竟然醒过来，推开身上一层土，一瘸一拐地追上了部队。后来在干部训练班学习三年，被派去柴庄村当教师，兼村剧团指导员。柴庄村三里外就有日本炮楼，是在敌人眼皮子底下开展工作。生活在群众中间，杨润身随时随地把发生的事件写成脚本，搬上舞台，他既是编剧又是导演、演员。第一个剧本《围困鬼子炮楼》演出后引起轰动，村里民兵扩大了一倍，本村上演了又到外村巡回演出。先后编演过《一碗饭》《灶头会》《开渠》《水清鳖出》《柿子不给舅舅吃》等40多出戏，他广泛征求意见，边演边改，不断提高，小剧团红遍了太行山，《柴庄穷人翻身》《山大王》荣获晋察冀边区优秀创作和演出奖，柴庄村剧团成为边区文艺一面红旗，杨润身被选举为边区模范干部，参加了晋察冀中央局召开的文艺工作大会。会后指派文化界抗日救国会宣传部部长康濯到柴庄调研，看了剧团演出的歌剧《白毛女》大加赞赏，把杨润身推荐给边区宣传部部长周扬，1948年杨润身调入边区群众剧社。

新中国成立，文化部一项重要任务是拍电影《白毛女》，导演王滨、水华，二人发了愁。《白毛女》的故事，林漫（李满天）发表过小说，丁毅、贺敬之写过歌剧，家喻户晓，这道剩饭怎么炒？又是康濯推荐了杨润身。平山人，老家离白毛女故事发生地天桂山不过20里，风俗人情、方言土语门儿清，又长期搞剧团，熟悉舞台调度，可以说是不二人选。更重要的是阶级感情，他的家庭有与《白毛女》相同的遭遇，父亲、姑姑就是杨白劳、喜儿式的人物。杨润身上任，果然不负众望，贡献了不少生活积累和艺术经验。原作喜儿遭强奸，生了个小白毛女，他力主去掉，使主题和情节有了显著的精练。再就是加强了喜儿和大春爱情的比重（原作二人并没有结合），改为大团圆结局，增加了看点，又适合传统审美习惯。他还提出了一些重要的生活细节，比如儿时看父亲还债，总要把洋钱弹一弹，听一听，辨别真假；割谷子时杨白劳吃力地拄着镰刀站起来，表示腰肌劳损；喜儿连手绢都没有，用镰刀刮一下脸上的汗水，都增加了人物的真实性。更多的增彩表现在语言上，比如原来一句台词“荞麦里榨油不容易”，会有人不理解，没见过荞麦，他建议改成“骨头里榨油不容易”，通俗易懂。茅盾先生说，电影《白毛女》与歌剧不一样，是另一个白毛女，新艺术形象的塑造，这自然有杨润身一份功劳。电影放映第一天，全国观众达 47 万人，1951 年获捷克斯洛伐克第六届卡罗维发利国际电影节特别荣誉奖，不久又获得中国文化部优秀创作一等奖。

1949 年春天，杨润身随解放军进入天津，人进了城，心还在乡下，有空就往回跑，还娶了个西柏坡村的姑娘做媳妇，常去走亲戚，去了就到党的七届二中全会旧址。进去不敢坐，毕恭毕敬站在一边，木条椅上二十几个座位，开国元勋谁坐在哪里他一清二楚。耳边自然响起毛主席讲话的声音，进京赶考，两个“务必”。

1951 年写了一篇小说《春节回乡》，母亲教育进城的儿子：“你可要记住，活到 80 也不要忘记，自己是一个受苦人的儿子。”这个题材在他心里生根发芽，不断发育，不断深化。1956 年在滹沱河畔驻村工作，一位老人找上门来，骂自己的儿子“当了官忘了爹，连一封信也不给写”。又有一位老人找他哭诉，儿子在北京当了高官，挣大钱。自己在家里生了重病，不能干活养家了，儿子还分文不给。杨润身坐不住了，当即给第一个老人的儿子写信，说服教育。心里放不下，又亲自去北京，找到第二个老人儿子单位领导，严肃批评，直到儿子点头认错。矛盾解决了，问题还留在杨润身心里，“像烈火一样烧烤着我，牙根一咬，三两下写出了电影剧本《探亲记》。”电影在长春电影制片厂拍摄，没想到制作后期赶上反右，厂方有人提出有损干部形象，改为儿子牺牲了，战友冒名顶替，定期往家里写信、寄钱，害怕真相暴露，再三拒绝老人进京探亲。偷梁换柱，传统的误会法，无疑削弱了作品原来的价值，与作者的初心满拧。但是迫于形势，只能勉强答应，否则他电影创作的第一个作品就要夭折了。

《探亲记》塑造了一个老实、厚道、侠肝义胆的田老耕，这个艺术形象在以后的作品中不断补充、加强，如《王二小接闺女》中先公后私的王二小，《姜喜喜》中勇于与贪污盗窃做斗争的姜喜喜，连《李黑黑与石板板》中落后人物石板板身上，也有敢于承认错误、敢说敢当的一面。

生活中的杨润身也有田老耕的影子，随时随地地“赶考”，两个“务必”融入血液里，落实在行动里。1958年农业“大跃进”，浮夸盛行，到处“卫星上天”，粮食亩产动辄几万、十几万斤。那一年风调雨顺，但是丰产不丰收，社员们被拉去大炼钢铁，熟透的红薯烂在地里，公社食堂吃饭不要钱，农民敞开肚皮吃，坐吃山空。他看在眼里，痛在心上，干着急，在党的会议上说出了自己的忧虑：“牛皮吹破了，早晚要饿死人，请把我的意见转告市委，汇报中央。”第二天大字报就上了墙，说杨润身反对“三面红旗”，不久就定成右倾机会主义分子，给了留党察看处分。批判大会最后要他发言，他只说了一句：“希望大家节约粮食，粮食要发生困难了，不会是短期的，这就是我的表态。”

杨润身的警告很快应验了，饥荒尾随而来，而且长达三年之久。1962年甄别平反，他很平静，没有以先见之明自诩，也没有牢骚哀怨，依然故我，低调做人，埋头写自己的小说，《人民文学》发表了《同行记》，《人民日报》发表了《王二小接闺女》。被称作“问题小说”大师的赵树理看了，说：“好几年没有看到这样好的小说了。”杨润身崇拜赵树理，也有人把他划归为赵树理的“山药蛋派”。杨润身与赵树理认识生活、艺术表现有共同之处，泥土气息，活灵活现。二者也有差异，一个山左，一个山右；一个面软，一个脆生。

1966年“文革”突如其来，正在田间劳动的杨润身不由分说被揪回天津，关进“牛棚”，批来斗去。开始，“运动”惯了的杨润身还不以为然，从来都是虎头蛇尾，先严后松，先头有枣没枣打三竿，打疼了最后给你胡噜两下。这回不同。

造反派奉命对杨润身残酷斗争，无情打击，使尽酷刑。杨润身被开除党籍，身陷囹圄，逼得像杨白劳一样不想活了。我是1960年认识杨润身的，他慈眉善目，天生一副笑模样。从监狱出来，我去看他，脸都走形，三年都不会笑了。

粉碎“四人帮”那年他53岁，杨润身变成老杨了，没时间算旧账，只争朝夕，放完鞭炮就跑回平山。这次想通不挂职了，要任实职。拨乱反正，一个新时代的开始，机不可失，实现入党时的誓言，甩开膀子干了。过去不想当领导干部，是想从老百姓的角度看干部。这回当当干部，从矛盾的两个方面认识问题，更全面一些。石家庄地委了解他，想压重担，老杨行政11级，可以进地委、行署班子，老杨回绝了，只要一个平山县委常委，不任实职，分工一个方面工作。

老杨当官，乡亲们不改称号，还叫他杨老憨儿，这个艺名还是当初拍电影《白毛女》时，演员陈强给起的，看他衣着土气。如今老杨当官不像官，不坐小车，不用秘书，常年不换行头，一身掉了色的灰布裤子，一双黑布鞋，手提一个带补丁的布兜儿。总是风尘仆仆地赶路，50里以外坐公交，50里以内骑一辆旧自行车，永久牌的，没有铃铛，逢人便下车，不笑不说话，见干活的就帮忙，见吵嘴的就劝架。坐下只喝白开水，吃饭先说有糖尿病，不动酒水，不沾荤腥。乡亲省事他也不省钱，每顿饭都多放三五块。有次到城关乡一个村里考察工作，回来日已过午，又饥又渴，要犯低血糖。路过一块菜地，要了两个西红柿吃，一摸兜忘了带钱。回到招待所，赶忙拿了五角钱给老乡送去。那人惊奇地说：“哎哟，现在还有这样的人，你一定是个老八路。”

后来乡亲们又称他“杨青天”“白面老包”。戏台上的老包铁骨铮铮，铁面无私。眼前这个老杨却总是蔫乎乎，笑眯眯，走村串户地私访。有个青年妇女拦（自行）车告状，说受人捉弄结了婚，过了门才知道男人有精神病，喜怒无常，日子没法儿过。提出离婚，村里乡里都不管，自己也快被逼疯了。老杨调查属实，拿着《婚姻法》找到县法院，终于判了离婚。女人带着核桃、栗子来感谢，老杨一概不收，说看到你有了笑模样就得到了回报。还有一次，有位老乡找到他的住处，抱起铺盖就往自行车上捆，说无论如何请他到村里看看，搬走压在村民头上的石板。老杨说问题会管，可是眼下正忙，暂时去不了，能不能缓几天。老乡蹲在地上哭了，还是放声大哭。老杨见不得穷人流泪，而且一个大男人，号啕大哭，一定案情严重，就放下工作，跟着他村里住下。老杨访贫问苦，发现村支书贪污腐化，欺男霸女，无恶不作。百姓告不倒，上边有后台，后台是谁？就坐在主席台上。老杨便下定决心，用一个月的工夫，落实问题，又顺藤摸瓜，找足证据，拿到常委会上，揭开盖子，一举把新黄世仁拿下，为民除了一害。

有一件事我亲眼所见。1979 年 6 月，某报批评正定县兆通公社张书记侵犯农民自主权，拔了长大的西瓜秧，不少大报小报一起跟上，兴师问罪，形成轰动一时的“拔瓜事件”。我去了现场，发现与事实不符。但是人微言轻，就去搬“杨青天”。老杨提着兜，倒了两次汽车，来到了兆通，请公社书记陪他到现场实地考察。原来是“科学”种田，棉花西瓜间做套种，这两种作物相克，棉花长到四五寸高，正是蚜虫、棉铃虫发育期，需要打农药，还是剧毒农药——1605、3915。而此时恰恰也是西瓜开花坐瓜期，农药杀死了害虫，也残留在西瓜里，长成毒瓜会伤人。同时还有一层道理，棉花地里要除草务尽，不然草苗争肥，而西瓜地里喜欢有草，可以为瓜护荫，防止过度日晒。老杨调查得一清二楚，不但不批评，反而安慰张书记，说这才是真正的实事求是，直接到地委汇报情况。地委听了老杨的意见，不但没有处分那位公社书记，反而提拔他进了县委常委，当了纪委书记。

老杨认定《在延安文艺座谈会上的讲话》和西柏坡精神，长期无条件地深入生活，把自己变成一个农村基层干部，一个老农民。下去不久就搬出招待所，住到县城边沿一座两间小房，一住就是40多年，几乎每年春节都在平山过。一面工作一面写作，他说：“我写的都是‘遵命文学’，遵老百姓之命，真实地反映生活。离开了土地，离开农民，看不见他们的喜怒哀乐，我就写不出来了，问我为什么常年住在平山，就因为平山有我创作的源泉。”在平山，从花甲之年到耄耋之年，他写了《九庄奇闻》《魔鬼的锁链》《风雨柿子岭》《仙女峰的迷雾》《白毛女和她的儿孙们》《天堂里的凡人》《危险的火花》《每当我走过》八部长篇小说，《心连心的人们》《失落的“无价之宝”》《艰难的跋涉》《实在王的悲欢》四部中篇小说，《千听百见》等短篇小说，还有《献马》《星星寨》两个剧本，获得过公安部文学一等奖、天津鲁迅文学奖。人们说这棵平山老杨，树干上长满了“眼睛”，知道的故事像风吹树叶哗啦啦地讲不完。

2010年6月3日，天津市为他举行从事革命文学创作七十周年活动，文艺界倾巢而出，掌声如雷，鲜花似海，中国作协主席铁凝的贺词是：“眷沃土数十载从未忘本，扬真善颂苍生人民作家。”会上争先恐后，我插不上话，第二天登门看望，家里人告诉，一大早又回平山了。掐指一算，平山老杨已经94岁了，真让人羡慕。

田涛先生

1964年下半年，《河北文学》上出现了一个陌生的名字，田涛。连载的《童年拾记》我必先读为快。住外祖父家的情景，心存感激又寄人篱下之感伤，与我自己极其相似。文笔老到，白描手法写意传神，绝不是一个一般作者。

第二年春天，省文联的侯敏泽来邢台，要我合写农民作家赵景江的典型材料，全国青年作家代表会上用。我们住在临西县东赵庄老赵家的土炕上，为了替老赵节省灯油，白天工作，以聊天度过漫漫长夜。侯敏泽原本为《文艺报》理论组长，划成“右派”后下放河北省文联。他广闻博记，较为详细地介绍了田涛，原来是一位30年代的重要作家，论资历与田间不相上下。

田涛与田间同庚，1916年生于河北望都一户贫农家里。高小毕业后，班主任老师资助十几元盘缠，考上北平师范学校，如饥似渴地读书写作，1934年在萧乾、沈从文主编的《大公报》副刊上发表了短篇小说《利息》。第二年离开学校租住在沙滩一个小旅馆，过起公寓式写作生活。同住的还有王亚平、王西彦、刘白羽等。田涛是其中成绩突出的一个，《骡车上》《荒》《离》《谷》等佳作连连在京津沪名刊发表。朴实的村风和文风，颇合沈从文的口味，约他到编辑部面谈，介绍给凌叔华，参加文学茶会，成为30年代京派小说的重要一员，入选沈从文编选的《二十人所选短篇小说佳作》。评论家司徒珂在1940年《中国文艺》二卷六期著文称：“当萧乾先生主编《大公报》‘文艺’的时候，曾有一位新进作家以忠诚的态度、努力的精神和我们相见，那就是田涛先生。他的作品已经接近成熟的边际。”1937年初，田涛将十几篇短篇小说结集，寄给素不相识的巴金先生。巴金爱不释手，离乱之秋带在身边。在田涛小说集《荒》的“后记”上写道：“我并未见过作者。大约在三年前，他从北平寄了一部短篇小说集给我，要我找一个出版的地方。我托友人把它介绍给某大书店。稿子送出以后就没下文。后来北平沦陷了，作者也同一些朋友到了别处。他似乎忘记了这回事情，也没有写信向我催问。我知道这两年他差不多跑遍了‘自由中国’的土地，见到不少可以使人欢欣、令人感泣的事迹。或许写出了更好的文章。他当然没有余欲想到那些寄出来的旧稿。但我是比较有空暇的……便趁着书店要我续编《文学丛刊》第六辑的机会，花了一点儿工夫，将作者从前在各杂志上发表的文章集起来，按照写作的年月编成这一小册。”这种机遇与同一时期田间在上海，受到茅盾、胡风“贵人相助”十分相似。

省文联十大专业作家排名，田间与田涛却是首尾之差。除去田涛，那九位都是老八路，资格最嫩的刘真也是 1939 年参加革命。以 1949 年 10 月 1 日为分界线，之前之后参加工作，待遇差别很大。田涛算新中国成立后参加工作，可他的实际工龄应该比 1949 这道杠长许多，大约 18 年。18 年是薛平贵从投军别窑到大登宝殿的时间长度，可是田涛的这 18 年被忽略不计了，真是冤得很。1931 年九一八事变时，他参加了北平学生爱国运动，冰天雪地中游行、卧轨、截火车，到南京请愿，砸中央党部和外交部，先后参加了共产党的外围组织“民先”“反帝大同盟”“北方左联”，是一个活跃的青年积极分子。

差别就差在二者选择了方向不同的两条道路。田间从南向北，从上海到华北，加入了西北战地服务团。田涛由北向南，由北京到湖北，投奔了第五战区文化工作团。在农村演《放下你的鞭子》，任《大刚报》《阵中日报》战地记者和副刊《台儿庄》主编。夹杂在难民和伤兵中，冒着敌机轰炸行军，在破庙中投宿，借着香火写作，愤怒的语言像子弹从胸膛中喷射出去。

难以想象，枪林弹雨的日子却是田涛一生创作最高产的时期，月月都有报告文学和小说寄出。请看田涛先生南下 10 年的出版成绩单：报告文学集《黄河北岸》，1939 年；报告文学集《战地剪集》，1939 年；短篇小说集《荒》，1940 年；中篇小说集《子午城》，1940 年；报告文学集《大别山荒僻的一角》，1941 年；短篇小说集《西归》，1942 年；短篇小说《牛的故事》，1944 年；长篇小说《焰》，1944 年；长篇小说《潮》，1944 年；短篇小说集《金黄色的小米》，1946年；短篇小说集《恐怖的笑》，1947年；中篇小说集《边外》，1947年；中篇小说《沃土》，1947年；中篇小说集《流亡图》，1947年；中篇小说集《灾难》，1948年；短篇小说集《希望》，1948年。10年中3部长篇小说，200篇中短篇小说、报告文学，300万字。就是在今天，电脑敲击，也是超一流快手。何况长期处于烽火之中，颠沛流离，饥寒交迫。只有一种解释，爱国激情燃烧，愤怒出诗人，而且质量上乘，是国统区的畅销书。中篇小说《潮》连印四版，供不应求，许多青年带着它参军参战。长篇小说《沃土》1937年动笔，稿子藏在一个帆布箱里，走到哪里写到哪里。作品真实地反映了30年代北方农村生活，极富地方特色，文化气息浓郁，被誉为"中国北方农村文明的一首绝唱"。对这些，我这个中文系毕业的青年作家竟然一无所知。当时的近代文学史偏重解放区的作品，国统区创作不过寥寥数语，一带而过，图书馆资料室无处寻觅。只知解放区的天是明朗的天，不知天外有天，山外有山。

"文化大革命"开始，集中学习，第一次见到田涛先生。细高清癯，体重不满百斤，血肉都在抗战中透支了，才50岁，已是头发花白，瘦成衣裳架子的身材，经常西服革履，一副学者风度，在省文联一帮土八路中显得鹤立鸡群。因为备战，中高级干部档案都转移到太行山里，大家对他一无所知，造反派也无从下手。揪党内走资本主义道路当权派，他是民主人士；清理阶级队伍，他出身贫农，运动以来没有他一张大字报。田涛是个慢性子，沉默寡言，开会正襟危坐，走路四平八稳，说话慢条斯理。省文联临街，看他饭后散步，目不斜视，不为满墙白花花的大字报所动。

进了省直学习班，过了筛子又过箩，有枣没枣打三竿。指导员有看法，整人手软，被副指导员取而代之。设计各种表格、提问让人填写。看到田涛的交代材料，如获至宝，大呼抓住了一个"黑老K"。田涛在李宗仁的五战区干过，又出了那么多书，有重大嫌疑。

副指导员一连派了几拨人出去外调，非要搞个水落石出不可。找到了当年五战区的一些文化人，钱俊瑞、胡绳、臧克家、姚雪垠、碧野等，大家口径一致，档案上有结论。这一批热血青年投笔从戎，对抗战做出重大贡献。五战区没给实职，不在编制，志愿工作。戴上军衔、肩章为了方便工作，是从商店买的。后来我认识了臧克家先生，他是五战区文化工作团团长，笑说当时从商店买这些东西很容易，就像服装道具、儿童玩具一样。克家先生每次都提到田涛，说田涛是个老实人。

既不属"走资派"，又定不成阶级异己分子，田涛被"挂"起来，派他干最脏最累的活，夜里还要到锅炉房值班，弄一脸煤黑，不人不鬼，当牛做马，成了形象化的"牛鬼蛇神"。长期熬夜，汗水流失过多，皮肤失去光泽，皮包骨头，人变成了一棵枯树，一阵风就能吹倒的样子，何况学习班整人的口号正是"刮十二级台风"。但是田涛先生还是挺过来了，凭借一颗永不干枯的心，活过来了。

学习班和五七干校后期，陈伯达倒了，阶级斗争紧绷的弦突然断了，斗、批、改变成了逗孩子、劈木材、改善生活。大家无事可干，有的学木匠，有的学裁缝，有的看《赤脚医生手册》。我买了一套推子剪子，学理发。知道我一向笨手笨脚，没人肯当试验品。田涛先生笑眯眯地来了，脖子上围了一圈报纸，伸头等着我试刀。先生的头发确实该理了，鬓毛长过了耳朵，长发垂到衣领，绾个纂儿就是个老太太。当时我却犹豫了，面对一位30年代大作家，一个多少次批斗不曾低下的头，不敢下手。先生猜到了我的心思，自己先把头发划拉乱了，开玩笑地说："别害怕，不扣你二斗红高粱。"我精神放松下来，手还是僵直，一推子下去削了一个鬓角。先生不在乎，说天快热了，改个寸头吧。寸头我又推不平，方不方圆不圆，最后落了一个光头。此后先生总叫我在他的头上练手艺。一次我被借调出去写剧本，三个月回来，先生的一头长发还给我留着哩。

1971 年春，我要到临西插队落户，临行前一天晚上，先生拉我到院中井台坐下，月光下依依惜别。我嘴笨，他语迟，说话赶不上听，一句一句地蹦，彼此心知肚明。“鸟儿关久了也会变哑巴。我现在不会写文章了，这比关多少年禁闭还痛苦。”他用自身的经历，解释生活是创作的源泉。北京的创作，是童年生活的积累。五战区的五年，天天滚在战火硝烟里，隆隆的炮声催着你快写。解放初参加土地改革，写了《浠水上游》《木船记》。参加抗美援朝半年多，写了《临津江边》。1954 年参加武汉抗洪，写了《友谊》。1956 年在河北满城搞农业合作化，写了《在外祖父家里》。1958 年到武汉钢厂，写了《金光灿烂》《工地主任》。1964 年调回河北，先后在新城、抚宁搞“四清”，屁股还没有坐热就被打入冷宫。说话中有几次清泪滚到脸上，没有落下，被干燥的皮肤吸收了。

1972 年秋，田涛最后一批“解放”，离开囚居六年的伤心地，没有回头看一眼，直奔唐山地区文联，老婆孩子都带上。一年中也有三两封信，彼此问候。四年后唐山大地震，噩耗频传。梦见田涛先生在地动山摇中伸手求救，放心不下，第二天搭上救灾的“三叉戟”飞赴唐山。机场落脚，吃压缩饼干，喝游泳池的水。允许进市后，提上一瓶白酒（防瘟疫），戴上双层口罩，踩着余震，腿软绵绵的。百年唐山，二十三秒就轰然颓倒。城市像原子弹爆炸后，一片废墟，满眼瓦砾。大楼一大堆，小楼一小堆，只有阳台整齐地摞着，数一数便知道楼是几层。横三竖四的梁柱、钢筋，凌乱如柴草，挑着破衣烂衫。刚刚下过一场雨，血水从废墟中流出，偶尔还能听到地下的呻吟，救护队用双手刨着钢筋水泥，不放弃一线生的希望。在市里一位作者指引下，在一堆瓦砾旁见到了田涛先生。老伴儿和一个女儿的尸体刚刚运走，他瘦弱的身体在废墟上站成了一根木棍，眼睛朝着丰南的方向。一次喊他没有听见，二次喊也没有听见，等我默默地爬上去，出现在他的眼前，他才察觉。握着他的手，冰凉。他三天没吃饭，颧骨突出，眼里没有泪，血丝连成一片，红得可怕。木棍和塑料布搭成的防震棚，人不去住，摞着刚刚挖出来的书籍和稿纸，破损，沾着泥土，但是码得很整齐。我眼前一亮，田涛先生没有被震垮。

地震以后，先生带着一儿一女调回省文联，没过几天安生的日子又查出了胃癌。老天不公啊，接二连三的打击，沉重的石板一样，压在风烛残年的老人身上。而他的身体又是那么瘦弱、单薄，哪里撑得住啊！然而又一次大难不死，先生奇迹般地活下来了。

1985年，人民文学出版社出版了《田涛小说选》，香港东方书屋出版了《田涛中篇小说选》，经过半个世纪的大浪淘沙，田涛先生的创作和文学地位得到海内外文学界的认同。记得白先勇有一次来石家庄，言谈中对田涛先生十分尊崇，评价甚高。后来同住一个单元，我住六楼，先生住二楼，出来进去见他一头银发月光一样柔美，一双眼睛湖水一样平静，写了《他就是这样一个人》等几篇好小说，还为《新文学史料》提供了几篇珍贵的资料。他担任省政协常委，代表中国作家出国访问，神清气闲，与世无争，活到了87岁，应了那句古话:“仁者寿。”

老坚决

战争年代外出参加工作，往往起个化名，为本人及家人安全。作家、记者也通常有个笔名，安全考虑外加上个人志趣，还要好听好看。这习惯一直沿袭到解放初期，我们这一代作家也大都用笔名，好听好看外加好玩儿。到现在出了麻烦，住宿、买票、领稿费实行实名制，笔名与身份证不符，需要机关开具证明。张庆田有先见之明，1939年参加工作，1946年开始写作，始终行不更名，坐不改姓，倒是大伙儿赠给他几个诨名：老坚决、豹子头、花和尚。开始不认账，看大家并无恶意，也就默认了。

“老坚决”的含义有二，一是他坚决执行毛主席“作家深入生活”的指示。1952年从省委宣传部辞职，赴晋县[1]五区任副区长，到周家庄安家落户，老婆孩子连窝端，一个猛子扎下去八年，写出了《沧石路畔》《平原花朵》等作品。二是他不顾当年“歌颂与暴露是作家试金石”的告诫，写出了名作《老坚决外传》，塑造了一个敢于实事求是、抵抗“浮夸风”“共产风”的农民党支部书记的形象，小说的主人公外号老坚决，名叫甄仁，寓示来自真人真事。这甄仁果有其人，周家庄党支部书记雷金河，外号就叫老坚决。这雷金河与张庆田内在品性、外在个性出奇地一致，“他就是另一个我”。哥俩摽在一起搞合作化，从20户初级社到1600户人民公社，饱经风吹浪打，风雨同舟。

1962年初，省文联在保定召开短篇小说座谈会，康濯、李满天主持，本省作者外还有侯金镜、艾芜、魏巍参加。三年困难刚过去，痛定思痛，从生活到艺术热烈议论。张庆田受到鼓舞，重回周家庄，一气呵成一万三千字的《老坚决外传》。寄给侯金镜看，他是晋察冀边区老同志，时任《文艺报》副主编，国内著名文艺理论家。回信说：“没有问题，又有（中共中央《关于农村人民公社当前政策问题的紧急指示信》）为据。”小说在《河北文学》发表。保定小说会后，刊物出了两个短篇小说专号，分别由李满天、康濯编辑，推出了张峻、郭澄清、申跃中等中青年作家的一

[1] 今晋州市。

批优秀作品，在全国引起了反响。张庆田更是一发而不可收，陆续发表了《山路》《磨镰》《对手》，一时有了“（河）南李（河）北张”的美誉。

也许受到河北的启发，1964年8月中国作协党组书记邵荃麟在大连召开了农村题材短篇小说创作座谈会，到会的有茅盾、赵树理、李准、李满天、李束为、西戎、刘澍德、侯金镜、胡采等16人，都是全国著名的作家、理论家。张庆田没有到会，但是他的《老坚决外传》成为热门话题，称赞他写问题小说而“投鼠没有伤器”。没有想到，仅仅过去48天，会议就被定为“黑会”“宣扬中间人物论”。又过了十几天，《文艺报》公布了《关于写中间人物的材料》，《老坚决外传》被列入批判名单，紧锣密鼓，又发表了批评张庆田的《对手》的文章，还捎带了《老坚决外传》几句。当时惯用的一种手法是保护作者，争取主动。张庆田很快离开编辑部，搞“四清”去了。

当时我也在“四清”前线，简报上看到了消息，给他去了封信。庆田老师对我有知遇之恩，《河北文学》发表了我一组爱情诗，闯了禁区，招致读者批评，说是宣扬小资产阶级情调。庆田不敢轻视，采取折中办法，让诗歌编辑钟铃写了一篇文章，批评其中的《歇工》，又发表了文联主席田间的一篇文章，肯定其中的《水火》。接着又发表了我一首长诗《县委书记》，小样出来有人议论，太突出了。为掩人耳目，庆田老师把我叫到编辑部，删去几个字发表了。庆田老师就是这样爱护青年作者，井陉县农民作者康传喜，一期发了三个短篇小说。

1966年“文化大革命”开始，省报点了康濯、李满天、张庆田的名，河北的“三家村”。作家们一个个从“四清”前线被揪回来，我到得最早，因不是工作队主要领导，调来为省文化局修改剧本。庆田老师最后一个回来，他是“四清”工作团团长，管着二十几个工作队。队员们看了报纸，起来造他的反：“这样的人还配当我们的领导！”农民们又起来造了工作队的反：“这样的工作队还配领导我们！”“四清”接上“文化大革命”，乱成一锅粥。

省文联属于中央文件所称的“裴多菲俱乐部”，大半人是革命对象，一个个站在凳子上“示众”。秘书长何建平犯病了，口吐白沫。张庆田一脚踩空，摔了个趔趄。有人说：“没打就倒了。”其实他的一只脚反扫荡时被日本鬼子的子弹打穿，是二等革命残废军人。他自己站起来拍拍土，一点儿也不紧张，反正大连会议记录在案，成为“死老虎”了。政策规定，重点整党内走资本主义道路当权派，他只是个中层干部，上面还有田间、梁斌、李满天他们遮风挡雨呢。

庆田老师八路出身，又做过多年基层工作，一向敢说敢当，直来直去，心口如一，有话讲在当面，争得脸红脖子粗，扭头烟消云散，从不往心里去。这种性格文人堆里尤为稀少，显得特别可爱，不光一般人钦佩，主持党组工作的田亚夫尤其欣赏。一匹千里马，别看又踢又咬，尥完蹶子就乖乖拉套。机关造反派也利用他，当“黑帮”队长，组织学文件，带队劳动。有他在就没人装病、逃跑、自杀，也不会挨骂、遭打、受凌辱。在“五七”干校是“张种田”，有他就不会耽误时令，不会地荒苗稀。作品问题白纸黑字，好像已经定性，历史清白，没有疑点，所以较早地“解放”了，抽调去写根治海河的剧本。不巧省革委一主要领导去周家庄，见有涉及他的大字报，不由分说让他“回炉”，跟我们一起插队落户。

1972年省革委成立文艺组，阮章竞任组长，田亚夫为党组副书记，筹办《河北文艺》，自然想到了张庆田，庆田又想到刘哲、金梅、张庚、王泽震，“文革”前的老班底。不设专业作家了，要我来当诗歌编辑。庆田老师在印染厂借了几间房子，白手起家。多年挨整也整出了经验，办刊物就要农业题材、工农兵方向，请白洋淀渔民李永鸿来写诗。这李永鸿1960年全国群英会出过风头，与陕西农民诗人王老久当场唱和：“你老九，我永鸿，从小受苦又受穷。”有生活，不识字，李有才式人物。两人躺在床上憋宝，看着天花板，一人顺口溜，一人加工。两个月下来，居然完成了两千多行的《红菱传》，还可以找出一些好句子，“妈妈怀里苦与仇，眼泪就是梳头油”。发表作品看阶级成分，先发函调，证明是工人、战士、贫下中农才成。小说组收到易县一篇作品，作者是个女社员，文字老到，字迹流利，函调也合格，盖了公章。庆田如获至宝，派编辑家访，准备重点培养。县革委宣传部瞒不住了，说作者很有才，可惜是个摘帽右派，借用老婆的名字投稿，好几次蒙混过关，让你们给识破了。

《河北文艺》试刊三期，借庆祝《在延安文艺座谈会上的讲话》发表三十周年之际，1973 年 1 月正式出版，还没来得及高兴，田亚夫、张庆田就被省革委政治部传唤，一位领导大发脾气，拿出一封告状信，指着封面说：“怎么搞的，三面红旗为什么是破的！”田亚夫支支吾吾，说回去问美编，美编张庚哭笑不得：“这是艺术，风卷红旗呼啦啦地飘嘛，若要换成一个红方块，又该说什么。”亚夫说秀才遇见兵，有理说不清，写个检查送上去算了。那位领导真是一个兵，解放军“支左”干部。

一次那位兵领导又把庆田老师叫去，问：“刊物上作品有写阶级斗争的吗？”答：“有，不知写得好不好。”又叮嘱：“一定要写好阶级斗争。”河南有家刊物因为不写阶级斗争，整个编辑部被撤了，换上一个正在读书的大学生。山西更麻烦，为了一篇文章牵累了省革委领导。庆田老师把刊物视为烫手的山药，兵领导当成一个炸药包，大家都战战兢兢，如履薄冰。不久又派来一位副组长，原来是造反派头头，不懂文艺，工作热情蛮高，亲自带领几个工农兵作者去上海学习，回来要歌颂“文化大革命”，要《河北文艺》出个专号。小样送上去，兵领导对比上海《初春的早晨》，嫌不够劲儿，压着不发。作者们告到中央“文革”小组，信转回来，不许压制工农兵作者。庆田老师像是风箱里的老鼠——两头受气，又拿上稿子到作者单位听取批评。粉碎“四人帮”，风向转了180度，要批判这些作品。庆田老师说：“要批就批我，这些作品按上边精神改来改去，与原作者关系不大了。”

1977年恢复政协，委员们提出为“文革”受迫害的专家、教授、演员平反，庆田老师提出为受批判的《红旗谱》《播火记》等作品平反，大家讳莫如深，不敢轻易表态，不少人头脑中有个死结，《红旗谱》写王明路线。会上形成一个建议平反名单，《红旗谱》不在其中。文艺组同志们愤愤不平，《红旗谱》是新中国成立以来影响最大的长篇小说，“三红”（《红旗谱》《红日》《红岩》）之首。党组会上，庆田老师又提出为《红旗谱》平反，还是没通过。这时梁斌已经安排为文艺组副组长、党组成员。他眯缝着眼睛听着，只是嘴角抽搐了一下，把话压下去了。

会后大家仍不甘心，老文联的人都有点犟，刘哲同志写了一篇文章，呼吁为作家作品平反，列出一长串名单：《赶车传》《红旗谱》《播火记》《烈火金钢》《敌后武工队》《老坚决外传》《英雄的乐章》《曹金兰》……要在《河北文艺》头条发表，编辑部打出小样，照例报送省革委政治部。兵领导为难了，当年发动“围剿”，宣判为“反动小说”《红旗谱》，铺天盖地大批判，省报发表了整整50大版，自己拉的屎自己坐回去，这个弯不好转。尽管形势紧迫，上边《文艺报》刊登了为《红旗谱》平反文章，全国各地都转载了，下边群情激奋，抓住不放，他仍旧按兵不动，拖一天是一天。庆田电话询问，回答不能。庆田的坚决劲儿又上来了，说：“不是把‘双百’方针写进宪法了，署名文章文责自负。”接电话的人再去请示，结果是：“个人文章也不行，你们一发，就等于刊物表态了。”到了付印最后期限，不能再拖了，误期是期刊大忌，会失信于民。有人建议把《红旗谱》三字换成别的作品，可是这个位置没人能够代替，前边田间，后边李满天，插不进去别人。刘哲说干脆把那三个字抠掉，没办法的办法，大家认可，庆田写了一个“立此存照”，写明事情经过，有关人等签了字，上交党组。刊物出来，开了天窗，明眼人一准儿能从这窗眼里看见内幕。那时《河北文艺》发行17万册，编辑部电话打爆了。关键时刻，庆田老师不该应李季之邀，去玉门参观访问。回来看到《河北文艺》上一则声明：“因为刊物上发生过‘开天窗’事件，已将张庆田调离，来稿勿寄私人。”

文艺组小院，四排平房办公，两座小楼住宿，中间一棵大柳树，是大家乘凉聊天的地方。经常听到的一句话是：“看！老坚决又来找老坚决了。”从1972年庆田出来工作，就经常看到雷金河找上门来，小脸蜡黄，双眼血红，胡子拉碴，提着一书包材料，让张庆田帮他平反。这位昔日劳动模范，反浮夸英雄，运动中被撤职，开除党籍，戴上帽子，关了禁闭，差一点儿连命也丢了。张庆田也真不含糊，修改材料，找省地县领导，奔走呼号，据理力争，为朋友两肋插刀。李满天说：“一个老坚决，A角B角，同病相怜，荣辱与共，城里B角翻了案，乡下的A角苦日子也快熬到头了。”

1981年秋天，平了反的雷金河又来找张庆田，脚步匆匆，又遇上什么磨扇压住手的事了。下午在大柳树下，庆田对李满天和我说：“左家庄的事难办。”原来对联产承包拿不准，久拖不决。中央主持召开了河北工作会议，又来个急转弯，不搞一刀切了，要切一刀，通通地分田到户。河北是革命老区，全国劳模多，搞了四十年合作化、集体化，冷不丁地散伙单干，适应不了。听说耿长锁还大哭了一场。为了帮助雷金河转弯子，上边派来干部，做不通工作不罢休。有位领导还说：“周家庄不散，就派个工作组去，如今全省就剩下周家庄、前南峪两家钉子户了。”这回又是张庆田出主意，时代不同了，讲民主。也不上书了，依靠群众。小岗村20户社员按了手印，要分；周家庄百分之百的农户也按了手印，不分。这里的生产生活水平明显高于周围，农民们最知道哪头炕热。最后，彭真和杜润生表了态:“实事求是，不要千篇一律。”

庆田老师从编辑部调到作协主持工作，没有闹情绪，就像剧团换了个台口，农民换了一块土地，重打锣鼓另开张，照样辛勤劳作。他说临近退休，没时间闹情绪了，站好最后一班岗，只争朝夕。十年“文革”队伍打散，他网罗旧部，又招新兵。“扫四旧”后没有文学书籍了，他自编自印，一套文学作品选，一套外国作家谈创作经验，共六本，精选古今中外。在周家庄、省委党校办了几期学习班，拐着腿跑前跑后，又当班主任又当教员。

1983 年初我接作协的班，据说是庆田老师推荐的。要他扶上马送一程，庆田老师说，你进文联快 20 年了，怎么干你知道，干好干坏凭良心。这句话是一条鞭子，赶着我跑了 20 年。1984 年在廊坊师院办起全国首家作家班，一办就是四期，用了十年工夫，申请成人高考指标，跑经费，遇到困难就用庆田老师鼓励自己。十年中 170 名业余作者获得大学文凭，农转非、工转干，改变了他们的命运，也改变了河北作家队伍素质，涌现了雪静、张立勤、何玉茹、刘向东、阿宁、李春雷等一批知名作家，河北省半数以上的市作协主席皆出于此。每次聚会，他们感谢我，我必说感谢张庆田，受惠于我，施惠于人，是老文联的传统。还有河北那个“封疆大吏”让我给他写报告文学，我敢于拒绝，不为腐败当保镖。他迫害业余作者石坚，制造冤狱，我不惧淫威坚持真理，有人说正是老坚决的真传。

由于庆田老师的原因，我每年都到周家庄看看。宽阔的马路，花园式民居，农工商并举，人均收入超万元。雷金河和张庆田最后一次又坚决对了，像别的地方分田到户改变了命运一样，周家庄、前南峪的模式又得到了大家的认可。前来参观的人络绎不绝。观光园绿柳成行，桃红梨白，油菜金黄，蜂飞蝶舞，风景如画，芳香袭人。园门口并立着两棵白杨，高大挺拔，支撑一片蓝天，庄重之气让人肃然起敬，自己的身板也不由得挺直起来。人们说这就是风浪中两条汉子，可歌可泣的那两个“老坚决”。

哀谷峪

1952 年上初中，语文课本有李准的《不能走那条路》，谷峪的《新事新办》，南李北谷，被称作新中国文学天空的双子星座。

谷峪 1928 年生于武邑县农村，现今属衡水市，抗日战争以后归冀南行署。18 岁进入行署艺术学校，毕业后分到冀南文工团，写剧本，演唱，小有名气，被誉为“冀南小才子”。他从小想象力丰富，八九岁时，一天忽然在街上说:“坏了，俺家招贼了。”追问时他说:“俺娘又生了个弟弟，还不分我半个家产。”冀南三大才子是王任重、任仲夷、李尔重。1949 年 7 月 1 日，河北省文联与省政府同时成立。冀中区党委接管天津，冀南、冀东和部分冀中干部组建河北省委。文化人中，冀中的王林、方纪、孙犁分到天津，冀南的申身、赵起扬、刘艺亭，冀东的陈大远，冀中的远千里、胡苏组建河北省文联。谷峪任编辑组长，定为行政 14 级，享受县团级待遇。

1950 年颁布《中华人民共和国婚姻法》，实行一夫一妻制，反对包办婚姻，提倡自由恋爱，是一件破天荒的大事。文艺工作者们积极投入工作，舞台上有赵树理的《罗汉钱》、阮章竞的《赤叶河》、付铎的《五秀鸾》。小说界则首推谷峪的《新事新办》《强扭的瓜不甜》，茅盾先生在《人民日报》发表《评谷峪的〈新事新办〉等三篇小说》，给予了当时最高的评价。

1953 年春节，我们村的剧团排演秧歌《新事新办》，我演了个群众角色，编剧兼导演李彦云是谷峪冀南文工团的战友，说戏时也说谷峪的奇闻逸事。说谷峪不像小说中男主角那样英俊，而是傻大黑粗，眼小嘴大，不爱说话。媳妇长得漂亮，所以恋家。经常一边喝着小酒，一边眯缝着小眼看媳妇，晕晕乎乎。前几天改编剧本到保定省文联找他，只见他脸上横三竖四挂着彩，不用说是媳妇抓的。谷峪说大家都知道我写了《新事新办》，可老婆脑袋后边还梳着个纂儿，老封建形象，好说歹说劝她剪个莲毛态儿，老婆死活不干，说是她的命根子，剪了没法儿回去见乡亲。万般无奈，趁她睡觉时，拿把剪子咔嚓一声给她剪掉了。老婆用手一摸，没命了，跳起来厮打，不吃不喝，闹腾了两三天也就认了，谷峪说这就叫革命。李导演说想把这件事写个剧本，就叫“新事旧办”。

50年代河北文坛谷峪是主角，一连出版了《新事新办》《汗衫》《嫩芽》三个短篇小说集，电影《两家亲》公演了很长时间。省文联关门下乡，作家们各自深入生活，谷峪选择了邢台县山区。那时没有公共汽车，骑小毛驴一天一夜赶到将军墓。将军墓是山区重镇，周围望不到边的深山老林，山清水秀，物产丰富，还有许多人文景观。浆水村是古襄国的都城，路罗村是鹿钟麟河北省政府所在地，前南峪是中国抗日军政大学总部的驻地。新中国成立前后这里出了王俊生、郭爱妮、王奎泽三个全国劳模，是文学创作的风水宝地，秦兆阳、乔羽、王昌言、苑纪久等纷纷上山淘宝。谷峪来到折户村，住在郭爱妮家里，同吃同劳动。1962年我来邢台县工作，自然也先来拜山头。提起谷峪，郭爱妮说：“那可是个大好人，满肚子学问不善言辞，不笑不说话，一说就结巴。一次兴冲冲进屋门，说大嫂子大喜临门了，你那黑媳妇快坐月子了，好生伺候吧。一句话说了我个愣怔，俺那小子才十来岁，有婚姻法了，谁还敢早婚。原来他是开玩笑，指俺圈里那口老母猪。”郭爱妮是灾荒年逃难上山的，给郭家当童养媳。裹着小脚跑工作，抗日战争时期就搞变工、互助组、合作社，浑身上下都是故事，谷峪正琢磨以她为原型构思一部长篇小说。

1954年谷峪进入中央文学讲习所，被所长丁玲亲自选为私淑弟子，重点培养。1956年初，周扬在《人民文学》发表文章，批评谷峪的《草料账》有自然主义倾向，“走在危险的道路上”“脱离人民生活，大多时间不是去参加群众斗争，而是回到他乡下家庭去了”。1956年6月起，《河北文艺》被迫展开《草料账》的讨论，一论就是半年。河北的作家和评论工作者都是土八路，不知自然主义为何物，东一榔头西一棒槌，越批越糊涂，为此落下一个话把儿，“算不清的草料账”。谷峪也被打晕了，不知哪头炕热了，土好还是洋好。从北京回到保定，他和张朴穿着西式背带裤子，走在西大街上，屁股后边跟着一伙小孩子看稀罕。那时大家都没个准主意，不少青壮年崇尚苏联，穿大花格布拉吉，一种文化错乱，主体性意识迷失。

然而，周扬的批评没有暗淡了谷峪头上的光环。9月他被选为代表，出席了中共八大，不久又出访尼泊尔，是当时中青年作家享受到的最高待遇。回来又参加首届全国青年作家代表大会，被众星捧月地请到主席台上，赢得了热烈的掌声和鲜花。开幕式后，丁玲就带着他和李准到北大荒访问。李准写了电影剧本《老兵新传》，谷峪写了《萝北半月》《森林日记》《挂起防火墙》《王本巧》等散文，在《人民日报》连载，人民文学出版社出版了《萝北半月》。连我都看出语言风格有了变化，带了点洋味儿，也许是周扬一棒子打的结果。1957年，15万字的《石爱妮的命运》在全国唯一的大型期刊《收获》连载，好评如潮，年方25岁的谷峪写作艺术迅速达到巅峰状态。

进入1957年，中国知识分子遭受灭顶之灾，首先打出个丁陈（企霞）反党集团，不久丁玲又被打成右派分子，罪状之一是“一本书主义”。1951年长篇小说《太阳照在桑干河上》荣获斯大林文学奖，一位苏联朋友寄来托尔斯泰的《战争与和平》《安娜·卡列尼娜》，精装烫金封面。丁玲指给学生们说："希望你们能拿出这样一本书来。"后来学员白朗出版了《为了幸福的明天》，丁玲又说："只要写出一本好书，别人就打不倒你。"

反右运动向纵深发展，在"树茎连树根"的口号下，对文讲所所有学员穷追猛打。河北文联副主席、《蜜蜂》（1957年1月《河北文艺》改名《蜜蜂》）主编刘艺亭被定位成反党小集团的头子。省文联业务精英几乎被一网打尽，"右派分子"占了编辑部的半数，全机关的四分之一，以至于召开批判大会还得从各地、市文联借兵助阵。人尽皆知，谷峪是丁玲大弟子、大红人，自然沦为重点打击目标。但是在河北省文联反右运动第一阶段，他竟然侥幸逃过一劫，文艺界反右五人领导小组中的远千里、李满天用尽心机保护他。还有个原因谷峪结巴，鸣放大会没怎么发言，也就没辫子可抓。

反右总结大会，宣判名单中没听到谷峪的名字，他吓出一身冷汗，得了一场病，从此听不到他结巴了，因为基本上不说话了。开座谈会也没说话，交了一篇发言稿，说"要像射出去的子弹一样到农村去，绝不回头"，登在《河北日报》上。那时我天天看报，关心熟悉的作家，甚为谷峪感到高兴。没想到他躲过初一，躲不过十五，追补个"极右"。听到宣判，谷峪长出了一口气，心里反而踏实下来。半年中一颗心悬着，别人说他漏网，自己也感觉像一个逃犯，白天心惊肉跳，晚上做噩梦，惶惶不可终日。常常想起丁玲、刘艺亭他们，师生之情，兄弟之谊，他们那样的"右派言论"没说过也想过，怎么大家都划为"敌人"自己还逍遥法外，不大仗义，甚至有点儿背叛的感觉。现在心安理得了，他想请苑纪久吃饭，可怜他小小年纪也成了同类。《石爱妮的命运》出版了，又封存了，可是稿费已经到手，不花白不花，说不定和土改斗地主一样，浮财也被没收去。谷峪是农民出身，平时省吃俭用，不乱花钱，甚至有点儿抠门儿。这次大方起来，小白楼、黄家花园，哪儿好去哪儿，啥贵点啥，今天脱下鞋和袜，不知明日穿不穿。

谷峪被押解到沧州地区静海县团泊洼劳改农场，当年林冲发配的地方，苦海沿边，洼大村稀。这里集中关了京津一批“右派分子”，画地为牢，自建囚室，开荒种地，睡窝铺，喝苦水，生存方式与盐碱地上的鼠类没什么两样。白天折磨筋骨，晚上摧残灵魂，坦白交心，互相揭发。开始谷峪忍着，没有失去生活的信心，还对苑纪久说，这是一部好长篇的题材。后来被派去建房队当小工，为瓦工供泥。那瓦工是个服刑期的刑事犯，在监狱学会了欺生，要给新来的谷峪杀威棒。一边抽着烟卷儿砌砖，一边用瓦刀指挥，左边左边，右边右边，多点多点，少了少了。烟抽了半截放下活来接一根，他美美地吸着烟，让谷峪端着十几斤重的泥锹不许放下，谷峪瞪了他一眼，他还火了，把瓦刀一摔：“呀呸，瞪什么瞪，不好生改造，还给老子较劲。咱家是什么？刑事犯，有期，干完十年走人。你什么玩意儿？政治犯，无期，老死在这苦海沿边吧！”谷峪哪儿受过这等羞辱，举起铁锹大吼：“老子还是共产党员，拍死你这狗日的！”与刑事犯打了一架，与劳教人员吵了一架，便成为“死不改悔”。苑纪久他们一个个摘了帽子，回机关去了，谷峪还看不到出头之日。头上的帽子越来越重，咬咬牙破罐破摔，辞去公职回家为农去了。

一家七八口回到武邑，转为农业户口。正是三年困难时期，每人每天四两口粮，人人饥肠辘辘，肚里响雷，遍地是贼。等不到庄稼熟，就抢着吃青。谷峪教育自己的孩子：“冻不死不烤灯头火，饿不死不吃攫来食。”多年积攒下来的稿费都交给黑市了，一块钱一根萝卜，七八块钱一斤山药干。存折上最后一个数字填进牙缝以后，全家的指望就是老婆养的几只老母鸡了，鸡屁股是银行。听张峻说过一个故事：谷峪的孩子买课本，需要九个鸡蛋，攒够八个蛋只差一个了，他蹲在鸡窝外面等呀等，一等不下，二等也不下，母鸡受了干扰，难产。窝里的母鸡、窝外的谷峪，憋得脸一样红。苦苦等了两个半小时才有了结果，谷峪拿起热乎乎的鸡蛋就往外跑。那只母鸡在后面扯着嗓子叫“咕咕嗒呀，咕咕嗒呀”。

熬过了三年困难，分了自留地，谷峪认命了，扑下身子在生产队劳动，靠工分吃饭。不想命运正像秧歌剧里一句歌词：“要说穷，就是穷，穷人命中注定穷，走得慢了穷赶上，快走几步赶上穷。”“四清”运动来了，粗线条，细线条，阶级斗争的弦越绷越紧。“地富反坏右”五类分子，乡亲们不再把他当作冀南才子、村里的骄傲，而认为给祖宗脸上抹了黑，政治犯——比四不清干部还臭，连小孩子都向他吐唾沫。公社开大会，总要把他拉去批斗。除了夏天，身上老穿件呢子上衣，腰里系根草绳，笑着说：“我现在成角儿了，缺了我，开场戏怎么唱。”上黑榜，剃光头，扫街，淘茅坑，大会小会拉出来斗。谷大嫂有统计，斗过 222 次。挨斗就罚跪，会开多久，人就要跪多久。有的愣小子使坏，让他跪砖头、煤渣，膝盖都硌破了。大嫂心疼，偷偷给他做了个垫子，套在膝上，掩在裤子里，从此膝盖磨不烂了。这个情节是谷峪后来的一篇散文中提到的，感谢他患难与共的老妻。大队搞阶级复议，他家原定富裕中农，他也要求复议，写了大字报《富裕中农不富裕》。革委会火了，也贴出一张大字报：“粉碎阶级敌人反攻倒算，经研究决定，即日起，谷五昌（谷峪本名）成分升为富农。”

粉碎“四人帮”，省文联办《长城》丛刊，张峻主持工作，想拉谷峪一把，借他来当编辑。村里回信：“谷峪是限制使用人员，出去可以，得算搞副业，每月 30 元交生产队。”谷峪来了，编辑部每月再给他 15 元生活补贴。我去看谷峪，大吃一惊，心目中的冀南才子已经被改造成彻头彻尾的老农，刚 50 岁已呈老态，呆头呆脑，目光呆滞。吃过晚饭就昏昏欲睡，说是在农村买不起灯油，日出而作，日落而息，形成习惯。当年下笔千言，倚马可待的才思，已经消磨殆尽。他说思维短路，提笔忘字，写一篇千字文都很吃力，哪里还是那个冀南才子，哪里还是那个叱咤风云的大作家，那个谷峪早已被政治运动扼杀了，留下来的只是一个人证。

1979 年改正错划“右派”，谷峪回到省文联，谷大嫂也回来了，可是五个子女不能随迁，政策限定 16 岁。儿子已经结婚生子，留在乡下倒也罢了，自己也是农民出身，不觉得低人一等。只是两个小女儿尚未出嫁，其中一个因为精神受刺激，病病歪歪，谷峪放心不下。多亏老友李庆番帮助，开具各种证明，恳请省委组织部，才得以批准。

不知是挨整怕了，还是真想开了，说起过去，谷峪完全没了锐气，神情漠然，轻描淡写，说种庄稼哪儿能老风调雨顺，还不碰上个灾荒年。坦然大度恰似恩师丁玲。丁玲打听到谷峪的情况，1980 年夏天邀请他重回北大荒“探亲”，旧地重游，散散心，完全为了这个学生。北大荒对丁玲永远是个伤心地，在这里劳动改造了 20 年。她带着谷峪走访了几个农场，会见了一些老朋友，便先回北京去了。谷峪在这里又住了一个多月，找回了部分激情和信心，脑力也得到一些恢复，写出了《春归雁》等一批散文，在《北疆》《北京文学》发表，1983 年人民文学出版社结集出版，虽说艺术水准还没有达到昔日的高度，但是对我们这些苦等了 20 多年的读者，还是看到了希望。

正当大家盼望谷峪“王者归来”时，这条汉子却被一阵凉风吹倒了。1984 年在塞罕坝林场看到郁郁葱葱的林海，他兴奋不已，仿佛又回到将军墓的大森林，回到萝北县的青纱帐，多喝了几杯，身上发汗，当晚就“风雨袭虚，病起于上”（《黄帝内经》语）。次日脑病复发，赶忙回到石家庄，就再也没有站起来。他的最后三年是在轮椅上度过的，见人就傻笑，就流泪，这种表情深深地刻在我心里。那傻笑让我永远感到心酸，不知是笑他自己，还是笑那个时代。

老天不公啊，谷峪的不幸可以找到诸多原因，比如他刚直不阿，比如他曾经一帆风顺。可是还有个问题在我脑子里缠绕，从谷峪想到李准，同是1928年生，同是文坛双子星座，同访过北大荒，反右时又同是重点对象，但是李准被保下来了，后来当上中国作协副主席。同样有人爱才，河北的伯乐却爱莫能助。

记刘真

不止一个人对我说，早生或晚生20年，刘真都会是一个伟大的作家。我倒觉得，就是现在这个刘真，也不愧为中国20世纪杰出的女作家。她是那个时代作家的另类，当大家都戴上面具，煞有介事地歌颂光明，宣传阶级的力量时，她却能素面朝天，任情任性，面对光明时还敢揭开黑暗的一角，张扬个性和人道主义，这正是刘真的价值所在。刘真没上过小学，只在革命队伍上过三年初中，她是个创作的天才。天才是在逆境中带着自己的灯火，寻找自己道路的人。

丁玲、杨沫之后，刘真和茹志鹃是战争孕育的一代女作家的代表，20世纪五六十年代一对耀眼的文学并蒂莲。刘真的《英雄的乐章》《长长的流水》，茹志鹃的《百合花》《静静的产院》，影响了一代文学青年，包括我自己。二人几乎有着相同的经历，少小参军，文工团长大，从战士到作家。茹志鹃在新四军，刘真在八路军。

当我还是中学生时，就从《人民文学》上认识了刘真，认识了《春大姐》《我和小荣》中，那个9岁当兵，剃了光头的小交通员。行云流水的叙述，天真烂漫的情调，让无数读者着迷。我自己还有地域上的亲近感，她的家乡夏津与我们同属冀南，她入伍的朱德青年团，正是我父辈们创建的滏西抗日模范支队发展起来的。（这支部队的第一批隆尧籍战士大部分牺牲了，剩下的一个闫长林，当过毛主席的卫士长，写了《胸中自有雄兵百万》。）她在部队上过太行联中，正是我就读的邢台市一中的前身。《我和小荣》中提到的尧山县大队、冯村车站、交通员老大爷、汉奸李天奎，都是我们县真实名字。我曾在邢台地图上用笔勾画出一条路线图，猜想她蹚过哪几条河，路过哪几个村。

抗日战争的枪林弹雨、太行整风的残酷斗争，刘真都经历过，只是少年不知愁滋味，无拘无束地生活，自由自在地成长，养成口无遮拦的习惯，外号“歪把机关枪”。她13岁进文工团，演《白毛女》，亭亭玉立，浓眉大眼，人长得黑，便有了个“黑玫瑰”的雅号，所到之处便会刮起一股“黑旋风”，弄得青年战士神魂颠倒。我的音乐老师看过她的演出，课堂上说刘真嗓音清脆，要不是当作家肯定是一位优秀的歌唱家。刘真跟着秦基伟的兵团，挺进大别山，解放大西南，抗美援朝回来上了东北鲁艺，最后到武汉作协当了专业作家。1957年，她的《论鞭打》《在我们村子里》被定为“毒草”，只是因为住院开刀，才侥幸没有戴上右派分子帽子。湖北省武汉市的主要领导王任重、李尔重是冀南区南下干部，了解这个红小鬼出身的女作家。

1958年我到天津上大学，《蜜蜂》编辑部临清籍的钟铃告诉我，咱们老乡刘真调来当专业作家，报到后就要求到徐水县当乡党委副书记去了。几乎同时，康濯调任省文联副主席，也选择了徐水，任县委副书记。徐水县是全国农业“大跃进”的典型。康濯在文学讲习所熟悉刘真，劝她管住嘴。无奈本性难移，“歪把机关枪”变成了“迫击炮”。

县委推广密植山药，要求株距、行距都小于2寸。刘真农村出身，上来就放炮："这样不但长不了山药，连种花生的土壤都不够，就算种苜蓿也长不高，黄个屁了。"县委书记是1958年"大跃进"的急先锋，听说刘真胆敢拦路，广播大会大吼一声："辩论她！"这是当时的一种刑罚，把批斗对象围在中间，指鼻子骂脸，推来搡去"摇煤球"。刘真是28岁的女书记，没人敢动手，县委书记说那就批臭她！

第二次电话会，要求各乡当场报三年粮食跃进指示，不少乡顺杆儿爬。这个报（亩产）5万斤，那个报8万斤，最后抬到20万斤，县委书记哈哈大笑："好！奖两车化肥。"刘真她们磨蹭到最后说："我们乡一致通过，今年800斤，明年1000斤，后年争取2000斤。"县委书记气得声音都变调了："你们是跃进还是跃退，存心捣乱，扯全县后腿。会后书记、副书记马上到县委来！"

刘真他们赶到，县委书记并没骂个狗血喷头，狰狞一笑后，发给他们一面黑旗，五尺多长。这比骂祖宗还厉害，是对这个保持了十几年的模范乡的彻底否定，从此刘真又多了一个绰号"黑旗书记"。刘真是个年轻的老八路，不怕这个，回去把那五尺黑旗扯巴扯巴，偷偷给一名孤儿做了一条裤子、一顶帽子，还缀了一个红五星。县委书记怒气未消，宣布刘真就地改造，撤职前还得执行一项任务，把那面黑旗传递到另一个乡去。那个乡效法刘真，不服从命令，拒不拔掉玉米苗插山药秧。县委派人把全乡干部集中起来去接黑旗。刘真大摇大摆地来了，当众变戏法一样抖出一面红旗，还大声讲："学习你们敢于实事求是，抵制瞎指挥。"县委的人跳起来吼叫："反了反了，这是一起严重的政治事件。刘真你作乱犯上，等着瞧吧！"

康濯也没法儿救刘真，没几天她就被召回省文联——天津马场道五十八号，迎接她的是铺天盖地的大字报。这个刘真，都30岁了还没过完童年。她像高宠挑滑车一样，分开白花花的大字报阵，爬到楼顶一间屋子，摸着一架钢琴，乱弹乱唱，泪流满面，唱的是她9岁入伍学到的第一首歌：“第一杯茶呀，来敬我们妈，儿去当兵娘看家。第二杯茶呀，再敬我的哥，我去当兵你干活儿……”有人要上去，怕她寻短见，主持工作的人说：“别管她，这个女子心眼儿大得很哩。”

主持工作的人整人可下得去手，他知道黄鼠狼抓鸡，叼膝子，作家的膝子就是作品，批臭了它就不扑棱了。他把刘真刚刚完成的《人民文学》约稿《英雄的乐章》骗到手，强行在《蜜蜂》发表，组织公开批判，“乱棍打死”。调门越来越高，“私情的哀歌”“宣传温情、调和、投降”“挂着歌颂的幌子制造悲剧”“资产阶级个人主义的赞歌”“宣扬资产阶级人道主义”。刘真满不在乎，戏说这是“打龙袍”。不由分说，被打成“右倾机会主义分子”，留党察看一年，发配宜兴埠农场喂猪，吃住条件与猪相差无几。刘真感叹，从湖北到河北，本来是回娘家，不想落到后娘手里了。直到1963年夏天周扬到天津，才为她平了反，对省文联负责人说：“人家还没有发表的作品，你们拿去批判，这是不道德的。”并对刘真说：“党需要你在政治上和艺术上都尽快成熟起来，你是有才华的。”事后那人被降职三级调出河北，中国作协安排刘真和艾芜到云南散心。刘真在革命队伍中学会不记仇，感觉浑身松了绑，在秀山丽水感染下，才思泉涌，写出了《密密的大森林》《大山里的笑声》等一批优秀的小说、散文。

1966年春末，大家都回机关参加“文化大革命”，我才第一次见到仰慕已久的刘真本人。尽管36岁了，光彩依旧，情绪常常挂在脸上，高兴时阳光灿烂，烦闷时一层愁云，总起来还算淡定。她是老“运动员”了，“右派分子”“右倾机会主义分子”，反正帽子摘与不摘、定性甄别与否都是一样。正像林冲脸上的金印，一旦刺上便抹不掉了，一概划为“牛鬼蛇神”，通通置于横扫之列，丑化她的大字报、传单满天飞。与田间、梁斌不同，刘真在青少年中有一批铁杆读者，北京一批中学生成立“捍卫刘真战斗队”，还特意来保定串联，在省文联安营扎寨，绿军装、红袖标、翻毛皮鞋，拉开架势要决战一场的样子。软的怕硬的，硬的怕不要命的，机关造反派退避三舍，刘真也着实逍遥了几天。

几天后一个晚上，突然紧急集合，会场灯光阴暗，像舞台上《夜审潘洪》一样恐怖，副指导员眼放绿光，宣布现场要揪“历史反革命”，限五分钟自首，抗拒从严，罪加三等。会场静得可怕，手表秒针跳动的声音都能听到。刘真沉不住气了，觉得这回与历次运动不同，群众专政，什么都干得出来。她站起来走到副指导员身边，附耳说了几句，被挥手轰走。刚坐下又站起来，二次交代。副指导员火了，大声嚷：“乱弹琴，什么偷吃老乡的核桃，尿了房东的炕，放烟雾弹，掩护真正的敌人。”四分半钟，剧作家王文德站起来：“报告：我是一个真正的狗特务。”然后声泪俱下交代自己的“罪行”，时间地点，上峰下线，情节细节，说得真真切切，听得副指导员侧耳凝神，眉飞色舞，仿佛座山雕见到了联络图。会场群情激愤，只有管档案的小于知道，这是1946年武安师范肃反时搞的一个冤假错案，早已否定，档案里有结论。这个写剧本的老王，又把戏重演一遍，戏弄了他们一次。

1969年春，学习班驻地让给山西省办班，把我们连窝端到栾城农村，不久又转移邢台劳改农场。搬家时发现多了一个人，学员以为是工宣队，工宣队以为是学员，没太在意。后来发现这个志愿者专为刘真一个人服务，一审问才知道是刘真搞的对象，这个刘真不好生接受改造，身陷囹圄还搞儿女情长，公然向军工宣队的权威挑战。本来以为会有一场好戏看，没想到一两个回合军工宣传队就偃旗息鼓了。一来刘真从王文德事件看透，军工宣队也是纸老虎，“歪把机关枪”又响了。二来男方也是工业干部，颇有学识，《中华人民共和国婚姻法》条文背得很熟，军工宣队也就默认了。一年后刘真在学习班生了一个男孩，一声婴啼宣布三年学习班破产。孩子取名豆豆，有人写作斗斗，有人写作逗逗。

1972年刘真被宣布“解放”，分配到邯郸地区文联，回到母亲身边，从9岁参军，母女聚少离多，30年才回到老母的膝下，享受久违的母爱，同时又把它传递给小儿子。粉碎“四人帮”，终于熬过那漫漫长夜，“文革”十年，和她从参加革命到共和国成立时间一样长。在那个金秋十月，枫叶红了的时候，刘真第一件事就是重回太行山，来到漳河边，步量那长长的流水。来到黄崖洞，重温那英雄的乐章。她流着泪水奋笔疾书，写出了《寻找》，写出了《哭你，彭德怀副总司令》。经过时间和痛苦的磨炼，她的战争回忆作品有了新意。1977年《解放军文艺》11期的《知更鸟》、1979年《上海文学》3月号的《黑旗》，传递出一个信息，刘真开始对社会生活进行深远的思考，视野变得开阔，思想更加深沉，笔锋越发犀利。几乎同时，茹志鹃发表了《剪辑错了的故事》，这对美丽的姊妹花在新时期争艳绽放，在中国文学娘子军中起到了承上启下的作用。

刘真不是个恋家的人，她离不开火热的生活，在葛洲坝一待就是几个月，在成安农村一住就是几年。1984年在抚宁县下乡时我去看她，刘真夹在农民中间，吸九分钱一包的荷花烟，喝八角钱一斤的二锅头，没有半点儿大作家的样子，像一个地地道道的社员大嫂。1979年第四次文代会，她当选中国作协理事，创作空前活跃，连续出版了散文集《山刺玫》，短篇小说集《英雄的乐章》《刘真小说选》，儿童文学集《三座峰的骆驼》《童年纪事》《刘真儿童文学选》，纪实文学《参天大树——彭德怀的故事》。作品同时收入《中国新文学大系》的小说卷、散文卷、儿童文学卷、报告文学卷，在全国作家中是绝无仅有的。可是万万没有想到，正当刘真创作走到顶峰时，不慎因为一篇作品重重地摔了一跤，再没有爬起来。

1985年，《女子文学》12期发表了刘真的《好一朵蔷薇花》，标的是纪实小说，写的是抚宁县一位妇女不光彩的事迹，用的是真实姓名。发表后有些反响，有几家报刊转载，为此引来一场大火烧身。1987年一家大报读者来信栏大半篇幅刊登了当事人来信，《作家刘真在〈女子文学〉撰文侮辱、诽谤我》。起初刘真没当回事，因为文章是抚宁县委授意写的，内容基本属实。但是当事人显然受到高人指点，不管事实如何，只拿文中“骗子”“怪味鸡”等20个名词、定语说事。

官司在省会一家法院开庭，因为是中国第一起作家被告案，全国几十家媒体记者云集石家庄，舆论偏向刘真一边。刘真没有到庭，《女子文学》主编萧振荣作为连带被告，昂首挺胸，毫不示弱地站在台上，认为没错。法院透露，调查取来的十盘证人证言录音带，证明纪实小说中情节属实，也可证明那20个名词、定语不是作者发明，是引用的群众语言。但是原告只用一本杂志就够了，20个侮辱、诽谤的字眼，白纸黑字，使用者是刘真。法院也没有因为舆论压力而手软，宣布刘真败诉，赔礼道歉，赔偿精神损失3000元，会场哗然，多数人不服，因为大家都还不懂法。还有人大声讲怪话，要不要判施耐庵、罗贯中的罪，《水浒传》《三国演义》对西门庆、曹操用了那么多侮辱、诽谤的字眼。难道《击鼓骂曹》《打严嵩》的唱词、道白也要改！然而法律是无情的，从此开创状告作家先例，北京、福建都有作家相继中招。

最不服的是刘真。解放初在大名县下乡，发现一位全国劳模为非作歹，她把他拉下了马，写了小说《我们村的故事》。1958年在徐水，反浮夸，斗倒县委书记功劳也有她一份，乡亲们给她送了个外号“刘青天”。今天刘青天栽了，栽倒在那20个字眼上，这对一生经营文字为天职的作家是个天大的讽刺。几年前在《童年纪事》的开场白中刘真写道:“作家的劳动，尤其像我这种没有多少文化水儿的人，创作劳动总像纤夫拉着沉重的货船在逆水而上。每写一篇，都像走着一条新航道，脚下道路的崎岖，江河的深浅，每走一步都要重新探索。不管难易，能迈步行走就算是幸运，最怕是船儿的搁浅，怎么也推不动，拉不起了。这样，一时间，作家的艺术生命就像是完结了，终止了。”大江大河都过来了，小河沟里翻了船，从此我再也没看到她的作品。我们敬重的刘真，真是让人想念您。

风雨雁翼

1963 年《诗刊》恢复月刊。强调阶级斗争以后，许多人诗风发生变化，改变最大的是雁翼。当年这个小八路、铁道兵，一首《在云彩上面》风靡全国。有人不服，《文艺报》读者来信说他太土。年轻气盛的诗人突然华丽转身，写起英式十四行，又有人说他太洋。比如《在钢铁厂》:“记得，那还是刚参加游击队的时候，就质问过队长，我已成了战士，为什么，为什么不发给我枪？队长掏出了刻着日本文字的左轮，向我讲了许久，从那时候起呀，我就爱上了钢，并且产生了钢的幻想。”一种新的白话赋体很新鲜，比郭小川《甘蔗林，青纱帐》早出五六年。想不到为此又惹了一场官司。

1958 年《星星》诗刊开了一个专栏，诗歌下放，雁翼没有参加讨论，只是私下给朋友的信中随便说了一句:“诗歌下放首先是诗人下放，形式不是主要问题，尤其不能拿它与相声相比。”好事者未经本人同意，把他私人信件公开发表，说雁翼反对毛主席指示，全省报刊兴师动众地批判他，一位诗论权威写了一篇很长的批评文章，以新赋体诗为据，说雁翼“是一个资产阶级老爷，胡风理论的继承者。到处写诗就是胡风的‘到处有生活’”。

几年之后，雁翼发表在《诗刊》上的《贺大娘》《我去参加支部会》等诗，一改旧貌，长短句、民歌风。我是在1958年新民歌运动中步入诗坛的，这些诗颇合口味，能一首首背下来。这部分作品是诗人1962年回乡之作，同行的还有河北作家刘真，与雁翼有相同的经历，小八路，文工团，被称为冀南军区的金童玉女。我的朋友侯殿峰，临西县人大副主任，当年全程陪同，能说出每首诗的出处和本事。对诗人白天风尘仆仆，夜晚孤灯苦吟有深刻印象。1963年作家出版社发行了一套五大青年诗人作品选集，请五位老诗人作序，为雁翼写序的是阮章竞，另外为李瑛、严阵、张永枚、梁上泉作序的是张光年、臧克家、田间、严辰。基本公道，美中不足的是少了公刘，论实力和影响不在五人之下。这种歧视是时代造成的，公刘被划成"右派"，打入另册。

第一次见到雁翼，是1979年1月全国诗歌座谈会上。会议主旨是"总结经验，解放思想"。他揭批"四人帮"的电影《十月的风云》刚刚在全国上映，自然成为会上热门人物。近百名诗友，有的10多年没见，"文革"阻隔；有的20多年没见，错划了"右派"。雁翼与众多的"归来者"亲密无间，因为他自己就是一个"漏网右派"。我与雁翼认了老乡，又住隔壁，一连三个晚上听他讲自己的传奇经历。

反右开始，根红苗正的雁翼自然成为革命的动力，奉命批判过流沙河，又应《人民日报》之邀，写了一首诗《我就是歌德派》。随着运动深入，眼看着一个个同志、朋友被打成"敌人"，很不理解。尤其是那个小兄弟孙敬轩，山东人，口无遮拦，不少辫子被人抓住。雁翼知道他城府不深，心地善良，站出来替他说情。组织上派雁翼找他谈话，好说歹说才认头。想不到山东省文联打横炮，有位诗友把他的信交出来，上面有"恨得要杀人"一句话。风头逆转，铺天盖地的大字报扑向雁翼，说他是"保护右派的根"，还有好大一幅漫画，一只凶恶的大雁展开黑色的双翅，掩护一堆坏蛋。重庆市作协总共十几个人，打了十个右派，雁翼内定为“中右”，因为是小八路、残疾军人，曾经屡立战功，被省、市领导出面保护，侥幸过关。

再撞上“文革”就没那么幸运了。运动开始，雁翼第一个被抛出来，说他在《真理报》上发表诗，拿过卢布，是苏修特务。他的住处被称作“魔鬼楼”，成都的“三家村”。不久“文革”发展成武斗，木棍、红缨枪换成真枪真炮。听说造反派布置抓他，连夜逃回重庆。经过几次抄家，老婆孩子流落街头，带上一个男孩准备逃回河北老家。上船后发现有人跟踪，急忙在涪陵下船，想投奔军分区的老战友。不料自投罗网，司令员已经被打倒，他被当地造反派抓住，好一顿毒打。雁翼害怕不明不白地死去，自己要求进监狱，与流氓、小偷、死囚关在一起，饱受蚊子、跳蚤、臭虫之害，三天三夜合不上眼，还搞了一次绝食抗议。

涪陵关了 100 天，说是押解成都，却顺江而下到武汉，投入江汉监狱，三个月都睡在马桶旁边。之后又押上火车，绕道郑州、西安，转了个大圈儿，年三十才抵达省会，关进文庙街监狱，下雪天扒光了衣服检查。用尽各种刑罚，逼他承认参加了“天津黑会”，是“五一六分子”。雁翼始终不低头，最后转交省文艺界造反司令部，接受本单位群众专政。文艺司令部设在大邑县安仁中学，新中国成立前刘文彩私设水牢的地方。群众专政比监狱还恐怖，熟人相斗斗红了眼，害怕整不死你秋后算账。都说雁翼聪明，造反派专打他的脑壳，抓住头发往墙上撞。诗人还就是聪明，剃光了头，让你抓不住。抓不住头发就揪住耳朵，激烈地摇晃，甚至设计好一个圈套，趁机乱棍打死，让你找不到凶手。幸好被围观的群众识破，才捡了一条命。而同一“牛棚”的作家刘星火、演员冯喆，受刑不住，被迫选择了自杀。诗人的遭遇像一出连台本，听得我泪流满面，他自己却没了表情，好像在讲别人，痛苦在心里磨砺成珍珠，吐出来就是文学，诗人叶楠的电影《巴山夜雨》的主人公就是以雁翼为原型的。

诗会期间，雁翼发起诗人访问团，团长艾青，副团长雁翼，成员包括老诗人邹荻帆、蔡其矫、吕剑、吴越，中青年诗人胡昭、周良沛、孙敬轩、唐大同、傅仇等，年龄最小的是傅天琳，共计30人，我有幸忝列其中。从广州出发，经湛江、海口、上海，原计划终点是大连，为期一个月，不少人时间耗不起，在青岛画了句号。所到之处，内地和香港媒体跟踪报道。艾青是甩手掌柜，只管场面应酬，雁翼是大秘，事事操心。一路下来，大家了解了，雁翼真是个社会活动家，到处有战友，朋友遍天下。

艾青是江南才子，喝过洋墨水，在法国学过象征派，50年代访问拉丁美洲，与智利诗人聂鲁达唱和，世界级大诗人，生活中却平易近人，喜好幽默，一两句笑话距离全无。额上生来有个鼓包，大家说是诗囊，他说是头上长角，到处碰壁。提起平反，他笑着说："用30年时间等来三个字：搞错了。"不是苦笑，而是放声大笑，不见一丝怨气。雁翼是河北穷孩子，只上过13个月小学，最初的文学乳汁只有老奶奶的故事、盲人说书和土台子上的秧歌，后来在连队说快板、文工团跑龙套。长处是生活丰富，悟性高，经过血与火的锻炼，善于用朴素的语言揭示人生哲理。这二人土洋结合，异曲同工，把诗人访问团办成了一个流动的诗歌学校。

1982年秋，雁翼来到石家庄，滔滔不绝地讲回乡见闻。人民公社土崩瓦解，农民分田分地真忙。比起20年前那次还乡，变化之大出乎想象。那时生产队食堂刚刚散伙，社员依旧饿肚子，山药蔓、玉米轴充饥。哥哥摘了队里两个北瓜，埋在柴火垛里，被翻出来，吊打个半死。现在都吃饱了，盖新房，换新衣，娶新媳妇。卫运河欢快地流着，河东黄河故道林场，临清鲁棉一号；河西馆陶恢复了黑陶，大名香油出了大名。一路看一路写，拿出一本子诗稿给我看，就是后来的《故乡三行诗》。跳跃的节奏，鲜活的语言，正如诗人那时的心情。

雁翼在石家庄一住就三个月，乐不思蜀了。说起四川感慨万千。当年扛一杆枪进川，为了解放穷苦大众，义无反顾。如今握着一支笔出川，感觉自己解放了，一步三回头。四川盆地，天府之国，自古少战事，多安逸，文化发达，人才济济，尤其诗星灿烂，几乎占据了共和国半壁天空。五大青年诗人，以祖籍、户籍计，四川占了三个。星星稠了也挤得慌，文人相轻，运动来了窝里斗。雁翼名气大了，又是外来户，难免受人挤对。1957 年写过一首诗《孤雁》:“一只孤雁，在高空盘旋，低伸着头颅呕呕呼唤，忽而抿起翅膀落到田野，寻找往日的伙伴，忽而又扇动沉重的翅膀，飞向苍茫的蓝天。”重庆市作协一位领导，批评他是“典型的个人主义，强烈的资产阶级腐朽思想”，要求把这首诗从即将出版的诗集《黄河帆影》中撤下，雁翼置之不理。

在部队时，雁翼工作是一把好手，有勇有谋，敢于担当，军文工团、野战医院、铁路文工团，一路叮当响。到了地方有些不适应了，工作好搞，人事难缠。尤其“文化大革命”，毛病固然出在上面，下面也有下面的问题，人性恶的一面大暴露。牢狱之灾，群众专政，给他身心留下多处伤痕，时常隐隐作痛。病痛也使他一向直来直去的性格发生了变化，懂得了审时度势，明哲保身。认识到自己不是一个政治家，还是去当一名作家吧。地球离了谁都能转，官谁都能当，而文学创作谁也代替不了自己。

乱局甫定，陆续恢复工作。文化厅经省委宣传部同意，委托雁翼创办《四川文艺》，雁翼说这不是叫我走钢丝吗，下面刀丛剑锋，厅长说所以才选你。出刊不久遇上麻烦，中央“文革”小组追查，为什么发表艾芜的《高高的山上》？什么人主持刊物？艾芜是老作家，省作协原主席。小说是省委宣传部部长马识途约稿并签发的，事到临头只能丢卒保车，送上报告：用人不当。雁翼丢下了刚坐热的板凳，拍拍屁股去了峨眉电影制片厂，躲开省作协。

不久《星星》复刊，又要雁翼牵头。这回是省委文教书记点将，诗人的价码升了一级。《星星》是四川一个品牌，巴蜀诗群的象征。事情难办在流沙河，大家眼里《星星》的命运与流沙河绑在一起。当年因为发了他的《草木篇》，累及刊物停刊。如今为流沙河平反，省委书记也不敢拍板。雁翼上任，使尽浑身解数，奔走呼号，上下疏通，终于有了结果，流沙河平反了，连他开除公职多年的妻子也重新安排了工作。编辑部组建好了，《星星》闪亮了，察看领导脸色，反而不见了笑容，爱搭不理。雁翼明白了，黯然离去。

1981 年春到上海，修订《雁翼儿童诗选》，市委宣传部正筹建《文学报》。两位临时负责人都是他的朋友，互不服气，又都服雁翼。市委文教书记陈沂，原总政文化部部长，征得四川省委同意，打电话告诉他，几次都不通，说他比韩信都难追啊。雁翼知道，上海文化界也很复杂，申明只工作不要调令。上任后果然大显神通，一手抓编务，一手抓发行。三个月订数翻了一番，突破十万大关。而后功成身退，走早了是张良，走晚了可能就是韩信。

河北也在打雁翼的主意。改革开放初期，文学空前的热，人们如饥似渴地买书刊，《河北文艺》都印 17 万份。我有个朋友李如岭，部队业余作者，转业后开书店，赚了钱支持文化事业，赞助过我在河北师大办作家班。省里已经有了《河北文学》《长城》，又办了《诗神》《文论报》《女子文学》《茶余饭后》《杂文月刊》，议论再搞一个《华人世界》，面向海外华人。请雁翼来当主编，名望大，有开创精神，最近又办了离休。省出版局、省委宣传部、文教书记高占祥都赞成。雁翼征求意见，我实话实说，一朵鲜花，不知土壤适合不？石家庄有“左家庄”雅号，前有“歌德”风波，后有“拔瓜”事件，出了一个马胜利就有几条绊马索，不知能跑多远。他信心大于犹豫，反倒快马加鞭了。刊物属民办，出版局副局长李丰祝任社长，雁翼当主编，李如岭是总经理，管出钱。一呼百应，国外华人作家纷纷来稿。第一期校样出来，墨迹未干就被叫停。高占祥调走了，有关部门看到越来越多的外国邮件、电话，怕惹出麻烦，召见雁翼他们，说这样一个世界性刊物，地方不便印行，考虑再三，还是嫁出去吧。

李如岭去北京找楚庄，中国民主促进会的领导人。楚庄是楚图南大儿子，被打成右派后下放石家庄市图书馆，落实政策后任副市长，支持李如岭的工作。经楚庄努力，《华人世界》由统战部接管，另由雁翼组建《华人世界》海外版，繁体字横排，颇受欢迎。不久上边派人检查工作，内容没问题就查账。雁翼甩手走了，两袖清风，留下一首诗："种树的人，往往 / 被摘果的人砍伤 / 开路的人，往往 / 被赶路的人埋葬 / 荒唐变成了正常。"

五个报刊如同五个儿女，生下来就被人抢走，当娘的哪儿能不心疼。雁翼痛定思痛，明白了一个道理，想搞一番事业，就不能老给别人打工，自己要当老板。他还相中了一个行当，华人世界文化交流，已经积累了一些经验和人脉。他把自己的岗位选在中国改革开放的前沿深圳，以英国剑桥大学国际名人传记中心副理事长和 IBC 世界文学研究院终身教授的身份，在香港注册了剑桥华人世界出版公司和大型文学期刊《华人春秋》。我在文津渡一家单元楼见到了雁翼，刚下飞机。天上的大雁是候鸟，春去秋来。他这只雁月月忙，半数时间在天上飞来飞去，落下来就没明没夜地工作，只有一个编辑一个翻译。又以出版公司为依托，创建了华人诗人协会，提出"祖国统一，诗人先走一步"。在他的倡导下，一批又一批海外华人作家访问祖国，一次又一次照顾河北老家。介绍台湾墨人与河北作家座谈，白先勇访问石家庄，文晓村"九人行"游览燕赵，我们这些土包子才有机会睁眼看世界。

尤其值得称道的是，雁翼策划出版了一部《世界和平圣诗》，该书于 2000 年 4 月出版，第一批样书就寄给我看，橄榄绿封面，图案是红色地球、黄色和平鸽、花朵样手枪，庄严、高雅、厚重。这是中国和世界诗歌史上，也是诗人自己的一座丰碑。中外媒体好评如潮,《文艺报》发表了长篇报道，大标题是《惊世创举》。世界诗人大会授予他“国际桂冠诗人”称号。诗坛一度掀起了雁翼热，但是世人哪里知道，启动经费用尽了诗人自己的全部稿费和积蓄30多万元，印刷时曾押上几十部著作权，还借了三笔高利贷。

我知道，雁翼名气很大，挣钱不多。1956年从铁路文工团调到重庆市作家协会当专业作家，报到时才得知条件是不拿工资，而是靠稿费生活。单位里别的作家大小都有兼职，有行政级别待遇。作协那些事，分给他一点儿，挂个虚名容易得很。不拿工资的作家，有啊，上海的巴金，四川的沙汀，你能比吗？意思是让他知难而退。雁翼咬咬牙答应了，从小听破釜沉舟的故事就发生在冀南平原，置之死地而后生，谁让自己追求生命一样追求作家这个神圣的称号呢。开弓没有回头箭，为自己为养家糊口，他穷于奔命，一生出版作品78部，其中50多部都是诗集。小八路成为大诗人，农民的儿子成为文化名人。

难忘浩然

第一次见浩然是在1956年8月底，他和《河北青年报》编辑常庚西参观邢台蚕种场，与我就读的市一中相邻。因为投稿的关系，庚西把我叫来，介绍另一个人就是浩然。他眉毛粗浓，眼睛黑亮，比想象的还精神。浩然当时知名度已经很高，一是小说写得好，二是有点儿争议。

浩然原名梁金广，祖籍宝坻，1932年生于唐山赵各庄矿。父母早亡，13岁在农村顶门立户，当儿童团长；16岁入党，转年成为脱产干部。以唐山为中心的冀东是中国近代工业发祥地之一，潮白河是一条丰沛的文脉，不用说从前丰润出了个曹雪芹，那还在争议之中。就是现当代也涌现了不少知名作家：张中行、李尔重、李瑛、管桦、从维熙、刘绍棠等。少年浩然已见艺术天分，跟评剧皇后曹芙蓉学戏，无师自通早早就写起小说，有了明确的作家梦。1954 年发表短篇小说《探望》《两千块砖》，破格调进《河北日报》当记者。因为尚不明白新闻与文学的区别，先后两篇报道受到批评，被贬到通联部拆信封。1956 年 7 月河北省首届青年创作积极分子会，名单上原来有他，本单位不同意，只能列席，不管食宿，浩然只能在会上坐冷板凳，散会骑自行车在保定街上买烧饼吃。《河北文艺》借故不发他的作品，上个月刚退了他的得意之作《一匹瘦红马》，这个月送上一篇发愤之作《喜鹊登枝》，又石沉大海。打电话去问，回说不能用，上门查询，又说已经退回，还哪把壶不开提哪把壶，挖苦他改不了虚假编造和不真实的毛病。浩然被逼急了，亲自下手去翻，还真在落满尘土的废稿堆里找了出来，信封还没拆。浩然憋屈得要死，好友常庚西带他来邢台散散心。

树挪死，人挪活，浩然回去不久调进北京《俄文友好报》，时来运转，两篇被《河北文艺》废弃的作品大放异彩。《一匹瘦红马》入选 1957 年全国优秀短篇小说选，《喜鹊登枝》登上《北京文艺》重要版面。《喜鹊登枝》是浩然的一只吉祥鸟，一鸣惊人，带起作品满天飞，接连在山东、吉林、辽宁等省文学刊物上发表了《从上边来的人》《雪纷纷》《风雨》《新媳妇》，在《中国青年》发表了上万字的《夏青苗求师》。从此一发而不可收，一年内压箱底的退稿都打发出去了。常庚西说也并非萝卜快了不洗泥，对照原稿都有改动，确实提高了不少。浩然自己说就是隔着一层窗户纸，捅破了就破茧为蝶。可是捅破这薄薄一层窗户纸，浩然花了几年工夫，用了吃奶的劲儿。

列席代表一事留下深深伤疤，经常隐隐作痛。要打翻身仗，寻找突破口。终于想出以姐姐的婚姻为脚本，写一篇婚姻自由的小说。幼失怙恃，姐弟相依为命，婚事要自己张罗。有人给姐姐提亲，怕上当受骗，他亲自上门打听，与未来的姐夫聊天，摸清了底细。以往写作，用第一人称，这次改用第三人称，老丈人乔装打扮相女婿，空间放大了，思路自由了，还加上一些戏剧情节，收到了意想不到的效果，不经意间完成了从真人真事到虚拟、典型化的转变。

生长在农村，成长在基层，浩然不缺少生活，也不缺少刻苦。1950 年在《河北青年报》发表第一个豆腐块《姐姐进步了》之前，已经拥有了 100 篇“废品”，1956 年进京随身带着一箱子草稿，这些都是他人往高处走的铺路石。浩然成功了，回头看也不怨恨河北，常对我们说，《河北日报》是他从农村走上文坛的一条渡船，《河北文艺》是他进步的一块磨刀石。

1958 年，人民文学出版社出版了浩然第一本短篇小说集《喜鹊登枝》，资深编辑巴人是他的伯乐，相继在《文汇报》《人民文学》写了推荐文章，老作家叶圣陶也发表了评论文章。河北也不甘落后，当时还是省管的百花文艺出版社，推出了他第二本短篇小说集《珍珠》，紧接着《苹果要熟了》《新春集》《蜜月》《小河流水》《“小管家”任少正》接二连三问世，又是短篇小说集，又是儿童文学集，出书比俺们发稿都快。中国作协党组副书记郭小川来电话鼓励，并亲自介绍他加入中国作协。当时我正读中文系，把浩然当作毕业论文选题。1960 年冬天我参加了多半年“整风整社”，有了中共中央“二十三条”的眼光，到处是“大跃进”后遗症，“五风”盛行，民不聊生。再看谷峪、浩然的作品，一片光明，好人好事，不疼不痒，隔靴搔痒，就不满足了。这些红旗下长大的作家，不如经过战火考验的前辈有见识，他们忧国忧民、忠于生活，不如赵树理的《卖烟叶》、李满天的《穆桂英当干部》、张庆田的《老坚决外传》等“问题小说”深刻。难怪 1962 年周扬、邵荃麟在大连召开农村题材小说座谈会不让他们参加。浩然回信，同意我们的一些看法，说他也正在山东参加“整风整社”，对农村形势有了新的认识，正准备写长篇。

1964 年 9 月《艳阳天》一卷出版，我带到“四清”工作队，推荐给领导，化名魏江的一位中联部副部长很赞赏，当作阶级斗争的教材组织学习，积极分子学肖长春找差距，贫下中农学马老四树榜样，大队干部学马之悦照镜子，“四类分子”对照马小辫交代问题。1965 年 11 月底，我去北京参加全国青年文学创作积极分子大会，名单上有浩然、李准，就特地到北京团拜访，说他出席开幕式后就不来了，创作势头正旺，邓力群调他到《红旗》杂志，他不去，他到北京市当专业作家，躲在西山八大处写作。周扬以为他是大学生，逼他下去搞“四清”，他不情愿，还给北京市文联领导顶牛。同一工作队的汪曾祺要把《艳阳天》改京剧，北京人艺要改话剧，听说河北话剧团抢先一步，没公演。河北话剧团的农村戏全国出名，有《红旗谱》《战洪图》《槐树庄》等保留节目。河北话剧团的《艳阳天》，编剧是陶然，就是后来的书法家陶然，冀东玉田人，崇敬浩然，多次采访，揣摩深透，刻画传神。观众说，陶然写浩然，自然好。我看了彩排，导演宋英杰、董丽华，舞美霍建志，龚礼铭，演员阵容豪华，邱英三的肖长春，孙树林的马之悦，蔡金保的马老四，马秀英的焦淑红，范燕华的马翠青，一线演员只差村里，据说因为家庭成分高。

青代会期间，发表了姚文元的《评〈海瑞罢官〉》，“文化大革命”突如其来，北京市委首当其冲，点名批判《三家村》，浩然不知内幕，还为邓拓鸣不平，被人打了小报告，要他作检查。工作组进驻北京市文联，看了档案，任命他为机关革委会副主任，从传单上看，有的说他保皇，有的说他造反。浩然掌权时间不长，偏偏发生了老舍自杀事件，不能证明与他有关，也不能证明与他无关，跳到黄河也洗不清了。再后来全国作家都关进了学习班，七斗八斗，人人脱一层皮，浩然安然无恙，放心地到顺义、承德深入生活去了，成为作家队伍中的一个例外，而且越来越突出。有人概括说文坛一片狼藉，只剩下八个样板戏、一个作家，浩然成了那一个。有人说他是文艺界一条警犬，有人说他是得意分子，那时太嚣张，什么都否定人家，只有自己好。

对这些传说和非议，我半信半疑，一是与他平时为人不合，二是“文革”中人性扭曲，什么不合常理的事都可能发生。后来看到他被罢免五届全国人大代表资格，我坐不住了，开始担心。联想起十几年前他被免去省青创会代表资格，同样形式不同的内容，那次是业务问题，混淆了真与假，这次恐怕是政治问题，混淆了是与非。相识多年，为他惋惜，约了常庚西去北京看个究竟，通过新华社北京分社文教记者朱述新联系。朱述新是我的好朋友，连对象都是我介绍的，无话不谈。朱述新说市委已有结论，浩然不是“帮派分子”，在“文革”中摔了跤，但没有完全陷进去，没有发现他跟“四人帮”在政治上有直接联系，审查完了就完了，不能整得过分。浩然在文联大会上作了长篇检查，《北京文艺》要发，市委不同意，认为没有必要把他的错误大肆宣传。在交道口朱述新家里，浩然已经等了一个小时，握住我们的手紧紧不放，泪流满面，说：“我都成过街老鼠了，你们还敢来看我，还是老朋友好。”说到眼下处境，他满肚子委屈：“大会交代了，还让我说清楚，文艺界是是非非，真说不清楚。”此时此刻，我也想不清楚，不知如何劝他。常庚西是获鹿人，拿出了农村那一套，说：“你有啥想不通，有露脸就有傻眼，上得高摔得响。衣怕反穿，理怕颠倒。俺们被专政了三年多，不让回家，老婆都要闹离婚，你老婆孩子热炕头。《红旗谱》比《艳阳天》好不好，你在天上飞，梁斌在地下趴着，一趴就是八年。田间资格比你老不老，抗战时就是国大代表，边区文联副主席，也被打倒了八年，回家时葛文都认不出他了。方纪红不红，被关进监狱，折磨成残废，话都不能说了，去哪儿说清楚。”说得浩然破涕为笑，精神松弛下来，出门时脚步也轻松了许多。

浩然终于挺过来了，仅仅一年，长篇小说《山水情》出版。还是那么勤奋，就像农民，不管刮风下雨都要出工，不管水灾旱灾都要活下去。但是心里的疙瘩也不是那么容易解开的。1984 年我在廊坊师院办作家班，请京津名家讲课，多是站潮头领风骚者，唯有浩然正走背字，常常是媒体批评的对象，冒风险我也不怕，浩然在我心中的分量没大变化。我的那些农村出来的学生，在西风劲吹下心旌摇荡，接受了不少时髦理论，对浩然作品的看法也针锋相对：一方认为他的作品缺乏历史的合理性，背离了生活的真实；一方认为他反映了历史进程，反映了主流生活。浩然问我的看法，我说折中主义。

新中国从旧社会脱胎而来，积贫积弱，大家急于改变一穷二白的面貌，相信只有社会主义才能救中国，这是历史的真实。另一方面急于求成，政策有失误，出现了一些伤天害理的事情，也是历史的真实。从李准的《不能走那一条路》开始，农业合作化成为当代文学的第一主题，赵树理的《三里湾》、孙犁的《风云初记》写合作化初期，柳青的《创业史》、李满天的《水向东流》写合作化中期，浩然从《艳阳天》到《金光大道》写了合作化全过程，这是他经常引以为豪的。但是把走过来的路都看成金光大道，忽视其艰难曲折、水深火热的一面，又是不真实的。在文艺批评上，我不赞成政治第一、政治唯一，用当下的政治标准给过去的作品打分，没有及格的。应该思想与艺术相结合，而且随着历史上溯，艺术分比例应该越来越高。浩然自己看重《金光大道》，我还是看好《艳阳天》，用几十天概括几年的统购统销，矛盾集中而戏剧化，人物性格鲜明，语言个性化。对我作品中经过打磨的语言，浩然依然不能接受，“孩子是自己的好”，一生“写农民、为农民写”，到了还是一套庄稼理。影响他看待自己的，是内心深处还有一种优越感——出身历史。说到深处，我说：“别人说我烈士遗孤，通常我没有优越感，反而被刺疼，伤心极了，一个刚睁开眼就没有父亲的孩子，永远是自卑的，无法弥补的。”这句话对他还有点儿触动。

1986年，我兼任香河县文联主席，调研儿童文学创作。听说浩然在三河县任段甲岭镇副镇长。香河与三河是邻县，抬腿就到。他正在山坡植树，脱下的马甲挂在树杈上，为此我还写了一首诗。中午吃饭时，廊坊地区文联主席提出让他促成三河县文联，也兼主席。浩然爽快地答应了。两天后找后账，说上当了，两县基础不同，香河出官儿，三河出老妈子，一个是全国儿童文学创作之乡，一个是不毛之地，不平等竞争。但是君子一言，浩然还是极力促成了三河县文联成立，为了不给自己留后路，成立大会很隆重，贺敬之、高占祥都来了。只见他刮了胡子，换了新衣，比当北京市作协主席都来劲。

县委在招待所后院给他盖了六间平房，举家从通县搬来，说有落叶归根的感觉。这一方土地太熟悉了，东边是故乡宝坻县，西边是最初参加工作的通县，尽管行政区划变来变去，在他心里的位置一直没变。这儿解放初属河北省通县地区，1958年倾全省之力修密云水库，水库建成，地区撤销，通县归了北京。这儿是河北省天津地区，又倾全省之力修大黑汀和潘家峪水库，水库修成，天津成了直辖市，这儿成为天津的水源地。原天津地区从杨柳青搬到小镇廊坊，改称廊坊地区。再后来蓟县、宝坻又划归天津市，北部的三河、香河、大厂三县被京津地面阻隔，成了河北的飞地。一块肥肉，京津变着法儿要，河北死活不给，又不投资，三县变成了三不管，自力更生，苦苦挣扎。

区划多变，给后人写史出了难题。作家恋旧，张志民到死填表都是河北苑平人。浩然说：“这片土地不仅养育了我的生命，也培养了我的心灵。”浩然提出想给这一带培养农村青年和乡土文学作者，培养将来书写历史的人。明知三河不是文学沃土，看不见几棵好苗子，他想只要辛勤耕耘，总会有收获。县文联办了一个文学季刊《苍生文学》，他是主编，从发现作者，修改稿件，发表作品，一条龙服务。然后向《廊坊文学》《长城》《北京文学》推荐作品，不遗余力。有个叫陈绍谦的农村青年，患先天性心脏病，向他写信诉说苦闷和绝望。浩然亲自家访，鼓励他拿起笔来。这个文学青年发愤写作，在《苍生文学》一连发了 8 篇小小说，在《北京文学》发了 25 篇。一向不求人的浩然拉下脸来为他拉赞助，出版了《陈绍谦小说集》。可惜这个青年没等到自己著作出版，微笑着去世了。浩然还筹资出版了《苍生文学》丛书，带出了一支队伍，刘玉林获得全国报告文学奖。

生活平静了没多久，1998 年 8 月，浩然又遇上了麻烦，《环球时报》记者访谈录《浩然，要把自己说清楚》，再度引发争议，带来新一轮的批评，指责他称自己的创作是“亘古未曾出现的奇迹”“从未为以前的创作后悔过”“是一个大言不惭、自我膨胀的奇迹”，推论他 20 年前那个检讨也是“求一时之清静”。此时浩然已是两次脑梗之后，无异雪上加霜。我去三河探望时，人显着苍老。说文章发表前，并没有让他看过，有些词不像自己说的，不符合自己的性格。他没说几句就转移话题，看出是心情不好，不想扯进去。

怪人汪润

汪润是个怪人，他的事迹常被人当笑料，典型情节有二：其一，1947 年在平山县，给县委书记冯文彬当秘书，话不投机扭头就走，偏偏冯文彬还欣赏他，进京后任团中央书记，抢先把汪润调到中国青年报社；其二，30 多岁才结婚，爱人在北京，他在河北，咫尺之间牛郎织女。牛郎织女每年七月七还能见上一面，他们二人三两年也不团圆一次。汪润长期在张家口地区怀安县深入生活，每次回省会在丰台站倒火车，从不进京。别以为是在搞冷战，两人还很热乎哪，三天两头书来信往，每封信都超重，加倍地贴邮票。他那口子也是一个怪人，有一年冬天下班后，不打招呼就到了保定。下火车已是半夜，摸到汪润宿舍也不叫门。后半夜下起大雪，第二天丈夫起床，面前站着一个雪人。

1966 年“五一六”通知后，作家们都被召回参加运动。我是第一次见到汪润，果真有点儿怪，一身洗白了的毛蓝制服，打了多处补丁，一双黑老头儿鞋，前包头后钉掌，一顶旧前进帽，帽檐软软地盖着半个脸。因为衣肥人瘦，显得空旷，腰里系一条烂布条，可怜巴巴的样子。大家怪他老婆不体贴，他倒急了，打开箱子，棉衣、单衣、夹衣，应有尽有，就是懒得穿。运动初期矛头对准“走资派”，他只名列“牛鬼蛇神”，白天跟张庆田牵头的“黑帮”队到郊区劳动，晚上圈在牛棚里写交代材料，没受什么皮肉之苦。

文化人搞革命就是浪费纸张，大字报上墙，铺天盖地；小字报印传单，天南海北地发。批判田间、梁斌、李满天总会捎上一两句，包庇汪润，只言片语带出他有历史问题。

汪润 1914 年生于四川省乐山县沙湾镇——大渡河拐弯的那个地方。他不光与郭沫若同乡，还住在一条街上。不过他落生时大诗人已经离开四川，去日本留学了。八九岁时读到《女神》，被书中那种反抗黑暗现实、追求个性解放的革命激情所鼓舞，放学路上路过郭宅总要多看几眼，有几次还摸进小后花园，寻找诗人成功的秘诀，做梦都想有朝一日走出盆地，见见世面。但是他家里穷，年年春荒断粮，要到缓山去挖野菜。而郭家是财主，年年有300担租子进账。出门需要钱，一个铜板一个铜板地攒，三年才攒了三块钱，而沙湾到南京的船费需要80块大洋。

机会意外来了，镇上一个军官去南京，要雇一个挑担子的书童，汪润没花自己一分钱就到达了目的地。离开那个同乡，他考取了一所测绘学校，解决了吃饭问题。七七事变后急于抗日救国，先到苏北参加新四军，以后奔赴延安，进了鲁艺文学二班，与李满天、葛洛同期。在班上向组织交心时，把自己的一切和盘托出。万万没想到，那次出川之行占了小便宜，吃了大亏。查出那位同乡后来上了庐山，还是中央军中将师长。从此汪润浑身是嘴都说不清了，成了审查对象。1938年从延安到敌后抗日，一路还被人监视，到晋察冀根据地控制使用，工作岗位从《冀晋日报》、火线剧社一直降为小学教员。汪润心里没鬼，枪林弹雨照常全心全意地工作，经过十年考验入了党。入了党怀疑还没解除，运动一来就翻旧账，背后嘀嘀咕咕，人前矮了半截。尽管没戴什么帽子，但头上还有紧箍咒，念得头疼，温吞水煮着，心煎熬着，让你自己专自己的政。

汪润30多岁才结婚，爱人在北京高校教书，她父亲是台湾大学教授，当时的书香门第不是资本而是缺陷，彼此剩男剩女，经人撮合走到一起。历史问题加上海外关系，双料帽子压得汪润抬不起头来，不敢正常地爱、正常地生活。他们之间的关系是夫妻加难友，一对苦鸳鸯。

汪润自幼受郭沫若影响，酷爱文学，从延安鲁艺、华北联大、中央文学研究所到河北省文联，一路苦苦追求，一棵树上吊死。他具备了一个作家应有的修养和才华，百团大战时写了许多战地通讯，出版了《水上节日》《在林带线上》两部小说。1957年到徐水县漕河乡深入生活，投入农业合作化运动，写出60万字的《风雨里的步伐》，因为与人所共知的徐水“大跃进”不合拍，未能出版。当时主持《蜜蜂》工作的同志是省文联党组成员，在平山同是天涯沦落人，与汪润一样因历史问题受歧视。后来他的问题查清了，摇身一变而为极“左”，领导反右时把编辑部十分之七的人打成右派。为了与汪润划清界限，处处与他为难。编辑部接到一篇小说《曹金兰》，署名杜河，他看出来是汪润字迹，压下不发。1959年“反右倾”时又迫不及待地抛出来，与刘真《长长的流水》一起公开批判。一年后汪润又写了一篇小说《女护士的生日》，交给《蜜蜂》，二审通过，最后又被卡住了，指令要汪润删除一个重要情节，汪润不肯，改投《甘肃文艺》。那里要发表，来函外调作者政治情况，这位同志拒不签字，稿子又黄了。从此汪润罢工不写了，那时的专业作家，不写没人管，写了一准儿有人找碴儿。后来省文联上上下下醒过闷儿来，这位同志“形左实右”，群起而攻之，他自觉没趣，自己活动调走了。

学习班清理阶级队伍，过了筛子又过箩，把人按在开水锅里上下揉搓，下边烧水，没病也蜕一层皮。汪润是重点，受到特别关照，逼他承认国民党特务身份，一个班的军工宣队轮番批斗、熬鹰，二十四小时不让合眼。汪润就是不改口，说他是茅坑里的石头又臭又硬，干脆就罚他在厕所里反省，监视他的工宣队员擅离职守躲在门外，汪润才有机会打个盹儿。黎明工宣队员悄悄进来，在他身后观察，突然把他手上的检查抢过去，向副指导员汇报去了。很快全体紧急集合，副指导员气呼呼升堂，手里挥舞一张纸，狂叫汪润出列，吹胡子瞪眼地喊叫：“你这狗特务，人老心不老，让你写检查你写情歌，‘跑马溜溜的山上，一朵溜溜的云哟’，望乡台上摘牡丹，到死还取乐呢。”京剧《三堂会审》的一句台词，下力气制造的紧张空气又被自己轻易地破坏了。

汪润如实说：“领导叫我深挖细刨，一挖就挖到家了，我家四川乐山，与康定同一条江上，从小就听这首歌，深刨它在身上的坏影响。”汪润是真诚的，眼角闪着泪光。久攻不下，副指导员又采取迂回战术，扯出他婚姻这条线:“鱼找鱼，虾找虾，贾府的焦大是不会爱上林妹妹的。你的家庭与国民党门当户对，望庐山又想阳明山呢。”一下子捅到心窝子上，汪润病倒了。

长年“残酷斗争，无情打击”，汪润身心交瘁，终日愁眉苦脸，人们说他不会笑。其实汪润也会笑，轻易不笑的人笑起来更好看。恢复工作后，拉我跟着他走亲戚，平山、徐水有他许多房东、朋友，多是农民，见了面亲不够，话也多起来。在农民中间，他不受歧视，也没有怀疑，大家把他当亲人，他也感到自己是一个真正的人了。别看他破衣烂衫，鞋趿拉袜掉，给乡亲们花钱很大方。1963 年特大洪水，徐水一些老乡房屋倒塌，他给他们翻盖新房，置买家具。平山几家房东住医院，儿子结婚，孙子上学，他管了一代又一代。

1983 年汪润办了离休，时年月工资 168 元，以后他就只认这个数，多一分钱也不要。10 年之后，工资应该涨到 1200 元，他还只要 168 元。的确平日他没什么开销，石家庄分房不要，还在保定住一间小屋，一张桌子、一个板凳、一个书架、一张木板床、一个蜂窝煤炉、一个老掉牙的半导体收音机，洗衣机、电视机、冰箱一概没有。有位朋友送给他一个煤气罐，他转手又送给一个上班的青年，说让他发挥作用吧，我退休了，有的是时间。去年失盗一次，小偷说他是个老作家、离休干部，以为一定有钱，翻来翻去，实在没什么可取之物，贼不走空，末了提了一捆旧报纸。汪润生活十分简单，一次我去看他，正碰上他开饭，一个烧饼、一碗玉米粥、一碟小葱拌豆腐，节俭是他一生吃不够的美食。日常消费不过肥皂、牙膏、信封、信纸，最大一笔开支是每年 11 月订报纸。一切都从 168 元中开支，从来没有向机关领过一张稿纸，也没有报销过一点儿药费、差旅费。但是张北地震时，一次捐款就是 5000 元。

汪润十年前住过一次医院，是被一个小伙子骑电动车撞伤的，缝了七针，没一句埋怨，反而不断安慰小伙子，怕他有压力。医院强迫他做了一次全面体检，都 80 岁了还没什么大毛病，仅有两项不正常，营养不良和脊柱畸形。营养不良自己心里清楚，脊柱变形呢，想来想去明白了，1937 年闹过一次伤寒，七天七夜不省人事，送到太平间又推回来了，落下一个虚弱的体格。几十年体力劳动，越虚弱越咬牙，战火硝烟里扛炮弹、抬担架，和平年代背土、背粪、扛粮包，一个姿势老用右肩，久而久之，右倾了。

汪润身上有一种诗人气质，生性喜欢旅游。记得在唐庄农场割草喂猪，累了就仰卧在地上，伸胳膊展腿摆成个“大”字。他说走出四川知道中国之大，运动结束之后要游遍祖国大好河山，还设计好五条线路图：丝绸之路、白山黑水、江浙、湖广、云贵川。果然他离休后三五年就实现了。纯粹自费旅游，绿皮火车，逢站便下，小旅馆、大排档。去阳关，骑骆驼，住大车店，染了一身虱子。去满洲里，过草原，穿林海，还遇见过一次东北虎。问他回过沙湾吗，长叹一声，泪如泉涌，缓山若水，父母弟妹常常梦里相见，真的走到家门口又犹豫了。那次从昆明坐火车回老家，到乐山，在站前大街徘徊良久，踏上去沙湾的船又下来，原路返回，说不上什么原因。那次出川之路不堪回首，伤透了心。弯弯的、长长的大渡河，是他生命的脐带，一辈子没有脱离，一辈子没有甩掉。也让我明白了，他的笔名为什么叫杜河。公欲渡河，公无渡河。

几天前我又到保定，看汪润精神很好，那种由衷的愉快不是什么人逢喜事，而是长期痛苦的停息。情不自禁地当面走来走去，让我看他的身板，汪润这个人就是怪，那个卑躬了多半辈子的腰竟然挺直起来，大大方方地走路了。他说是这几年强迫锻炼的结果，并且悄悄告诉我，还在重新拿笔写作，写自己，可惜有几份资料夹在报纸里被小偷拿去了，害得他天天翻找，找了几个月。

真为汪润高兴，问他何以如此，换了个人似的。汪润说是忘忘忘，忘年，忘我，忘掉过去。

秦兆阳与邢台

1955年上邢台高中，一年级语文课本有秦兆阳的《王永淮》，写的是本地人，倍感亲切。那时刚学写作，很想知道真人真事是怎样变成文学作品的，千方百计找到了王永淮。王永淮已经是副县长，爱好写诗，一下子拉近了距离，让我跟着一名区干部，踩着秦兆阳的脚印走了一趟。

解放初交通不便，《河北文艺》小说组长谷峪上山，县里给雇了一头毛驴。秦兆阳是《人民文学》副主编，京城来的大记者，配了一辆胶皮马车。县长何耀明亲自陪同，林业科长执鞭。枣红马好像明白了使命，不用扬鞭自奋蹄。秦记者心细，发现马屁股上有一个印记，是一匹退役的军马。

出城不远进入丘陵区。那是1953年9月末，光秃秃的山坡，少见树木，到处酸枣丛生，星星点点果实已经半红，这里是名贵中草药邢枣仁的产地。丘陵的尽头有个西黄村，是王永淮的家乡，站在车上可以看到他家的石板房。何县长有句名言："大禹治水，三过家门而不入；王永淮治山，年年三十过家门而不入。"

西黄村往上是山区，坡高路陡，秦记者和何县长不约而同跳下了马车，左右两边推车助力，不一会儿就大汗淋漓，饥肠辘辘了。停车路边小店起火，取出从县招待所带来的油饼烩了烩，白开水送下。趁休息机会，何县长介绍了沿途村名：脱锁沟、马刨泉、放甲铺、城计头、将军墓，一个完整的襄国战争故事。

王永淮主政的第三区，包括浆水、稻畦两条川，当时还是穷山恶水，秦记者下来的头一关是吃炒面。把加工柿饼剩下的柿皮、柿蒂、橡子、谷糠加上少许玉米，炒熟碾轧成粉面，加上水拌着吃。锅下抓一把黄豆，放在石臼里用木杵捣烂，掺上菜叶或干萝卜条、蔓菁条，熬成汤，当地叫豆沫。这是邢台山区人民的主食，一年到头地吃。湖北长大的秦兆阳，吃在嘴里像蒺藜，咽不下去吐不出，憋得脸红脖子粗。

第二关是山路。晋冀两省边界，从黄土高原到冀南山地，地势陡降，被亿万年雨水冲刷成千沟万壑。农户多分布在沟底，出门只有羊肠小道，通山西的大道也只有一两尺宽，只能过一头牲口。上来下去的驼队尽管响着铃铛，也常常走顶了一头，一方得退回去。出门种地的小道，像天上甩下来的一条绳子，人抓住路边的荆棘，一步倒一步地攀登。秦记者跟着王区长下乡，总是一肩挑着行李，一手拄着木棍。有时还要通过山腰的栈道，一边是悬崖峭壁，一边是万丈深渊，走得腿软眼晕，秦记者感慨地说："1939 年鲁艺师生从延安深入敌后，一路翻山越岭，夜行军时由我披个白被单走在前面，征途也不似这等艰险啊。"激动得他放声高唱："我们在太行山上，真是好风光啊。"

站在折户村远望，高高的山上一堆不动的云彩。看山跑死马，走了两个小时才爬上去，眼前一处世外桃源：绕山转的梯田整齐如画，下层是苹果、香梨，阵阵飘香；中层是板栗、核桃，硕果累累；上层是桦树、荆条，郁郁葱葱。坡上拴着牛、驴、山羊，树行点着北瓜、花生、芝麻，山洼还有一方池塘，游着鱼群。记者惊呼仙境，住着何方神仙。应声而出一汉子，名叫姚良成，羊肚儿手巾，紫花衣裤——一种本地的笨花布，土黄色。他就是山下折户村土著，土改时家中仅有一亩地，留给父母糊口，自己带着媳妇走进深山，把两间山神庙安上窗户，盘了火炕，又盖了四间平房，存放杂物。单门独户，刀耕火种，五六年就富起来，年收入达 3000 多元，当时我上中学，一个月的伙食费是四元钱。秦兆阳说这是农林牧并存，三层楼经济，找到了山区发展之路。中午在他家里吃饭，秦兆阳称之为“姚公馆”。荞麦饸饹、山葱野韭炒鸡蛋、现捞现炖的大鲤鱼，还有姚良成自己酿制的野葡萄酒——当年跟抗大干部学的。

跟着王区长全区跑完以后，秦记者又到下店村蹲点，一蹲就是半个多月，调查研究山区兴林致富之路。与支部书记王怀兰（男）形影不离，参观抗大总校旧址，拜访了滕代远、张际春、何长工旧居。在河滩挖沟筑坝，一天三出工，两手磨出了血泡，血泡又磨成老茧。山区造林，什么树种适宜，边看边问，从沟底一直爬到 1700 米高的桥山顶。浆水川是板栗产区，有人问，同是一道沟，西坡上栗树挂果稠、口感好，而东坡只长柿树，栗树出了苗不结果，什么道理？他答不上来就写信咨询北京农科院，答复是板栗喜欢酸性土壤。在这里他第一次知道了骡子的家世分马骡和驴骡两种，是杂交无性的动物。母马与公驴，产仔身大力强，母驴与种马杂交，产仔个小耐力差，他的家乡湖北水牛耕田，没这种知识，说搞农业不懂科学不行。

风吹日晒，秦记者黑了瘦了，形象与当地乡村干部一个样。他平日说说笑笑，为人随和，遇事很认真，在北京有个外号“扳大先生”。林业科长在他面前经常哭穷，希望上边对穷苦县拨款救济。他说我不管钱，是来研究农民致富之路的，一同向大山要钱。学习耿长锁，县里选大戈廖村搞初级合作社试点，想让他去采访。他说这是生产资料个人所有制变革中的试验，还没有看到效果，不便宣传。有些想法，想与何县长交换一下意见。何县长听到连夜赶来，推心置腹地长谈，说上了一堂生动的政治经济学课，终生难忘，请老师以后来检查验收。王永淮不善言辞，只是认真地听。何县长说他是一头老黄牛，只拉套不叫唤，秦兆阳说是一匹快好马，事事跑在前面，王永淮说秦记者是一条龙马，自强不息，奋斗不止。

秦兆阳在山区住了三个星期，写了三篇文章，上了《人民日报》，三篇文章的主人公都因此出了名，王永淮升为副县长，姚良成当了河北省林业劳模，王怀兰当了河北省劳动模范。

我回到学校又有新发现，图书馆有秦兆阳的美术课讲义，蜡板刻印的，很精致。邢台中学校址，原来在晋冀鲁豫边区北方大学，1945 年末建立，校长范文澜，设有工、农、医、财、文和行政六个学院，另有一个文艺研究室，主任陈荒煤。第二年成了艺术学校，院长是光未然。1948 年迁至正定，与晋察冀边区华北联大组成华北大学，进京后叫中国人民大学。北方大学留下一部分教师，中学教导处的高翔便是，也留下不少图书资料。

从此图书馆去多了，秦兆阳的作品也看多了，小说《幸福》、童话《小燕子万里飞行记》、散文集《农村散记》、长篇小说《在田野上，前进!》，多是农村题材，有写故乡湖北的，也有写冀中、冀南的，人物形象生动，语言朴实无华。1957 年春天过后，报刊上他的文艺作品不见了，代之以连篇累牍的批判。批判他的《现实主义，广阔的道路》暴露社会主义阴暗面，批评他发表萧也牧《我们夫妇之间》宣扬小资产阶级情调。不久又被划为“右派分子”，开除党籍。王永淮说给他写了一封信，原单位说查无此人。四年后我大学毕业回到邢台县，告诉王永淮，打听到了，秦兆阳被下放广西柳州钢厂劳动改造，1961 年摘了帽子，安排到广西文联了。

“文革”时期盛行“外调”，省文联“走资派”和“反动权威”占了半数，查案任务重。开始派我的活儿不接，不参与整人。后来有项差事，去广西文联了解刘真与《人民文学》的关系，《人民文学》发过她的《春大姐》《我和小荣》，问去不。我嘴上说不想去，心里求之不得，可以见秦兆阳一面。临行前到邢台，何耀明被专政，看管甚严，王永淮允许回家吃饭。他想了想，写了封短信，装进信封，也不封口，托我带去。

我和张峻从保定坐了两天火车，到达西南边陲城市南宁。区文联派人送我们到秦兆阳的宿舍兼办公室，一间小屋，空间被书架挤得很窄小。面前的秦兆阳更加黑瘦，鸭舌帽檐遮了半个脸，遮不住眼镜后面明亮而睿智的光芒。他习惯性地垂手而立，等待着逼供信。文联的人走了，空气立刻缓和下来，我上前拉住他的手，自报家门，曾是邢台县干部，他的崇拜者，并带来王永淮的一封信。他抽出来看，只有四个字：龙马精神。泪水夺眶而出，顺着脸颊流下来，打在我的手上，滚烫滚烫的。

1978 年去中国作协开会，严文井同志把我叫去，说有一事相求。秦兆阳发配广西 20 年了，本人和家庭有许多困难，想调回来，北京进不来，想到邢台，老区人民了解他。我毫不犹豫地答应了。出门后觉得自不量力，人事调动事关重大，哪儿是我这个小干部办得了的。下意识地有此担当，可能是心里装着何耀明和王永淮，一个是地革委办主任，一个是生产办公室副主任，他们不会不管。果然他们比我更上心，上下运作，一个月就有了结果，地区文联、邢台县都可以，邢台人民欢迎他。我立刻回复严文井同志。

组织部门正着手办理，接到严文井同志的电话，按照新的政策，秦兆阳可以回北京了。之后，秦兆阳任中国作协书记处书记、人民文学出版社副总编辑、《当代》杂志主编。我去北京看望，以故人相待，称我为邢台乡亲。他心情很好，正在练书法，搁下别的应酬，为我们题字，写给邢台县的是“燕赵故乡，人杰地灵，慷慨高歌，画意诗情”，给我的四个大字“龙马精神”至今还悬挂在我的书房。

流沙河在北戴河

1979年年初的全国诗歌座谈会，群贤毕至，唯独缺了四川的流沙河，十分遗憾，这件事一直挂在心上。第二年暑期我操办北戴河诗会，河北老中青诗人30多位参加，外省的只贸然邀请了流沙河一人。那时《星星》刚复刊，流沙河刚复出，这“两复”足以震动中国诗坛，《星星》的命运，乃至中国诗人的命运，都是与流沙河在一起的。

说也凑巧，沙河兄又是我第一个碰上的，分明是缘分。一个清癯白净的文弱书生，手提一个旧皮箱向我问路，绝对没有想到是他。在我想象中，那个敢写《草木篇》，“疯狂向党进攻的‘钦批右派’”，一定是个头上长角，身上长刺的怒目金刚，那条河应该是7月的大渡河、8月的钱塘江，怎么会是这样一条潺潺的小溪呢。

会议地点在北戴河区政府招待所，位于东西两山之间黄金海岸的中心。出门二三十米就是大海，下海更衣、上岸冲洗都可以在自己的房间里进行，只需跨过一条窄窄的马路，天天晚上枕着涛声入睡。我把会议安排得很宽松，每天下午下海游泳，上午在杨树林里座谈。那时谢冕与丁力关于朦胧诗的论战才见端倪，河北诗人尽管比较迟钝，两种观点也是有的，坐到一起便唇枪舌剑起来。沙河兄开始总是默默地听，反复动员才肯发话。开口就不同凡响，一口四川话抑扬顿挫，精辟的见解和深厚的学问令人心服口服。回想起来那是包容派的先声，不偏不倚，古今中外，广征博引，总是着眼新诗的发展。有人私下议论，他老成持重，当年何以招惹大祸？或许22年磨难把他的棱角磨平了。

沙河兄自然成了会议的中心，身边常常围拢着许多人，听他隔海说诗，评论台湾诗人十二家，听他绘声绘色地讲UFO，多数人还是第一次听到飞碟这个名字。他与老诗人曼晴同住一室，曼老是晋察冀诗歌运动代表人物之一，也满腹经纶，他二人的话题总是纵向的，说古论今，如同盘道。北戴河区武装部长巴山也是四川人，65军转业的，年龄相仿，议论多是横向的，中西比较。巴山矮胖，沙河精瘦，站到一起如同说相声。

言谈中，自然少不了讲他22年的苦难，扣上帽子遣返老家金堂县城厢镇，当了10年“解匠”，就是锯木板，幸好有妻子患难与共，勉强苟活下来。我佩服沙河兄的涵养，明明大苦大悲，含血带泪，讲时却不露声色，不温不火，如说他人。

投入“专政室”，怕他寻死，四壁光光，没有书读的日子，流沙河饥渴难忍，像犯了烟瘾四处寻找烟头。终于在墙角落发现一张旧报纸，糊在墙上，趴下去看，日期是十几年前的。开始如饥似渴，一口气从头读到尾。后来想来日方长，细水长流，分块分段，细嚼慢咽，一段段，一行行，连标点符号都琢磨一番。正面两版，花了整整一个星期才“啃光舔净”，他又重新陷入饥饿状态，没抓没挠。忽然心血来潮，来了灵感，猜它背面是什么内容。用口水一点点洇湿，小心翼翼地揭下来，居然是文艺副刊，还有一首诗，作者竟然是自己，内容是歌颂党和社会主义的。

讲一次宣传最新指示，大队人马上街游行，四个“走资派”抬一个主席塑像。不巧其中一位生病了，让他替补。沙河兄欣然接受，这是提高待遇的标志，由右派而“走资派”，看得起他。所以倍感光荣，大卖力气。不想那三位身高马大，自己身体瘦小，一角偏低，主席像因偏沉而摇摇晃晃。光荣感使他不能示弱，踮起脚尖，挺起脊梁，就像跳芭蕾舞那样，不一会儿就累得大汗淋漓。正兴奋时，天不作美，先刮风后下雨，直到狂风暴雨，眼看主席像就要刮倒。关键时刻，他挺身举臂，奋力支撑，不想用力过猛，连手带头顶进了主席塑像里面。在场的人都吓坏了，他更吓呆了。造反派宣布这是一起“现行反革命”事件，流沙河的狗头钻进了伟大领袖肚子里去了。立即把他打翻在地，再踏上一只脚。亏了那三个“走资派”出来为他讲情，用党籍保证，流沙河是好心办坏事，才免于被暴打一顿。

平生第一次见到大海，沙河兄兴奋得像个大孩子。他又生性胆小，不敢离岸太远，只是在海滩戏水，也很开心。至今我还保留着他当时一张照片，一个美丽的浪里白条。一天何香久从外边回来，按捺不住惊喜，说亲眼看见邓小平同志从西山下来到海里游泳的全过程。沙河兄匆匆吃完饭，直奔西山，面对那一片海域凝望良久，沉思良久，直到夜幕降临，眼里蓄满水色星光，心里蓄满了浪花涛声，一首诗开始酝酿：“他不得不从头再学游泳，猛拍着狂涛怪浪，三次浮，三次沉……”这就是传诵一时的《老人与海》，注明1980年8月21日至23日在北戴河海滨。其中有一段“有一个书生想起有关他的往事，忽然转过身去，摸出手帕，悄悄地揩着眼睛。”正是写的沙河兄自己。

北戴河众星捧月，诗会因为流沙河增加了很大吸引力，天津诗人来了，吉林诗人来了，辽宁来了一个代表团，包括方冰、阿红、晓凡都来了。《诗刊》主编邹荻帆、邵燕祥把参加第一届青春诗会的青年诗人都带来了，包括舒婷、北岛、杨炼、顾城、杨牧、张学梦，河北诗会不知不觉地扩大为全国性的诗会，他们把流沙河的形象和风采带到了四面八方。

沙河兄文静、内向的性格，在粗犷的河北大汉、无拘无束的年轻人中发生了变化，谈笑，嬉闹，喝酒，用四川话讲，是要到一起了。巴山从暑期供应站批发了茅台，8元一瓶。那时会上伙食费每天一元七角，住宿费每天一元二三角不等，一瓶茅台能顶上四五天的伙食费。穷诗人高兴起来不算经济账，比如从药汀，省化工学院副院长，工资也不少，总是上半月请人喝酒，下半月自己啃咸菜。他最喜欢逗流沙河喝酒，沙河兄兴奋起来当场赠诗，每人一首。写给我的诗是:“你是山，我是河，相逢幽燕地，山壁立，河流去，相看无限意，一个高，一个远，两个都有趣，山沉默，河喧闹，幸好有差异。”

会议是我主持的，从7月底开到8月半，总想跟沙河兄多待几天。那时还不兴旅游，光顾北戴河的主要是各个疗养院的职工。8月20日以后，海水凉了，客人走了，招待所只剩下沙河兄和我二人，等候去参加东北三省诗会。沙河兄开始想家了，不时地拿出笔记本，把妻子何洁的玉照端详一下。我俩有个共同的朋友——诗人谭楷，原来在石家庄当兵，后来调回成都。他乘机与沙河兄的夫人开玩笑，添油加醋，说那个尧山壁是北国美人，听说与流沙河打得火热，形影不离，乐不思蜀了。何洁有了疑虑，心急火燎。那时还很少打长途电话，一封加急电报飞来。沙河兄不会拍电报，第一封还是求我帮助的。

8月25日，我们二人相伴出关，沈阳、丹东、大连，同居一室，谈的最多是他的婚姻和家庭。每次提到妻子何洁，他都两眼放光，热泪汪汪，由衷感激和爱恋，他们的爱情可以说是当代的一部传奇。

第一次见面，是1952年成渝铁路通车典礼上，何洁年方十岁，还要别人抱着整理绸子，然后由贺龙剪彩。这时流沙河是一家报纸的助理编辑，参加采访。何洁和她的红领巾，一下子被他记住了。如同意大利诗人但丁在佛罗伦萨老桥上看见九岁的贝雅特丽齐:“身穿火红的外衣，纯洁得像幼小的天使。九年后再见时，她身穿洁白的外衣，站着如一缕白色的云朵，向他施了一礼，如同飞燕掠水一样飞过。”

五年后他们二次相见，在骊山华清池畔。正是反右前期，流沙河到西安避风，每天到钟楼一带寻找《四川日报》，等待对自己的宣判。二人默默无语，她已经知道他因《草木篇》而大祸临头，也因为在日记上写赞美流沙河的诗而受到责难。流沙河女友怕被发现，装作素不相识的样子，交流一下眼神低头而过。

何洁不比流沙河，有优越的出身。祖父何桂清曾做过晚清两江总督，舅父是现今四川省委要员，享受过荣华富贵。本人也是川剧界一颗冉冉升起的明星。只因为同情流沙河，与家里闹翻了，不向舅父低头，说她“长了七根反骨”，被剧团开除。三次相见是西安一别的九年后，“落花的五月”，成都街头，风雨欲来，黑云压城，流沙河正要遣返回乡，灰头土脸。看眼前的何洁，也不像但丁描写的贝雅特丽齐，而是一副愁眉苦脸的样子，迈着沉重的脚步向他走来。二人惺惺相惜，依依不舍。望着开走的火车，留下一副望不到头的铁轨，何洁铁了心，要跟他在一起。两个月后，她突然降临在流沙河面前，看到正在监管中的“解匠”，唱了一曲《魂断蓝桥》，一向腼腆的流沙河也回赠了一曲《小燕子》，苦涩的生活有了几分甜蜜。对于结婚大事，流沙河不敢奢望，劝她回去。可是 20 天后她又突然袭击，宣布结婚。这一天正是农历七夕，一间草房当洞房。窗外持枪巡逻的民兵奇怪，一个漂亮的城市姑娘，怎么跑来嫁给一个自身不保的右派分子，简直发疯了。他们的蜜月只过了 6 天，新娘就被派出所轰走了，再来除非明媒正娶，带上户口本。几天后，何洁真的杀回来了，注销了成都户口，带到金堂县。派出所所长没有食言，成全了这一桩离奇的婚姻。为此何洁不仅与舅父断亲，也与母亲闹翻了，被逐出家门。这段故事情节真像一出京剧《王宝钏》。

最终征服何洁芳心的，是流沙河的 7 首情诗和 7 封情书。他们的热恋不在花前月下，而是在纸上。流沙河的情书不是步步紧逼、进攻，而是躲躲闪闪、半推半劝。板起面孔说不想连累她，耽误前途，不想结婚，即使结婚也要两地分居。热恋中的女人都是丧失理智的，他越推越躲，她越步步逼近，把流沙河的 7 封情书当作7只情雁，纸是翅膀，字是羽毛，无限欣赏：“信纸是拆了笔记本的散页，字很小，很工整，很秀气，而且一字不改，见不到一个涂改的黑疤。我把它当作珍品，我的几个女友都看过。”

十年“文革”，12次抄家，两次入狱，何洁习以为常了，什么东西都可以拿走，而7只情雁绝不能丢。她经常坐卧不安，害怕这些宝贝被搜去，成为流沙河新的罪证。讨饭、打零工，带在身边。丈夫几次劝她烧掉，她都不肯，卷成一卷，藏在胸前内衣里，塞进儿子的襁褓中，带到成都闺蜜家中，送到贵阳老家，夹进纸板送到眉山一知青手中，终日疑神疑鬼，坐立不安。这些情节，武家坡的王宝钏、汾河湾的柳迎春、吕蒙正的妻子都不曾有过，倒是像《赵氏孤儿》中的程婴、公孙杵臼，一心一意，千方百计把这7封情书当作自己的生命，当作他们爱情的结晶，来保护它们。她懂得这些文字的思想和艺术价值，终有一天会重见天日，列入文学经典。

1978年拨乱反正，流沙河结束了22年苦难，何洁走出13年“寒窑”。大喜过望，不正是一出《大登殿》，流沙河恢复名誉，重新戴上诗人桂冠，何洁也没抛错绣球，不断地唱：“这才是老天爷睁开双眼，再不到武家坡去把菜剜。”流沙河更加爱恋自己的妻子，千恩万谢，用一首《妻颂》回报。这是中国爱情诗史上一篇奇葩，全诗151行，前一段是“爱我”，“爱我那招人嫉恨的诗句，爱我这引人怜悯的书生，爱我苍白的清瘦的面容，爱我忧郁的迷蒙的眼睛，爱我的头发浅黄柔软，爱我的鼻梁挺直端正，爱我惹人笑话的口吃，爱我悠缓而又低沉的语音，爱我爱花如酒徒爱美酒，爱我爱书如财迷爱黄金，爱我从来不阿谀逢迎说假话，爱我从来不落井下石昧良心……”后一段是“我爱”，“爱你当年到处寻访我的下落，爱你街头遇我顿时又喜又惊，爱你如晚山笼雾的眉毛，爱你如明湖映月的眼睛，爱你歌喉婉转，爱你舞态轻盈，爱你胸中藏着清醒的逻辑，爱你额上刻着思索的皱纹，爱你天真的憨笑传达着春意，爱你热情的红唇透露出纯真，爱你高兴时随心嘲谑，爱你生气时杏眼圆睁……”

这首诗是沙河兄20多年爱情积淀，酝酿已久，一朝喷发出来。看似汪洋恣肆，一气呵成，实际上我亲眼所见，是一种苦吟，披肝沥胆的苦吟。诗的结尾注明，1980年9月3日写于鸭绿江北岸。其实动笔于北戴河后期，在北去沈阳、南下丹东的列车上，在游览鸭绿江的船上，流沙河对沿途风景无动于衷，沉湎在浓郁的诗情中。在沈阳、丹东的招待所里，我俩都同居一室。每逢晚上，我都早早上床假寐，把桌子和台灯留给他。沙河兄总是恭恭敬敬地把妻子的玉照摆在面前，端详良久。然后边写边改，边改边念，时而唏嘘，时而抽泣。写到得意处，还会站起来，朗诵一下。突然又意识到我的存在，转身看看，听到我几声粗鼾，复又静下来，小声重复几次。其实我并没有睡着，而是陶醉在一种难得的诗的享受之中，体会到好诗是怎么写出来的。有时我的鼾声刚停，他的鼾声倒起来了。他真的写累了，和衣而卧。天明我起来，悄悄走到桌前，看昨夜他的劳动成果，白白的稿纸，早已涂抹成一块黑板，一个个涂改的黑疤组成了一个美丽的图案，是当初何洁收到的情书中绝对没有的。

我是《妻颂》成诗的见证人，第一个读者，它深深地感动了我，第一次知道了好诗是怎么炼成的。

《妻颂》的感人，在于情真意切，细腻婉转，语意飘逸，不事雕琢，以浅俗之语发清新之思，于沉郁顿挫中别有蕴藉。全篇没有海誓山盟的大话，也没有卿卿我我的俗气，没有一般人常用的华丽，而百分之百地运用情节细节，只有对丰富生活的选择和典型化，朴素是最高的艺术境界。我曾不止一次地把《妻颂》读给老伴儿听，每次她都听得老泪纵横。

我相信《妻颂》会流传下去。

拜访郭小川故乡

1982年7月，承德文联纪念郭小川，杜蕙同志指名要我参加。全国郭迷来了很多，集合以后，大队人马向丰宁进发。

出承德市，汽车在燕山纵向褶皱带穿行。一路山岭连绵，重峦叠嶂，野花争艳。北京已过小暑，这里则刚刚初夏，杏子初黄。大家被这壮丽的坝上风光迷住了，看不够，说不停，尽管山路颠簸，车如船摇，兴致有增无减。唯有我一人游离气氛之外，沉浸在漫长的回忆里，严肃而紧张，感觉是去拜见一位渴慕已久的老师，看望一位崇敬无限的长辈，去赴一次迟到六年的约会。

少年学诗，没有书刊，摸着啥看啥。大学阶段盛行新民歌，追随张志民，信仰朴素。毕业后到生活中，迷上郭小川。郭小川是新诗形式革新能手，阶梯式、长短句、新赋体，随心应手。我只会亦步亦趋地学，不懂得郭小川是天才，政治修养、襟怀和悟性是学不来的。只能徘徊门外，难以深入其堂奥。

郭小川的诗集，我多方收集，除了第一本《平原老人》找不到外，《投入火热的斗争》《致青年公民》《雪与山谷》《鹏程万里》《月下集》《两都颂》《昆仑行》《将军三部曲》，一本也不少，连散发于报刊的《深深的山谷》《白雪的赞歌》《望星空》我都要千方百计弄到手。尽管《望星空》《一个和八个》受到批判，说是“虚无主义”“反党毒草”，我也不以为然，反而读出别样的味道。后来听说他厌倦了政治斗争，不愿做“驯服工具”，申请调离中国作协，到《人民日报》当机动记者。不久贺敬之也跟来了，一家报纸拥有两个大诗人，报纸增加了看点。郭小川的报告文学《旱天不旱地》《小将们在挑战》，出手不凡，尤其是组诗《厦门风姿》《甘蔗林——青纱帐》《林区三唱》，不光文采飞扬，章法、韵律，一唱三叹，证明了他是新诗要在民歌和古典相结合基础上发展道路的先行者。当时我在农村，抗洪、抗旱、“四清”运动，都把他的作品带在身边，当作日课，迷恋的程度渐渐超过了梅兰芳，从戏迷转向了诗迷。

不想“文革”来了，郭小川的名字和许多大家的名字一起消失了。有关他的消息只能从群众组织的传单、小报上见到一二。先后在《人民日报》、中国作协遭受批斗，受尽凌辱和拳脚，瘦得一把骨头，一手拐杖、一手药瓶地支撑着。后来全国干部都被赶到“五七”干校，我们去了邢台唐庄劳改农场，他们去了湖北咸宁，小报传单都停发了，只言片语也听不见了。

1972 年我被“解放”回来创办《河北文艺》。偶尔在《北京新文艺》试刊号上见到一首诗《秋收歌》，文字风格分明是郭小川，却署名袖春。不久又在《体育报》上看到了长诗《万里长江横渡》，郭体无疑，那胸怀和文采无人能及。一次回保定，在三十八军军部碰上一位文友，他说袖春就是郭小川。三十八军的政委王猛当上体育部长，胆子大，请郭小川出山，写庄则栋，反映强烈。“文革”初期我在保定待了几年，认识王猛，敢带头反对陈伯达。王猛这时站出来说:“郭小川是我请来的，我负责。”

此时咸宁“五七”干校也要收尾，原《文艺报》的吴泰昌分来河北，与我同在一个编辑部，知道我崇拜郭小川，就经常告诉我一点儿诗人的行踪。好似雾海里看到一点儿灯光，产生了一点儿接近和求教的欲望。在从前是想也不敢想的，我们一个天上一个地下，现在同是天涯沦落人，也许有了机会。我把习作几十首打印成册，壮着胆子请泰昌转给小川同志。万万没有想到，他很快回信了，足足 5000 字的长信，对每首诗都作了点评，针对我的问题，提出诗要敢于华丽，诗是音乐性最强的语言艺术。那是一个无眠之夜，我抱着那封长信逐字逐句品味，仿佛小川同志就在眼前，面对面地讲，手把手地教，一会儿正颜厉色，批评得我脸红耳热；一会儿又谈笑风生，说得我晕晕乎乎。5000 字的长信，小川同志显然认真看了作品，深思熟虑，几十张稿纸字迹工整，连标点符号都很标准，少说也要花费几天工夫，让我泪水湿了半截枕头。

信上还说了家庭地址，想见一面，我迫不及待地赶到北京，找到虎坊桥永安里。从黄图岗 6 号院撵到这里，房子只有一间。杜蕙同志热情地接待了我，说小川同志有急事离开，好在墙上还有他一张放大了的照片，鸭舌帽下一双炯炯有神的眼睛，深情地看着我，好像有话要说。

郭小川被迫回湖北干校，咸宁干校正要结束，转移到河北静海文化部干校。告别宴会很丰盛，但不让郭小川参加，专人押送，路过丰台也不许回家。团泊洼我根治海河时去过，洼大村稀，凄风衰草，与林冲发配的沧州仅一河之隔。干活儿通常是掘地挖泥，不知他带病的身体能否受了。好在静海那时还隶属河北，可以打听一点儿消息，知道他审查之余尚能借酒消愁，向上写意见书，反映“四人帮”的问题。小平同志复出后，他心情好转，尤其是当毛主席关于《创业》批示传来后，奔走相告，写了《团泊洼的秋天》《秋歌》，诗的思想境界、看问题的角度有了一个飞跃。专案组也泄气了，作了“经审查郭小川一切没有问题”的报告。由国务院安排工作，迅速投奔河南林县去了。

小川同志在林县写了《辉县好地方》和《拍石头》，发表在《人民日报》。还想写红旗渠，想起我过去写太行山的诗，托河南省文联的阎豫昌（河北正定人）邀我去见上一面。不久我下放邢台县会宁大队劳动，恰逢“四人帮”开始反扑，1 月周总理逝世，2 月小平同志下台，严冷的冬天加上倒春寒。期间收到了小川同志一首悼念周总理的诗，打印的，没几天又来信，叮嘱烧毁。我本来做好去林县的准备，看好了路线，突然接到命令，让我立即去保定，参加省革委收枪队，不得有误。失去了机会，造成终身遗憾。

1976年10月6日，一举粉碎“四人帮”，天安门广场举行庆祝大会，我有幸参加了，站在《人民文学》编辑部队列里，看到群情激奋的场面，心想郭小川会有一首好诗。还听到北京同志说，小川同志是新文化部部长人选。万万没有想到，十天后噩耗传来，小川同志返京途中，借住安阳地委招待所，欣喜若狂，难以入睡，服下安眠药，手中的烟头引发火灾，窒息身亡。带着渴望同“四人帮”战斗到底的一腔热血，过早地离开了这个他无限热爱的世界，成为党和国家巨大的损失，成为亲友和他的崇拜者莫大的遗憾。我立刻惊呆了，涕泪肆流，冥冥中想起什么，翻出《秋歌》，有如下诗句：“我知道，总有一天，我会化烟，烟气腾空；但愿这像硝烟，火药味很浓，很浓。”不相信这是一句谶语，但是人民诗人郭小川真的在火中涅槃，化成一只美丽的凤凰。

郭小川的出生地真的叫凤山。

汽车穿过伊逊河、滦河，抵达潮河，凤山镇就在潮河岸边。大家都以惊疑的目光打量这个貌不惊人，只有一条街的村落，何以从这个偏僻的塞北小镇，走出了一位声震华夏的大诗人。

凤山人有两大骄傲，一是远在两汉时做过要阳县治，一是近代出了个郭小川。对于古要阳的繁华昌盛人们不得而知，对于40年前郭家的神童记忆犹新。

小川1919年出生，独生子，取名恩大。父母都是教员，有着良好的家庭教育。3岁识字，5岁诵诗，10岁时对当时作诗工具《清韵集》背答如流，对《木兰诗》《滕王阁序》等名篇讲解得头头是道。有一年元宵节，凤山镇张灯结彩，一片光华。承德专署一位税捐局长把许多古诗拼成灯谜，写在街口灯笼上，全镇数千人解不出来，倒被十岁顽童郭恩大猜中了。这位局长出了一道又一道灯谜，一道比一道学问深，一连出了 15 道，都被他一一猜中，于是有了“神童”的称号。小恩大还写得一手好字。12 岁那年，县里在文庙增设女子小学。开学那天，盛况空前，各界人士围观神童试笔。恩大毕竟还是个孩子，够不着门头，站在桌子上悬笔书写，赢得一片喝彩。

小川同志故居在石东胡同，四合院，青砖门楼，一座影壁。正房三间，一明两暗，青砖灰瓦，虎皮墙，皮条脊。小川诞生的东厢房，至今还保留着他幼年读书时的黑漆方桌、一条方凳、一个文具盒、一个攒钱的匣子。我蹑手蹑脚走过，屏住呼吸，仿佛童年的郭小川正在用功，不敢打扰。

小川在故乡度过了美好的童年，1933 年日寇侵占热河，全家流亡北京，上蒙藏中学。小川从小爱听英雄故事，幼小心灵萌生了爱国主义思想，七七事变后，到太原参加八路军，分配三五九旅，给王震将军当秘书，1941 年到延安中央党校进修马列主义和文艺理论。1946 年开辟新区，当了第一任丰宁县长。

小川回到阔别 12 年的故乡，记忆中美好的凤山被破坏得破烂不堪，满目疮痍，而且战火逼近，土匪蜂起。27 岁的县长肩上的担子何其沉重，桑梓父老翘首以望。这个喝牤牛河水长大的战士，决心把一切奉献给养育自己的塞北大地。数九寒天，住冷屋，睡凉炕，访贫问苦。塞外自古以来随地便溺，他亲自动手，修建了第一个厕所，树立了文明习惯，至今被人传颂。由于日伪反动派统治已久，商号停业，市场萧条，小川走街串户宣传党的政策，动员开市，亲自组织了“人民”“裕丰”两家国营商店。他还不断到学校上课，为剧团排戏。下乡工作时，不是为这家刨粪锄地，就是替那家推碾倒磨。在金营村，常在最穷的张家住，临走时把自己节省的三丈白布、三双鞋、两双袜子一齐留给房东，感动得老张全家泪如雨下。

1946 年秋，国民党军队占领承德，进攻丰宁。15 个区的 14

个区小队因人员不断叛变，县大队只剩下两个连。地主武装全面反攻倒算，一片白色恐怖。小川同志把临产的妻子送到后方，坚持敌后游击战。他像一棵挺立风中的大树，发出《让风暴更猛烈地吹吧》的呐喊，在10月2日写的这首诗里，他描写当时的环境："天气坏透了，塞上的秋风都是这样野蛮，而太阳也不会给我们一点儿温暖。狼，在败草堆里喔喔地嚎，那些狗们，也悲哀地狂乱地吠着，在村落里兴起一场叛乱；但是，它们并不是对准狼叫骂，它们是彼此呼应，制造成最恐怖的场面。"呼唤弱者："而站起来吧，你，坐在灶火旁边的老妇人。现在还不到冬天，风暴也刮不倒人！"他歌颂"向风里的山坡上走去"的战士："对，好朋友呀，我向你学习！"同时也披露自己的心迹："人活着，最可怕的事情不过一个死，最大的风暴现在已经经历""让风暴更猛烈地吹吧，我看你究竟能吹得多么久！"尽管还不够成熟，已经看得出他后来的政治抒情诗的雏形。

小川同志大智大勇，几次身陷重围而率部脱险，几次深入虎穴孤胆锄奸。在战火中诗情和勇气燃烧得同样灿烂，战士本色是诗人。许多我从前熟悉的诗篇，如《老家》《给一个瞎子》《祝儿子诞生》在这里找到了出处，每一首诗都有它的背景和故事。

凤山镇东确有一座凤山，林木葱茏，奇峰如翅，活像一只昂首向天的凤，千年不鸣，一鸣惊人，这就是郭小川和他的诗歌。他壮美的歌声在20世纪中国大地响彻了几十年。40年代它是黄河激浪，50年代它是进军的战鼓，60年代它豪情似火，70年代它长歌当哭。越是恶魔的黑手扣紧喉咙，越是唱出人间最悲壮的诗歌。《秋歌》和《团泊洼的秋天》，是民族灵魂的啸吟，是伟大诗人人格的升华。

凤山，你不就是诗人的化身吗？

没有一面之缘，却是我受益终身的恩师。此生受益于恩师教诲，突出有两点：一是诗风方面，我学诗前期崇尚朴素，不喜花哨。他说:“这是美的偏爱，千万不要怕美，怕华丽。不可把辞藻的表面花花哨哨而空无一物，与真正的华丽和美，与用以表现美好思想的华丽等同起来。”郭小川的艺术魅力在于努力追求革命人生的真谛与华丽的艺术形式的和谐交融；二是生活方面，小川同志一生埋头苦干，不务虚名，一有机会就深入基层，越到后来这种欲望越是强烈，希望后半生到一个县城山乡长住下来，用全部心血去为人民歌唱。这两点对我做人写诗，都有着巨大影响。

凤山一日，在我一生留下深刻的记忆，终于实现了六年前的一次约会，终于见到了我崇敬一生的恩师的全貌，更加了解了他的诗。返程路上，写了一首长诗《他走了，在这乡村大道》。

怀念臧克家老师

世界上人口最多的国家，一位最受爱戴的诗人，写过脍炙人口的《有的人》的诗人，在经历了他人生 99 个“人日”之后，溘然仙逝了。可是国人却都记着他的那句诗:“有的人死了，他还活着。”他还活在赵堂子胡同 15 号，那是他居住了半个世纪的家，是诗人的精神家园。赵堂子胡同 15 号，也是我 30 年来屡屡登门求教的地方，是我诗的庙堂。

我是一名烈士遗孤，一个农村的苦孩子。幼年读《烙印》《罪恶的黑手》，知道他是苦难深重的农民的代言人。抗战的诗我都找来读，发现他 8 年中出版了《兵车向前开》等 7 部诗集，和《他们打仗去了》等 8 首长诗，不愧是文学界的抗日模范。臧克家三个字如雷贯耳，早早就成为我的偶像，做梦都想见到他。

1973 年，经过 6 年“文化大革命”劳动改造，我被分配到复刊的《河北文艺》当诗歌编辑，天天在报刊上寻找他的名字，总是茫然不见。一天新到编辑部的吴泰昌同志说，臧老从咸宁干校回来了，在北京养病。我壮着胆子把自己的40首习作油印成册，托泰昌带给臧老求教，其实也不抱什么希望，因为一个青年业余作者与一位文学泰斗之间的距离太过遥远了。万万没有想到，不久泰昌就传来口信，说臧老在病床上花一个星期反复看我的诗。接着亲笔信到了："给我印象颇好……几时来京，望来我处玩玩。"臧老的夫人郑曼出差石家庄，还特意到了我家，转达了老人家对我的钟爱之意。我受宠若惊，喜出望外，迫不及待地来了。

初冬的一天，按照郑曼同志画的路线，出北京站北行，小街南头，找到了赵堂子胡同15号，我激动地推开路北的小门，一座四合院，砖墙木窗，像家乡的农家小院。原来独门独院，"文革"后西、南两屋挤进了两家工人，因为臧老为人谦和，邻里关系处得很好。那工人还和颜悦色地喊："来客了。"

从北房出来一位精瘦、矍铄的老人，因为体弱怕冷，裹在大衣里，无疑是臧老了。我自报家门后，被攥紧双手让进屋里。一明两暗，面积不大，地上摆了许多过冬的花盆，显得空间愈加狭窄。可是墙上挂着不少名人字画，包括闻一多、郭沫若、沈雁冰、徐悲鸿的，这窄小的房间在我眼前立刻高雅、豪华起来，这在横扫"四旧"之后是极为少见的，也足见主人的胆量了。

臧老像接待农村的亲戚一样，深情地看着我，看出来是由衷地喜欢，也许是出于他浓得化不开的农村情结。当时我进城不久，浑身家做土布棉衣，一口地道的冀南话。老人从我身上寻找着久违的乡土气息。

受编辑部之托，求老人家为刊物题词。我被领到里间——书房兼卧室。空间本来很小，因为几架书橱占据，几乎转不过身来。书桌小得与房间很相衬，放不下对开的宣纸，可是面前这张小书桌上产生了多少大作品。在这张小桌子上，他写了著名的《有的人》《海滨杂诗》和《李大钊》《春风集》《欢呼集》《凯旋》几本诗集。

臧老天性率直，谈起来滔滔不绝。怕累着老人家，我知趣地起身告辞。臧老坚持送到门外，频频挥手，直到我在小街拐了弯才回去，那身影好像他门前那棵朴实的老榆树。

那些年，臧老对我每信必复，加起来有五六十封。其中一封写道："地震中，以腿当桌，枕枕。"在报刊上发现我的诗，好的就鼓励："读到《诗刊》发表的诗，十分高兴，望你树立信心，笔不停挥。""读了《大寨赞》，画了圈、线，在题目上画了双圈，极高兴。"不满意的就批评："意思颇多重复，一泄无余，手法变化少，还不够精练。"

不够精练，一针见血，扎到我病根上。我写诗最早学张志民，追求朴实。后来郭小川同志给我写了一封 5000 字的信，教我要敢于华丽。学郭学偏了，有些铺排，臧老反复指出："必须短小、精练、含蓄、有味、生动活泼、令人喜爱。上手爱看，上口爱读，读后印象深，永远不忘。"在臧老的具体指导下，我的诗有了进步。与智慧者同行，必得智慧。

那时交通落后，从石家庄到本省的张家口、承德、唐山出差，都要在北京中转。加上 1983 年我开始主持河北作协工作，经常到北京开会，所以便成了赵堂子胡同 15 号的常客，推门就进，无话不谈。那时政治空气浓厚，礼节也不讲究，君子之交淡如水。一般都是空手而来，顶多带几本书刊。有一次我到临西县出差，过一条河就是山东临清。我想起 1934 年至 1937 年臧老曾在临清中学教书，在这里写了著名的《运河》和《自己的写照》。在长长的运河大堤上我寻找先生的足迹，背诵先生的诗篇："我立脚在这古城的一列残堞上，打量着绀黄的你这一段腰身，夕阳这时候来得正好，用一万只柔手揽住了波心……"省文联秘书长李盘文是他当时班上的学生，臧老常常提到他的名字。为了唤起臧老对故地的回忆，我从临清买了香油、花生之类带到北京，不好开口，托词是李盘文托我捎来的。臧老提起临清，有说不完的话，还特意请我到附近一家饭馆吃饭。30年前的事了，记不清点的什么菜，反正当时还不兴鱿鱼海参，无非京酱肉丝之类的京菜。之后我也参加过国宴，也曾游遍世界，但是哪一餐也不如那次吃得有味儿，是我此生最高的一次礼遇。

改革开放之风吹皱诗界一池春水，各种思潮应运而生。我感到新诗潮来势太猛，难以适应，转而写起散文来。先后在《人民文学》《中国作家》上发表了《理发的悲喜剧》《母亲的河》。臧老看后，很快来信："久不见，真是极怀念。你的'剃头'散文，给我印象很深。"关键时刻，我又来到赵堂子胡同15号。臧老说这样的题材怎么不早拿出来？我说过去也几次试着写，但是一拿起笔来，触及太过沉重的苦难，就如同撕开旧伤疤，疼痛难思，泣不成声，大病一场。臧老说："我80多岁第三次写老哥哥和六机匠时，也是痛苦得写不下去，到卫生间里去洗脸。只有最感动自己的，才能最感动别人，才是好作品。"后来我有三篇这样的作品先后入选高中和中专语文课本，臧老说应该，"读到你的'剃头'，甚为佩服"。臧老还告诉我，散文可以看作诗歌的补充，可以把感情抒发得淋漓尽致，我看他的《怀人集》就是这样的，篇篇情真意切，生动感人。我真的写起散文来了，又是臧老在文学的三岔路口，及时地给我指出了方向。唤起独创性的表现与求知之乐，是为人师者至高无上的地方。臧老说："我不是教师，只不过是问路人的同行者而已。"

仁者寿，臧老的生命基于善良和乐观，精神放松。他不止一次地开玩笑说："我这是药罐子熬过柏木筲，还想活到120岁，看到中国诗界的六世同堂、八世同堂呢。"作为他的学生和朋友，我也希望如此。所以此时百岁而终，已是人间奇迹，可我依然感到突然，难以接受。遗体告别时，我特地从石家庄赶到北京，早晨7

时就来到八宝山。不能推门而进了，我在灵堂外面转了一圈又一圈，脚步十分沉重。等到 10 时，看到老人家安卧花丛，与 30 年前一样慈祥、平静。告别之后，一个人又来到赵堂子胡同 15 号旧址，如今城市改造，这里已是宽阔的马路了，可是那座庄稼小院，那座诗的庙堂，永远矗立在我心上。

随白羽同志访苏

1987 年 8 月，白羽同志率中国作家代表团访问苏联，团员有峻青、我、钱钢和梅绍静，翻译是北师大俄语系南正云教授。由于白羽同志的声望和资历，苏方特别重视，给予最高规格接待。全苏作协主席马尔科夫和第一书记卡尔科夫亲自主持欢迎会，他们二位都是苏共中央委员。著名作家艾特马托夫，只安排在走廊匆匆一见。我们旅居的宾馆，是 1950 年毛泽东主席访苏时下榻的地方，原来是郊区，现在变成了市中心。全苏作协书记处书记罗日杰斯特文斯基在他的森林别墅宴请了我们，之后派专员陪同到全国各地参观访问，特别是乌克兰之行，是一种很高的礼遇。乌克兰不同于一般加盟共和国，在联合国占有席位，出入境还得办理签证。

白羽同志年过七旬，鹤发童颜，身材挺拔，像一棵伟岸的白杨。苏联人民敬重他，不仅因为他的电影剧本《中国人民的胜利》曾荣获“斯大林文学奖”，还因为他是中苏文化交流的开拓者之一。他与原全苏作协的领导人法捷耶夫、西蒙诺夫、波列沃依等私交甚笃。有件小事可以说明，每次访苏他们都要求他带几瓶中国酱油，因为俄式烹饪不是水煮就是油煎。后来两国关系恶化中断了联系，可是没有中断他们之间长长的思念。听到老朋友相继去世，每次他都难过几天。

在莫斯科，白羽同志急于要去新圣母公墓。那一天，天空阴沉着，白羽同志换了一身黑礼服，特地买了几束鲜花，迈着沉重的脚步走向墓地。整个墓地被森林覆盖着，林荫下的墓碑也像森林一样茂密。白羽同志让翻译帮助一一找到他的老朋友，在每座墓前献上一束鲜花，又从怀中掏出一小瓶中国酱油，点点滴滴洒在上面，边洒边念叨着什么，泪水从脸颊上滑落下来，和着滴滴酱油渗入泥土。他的悲痛也传染着我们，跟着他落泪。这时终于下起雨来，那雨也许是他的泪水引落下来的。他谢绝了翻译的雨伞，任黑礼服和青青墓草一起淋湿着。

白羽同志与众多的苏联作家有着类似的经历和共同语言。卫国战争中苏联有 800 名作家走上前线，300 名荣获战斗英雄勋章，253 名在战争中牺牲。我们这个代表团，白羽同志和峻青同志参加过抗日战争，我是革命烈士遗孤，钱钢是现役军人，梅绍静在延安插过队。所以走到哪里都有战友重逢的感觉。马尔科夫说他作为苏联红军的一员，解放中国东北时一路打到赤峰，那时白羽同志也正在东北战场，曾经共同作战。在乌克兰作家协会，主席兹巴纳茨基在卫国战争中荣获“苏联英雄”称号，他说对中国一往情深，亲眼看到战争年代许多中国同志帮他们打仗，不少人牺牲在苏联国土上，有的中国烈士的面容至今记忆犹新。他访问中国，到过山西省文水县云周西村，写过《刘胡兰的故事》，对那个地方很怀念，他今年 75 岁了，还想到勤劳善良的中国人民中间去。老作家阿夫托马诺夫是个老侦察兵，曾经三次空降敌后，给斯大林提供过一个情报，他的长篇小说《在库良吉亚包围圈中》在中国也有译本。连作协外委会秘书奥克休塔也是个老兵，在解放基辅战斗中，坐一只洗衣盆在狂风恶浪中渡过第聂伯河，突破了德军防线。白羽同志站起来说：“我很激动，与乌克兰老作家、老战士会晤，你们的热诚使我不能不像火一样燃烧，因为我也是一个老兵。我今年71岁，十几岁就向往乌克兰，从果戈理《五月之夜》知道乌克兰是那样美，那样芬芳的地方。有红樱桃、长眉大眼的姑娘，第聂伯河上空飘荡着歌声。31年前去往贝尔格莱德，飞过乌克兰上空时，痴痴地望着它。在那反法西斯的年代，我们虽然相隔万里，但我们的战壕却紧紧相连。”

在苏联国土上，每到一处，白羽同志必然率领我们参观卫国战争遗址。在基辅别切尔斯克山口，他听到一首低沉而深厚的歌，感到耳熟，让翻译一字一句地念，他一字一句地记在本子上：“我活着，许多战友却没有回来。我活着，你们却牺牲了。尽管我没有罪，但是心里很难过。欠下你们沉重的债，我要活下去，完成你们未竟的事业。”他感觉那不是录音，而是从钢铁战士肺腑中迸发出来的，从地心深处喷涌出来的。朗诵的时候，还特别面向着我，他知道我的身世。

在圣彼得堡，当时还叫列宁格勒，参观列宁格勒保卫者纪念馆。纪念碑是一个放大了的步枪图案，刺刀直插云天，刺刀的寒光与旁边涅瓦河的水色一样闪亮。展厅在地下，900支血红的火炬和它们组成的光环，象征着这座英雄城市被围困的900天。白羽同志在默默地听着讲解，我注意到他眼瞳里的火炬也在燃烧着，连淌在脸颊上的泪水都是血的颜色。他说一连几天，睁眼闭眼那火炬都在他睫毛上闪耀着。回国以后的第二天，他就把一篇散文《九百火炬》寄给我主编的《散文百家》，那是代表团所有成员发表的第一篇访问记。

在苏联的15天，我发现白羽同志对俄罗斯文学和苏联文学了如指掌，熟悉程度要比苏联作协外委会的陪同人员冬尼娅和所有导游和讲解员高得多。去往托尔斯泰庄园雅斯纳亚·波良纳的路上，路程遥远，冬尼娅说不清几时到达。自羽同志看看手表说，240公里的路程，花甲之年的托尔斯泰4年中多次步行走过，与流浪汉攀谈，送病童上医院，夜宿农民家中，苦苦探索他的人生之路。看他脸上表情，似乎眼前真有一个步行者的身影。参观托尔斯泰故居小白楼之后，要去拜谒他的坟墓，在茂密的森林中，冬尼娅找不到路，白羽同志说，是一条“绿色的峡谷”，似乎应该走左边的小路。走着走着果然在森林中发现了一条长方形的土堆，没有十字架，没有纪念碑，土堆上长满了青草，与大地一样的颜色。这个小土堆就是18世纪世界文学的高峰。冬尼娅和我们大家都很惊奇，难道白羽同志曾经来过这里？白羽同志摇摇头说，过去多次来到苏联，都是工作访问，来去匆匆，没有机会。但是来到这里，一切都似曾相识，都是青少年时期读书的记忆。在莫斯科参观高尔基故居，在基辅参观谢甫琴科故居，在列宁格勒参观普希金的皇村、陀思妥耶夫斯基的拐角楼，情况也都是那样，白羽同志脑子里装满了俄罗斯和苏联文学的典故。

经过白羽同志指点，我才打开眼界认识了世界，以后访问了许多国家，每次出访都觉得心里有底，因为眼前总有一棵高高的白杨，一个伟岸的身影在前面引路，认真地为我做着导游。

乔羽与邢台

乔羽说，邢台是第二故乡，好山好水，连抽的烟叶都甜丝丝的。邢台人说，乔羽是咱这块土地走出去的艺术家，词好曲好，每首歌听了心里都热乎乎的。乔羽和我不是同学，但是同校，1955年我在邢台高中上了三年，而这座校园七年前是北方大学，乔羽上了三年，无形中有了特殊的感情。

邢台1945年9月解放，是晋冀鲁豫边区最大的城市，第一任市长是任仲夷。年底成立北方大学，乔羽是第一批学员。晋冀鲁豫边区包括太行、太岳、冀南、冀鲁豫四个抗日根据地，位于潼关、徐州、德州、太原之间。乔羽的家乡属冀鲁豫的鲁西区。1946年春天，经共产党地下组织推荐，19岁的乔庆宝要到北方大学深造。一行6人乘两辆去邢台送货的马车出发，新的生活需要一个新的名字，那一天绵绵春雨给了他灵感，由雨而羽，乔庆宝变成了乔羽。新生的乔羽真想展翅高飞，飞到高高的太行山上。

从济宁向西北，过梁山，杏花正开。再过去是黄河，黄河无水，一片白沙，马车还得由人助推。过河是大平原，甩袖无边。行走6天才抵达邢台，北方大学在城西，周围绿树环绕，不远就是达活泉。这是解放区第一所院系齐全，规模大又正规的综合大学，汇集了全国一流学者、名家，校长范文澜，教授有刘大年、尚钺、荣孟源、王冶秋、艾思奇、黄松龄、乐天宇、王锦第、刘桂五、钱信忠、陈荒煤、光未然、罗工柳等，农学院还有两名美国友人，韩丁、杨早。上千名学生，七成来自解放区，三成来自国统区，遍及各省，包括台湾。乔羽文化基础较好，编入高级班。他祖父是清朝拔贡，办私塾，乔羽自幼聪明过人，3岁识字三千，6岁背过《唐诗三百首》。但是课程中他并不看重文学艺术，信奉龚自珍的“经济文章磨白昼，幽光狂慧复中宵”，喜欢哲学和经济。

不久内战重开，国民党高德林部夺回邢台，北方大学让出城市，到山区、农村办学，边行军边打仗边上课。刘邓大军南征大别山，光未然带领文艺学院到馆陶后方医院实习，办一张《光荣》报，从采写、刻字、插图、油印到发行，都由乔羽一人完成。戏剧队演出，人手不够时乔羽也来帮忙，有时也分到角色，通常没有台词。一次扮山包，顶一块彩布坐在地上；一次扮大树，两人相拥裹一块画布。中午改善生活吃多了，着了凉，咚咚地放屁，臭不可闻，憋不住气扭动几下，下边观众说，没刮风，树怎么晃了。

1947年冬天，乔羽到临西县白地乡党尔寨参加土改，白天发动群众，晚上披着被子写材料，熬了六天，写出12万字的《党尔寨土改调查报告》。冀南行署主任王任重看了，说“观点明确，材料生动，逻辑严密，文笔漂亮”，指令在《冀南日报》加版连载，还要调来行署研究室工作。边区党委批示：“这批学生谁也不能动，留待解放全中国后统一使用。”

通过社会实践，乔羽看到了文艺的功能，加深了对《延安文艺座谈会上的讲话》的理解，开始文学写作，发表了一些诗歌、小说、秧歌剧。三年毕业，与光未然、贺敬之、崔嵬一起分到文化部剧本创作室。创作了儿童剧《果园姐妹》，童话《龙潭故事》《森林宴会》《阳光列车》，宋庆龄副主席亲自为他颁发了儿童文学奖。

人到北京，心还留在邢台，朝思暮想，乔羽申请深入生活被批准，首选目标是邢台地区沙河县渡口村。1946年8月，他在这里参与了迎接和安置昆明惨案被害的闻一多家属，一眼看中了渡口的青山绿水。1951年春天，他背着行李回来了，住在村西头支部书记刘青云家里，石头院小南屋，靠东的土炕，晚上点煤油灯，邻居嫂子大娘都来“借光”，纳鞋底做针线活。他听见鸡叫就起床，一天三出工，干活不惜力，不懂就问，很快就成为一个戴眼镜的农民。至今村里还流传着他两个笑话：不会生炉火，撅着屁股用嘴吹，呛得鼻涕眼泪流；用辘轳打水，套水桶不会使三连环，掉进井里束手无策。邻居拿来卖肉的钩子，帮他捞桶，乔羽非自己动手不可，撅着屁股捞呀捞，最后终于成功了。还总结出经验，心莫急、手莫慌、沉住气，钩子就长了眼，一下就抓住了。

至今村里念乔羽两件好处：一是有照相机，听说谁家孩子过百天，登门拍照，攒多了回北京洗印，回来送上照片、底片。有人看到底片发红，说相机吸血，他就耐心解释。渡口村五百户几乎家家有他拍的照片，上有“中国照相”字样，北京中国照相馆洗印的，我在农民王森家看到过一张；再一个农村当时缺医少药，感冒发烧，跑肚拉稀，只能扛着。割草拉破手，打架碰破头，只能忍着，吐口唾沫抹上草灰。乔羽从北京带来一些常用药，阿司匹林、酒精、红汞之类，看着说明书给人治病，解决了不少问题。慢慢地刘青云家成了小药铺，十里八乡都来看乔郎中。

不忙的时候，乔羽爱来河边看风景。北有广羊山，南是黾头坳，两山夹一川。夏秋两季，河宽一二百米，清澈见底。这条河俗称沙河，《水经注》上称禺水，下游是澧河，注入子牙河。上通山西，下达天津，自古一条商道，是商品集散地，故名渡口，十天三个集，一年仨庙会。还有人文景观，北山有老君洞——老子修道的地方。山顶老君岩，明末清初河朔诗派领袖申涵光隐居之所，有碑刻为记：甲申，奉母避乱西山，诛茅广羊绝顶。

沙河水脉脉含情，把乔羽的目光带向远方，带向鲁西老家。那里也有一条河，济宁是大运河上一个商埠，“官舸商舶鳞集，麻拥于济宁城之下”。他家住在顺河街，距李白居住 23 年的太白楼一二百米，“我家就在岸上住”是他与生俱来的诗句。电影《上甘岭》出来后，沙河人骄傲地说，这首歌是乔羽在渡口写的，沙河就是那“一条大河”。

1953 年末，乔羽要回北京上班，乡亲们说舍不得，又催他回去，“小子过了二十五（岁），裤子破了没人补”，到了成家的时候了。乔羽回到北京，不光结了婚，还生了一个又一个“娃娃”：《让我们荡起双桨》《人说山西好风光》《汾河流水哗啦啦》。影片一出，县电影队先来渡口放映，人人学唱，乔羽的歌就是沙河县歌。

1958 年剧本创作室解散，乔羽要求下放，到沙河县挂职。地委安排他任县宣传部副部长、统战部部长，兼任邢台地区文联主席，但是他大部分时间还是在渡口蹲点，和农民一起担水抗旱，打夯砌墙，带上干粮修水库。一次正在三王村大炼钢铁，他爱人赶来探亲，在褡裢站下火车。乔羽高兴，赶上马车连哼带唱，跑了100多里把她接来。渡口村沸腾了，上千人围来看新媳妇，送来的花生核桃堆了一炕，有的说真洋气，有的说很古典，半大小子还要等着闹洞房。

1958年秋天，沙河、邢台、邢台市三县（市）合并为邢台大县，乔羽仍任县委宣传部副部长，工作范围扩大了，由一个渡口川扩展到路罗、浆水、稻畦、龙门，共五大川。县长何耀明和文化馆长景慧敏，根据南石门公社兴修七一渠的事迹，创作了剧本《天上人间齐歌唱》，乔羽修改一遍，又请省话剧团付长生导演，四股弦剧团马凤仙、下放干部齐啸云主演，轰动牛城。一鼓作气，又到天津参加省会演，拿了一等奖。县里接收地区戏校一批学生，成立丝弦剧团，因为年龄普遍低，人称“小丝弦”。乔羽爱如掌上明珠，亲自改编了一出海瑞戏《铡徐猛》，还请来中央歌舞剧院作曲家舒铁民住下来，修改唱腔，使南路丝弦的音乐大有起色，为后来编演《轰鸡》、唱红京津打下了基础。

1962年1月，北京召开七千人大会，白天出气，晚上看戏。乔羽和电影界老搭档苏里、武兆堤凑到一起，戏称邢台老乡。当年抗大总校在浆水，苏、武二人都是学校文工团员，进城后都成了电影大腕儿，苏里与乔羽合作过《红孩子》《刘三姐》《我们村里的年轻人》，武兆堤导演过《沙家店粮店》《平原游击队》，正在改编《英雄儿女》。武兆堤要请二人吃饭，前门饭店烤鸭凭票，来到北京饭店，通过一个邢台籍的工作人员搞到了肉丝炒面和一盆汤，当时已经难能可贵了。乔羽看了菜单，显出失望的样子。问他想吃什么，答曰最想吃浆水柿糠炒面，又香又甜，一边说一边吧嗒嘴。三人你一句我一句，共同回味邢台山区光荣的岁月，末了形成共识，搞一部电影《我们战斗在太行山上》，击掌结盟，由乔羽写剧本，苏里导演，武兆堤正搞《英雄儿女》，一时抽不出身，负责写剧本梗概、编导计划，在文化部登记立项。不久乔羽、苏里回到邢台，武兆堤也追来，在县委书记何耀明陪同下，开着全县唯一一辆吉普车，沿着当年抗大文工团演出路线重走一遍，之后又到晋东南芹泉、桐峪、蟠龙、西井、麻田等旧战场，选外景，拍照片，回来闭门研究剧本，写累了就上山转。

我就是这当口大学毕业，安排到邢台县文化馆的。馆长刘金铭看了档案，说你写诗找乔羽，去石槽吧。第二天简单准备一下，第三天步行上山。这条路不生，高三时去张安北谈话劳动走过一次。路远我不怕，从小走垄沟踩坷垃，初中 15 里，高中 90 里，来回都是步行，那时还没有公交车，练就了粗腿大脚，穿 48 号鞋。起五更出门，摸黑赶到石槽，一天走了 120 里。

村干部把我安排在省林业劳动模范孙清贵家里，大娘端上灯送到小西屋，铺好了炕，说乔羽来了都是在这儿睡。我迫不及待地躺下，觉着诗人的余温还在，会沾上一点儿仙气。刚躺下，看到墙上有乔羽的诗《赠孙清贵》:“有土之处皆种树，有山之处皆成林。春蚕已超江南盛，夭桃独占江北春。桃树擎天张华盖，苹果遍地隐诗人。行者到此莫考量，葡萄美酒醉众神。”孙清贵爱说快板儿，曾按照乔羽的指点，将多余的葡萄装入坛中，泥土封盖，酿成美酒。第二天我又沿着乔羽的足迹，爬上 1000 多米的凌霄山，在村场办公室又看到乔羽一首诗:“人有灵霄殿，我有凌霄山。雄峙太行顶，绿树接青天。虎豹已绝迹，孩提正承欢。昔日大王居，今日桃李繁。”又一次看到，发现乔羽不仅是诗人，还是书法家，行草颇有功夫。

大娘说乔羽人好，地里不挑活，家里不挑饭。刨坑栽树，搬石垒堰，啥都干。冬天吃糠窝窝，热窝窝壳篓里加个冷烘柿，他说举起火炬。夏天喝凉井水，辘轳绞出一桶水，舀一碗不落地，咕咚咚一饮而尽，透心儿凉。

短时间找不到乔羽，他的诗却俯拾即是。在水门村看到他写王永淮:“王永淮，像春蚕，年年月月不离山。春蚕吐丝只几日，永淮辛苦几十年。”在渡口看到他写的《沙河谣》:“沙河沙河是我家，平原宽阔山岭大。煤铁金银样样有，到处都是好庄稼……”

有一天终于把他堵在办公室，自报家门，送上习作，乔羽看得很认真，逐字逐句提意见。那时他还没有发福，大脑门儿，尖下巴，身上没有多少肉，头重脚轻的样子。眼镜后一双清澈的眼睛，嘴角微微翘起，天生一个乐天派。浓重的鲁西话抑扬顿挫，自然带一种乐感，还不时冒出一两句邢台县方言土语，“老娘的”（中老年妇女），“媳物的”（年轻媳妇）。论年庚，都是属兔的，他大我一轮。他说：“你这兔子生逢其时，满地庄稼。我这兔子，生在冬天，场光地净，常常被人追着跑。”他又说兔子胆小，从来夹着尾巴做人，不敢奓翅。我说我是个笨家伙，茶大胆，早晚得撞在枪口上。还说羡慕他，电影、歌剧、诗词，样样精通。他说这叫狡兔三窟，不能一棵树上吊死。与君一席话，胜读十年书，相见恨晚，从此我也不光写诗了，剧本、散文，都顾着。

乔羽没脾气没架子，吸烟喝酒，到处朋友。走到邢台街上，三步一点头，五步一握手，生一点儿的叫乔部长，熟一点儿的叫乔老爷。交情最深的是何耀明和吴玉书。

何耀明长他两岁，14 岁小八路，16 岁当区长，新中国成立后任县长、县委书记，把邢台县建成太行山最绿的地方，受到毛主席接见，爱好文艺。二人朝夕相处，思想默契，对话都是诗句。一天去黄寺工作，中午吃香椿拌面，乔说：“闻着香心。”何说：“吃着爽口。”下午上棋盘山，有一尼庵，多数人还俗，只有一人不走，分得庵外几亩坡地，尚未入社。乔说：“玉泉古寺禅意浓。”何说：“和尚还俗为社员。”乔说：“南坡尼庵归老尼。”何说：“自种自养度晚年。”一天视察东川口水库，乔羽写诗一首：“一带山色明镜里，几叶扁舟彩云间。天惊犹记石如雨，又见鸳鸯自在眠。”三天后同去羊卧湾水库，何耀明回赠一首：“朝登仙翁山，夕游羊卧湾。既穷千里目，复察深水寒。”彼此抄在对方的笔记本上。

吴玉书长乔羽 35 岁，民国初年曾入天津音乐学校、国立保定高等师范美术专科，诗书画皆精，毕生从事乡村教育，老来入党，是全县人文楷模。乔羽经常上门求教，切磋艺术，就是在外地也书来信往。一次在桂林，乔羽看画家写生，惜用笔伤于巧，写诗一首寄吴老：“云凝雾聚世所无，老米曾作阳朔图。寄语当今诸巨手，何不泼墨见功夫。”吴老写诗回赠：“恨失阳朔图，喜得阳朔诗。诗中自有画，画箴是我师。”乔羽结束邢台八年深入生活，1962 年最后一天，爬上吴家小楼，围炉饮酒话别，当场口占一首：“半生始悟本无知，欲立程门恨已迟。唯量不大偏饮酒，识字无多要作诗。忘情但觉小楼暖，归心岂怨大道私。明日山岳又相隔，矫首寒云惹梦思。”吴老即兴步韵回赠：“炉温吸热近先知，有恨平生解惑迟。剑器观察雄峙字，放歌约出无邪诗。安家都盼车铃发，任重难为邢境私。每接一言会究省，敢向渡口报行思。”

1963 年邢台暴雨成灾，省委在天津搞抗洪救灾展览。吴老以 81 岁高龄受命组团参观，回来搞邢台县的展览，成员有县剧团团长左万云、画家杨凤岐和我，特意在北京转车看望乔羽。乔羽说，这是一个邢台县文化代表团，要设酒相待。吴老说，老百姓受灾，喝不下去，免了吧。不久“文革”开始，各自祸海挣扎，断了消息。直到 1973 年，省里文艺会演，张家口报了个《矿工女儿》，我在评论组，看唱词不俗，剧团说是乔羽执笔。他们单位在蔚县办学习班，乔羽属“反动权威”，过年杀猪管洗下水、撸肠子。

朱德委员长逝世的消息公布时，我正在北京，去家里看望乔羽。他正接受任务修改《绣金匾》，一遍遍哼着“一绣总司令，人民的好父亲……”十年不见，变化的只是年龄，不变的是气质，精神依旧，谈笑风生。他的心胸就是“一条大河波浪宽”。

我学了六七十年诗，写得不好，但是懂得什么是好诗。以为当代诗史，乔羽的名字应该与郭小川、贺敬之并列。或许有人会说，乔羽写的只是歌词，殊不知歌词正是诗的精华。《诗经》、《乐府》、《唐诗三百首》、宋词、元曲，当年都是歌词。而当时那些故作高深、咬文嚼字、佶屈聱牙的文人诗往往传之不远，通过了一些人的“慧眼”，通不过一代代老百姓的“筛子眼”。乔羽有那么多佳作脍炙人口，深入人心，《我的祖国》《祖国颂》《让我们荡起双桨》《思念》《难忘今宵》《爱我中华》《说聊斋》……无与伦比。因为他最懂得诗的精神，最具备诗人气质。他轻松、自由、挥洒自如，而不作诗人状，写家国大事如烹小鲜。

汪 曾 祺

我不写小说，爱读，还很挑剔，咂摸语言味道。因而令我折服的小说家不多，汪曾祺是一个。我是从《受戒》等中短篇小说认识这位大作家的，只是无缘相见。1991 年 4 月天赐良机，中国作协组织了一个庞大的作家代表团访问云南，团长是冯牧，副团长有李瑛、汪曾祺和我。半个多月朝夕相处，混熟了才知道他的文章是怎么写出来的。

昆明机场下飞机，高洪波扶一位老者走下舷梯。此人面目黝黑，一双眼睛如夜空亮星，浅灰色风帽遮不住一头银发，弯眉下垂，说话时露出一口整齐的白牙。我猜一定是汪曾祺，奇人必有奇貌。

代表团台上的中心是冯牧，台下的中心却是汪老，他幽默机智且妙语连珠，着实招人拥戴。汪老 1939 年至 1945 年在云南学习、工作了多年，安然如返故里，有诗曰：“犹是云南朝暮云，笳吹弦诵有余音，莲花池畔芊芊草，绿遍天涯几度春。”“笳吹弦诵”出自西南联大校歌，当年他是高才生，师从沈从文，对那段生活充满美好的回忆。一有机会便约三两人出去转转。大街小巷了如指掌，茶馆酒肆记忆犹新。

应邀到玉溪烟厂，汪老腹内渊博的知识随时外溢。他说烟于明清时传入中国，称淡巴菰，分水、旱、鼻、雅、潮五种。云南烤烟是40年代从美国弗吉尼亚引进的。他几十年抽过的杂牌、名牌卷烟记得清清楚楚，打开烟盒抽出一支，摸一摸就知道工艺如何，闻一闻就能说出什么香型。品尝了“红塔山”，他概括为一个字：醇。当场作诗一首：“玉溪好风日，兹土偏宜烟。宁减十年寿，不忘红塔山。”

联欢会上，作家们一人叼一支“红塔山”吞云吐雾，唯有我例外。汪老过来说：“你怎么搞特殊！这么好的烟，五千里外还‘气（妻）管炎’？”我说：“那倒不是，老婆偶尔还抽一支呢，是我自己活到50岁烟未沾唇。”汪老抽得似有醉意，眯缝着眼说：“你是河北人，贵同乡纪晓岚嗜食淡巴菰，总纂《四库全书》时，叫人把书平摊在一个长桌上，他一边吸烟一边校读，围着长案走一圈儿，一篇《四库全书总目提要》就出来了。”汪老亲自点燃一支“红塔山”送来，我诚惶诚恐接过，猛吸一口，鼻涕眼泪，连声咳嗽，还说：“您老不怕十年寿，小辈何惧一支烟！受戒了。”

玉溪烟厂西北山丘上，真有座红塔山，同烟标一样。晚饭后大家爬山看红塔，汪老也兴致勃勃上去了，偏偏下山崴了脚。搀下来涂药包扎，汪老说笑话：“我这叫一失足非千里恨，出师不利脚先伤，跛行云南走一场。”

隔日游星云、抚仙两湖，汪老拄杖同行。连接两湖一条狭长水道，两岸古树参天，楼阁断续，如入画境。中途一块巨岩，上刻“界鱼石”三个大字。两湖流水相通，游鱼至此却折返，互不侵犯。是两湖深度不同所致，还是湖水温差使然？汪老只顾沉吟猜度，不料一阵风来，把风帽吹落湖中，两条系带摇晃似伸手呼救。汪老说：“此帽随我数年，难以割舍，只是不知湖水深浅，莫敢如李白水中捞月。”失去遮掩，白发纷披，策杖颠行，酷似铁拐李，一身仙气。诗人李瑛一旁说："这抚仙湖就改名'落帽湖'吧。"

汪老也爱酒。代表团无人能陪，为助兴我就上去了。几杯下去汪老看出我的功夫，说发现了一名酒才，退回20年得一较高低。汪老有古人遗风，酒后诗如泉涌，此时求诗易得，给高伟的诗是："湛湛两泓秋水眼，深深一片护胸毛。沙滩自有安眠处，不逐滩头上下潮。"给李林栋的是："踏破崎岖似坦途，论交结客满江湖。唇如少女眼儿媚，固是昂藏一丈夫。"内含茶余饭后笑料典故，看了令人叫绝，不亚于丁聪、华君武漫画效果。白面书生李迪眼有宿疾，害怕高原阳光暴晒，常戴一副墨镜，然而遮住眼睛遮不住鼻梁。有人说起了涅克拉索夫《严寒，通红的鼻子》，李迪无地自容。他也索句，汪老脱口而出："有镜藏眼，无地容鼻。"听者莫不捧腹，笑出了若干红鼻子。

泼水开始。最初是手指弹树枝，斯斯文文；继而盆泼桶倒，劈头盖脸；最后一条条水龙头都上去了，浇得人人成落汤鸡，浑身水流如注。整个会场脚下一片汪洋，人人"兴风作浪"，尽情地疯狂。泼水之后湿漉漉的人们自动排成队，踏着泥泞，踏着象脚鼓点，跳起了"嘎秧"。被泼水灌"醉"了的我们，在冯牧、李瑛带动下，摇摇晃晃，置身舞动的长龙之中，很快就进入了角色，找到了感觉。

回到车上，我们放浪的形神都收敛起来，甚至蹑手蹑脚，因为脚伤汪老没能跟我们一起下场狂欢。汪老笑眯眯地说："我什么都看到了。场上彩虹齐放，瀑布飞扬，我们被祝福得淋漓尽致！"好一个淋漓尽致，还有"我们"，汪老已经与大家融为一体了。

没有不散的筵席，愉快的"十五日夜走滇境，汪曾祺跛行云南"结束了。回到北京，我陪汪老从机场到他蒲黄榆家中，赵大年坐等已久，有好多话要说，我就告辞。临别，一向笑容可掬的汪老变得严肃起来，说："我看过你的散文，也可以写写小说了。"

可悲我六年来未写一篇，无颜登门求教，汪老竟然去了。

想念贾大山

1972 年《河北文艺》试刊三期，张庆田老师主要精力抓李永鸿的《红菱传》，我看散文，发现正定县贾玖峰两篇:《金色种子》和《在窑上》。他不像一般作者拿捏姿态，故作多情，而是善于捕捉情节细节，运用群众语言。一篇发表在试刊一期，一篇发表在 1973 年创刊号上。没多久贾玖峰来找我，却不是为散文，为他正写的农业学大寨的剧本。创刊号同期有我的叙事诗《渡‘江’曲》，写吕玉兰的故事。他的家乡正定是中国北方第一个过“江”县，粮食亩产超过 800 斤。这时说了真实姓名，贾大山，31 岁，以工代干，一头沉。

面前这位兄弟，小平头，敦实个儿，紫红脸儿，疙里疙瘩，棱角分明，身板笔挺，像京剧里的武生。他说话慢条斯理，十分稳重。

这年冬天，省里搞戏剧会演。“文革”后首次露面，各地都铆足劲儿，天津地区的《迎风飞雁》，承德的《烈马河畔》，张家口的《董存瑞》……石家庄的《向阳花开》由贾大山执笔。讨论《向阳花开》时，一些人习惯了样板戏式的豪言壮语，说它生活化的语言不够突出政治。我说了不同意见，因为是《河北文艺》剧本编辑，七年前写《轰鸡》的余热还在，得到一致认同。最终《向阳花开》拿了创作和演出两项大奖。

李满天是我的忘年交，亦师亦友，正在正定深入生活，任县委常委、革委会副主任，邀我去正定。到了大山的一亩三分地，他话多了，摘去少年老成的面具，露出嘎小子一面。一见如故，还因为我俩都是戏迷。大山的道行比我深。我住过集镇，两个戏院；他生在县城，四个戏院。我是看野台子、高粱地的玩意儿；他进过街道业余剧团，训练正规，有板有眼。我只会青衣、小生；他生旦净末丑全活儿，还会翻跟头，当导演。我只写过三个小戏、一个大戏；他已经写了《棉田风波》《比翼齐飞》《半篮苹果》等四出小戏、一个大戏，还有一个连台本。他的台词写得好："没有春天风沙打，哪有夏天麦子黄。没有夏天日头晒，哪有秋后五谷香。天上下雪又下雨，就是不下商品粮。"

我俩到一起，还有个共同的话题：回忆苏金蝉—— 一位河北梆子名角。新中国成立前在我们那一带演出，她长相一般，没有下巴，扮出相来很漂亮，所以她男人平日不让卸妆。苏金蝉天生一副好嗓子，顺风能传二里远。民谚说："不吃油，不吃盐，也得去看苏金蝉。"新中国成立后，她任正定县梆子团团长，"文革"时下放赵县，配给了一位老农民。

每次都是骑自行车，一个小时到正定李满天的劳动点。他把大山叫来，摽着膀子干活。对太阳光的反应，李满天是黑，脸上、背上一层黑釉，自称非洲人；大山是红，红得发紫，戏称印第安人。幽默是他俩的黏合剂，碰到一起就笑话连篇。李满天说起来眉飞色舞，指手画脚；大山是冷幽默，不动声色，绷着脸。俩人活像一对相声演员，你逗我捧，包袱不断。劳动休息时，找个树荫凉儿，唱两口《打渔杀家》，大山的肖恩，我的桂兰，李满天的丁郎；哼几句《沙家浜》，大山的刁德一，我的阿庆嫂，李满天的胡传魁——别看他官大，还得演小人物。

写剧本红火了几年，大山有些发蔫儿了，紫红脸更像霜打的茄子。诉苦说写剧本不是人干的事儿，"三结合""三突出"，末了还得"三堂会审"。作者像跪在堂前的妓女，任人说三道四，横挑鼻子竖挑眼，动不动就给上纲上线。领导出思想，几个领导就有几个意见，不听谁的也不行。下次讨论会，专听自己的意见被采纳了没有。好好一个剧本，被改得面目全非，气得光想跳河。

李满天嘿嘿一笑，跳什么河，滹沱河？河水淹不了脚面，只能洗手。洗手不干，写小说吧，文责自负，没有婆婆小姑子。其实大山早就写小说，初中时有一篇，发在《河北日报》；插队时有一篇，发在《建设日报》上。李满天拿来看了，不如剧本写得好。说他有写剧本的功夫，结构、冲突、对话，小说的路走了大半。李满天是短篇小说的高手，《白毛女人》小说作者，1964 年大连小说会，最被推崇的是赵树理——短篇圣手；第二个就是李满天，茅盾先生对他的短篇小说集《力原》评价甚高。李满天向贾大山讲赵树理，从《小二黑结婚》到《卖烟叶》，一篇篇掰开揉碎，条分缕析。大山聪明，一点就透，一通百通，在李满天帮助下陆续写出《取经》《花市》《小果》《村戏》，摘得全国短篇小说大奖。成为一颗冉冉升起的新星，背后有一个老教练。

顺风顺水，如日中天，走着走着面前又一个十字路口。县委要改变正定文化工作面貌，希望大山出来担任县文化局长，派李满天去动员。老李问我的看法，我觉得突然，说你老人家是省作协主席，让我当常务，是“捉大头”。他嘿嘿一笑，说非也，是“抓壮丁”。又说县委认为大山有担当，有智慧，不二人选。老李做了充分准备，想了几套方案，要打攻坚战、持久战。想不到大山听了，吃惊之后沉思片刻，爽快地答应了，只提了一个条件：“那得我说了算。”问题迎刃而解，皆大欢喜，听说大山还在家摆了一桌。我想关键问题是，县委领导和贾大山相互了解和信任，不仅仅是伯乐与马，更是高山流水遇知音，同志加朋友。

大山很快进入角色。这时县委建立顾问团，我也忝列门墙，与他交往更加名正言顺。正定有 2400 年历史，天垣如矗，九朝胜迹，浮屠林立，寺宇星布，“国保”“省保”不计其数。1933 年古建学者梁思成不顾兵荒马乱，自措行旅两来正定，历时半月究诸营造，嘉评精粹十八处，拍了照片，写了考察报告。可惜年久失修，满眼破败，令他这个正定人汗颜，从这个意义上讲，大山也是临危受命，哀兵必胜。

大山步行上阵，一切低调，让大家“看好门儿，管好人儿，别出事儿”。他自己则殚精竭虑，只争朝夕。桌上堆起三座书山，历史、佛学、古建，天天晚上挖山不止；白天马不停蹄，防水、防盗、保安全。除夕夜独步隆兴寺，为断壁残垣的庙宇守岁。百亩大院，八进之深，反复步量；大殿小楼，老槐古松，一一问候。直到满城烟花散尽，鞭炮绝响，才迈着沉重的脚步悄悄走出，回到家中吃一碗等凉了的饺子。

铺开古建修缮战役，一年一个工程。古建是最吃钱的事情，“省吃俭用，不够填一个砖缝”。计划、申报、疏通、争取，月月跑部，日日化缘，紧急关口有病发烧也要上阵，披一件军大衣，旧吉普车就是病床，四面透风，顶上挂着吊瓶。司机是老实人，没他的命令，一不得对家属传话，二不得向领导汇报，憋不住就朝野外喊两嗓子：一马离了西凉界，不由人一阵阵泪洒胸怀……

申报中国历史文化名城成功，正定县声名远播，四面八方游客蜂拥而至，文艺界人士看了隆兴寺、临济寺、西游记宫、荣国府，还要见贾大山。以往有过交情的他都要出面，说不然失礼。作家们来了我都陪同，来人多了，害怕打搅，就自买票进去。门卫认识我，电话打过去，他就急忙赶来，亲自解说。大山饱学多识，业务精通，加上作家的语言表达能力，堪称一绝。对不同的对象有不同的套路，文物古迹、佛学经典、地方名人、逸闻趣事，如数家珍。喜欢历史的加上南越王赵佗、常山赵子龙；喜欢文学的加上白朴、元好问、蕉林书屋；喜欢医学的加上金元四大名医，如刘守真、李东垣；喜欢近代史的加上王士珍、正太铁路。大山的一根手指就像音乐家的指挥棒，掌声笑声此起彼落。台湾诗人文晓村说，走遍世界，大山是见过的最好的讲解员。学者史树青说，大山是讲解“国保”的“国宝”。作家汪曾祺说他“神似东方朔，家傍西柏坡”。正定县无山，贾大山成了一道著名的人文景观。

大山身处闹市，公务繁忙，却淡泊名利，心态宁静，生活轨迹只是一点一线。一点是正定，一线是石家庄—北京—承德，心无旁骛。例外仅二，一次五台山，一次白洋淀，都是被朋友强拉去的文学活动，说得我怪心疼、内疚的。作家协会就是协作开会，凡会都会想到他，但是出头露面的事他一概不来。出省交流采风年年有，他一概拒绝。文化局局长当了九年，到县政协任副主席，照样如此。1993 年在北戴河开张立勤、郭淑敏散文讨论会，我硬是通过省里领导发命令，才搬动大驾。大山第一次见到大海，异常兴奋。别人在歌舞厅里热闹，他一个人坐在礁石上为大海相面，一坐就是两个钟头，第二天说了一句，唯大海是真。台湾出版家马先生，给张立勤出过一本书，与他同居一室，听大山口吐莲花，妙语连珠，佩服得五体投地。

也是在这次会上，发现大山戒酒了，我大为吃惊。想当年每到正定，大山必然以酒相待，三个汉子一壶酒。李满天怯阵，说热酒伤肝，冷酒伤胃；大山夺过酒杯，说无酒伤心，带头干杯，脸愈发地红，成了赵云的二哥关公。有酒润嗓，他的唱腔愈亮。现在酒不喝了，肉也不吃了，专挑肉边菜。不过米饭馒头不少吃，身体也还健壮。

1995 年中秋节那天，大山动了食道癌手术。我去看望时还不大显病态，握手很有劲。几个月后已经能骑车满城转悠，以为这一关他闯过去了，想不到病情很快恶化，再去看他时，已经卧床不起，十分消瘦，面色苍白。因为烦闷，烟也“复辟”了，脾气也大起来，为此弟妹小梅常常暗自落泪。见我一来他像打了兴奋剂，坐起来谈笑风生。说得最多的是三个汉子一壶酒，地头《打渔杀家》，可惜老兄李满天先走了，三缺一。说到这里他忍不住告诉我一个秘密，《河北文学》要调他去当主编，肖杰力荐，他以各种理由回绝了，其实真正的原因就一个，还不能说。李克灵写了《省委第一书记》，上边恼了，要处分，下放当工人。李满天仗义执言，建议接受以往教训，不要先整人，后来再平反。一场风波，小李没受处分，老李被停了职。“这事无法面对，李满天有恩于我，人走了影子眼前晃，这一关我过不去”。大山是硬汉子，没见过他哭过，说到伤心处，眼泪扑簌簌往下掉。

我抹了一下脸说：“话题就此打住，想听你再唱一段，再过一下瘾。”大山挣扎着坐起来，唱了几段马派《空城计》，从西皮慢三唱《我本是卧龙岗散淡人》，到二六《我正在城楼观山景》。喘着气问我感觉如何，我说飘逸不如马前（期），苍劲倒似马后（期），更接近暮年诸葛的性格了。他说：“久病在床，常常一个人念戏，品味剧情、唱段，琢磨人物性格，还真有发现。你说司马知道是空城不？知道。”他列举了一些道白和对话说：“只不过心照不宣，两个高人知己知彼，也包括互相敬重，也和《华容道》一样，但是司马比曹操更老道一些。”听得我茅塞顿开，连连点头，到底是小说家，剖析人物都深入到骨子里了，应该写成一篇论文。此时我嗓子直痒痒，真想像20年前一样再陪他唱一回，可是看到他形容枯槁的样子，于心不忍，不能让他再激动了，只有心里默默祝愿他早日恢复健康，没想到成为绝唱。

1997年正月十四，我们的大山倒了，一盏理想之灯熄灭了，一颗文学之星陨落了，从手术到去世，应了那一句“八月十五云遮月，正月十五雪打灯”。大山享年54岁，与诸葛亮一个寿数，都是鞠躬尽瘁。造物忌才！

追悼会上，大山灵前没有摆上一部书，让我追悔莫及。像贾大山这样的小说名家，得了全国大奖，好评如潮，怎么生前就没有看到自己的著作出版呢？怨我也怨他自己。1980年上海文艺出版社来信，主动为他出一本小说集，他没答应，说：“我是河北人，如果出书也只能先在河北出。”河北出版界刚刚由计划经济转到企业管理，自负盈亏，坐上没底轿，谁出书都要自己负担一部分经费。大山不干，说自己花钱出书，我的作品还谈何价值。那时我正办作家企业家联谊会，一个厂长愿意赞助，大山一听更火了，说那样更丢人。知道大山的脾气，不敢再往下进行了。如今大山走了，我和康志刚编了《贾大山小说集》，收入他全部短篇小说 82 篇，由省作协出资。未经请示，敬请老弟原谅。

大山一生在文学艺术的蜀道上艰苦跋涉，走着一条独异的路。从戏曲和民间文学中汲取营养，广泛涉猎，多才多艺如赵树理。又喜欢读《聊斋》和《阅微草堂笔记》，学习孙犁，描绘风情，洗练文字，不山药蛋也不荷花淀，自成一家。作品与人品一样高尚，绝无媚俗，从不逐潮，在乡土和幽默中完成一个作家的社会责任和美学追求。30 年只写了几十个短篇、一个半截中篇，然而他的艺术分量大大超过了许多大红大紫、“著作等身”者。

大山不假，中国当代文学的一座大山。

朱增泉印象

20 世纪七八十年代，我在文学编辑和组织工作中发现了一个奇怪现象：驻防河北的二十七军成批地出产文学新人，苗情好，长势壮。单位有意识地引进了几个他们的转业干部，个个作风过硬，业务精到。邪了门儿了，他们当编辑无师自通，从采访、编选、修改到送审，有板有眼，中规中矩，比大学中文系本科毕业生实用得多。通过调查了解，发现背后有个高人——军政治部主任朱增泉。强将手下无弱兵，他们都是在朱主任严格训练下，手把手教出来的。

提起朱增泉，这些人尊敬，感激，还带点神秘感。说他农民出身，没有任何关系和背景，全凭苦干、能干而成为高级干部。说他只有小学学历，回乡务农，戏称“早稻田大学”，级别和水平全凭自学，熬夜熬出来的，文史哲知识达到了相当高的水平。大学自学考试，他是全石家庄级别最高的干部，每门都是一次通过，而且都被打了最高分。说他为人正直大气，既有政治家风度，又有文学家的眼力。他对上负责，又体察民情，知人善用，能把任何一个部门带成先进单位，人格魅力先声夺人。1986 年我当选省作协主席，上任头一件事就是去求教朱增泉，可惜到了军部，才知道他已经开到老山前线去了。

1987 年冬天，我率河北省作家代表团，一行十人到达南国边境麻栗坡县落水洞二十七军军部。这是一处山洼，四周耸立着 7 座葱绿的山峰，形成一个天然的绿色中军帐。政治部主任的宝座紧贴山脚，不大的木架帐篷，墙上挂着地图、钢盔、望远镜，桌上公文、军事和哲学著作摆得方方正正，连大量战士来信封口都剪得同一种规格，刀裁得一样整齐。不由得肃然起敬，因为我邋遢惯了，办公室乱摆乱放，经常花时间在纸堆里刨找东西。

面前的朱增泉一表人才，腰板儿笔直，威风凛凛，胡子刮得净光，秀眉下一双大眼，透出长期军旅生涯磨炼出来的坚毅果断、坚韧不拔。与一般军人不同的，是他清瘦而文雅的脸上写满了才气和智慧，讲起话来谈笑风生，引经据典，让人很容易联想起“儒将”这个字眼。一见如故，相见恨晚，当天晚上他为我们接风，频频举杯，都是一饮而尽，从酒风上可以看出人的性格。一来一往，彼此都喝高了，执手出门，结结巴巴，踉踉跄跄。但是主任沉醉中还有几分清醒，嘱咐警卫员到伙房拿些水果来，给我们醒酒，下意识中表现出善解人意的一面。

在麻栗坡战区差不多住了一个月时间，各地、市作家分到相应的部队，我深入军直单位。我们穿上迷彩服，扑下身子与大山贴在一起。蹲猫耳洞，看它一次次吞下黑夜又吐出白天。过八里河东山一段开阔地，让自己暴露在敌人的准星前面。我们没有一丝害怕，因为朱主任把一切安排得妥妥帖帖，细致入微，调动着整个集团军来保证我们的安全。

这是一支战功赫赫的英雄部队，打过孟良崮，打过碾庄，解放济南，横渡长江，解放上海，在朝鲜奇袭新兴里。今天它又是全国闻名的机械化部队，背负着全国人民的期望。面对新时期的风云变幻，朱增泉长期观察、研究，紧盯着新的战争和军队现代化目标。他认为精良的装备，不仅包括现代化武器，还要包括现代化的文化，不失时机地抓紧部队文化建设。他主编的《胜利报》在前线广为流传，成为战士必备的精神给养。他亲自写社论、言论，篇篇都有新意，令战士们胃口大开。为了鼓舞士气，他又创办了《橄榄风》诗报，每月一期，全军业余诗人达到千人以上。整个前线诗风劲吹，形成一种巨大的精神力量，斗志和诗情如同并肩战斗的友军，在南疆的千山万壑奔突着，鼓荡着。

朱增泉为《橄榄风》创刊号写了一篇言论："战争，是思索，是引信。思索，是诗情燃烧的火种。"不料，他自己也被这火种点燃，感情爆发，渴望宣泄。在这之前他不曾写过一首诗，只是有着十足的诗人气质。

朱增泉破天荒地写起诗来，而且一发而不可收。在《橄榄风》上，我看到了《猫耳洞人》《我案头，站着一尊秦俑》《奇想》的前三篇和《战争·雨季·地球又一个受孕期》，听他讲了三部长诗——《奇想》《国风》《前夜》宏伟的构思，何止眼前一亮，心灵都受到强力的震撼。我预言一个大器晚成的重量级诗人就要脱颖而出了。

朱增泉的诗，在战争的雨季，在边境的猫耳洞受孕。然而他无意于仅仅服务于眼前这场局部战争，不再追求题材本身的意义，而是通过眼前的景物把握历史与现实、生命与死亡的“永恒时空”，探索战争与和平的规律和人类意义。他的骨子里充满历史唯物主义精神、热爱生命的意识和献身精神，充满着集体意识和历史责任感。他的诗空间浩大，诗情挥洒，大开大合。他的特点是整体把握，鸟瞰视角充满奇异的想象力。他的意象和象征有李白和李贺诗的影子，具有强烈的纵深感和暗示感。他崇高的格调有一种高阔的穿透力和连贯的恒久力，有如排排军号凄厉壮烈的合奏。对照当时诗坛一派浅斟低唱的流行病，这些品质显得那么高贵、峻拔和明澈，卓尔不群，已经具有了新时期史诗的规模和质量。回去之后，我久久不能平静，先后写了《朱增泉的诗》和《世纪·永恒·人》两篇赏析文章，发在《文艺报》上，也算朱增泉早期的鼓吹者之一。

从此便与朱增泉交上了朋友，在兵营和作家协会之间架起了热线，几天不见就想得心慌。办公之余，他不断来我的办公室或爬上六楼宿舍聊天，我也常到西郊的军部陪客和蹭饭，索取新作，先读为快。天下大事、家长里短，无所不谈。一次我去邢台驻军采访，正碰上他在那里搞调研，痛痛快快相处了几日。本来我因胃病忌酒，也宁伤身体不伤友情了，又倒下去一瓶多五粮液。兴之所至，唱起了儿时村剧团学的《女起解》，引得他捧腹大笑，回去连夜写了一篇《第五名旦》，发在《散文百家》上，后来又收在他的散文集里。友情是人生的美酒，耐人回味。

艺术家的悲喜剧

周 惊 湖

书画传统是一条江河，源远流长。当代人的活动空间只不过是一个横断面。幼稚者不知其深奥，只在浅滩、沟汊扑腾、喧闹，还以为在创造历史。智者不声不响，沉入深层主流，奋力拼搏。岸上人看得清楚，前者不过是一些泡沫，转瞬即逝。而后者才是弄潮儿，推动时代前进。无奈时下前者人多势众，而后者如周惊湖、白寿章，虽少，却令人敬仰。

1966 年春在临西县写吕玉兰，跨一座先锋桥就是山东临清。临清是大运河商埠，历史文化名城，其繁华形胜，《金瓶梅》有大量描述。是年 3 月隆尧地震波及此处，临街店铺女墙屋檐多有坍塌。作家李满天在瓦砾中见一残匾，前面一个紫字被折去，只剩下“气东来”，落款是惊湖。李满天是七七事变前北大中文系高才生，国学深厚。他围着残匾翻过来调过去地看，连连叹息。说这个惊湖名不见经传，但字体奇绝，这块匾的价值不亚于后面的三层大楼。

两年后复来临西，在下堡寺公社魏书记处看到一幅中堂，为草书毛泽东《念奴娇·昆仑》，大气磅礴，行云流水；两边篆联为鲁迅“横眉冷对”，笔势遒劲，端庄典雅；落款“一九六二初冬雪霁惊湖”。又见惊湖，还可能是本地人，赶忙请教魏书记，他介绍说，惊湖姓周名世清，学名澄，别号半伦、半半生，1914 年生于运河边大十二里村。世代书香，天资聪慧，早入书道，临帖无数，废笔成冢，用纸以车计。十几岁为乡党张自忠父亲作祝寿长联，诗书双绝，艺惊四座。稍大沿河游历，南下江浙，北上京卫，广求名师，曾在北京、山东报馆任职。新中国成立后回乡任教，“文革”被逐出教师队伍，沦为无业游民。关于自己的处境，他有一副“五五初度自述”联：

冬拥败絮，夏服鹑衣，暮春穿棉，晚秋着褂，更哪堪敝屣破帽，赤足科头，岁岁囊橐似洗，釜瓮生尘，块然伏老屋，最怕风雨惠临，雪霜下降，寄生五十有五年，怎生反革命，四海伶仃一故我。

北地末僚，南国骄子，鲁东食客，临西酒徒，曾记取两番入狱，一度被俘，处处托钵吹箫，笔耕墨耨，突而作新衣，乃至耒耜不识，稷菽莫辨，自供一千零一号，底事国民党，万般臭垮五种人。

其中“底”“国”两字均少一点，意味他一点儿也不是国民党，新中国成立前后各入狱一次，无案可查，大概只是一般历史问题。

魏书记说周惊湖高额方脸，面色灰黑，两目深邃，操一口天津韵白。居无定所，沿村行乞，以字换食，有酒字写得更好。一个雪天，他买下一沓白纸，一瓶白干。先生一面研墨铺纸，一面把酒挥毫。中堂完成，室外雪停，墨迹在雪光、阳光下熠熠生辉，活灵活现，如同幻境。

一个嵇康、武训式的大书法家形象在我头脑中油然而生，有了强大的诱惑力，有机会就在运河两岸、城中乡下寻觅他的踪迹。临清文化馆朱允功说，五六十年代，惊湖书画风靡一时。舒同曾任山东省主席，齐鲁大地到处是舒氏题字，唯独临清例外，机关、学校、餐厅、酒楼，如“中和园”“家乐园”“济美酱菜园”，匾牌多以惊湖题名为荣。临清剧院落成，市政府派人进京请全国书协主席题名，舒同说：“周惊湖居临清，我岂能‘班门弄斧’。”婉言谢绝。市面书画名家条幅，一般标价 10 到 15 元，惊湖字标到二三十元之多，依然供不应求。

“文革”除“四旧”，先生首当其冲，前半生书画作品，社会流传的、家中珍藏的，通通被付之一炬，侥幸保留下来的只有他书写的毛泽东和鲁迅的诗词。先生从不以书法家自居，写标语、搞展览，在所不辞，说汉字不分雅俗。一次学大寨，在邢临、邢邯三岔路口搭彩门，请他写楹联。时在隆冬，天寒地冻，墨汁结冰。先生抱来柴火加热，站在高处写大字，身抖手不抖，口中念叨：“苍天岂奈我何！”

县文工团李夫燕酷爱艺术，跟着先生学习，当时写字一色的普通白纸，先生巧不择器，对他说：“自古书籍编以书简，蔡伦之后才有纸张，仅限于宫廷，我能有白纸用就不错了。”白纸不吸墨，先生改为竖排竖写，自上而下，自左而右，左上起笔右下收尾。每写一幅诗词，多少字成竹在胸，无一误漏。先生不用印，说“书画钤印并非古已有之，宋末元初方才兴起，也有不随波逐流的，毛泽东、谢无量就不用印。书画完成应该天衣无缝，何必多此一举，不饰耳环的美人仍是美人。”先生用笔不论羊毫狼毫，笔大笔小，字大字小，小如蝇头，大似方桌，真草隶篆，随心所欲。作画时笔不够，火柴棍缠以棉絮，焦墨整理后，运用自如。制印找不到刻刀，割脚刀、裁纸刀都能派上用场。他对夫燕说：“天下之物，皆备于我手可取，巧者无须择器，拙者徒有良器，良器不如有艺。”先生为艺，安贫乐道，贫贱不移，衣食无着而物我两忘，兴致来时不分昼夜，一气呵成。兴致不足，数日不为，有时一幅字耗时数月，写写停停。一旦完成，不见半点儿衔接之痕。民间传说他一次为友人作画，以食指代笔，涂涂抹抹，中指蘸墨勾勾点点，转眼间一幅蟹肥菊傲水墨写意画完成。携画过河时，几只螃蟹跳下水去，只剩一枝菊花了。

自恨无缘，苦苦寻觅不得一见，不知惊湖先生人醉何处，字落谁家，带着深深的遗憾回到省城。再有耳闻已是噩耗，先生于1975年农历腊八贫病冻饿，倒毙于临清街头雪地上，终于没有熬过那个最为严寒的冬天。

“四人帮”垮台，社会秩序恢复正常，人们的思维恢复正常，想起萧伯纳的话：“生使所有人站在一条水平线上，死却把卓越的人突显出来。”惊湖先生的弟子和崇拜者们，痛定思痛，更知“失去的是最珍贵的”。几年前，中国外交学院教授贺光明先生将先生一副书联“天连五岭银锄落，地动三河铁臂摇”，送到上海书法展，轰动沪上，著名学者丰子恺、钱君匋、唐云爱不释手。丰老说：“用笔酣畅，内敛外拓，极具创意，近60年无此手笔。”钱君匋说：“此人用笔心圆管直，用墨如棉藏铁，万管齐力。”先生与国画大师李苦禅交好多年，致李书信或魏或隶，或草或行，烟云满纸。苦禅先生复信说：“先生用笔骨法新，悬针垂露。墨法圆源不滞，笔笔含情，字字精妙，满篇生辉，功力不减当年。”中国书协原副主席钟明善，20年前出版《汉字书法浅论》《中国书法简史》，是当代最负盛名的书法理论家。看了先生作品，惊叹：“书艺已达极高境界，书法品格高古之中又显出淡泊天真，我们庆幸对惊湖先生书法作品的收集和发现，这是极富艺术价值的事情，在散落的历史碎片中，搜寻到如此饱含精神之光的书法精品，并将其付梓传承，也是对与惊湖先生相同人生境遇的书法家之精神价值追求的尊重。”

挖掘、整理惊湖遗墨的工作，以县人大常委会主任王希文和县志办主任李夫燕为首。他们以抢救文化遗产的态度，不避寒暑，不远万里，按照惊湖先生足迹所至，不啻大海捞针。奈何经过“文革”，早期宣纸作品荡然无存，后期多为粗劣白纸。历时三年，共征得书画作品113幅，印章10方，不过先生一生创作的九牛一毛，然而件件称得上凤毛麟角。他们奔走呼号，自筹资金，编选《惊湖遗墨》，2007年新华出版社发行，深圳利丰雅高印刷公司印刷。烫金封面，8开本，787毫米×1092毫米，223页。采用当今珍贵的日本墨，120克荷兰纸，重5.9千克，是迄今我见到的最为豪华精美厚重的一本图书画册。我觉得，用以包装惊湖先生的书法艺术，不管怎么豪华都不过分。如果说惊湖先生可以列为中国书法史上杰出代表，那么理应有一座供奉他艺术之灵的金碧辉煌的宫殿。

打开《惊湖遗墨》，一派大家气象，才气、骨气、书卷气扑面而来。113 幅作品中，甲骨文 2，篆书 12，隶书 16，隶变 5，魏碑 28，楷书 7，草书 43，硬笔 1。先生出入三千年，纵横几百家，对历代书法深入研究，从金文秦篆之婉通，汉隶之质朴，魏晋之风流，南北朝之峻拔中汲取营养，互相融渗，勇敢地站在书法创新的前沿，把艺术作为感情的物化，把书法拟为思想的载体，在继承传承的基础上，锤炼打造出一种风格独异的艺术品牌。

先生身怀绝艺，诗书印俱佳，书法诸体兼通，尤以魏碑为最。楷书端庄典雅，含魏晋风骨；魏隶圆浑厚重，独辟蹊径；行草体势舒展，饱笔浓墨，笔笔为实，不留飞白，绝无躁气。据说先生行笔甚慢，如书篆隶，哪怕一个点也要斟酌再三。一旦成篇，行云流水，风樯阵马，神韵十足。但是成就最高、惊世骇俗的还是他的魏碑。

中国书法史上有个南北朝时代，介于魏晋书法和唐代鼎盛之间。南朝笼罩在“二王”之下，帖学盛行。北朝未受禁碑影响，刻石立碑成风，民间书法艺术成为主流。他们脱离了行草书派，上承周秦两汉，形成独树一帜的楷书，称作“魏碑”。这个魏不是曹魏，而是拓跋魏，北魏之后的东西魏，北齐北周，统称北朝，所以也叫“北碑”。盛唐之后，包括“二王”在内的帖学流行千年，形成“乌、方、光”为流弊的“馆阁体”，千人一面，一字万同。到清朝嘉道年间，碑学才引起重视，入继大统。出现了包世臣、张裕钊、赵之谦、康有为等一大批尊碑卑帖的书法家，其中张裕钊（字廉卿）成就最高，被康有为誉为“集碑之成”“千年来无以比”。也许他说过了头，这个康有为在评论隆尧《杨翚碑》时就说过："寓变化于整齐之中，藏奇崛于方平之内，皆极精彩，作字功夫，斯为第一。"也不必太较真儿。张裕钊主持过保定莲池书院，写过著名的《重修南宫县学记》碑，在河北影响深远。惊湖先生的家乡临清与南宫不足百里，奇怪的是他的书法中丝毫不见廉卿痕迹。

魏碑原本横势扁方，由汉魏真书美化蜕变而成。张裕钊学《张猛龙碑》，偏重方笔，形体方正、长方，结体紧密，棱角分明，斩钉截铁，形成外圆内方的"张体"。往往左圆右方，左秀右拙，有时不大协调。周惊湖学《郑文公碑》，倾向圆笔，方圆兼备。突破了方笔扁方的局限，用篆、隶圆笔波磔写楷书，结体大方，外柔内刚，阴阳和谐，肥而不肿，瘦而不枯，疏而不散，密而不犯，秀朗圆润，厚重浑穆，举重若轻，形成"圆魏"的独特风貌。

张体布局严谨工整，平平整整，井然有序，结构平易，团结内敛，心静气平；惊湖先生追求结构新奇，开张外向，仪态万变，镇重而跌宕，激情飞扬，意趣风流，整体富有动感，激动人心。同一个武字，张氏弋弯细长，点在右上方，像站立的战士；周氏的弋弯粗壮，点在勾上，大而圆，如坐镇将军。张氏的雨头宝盖，大而扁平，像屋顶华盖；周氏的雨头宝盖，小巧玲珑，像竹亭茅屋，展翅欲飞。

张裕钊功力浑厚，自成一格，形质兼备。然而以一二碑为终身之守，外圆内方，不求变化，方圆折钩，侧锋转毫已成定势、程式。而周惊湖光脚的不怕穿鞋的，转益多师，变化图新，方圆兼济，自然而不刻板，不矫揉造作。用笔千古不易，练字因时而变，守道而不违法度，创新而不逾矩，作品帧帧出新。同一诗文可书数体，同文同体而形态各异，一字多用各不雷同，一帧之内必有经典字出，出人意料，变幻莫测。

艺术讲究个性，李白杜甫，张方周圆，各有千秋，不可类比。上述一段文字，绝无抑张扬周之意，只不过是我的一种表述，说明廉卿的张体和惊湖的圆魏都是详悟魏碑，发挥智慧，在运笔取姿方面，先后独树一帜，把北魏书风推到两个不同的高峰，是近代魏碑书法发展史上先后两座里程碑。令人不平的是，张裕钊已经得到足够的认识，而周惊湖身处乱世，没有显露机会，还是一位艺高而名不彰的书家冷名头。

其实惊湖先生对自己的艺术成就是自信的，生前曾多次向友人说："拙笔或可传世，日后自有定论。"临终还留下一副对联："何日雨晴云出溪，白沙青石洗无泥。"所幸这个日子终于来到，灿烂的阳光终于聚焦到他的头上，《惊湖遗墨》惊动人间，应了古人那句"籍甚不渝，人亡业显"。

白寿章

1965年春节后，我来到南和县城关搞"四清"。白寿章先生是南和名人，民间盛传他"背后画虎""开仓放粮"的故事，让我仰慕已久。借查证一个人的历史问题以求一见。

邢台市珍珠街周道东巷16号，西厢三间瓦房。先生一顶旧植绒帽子，一件褪了色的棉袄，一条方格子围巾，一脸憨厚，慈眉善目，眼角嘴边匀称的皱纹好像画上去的。乍看像一位朴实的老农，谈吐却满口锦绣，是个地道的文人。交谈中，我拐弯抹角地想学画，他却直来直去地谈论诗。他说艺术的本质是诗，诗是六艺之首，是一切艺术门类的长兄。说他自己一生跟着三个人走，跟着宋璟学做人作诗，跟着王维学诗学画，跟着八大山人学书画同源。30年后，我真的学画了，才真正领会到三者的关系，三点一线是先生成功之路。

先生书香门第，少年老成，醉心于《玄秘塔碑》和《芥子园画谱》。15 岁步行 40 里，到沙河县（今沙河市）十里铺，全文拓印了《宋璟碑》，碑文是颜真卿真迹，奉为圭臬。

《全唐诗》上说："宋璟，邢州南和人，登进士第，调上党尉，为监察御史，迁凤阁舍人。则天高其才。神龙初，拜黄门侍郎，睿宗朝，以吏部尚书同中书门下三品。开元初，进御史大夫，出为睦州刺史，徙广州都督。还，拜尚书兼侍中，封广平郡公。后以右丞相致仕。璟耿介有大节，立朝屡忤权嬖，被贬黜，卒不改其操。"史称"唐朝贤相，前称房杜，后称姚宋"，他奋力唐之中兴，实现"开元盛世"。品德高尚，爱民恤物，被朝野誉为"有脚阳春"（王仁裕《开元天宝遗事》），意思是一缕春风，所到之处，春风煦物，备感温暖。宋璟还工于翰墨，有文集 10 卷，《全唐诗》录诗 6 首，更有《梅花赋》传世。"万木僵仆，梅英再吐。玉立冰姿，不易厥素；子善体物，永保贞固。"是赋之结尾，先生牢记在心。1965 年那次见面，还提及《梅花赋》。我写新诗，他说中国的自由诗古已有之，《梅花赋》即是。

先生生不逢时，多半生不是盛世，是乱世。甲午之耻，军阀混战，日寇入侵。新中国成立后从乱到治，政策多变。先生以宋璟为楷模，以梅自况。1920 年保定国立高等师范美术专科毕业后，为孝高龄祖母，回乡教小学。1937 年七七事变后，愤然回家隐居，宁肯坐牢也不就任伪县长。门口楹联写道："有诗书，有田园，家风半读半耕；无官守，无言责，世事不闻不问。"反对日寇入侵，国民党弃城而逃，千仇万恨都在"有无"二字之间。

其实国破家亡，如何真隐？先生在沙河刘村开了个"广益堂"药铺，舍药救人，掩护抗日干部，多次以个人名望从伪政府监狱中保释革命青年，最后自己也以"私通八路"罪名锒铛入狱，惨遭酷刑而宁死不屈，像先贤宋璟那样视名节大于生命。

但是白寿章先生不是一个激进的革命者，而是一名传统文人。

九一八事变后，江山易色，中原他属，他固守赤子之心和抗争意志，不能兼济天下，也要独善其身，以书画抒情言志。做君子，画“君子”。

看 1936 年先生的花卉条屏，都有题诗。《梅花》是“先自冰霜真态度，何事枝头，点点胭脂污，莫是东君嫌淡素，问花花又娇无语”。《菊花》是“不染尘处见清姿，篱边金英夕照迟。月冷读来犹记得，黄花菊有傲霜枝”。画面冷逸超凡，清风生寒，以情驱笔，借笔发泄。诗有设问，问而不答，让读者去体味良苦用心，也有问责自己的意思。《藤萝》是“霞衣璎珞来何处，蕊珠宫里愁千缕，谁把长藤挂紫霄，系住东君莫教去”。勉强的笑容，来自心中真愁。绘画一道，兴衰关乎时运，丹青一理，庸奇全凭人品。逆境之中，支撑着先生和他的画活下去的，是宝贵的民族精神。

先生生性恬淡，喜欢王维的诗。十分赞成苏轼所说：“味摩诘之诗，诗中有画；观摩诘之画，画中有诗。”读来读去，读出王维诗的特点，削尽冗繁，返璞归真。“空山新雨后，天气晚来秋。明月松间照，清泉石上流。”（王维《山居秋暝》）“野老才三户，边村少四邻。婆娑依里社，箫鼓赛田神。”（王维《凉州郊外游望》）从生活中精选典型，创造意象，使自然美与艺术美统一起来，产生意境。由王维诗体会到“画以简贵为尚，简之入微，则洗尽尘滓”（恽青平《南田画跋》），从而走向简笔画，并总结出一联：“画本纷披来野意，文辞古怪亦天真。”

先生 1936 年的画已具简笔雏形，画面简洁，笔法细锐，春雨润泽，形神皆肖；却笔势渐开，布局清新，已有叶底藏花，花在画外，利用空白之妙境了。1941 年的《枇杷小鸟》，借用杨万里的诗意“雨压低枝重，浆流冰齿寒”。先生题词是：“疑为缀金弹，小鸟不敢啄。”枝头果实艳如朝阳，旁边小鸟灰头灰脑，暗含着对抗日战争敌我双方局势和前途的冷静分析。同时画风也一改往日之婉约，笔墨转向粗犷。

进入20世纪五六十年代，特别是1958年到1963年，先生心情舒畅，画意豪放，多次背着画具到太行山写生作画，发表作品，参加活动。先生老来求变，追求章法简约，笔墨犷健，形象古拙，气润潇洒，遗貌取神，以物象内在的生命，创造出艺术的抽象，达到一种“只可意会，不可言传”的效果。同样是花鸟条屏，1964年与1936年差别相当大。这时期的《荷花白鹅》，两个荷叶，一俯一仰，水墨浑成，三圈水纹，展现了无限空间，虚实相生，无画处自有妙谛。《梅花喜鹊》，枝干枯瘦扭曲，梅花寥寥可数，腾空欲飞，飘飘欲仙。《藤萝八哥》也已剥去繁华，显示沧桑，大有悲壮之感。他笔下的花木虫鸟，逸笔草草，贵在似与不似之间，却有鸟能解语，花能生香的境界。何以然？画中有诗，画面承载了很多的文化含量。

1966年“文革”开始，一片混乱，先生乱中求静，画山画水，以求精神解脱。1972年的《暮色苍茫看劲松》，1973年的《江山万代红》，借用毛泽东的诗意，开合结景，风合气聚而不拥塞，笔致疏简而富变化，浅绛色调表现了光感和气感，淡墨块石，浓墨树干，少皴为白，深厚苍秀，色彩明确。晚年的两幅花鸟，《独立寒秋》有老杜诗意，“素练风霜起，苍鹰画作殊，㩳身思狡兔，侧目似愁胡。”侧头睥睨，目光如电，在寻找着什么，是全画精神团聚之处。爪下一隅山石，余尽空白，显出搏击长空的神韵。另一幅《蕉鹤》，与以前不同，仙鹤站位降低，长喙紧闭，做蜷伏状。一只长腿，长笔极有功力，让人想起金农的一首诗：“绿得僧窗梦不成，芭蕉偏向竹间生。秋来叶上无情雨，白了人头是此生。”重、拙、狠、辣画风愈劲，衰年变法欲望更强，如果老天再多给十年寿数，将是一位大神仙。

纵观先生题画，有的是诗，如“皎皎云中鹤，高踞青松枝，曷趁东风便，追飞莫迟疑”。有的用古人诗句，如荷花“娉娉袅袅十三年”。有的用文，如画葫芦，“作画要有性情，不可依样画葫芦”。画荷，“中通外直，不蔓不枝，出淤泥而不染，濯清涟而不妖”。画梅，“梅花能于冱冬严寒之际开花放香，其战胜寒威之精神，可谓至高无上者矣！”这些多是赠送学生的，有简要教义。而唯有1972年的《蕉鹤》题词特别：“书画一源，早有定论，郑板桥用真草隶篆笔法画竹，缶翁用篆书笔法画花果。予愿用草书笔法画花鸟，学来已数十年矣，苦未能书画一致，神理融会。”却是一个艺术主张。

书画同源，源于诗。中国文人画，诗是魂，书是骨，画是气韵。三者结合最好者，先生认为是八大山人。八大山人有些诗讲的是书画理论，“击碎须弥腰，折却楞伽尾。浑无斧凿痕，不是惊神鬼。”（《题奇图》）主张笔墨自然。“响者约南登，往复宗公子。荆巫水一斛，已涉图画里。”（《题画山水》）讲师法造化。“净云四三里，秋高为森爽。比之黄一峰，家住富阳上。”（《题书画册》），讲追求自由、高洁。“斋阁值三更，写得春山影。微云点缀之，天月偶然净。”（《山房题画》）讲心态宁静。“春山无近远，远意一为林。未少云飞处，何来人世心。”（《题山水册》）讲曲折表达感情。徐渭把它们概括为“盖出于已之所自得，而不窃于人所尝言者也”。八大山人的书法，尤其是草书简法明快，清新婉畅，淡雅真率，朴实无华。

白寿章先生书画同步。早年临颜，又博采众长，倾心北碑，在颜、柳风骨上融入魏碑神韵，把帖学的高雅与碑学的厚重结合在一起，自称“颜柳底，魏笔盖”，形成一种刚劲朴拙、挺拔舒展、俊秀高雅的风格。1936年的“画本纷披来野意，文辞古怪亦天真”联是代表作。中年倾心魏碑与行草的结合，强调疾与徐、虚与实的对比，大开大合，大放大收。善用秃笔渴墨，如翎画沙，力透纸背，圆润而深入，少工细而多粗犷，墨光逼人中，隐蔽着王姿颜骨。看他1964年、1969年的“壁净几幅画，窗明一卷书”，“雪消河北岸，花发树南枝”联，和所书毛主席词《沁园春·雪》，字形简括，笔法凝练，跌宕奇崛，粗犷恣肆，如同看到初冬的原野，早春的林园，一股清新凉爽、淡雅芬芳之风扑面而来，令人心旷神怡。难怪《中国行草大字典》的编者，九十多岁高龄的肖劳先生观看了他的书法后惊叹："像白先生书法这样高的水平，在我国难找到第二人。"

先生草书入画，已入化境。简笔取神，中锋行线，起止转折，意到神随，形断气连，任心任意。写藤则蟠曲飞动，攀缠流利，柔中有刚，游刃有余。画八哥或单或双，回首顾盼，花鸟呼应，都是以写代描，造型优美，气韵生动。执笔于纸，如操弦于琴，画外有音，几为绝响。

先生 1973 年逝世，我没赶上送别，事后到珍珠街旧居悼念，感慨万千。先生生前偏居小城，默默无闻，更无大师称号，实实在在地当了半个多世纪的人民教师。而以其书画成就，早就位在大师之列，当与李苦禅、李可染比肩而立了。果然 10 年之后他的书画遗作在中国美术馆展出，盛况空前，得到了社会和有关专家的认可。故乡邢台文化兴市，举先生为大旗，先生在天之灵也可以得到安慰了。

大家黄绮

当代书法大家，我以为当推舒同、启功和黄绮三人。标准是他们的作品拥有丰富的文化含量、独特的艺术风格，雅俗共赏，广为流传。简言之，自成一体。"舒体"是七分半，浑圆有力，外柔内刚，宽博端庄，雍容大方；"启体"发展了瘦金体，结构精俨，笔画清朗刚健，布势轻重有别，主宾相济；"黄体"铁戟磨沙，古朴苍劲，雄奇清丽。一般书家与书法大家的区别，尽管也有相当功力，笔法圆熟，字也写得漂亮。但细品起来，还未出窠臼，似曾相识。造就一个书法大家，除了高深的国学基础、翰墨功夫之外，尤其需要久经时代风雨磨炼的思想品格。阿瑟·米说过，一个伟大人物，也许出身寒微，一生与贫困斗争，但是没有一个品格欠缺的人是可以称为伟大的。

1958 年我进入河北大学，黄绮是中文系副主任。学校和天津市许多匾牌出自他的手笔，我看着粗粗细细，歪歪扭扭，不大顺眼，被学生们讥为村童见识，不懂书法。传说几年前天津市第一次搞书展，先生的大字篆书与郭沫若、董必武作品比肩挂于展厅正中。郭沫若一眼就看出其身手不凡，派车接先生恳谈，看到他刚四十出头年纪，连说后生可畏，寄予其振兴中国书法的厚望。

《毛主席诗词十九首》1957 年在《人民文学》发表，河北大学在全国高校首开毛泽东诗词课，因为中文系有两位资深诗词专家。顾随教三四年级，黄绮教一二年级。我是一年级学生，有时旁听三年级的课，感觉各有千秋。顾先生是词曲专家，学术界称北顾（顾随）南夏（夏承焘），他纵横古今，旁征博引，妙语连珠，加上一口京白，常常满堂彩；黄先生是文字学家，擅长音韵，宏观把握，微观分析，字斟句酌，娓娓道来，无一废字，连标点符号都可以听出来，记录下来就是一篇学术论文。尤其粉笔板书，听如金石之声，看有碑帖之妙，同学们课后都来围观，不忍擦去。我作为这门课的课代表，有机会接近先生，也吃了些偏饭，对先生的人生历程、道德、文章有了较多的了解。

黄绮先生 1914 年生于安徽安庆，祖籍江西修水。父亲热爱国学，外祖父是晚清举人，给他取名“匡一”，寓“一匡天下”之意。五岁临帖，六岁学对仗，年年清明随父亲到山谷祠祭祖。知道了自己是黄庭坚嫡传三十二世孙。七岁时乘船过大龙山，脱口一句“欸乃一声过大龙”。父亲以为孺子可教，亲手交给他两本书，一本《豫章先生文集》，是诗词；一本《山谷题跋》，是书论。从此先生便有了优越的“家学”。这个家有两解：一是家族的“家”，一是诗书大家的“家”。

先生以两本书为日课，先不说诗词，这《山谷题跋》便是书法的百科全书，从“学书须胸中有道义，又广之以圣哲之学，书乃可贵”，到用笔之法，“双钩回腕，掌虚指实，以无名指倚笔则有力”，应有尽有。当读到“年尝为少年言，士大夫处世可以百为，唯不可俗，俗便不可医也。或问不俗之状，老夫曰：‘难言也。视其平居无以异于俗人。临大节而不可夺，此不俗人也。’”感到八百多岁的老夫子就在面前，而自己正是那个少年。稍大，得知有个名叫八指头陀的僧人，法名敬安，自称山谷后裔，诗书俱佳，自己更不甘落后。15 岁逢七七事变，亡命西南，颠沛流离中，多次想起山谷公谪居贵州的那些诗书，写了《黔中吟》十首。其一“多探问，深入异乡居未稳，遍寻众里无亲信，为何步步真堪忍”，对水深火热的现实生活有了真切体会。

1938 年匡一以优异成绩考入西南联大，当时全国才俊齐集昆明，翠湖之滨星光灿烂。中文系更是名师如云，诗词方面的吴梅、闻一多、朱自清、陈寅恪、游国恩、罗庸；语言方面的唐兰、王力、罗常培、魏建功，都是仰慕已久的大师，专业选择左右为难。聪明的匡一，一个也不放弃，主修文字学，选修古典文学。毕业留校，既当闻一多的助教，又做唐兰的研究生。诗词和书法于他，如头顶日和月，身上左右手，难分主次。他的一句治学名言是：“经常工作的业余，业余工作的经常。”

在西南联大，先生半工半读，不仅兼课，还干些挑水拉砖的体力活，省吃俭用凑学费，又时常帮助比自己更困难的学生。国难当头，为表明不与黑暗统治为伍，在秦末商山四隐夏黄公和绮里季中各取一字，改名黄绮。国家不幸诗人幸，先生诗才泉涌，作品在西南联大广为传抄，一些警句成为学生运动的口号，“忽闻瘦马嘶风苦，独忆长征一世雄”“此身地载不他劳，来去竟逢怒眼若藏刀。”他诗词的天赋受到许多师长的赞许。游国恩看到他参观山水画展《虞美人·江山》中一句“江山有我才堪画”，称之为很好的爱国主义警句。闻一多赞美他的“离怀亲病犬，贫意护饥鹰”有老杜的沉郁，反内战的《蝶恋花·广土》有侠气，并对他的自选集朱笔圈点。朱自清赞扬他的《渔家傲·同群》有李清照词风。唐兰说他的诗词“既灵活脱俗，而又不是谜语”。当代词曲大师吴梅看到他的三首长调，亲笔写道：“大作浑灏清空，锲而不舍，可入稼轩堂室。”中文系主任罗庸为他的自选集作序，预言他“必在中国诗词中占一席之地”。加上他在文字学和书法上的卓越成就，后来历数西南联大的骄子，理科有钱学森、邓稼先、杨振宁、李政道，文科有黄绮、汪曾祺。

先生自幼诗书双修，书印同步。山谷公教导：“积水成渊，蛟龙出焉。”他理解为“聪明人干傻事，扎扎实实下笨功夫”。至今故乡还流传着他许多少年勤奋的故事。自己用麻绳制笔，蘸清水于大方砖上练字，不写干一大碗清水不肯罢休；夏日炎炎将双腿浸入冷水桶，降温防暑；口渴时摸到杯子一饮而尽，天明被人发现一嘴墨黑，原来把涮笔水当茶喝了……

我看到过先生少年时临习的《圣教序》和《东方朔画传》，已具王右军、颜鲁公的真味了。先生中学时仰慕大画家黄宾虹，鼓起勇气制了一方“宾虹”名章托人送去，又不透露姓名，用“餐石”边款。黄宾虹非常满意，收入常用印章。在西南联大，与闻一多师生共同鬻印，浦江清教授大喜，替他们写了“启事”，闻一多一字一元，黄绮一字五角，传为佳话。

黄庭坚学书，“初以周越为师，故二十年抖擞俗气不脱。晚乃得苏才翁、子美书观之，乃知古人笔意，其后又得张长史、僧怀素、高闲笔墨，乃窥笔法之妙。”（《山谷题跋》卷七）黄绮也有了自己的线路图，50 岁上有一首《水调歌头·学字》：“学字从唐始，入晋自无难。忽然特喜汉魏，濡笔几多年。抛弃斯翁纤弱，沉醉两周六国，姿态重如山。殷契近原始，取彼利刀尖。好奇险，贪丑拙，不需妍。不择毛锥软硬，触纸间方圆。回到宋元涉猎，顿悟有清知变，大胆叛前贤，篆隶草行简，融我笔毫间。”先生书道进修历程和美学追求，既符合书体演进的逻辑，又逐一把握了历代书家的笔法。我想先生“变法”的时间，当在四五十岁之间。词中的“斯翁”，是指先生自己。杜甫诗“圣朝无弃物，老病已成翁”也是这般年纪。这首词的关键是“回到宋元”和“大胆叛前贤”两句。

“回到宋元”，我理解是重新认识黄庭坚及其美学思想。以往评论宋朝书法，是苏黄米蔡。黄庭坚是苏门四学士，排在苏东坡之后，对苏十分崇拜，“弟子不必不如师，师不必贤于弟子”。黄绮开始认同康有为的说法：“宋人书以山谷为最。”承晋唐衣钵，开一代书风。在中国历代书家中，以黄庭坚论书的信札题跋最多，理论最精，比如“书以韵胜”“不俗为上”，强调法外之理，提倡中和自然。黄庭坚的诗词和书法，有着共同的美学特点，清新峭拔，奇崛跌宕，沉着痛快。黄绮先生曾经写了不少诗词歌颂乃祖：“老大回乡耳目新，杭山脚下拜新坟。文风双井领千古，九百余年有继人。”（《谒山谷公之墓》）赞美其书法艺术：“藏真圆熟以匀工，未若涪翁气象宏。纵笔飞腾还荡漾，草书行辈应称龙。”还说，“黄庭坚的草书比怀素要雅得多。”

黄绮的书法沿着乃祖“雅而不俗”的路子发展，形神有许多一脉相承的因素。比如中宫谨严，外延张扬，浑厚挺劲，擒纵得体，刚柔相济。先生常写的“翻”“归”“少”字，与山谷公《伏波神祠诗卷》《松风阁诗帖》如出一辙。就连“铁戟磨沙”这一命题，也与山谷公不无关系。山谷公《论书题跋》中，一再称赞王右军“锥画沙”，欧阳率更“直木曲铁”，怀素“劲铁画刚木”，这正是他的美学理想。后人评论黄庭坚书法，也以“长枪大戟”论。

这也许就是一个传世书体“十月怀胎，一朝分娩”的过程。杜牧的诗句“折戟沉沙铁未销”，不过是为了孩子起名的灵感而已。还有一个旁证，先生有一首诗《刻印边款题句》:“刻印学书妄好高，雄奇清丽树新标。兴来书石刀如笔，触纸却求笔似刀。”戟与刀都是追求沉着痛快。

“大胆叛前贤”曾是黄庭坚成功的妙诀。他说:“学兰亭，不师其笔意，便作行势”，只能“东施效颦”。就连成名的书家也如是，“王著如小僧缚律，李建中如讲僧参禅”，杨凝式才如“散僧入圣”。意思是墨守成规没有出息，精神自由才能达到高境界。黄绮先生这一觉悟始于诗词。早年学诗，听到有人对江西诗派异议，不以为然。后来发现山谷公诗词囿于书斋生活，强调“无一字无来处”，从前人诗意变化出新，而不是对生活的直接感受。所以贵州的作品，学老杜而感情类型化，是官吏的视角，而非人民大众感情。黄绮流亡西南，是一位穷学生，便产生了生活底层的生命呐喊，这一点就高出乃祖。语言上，他现代汉语与古汉语交替出现，甚至以俚语入诗。“茅檐低矮挂秋瓜，愧煞雕楼画榭。”“背上幼儿饥渴，啼哭因谁说？”已经全无江西诗派的“拗”了。甚至不满旧体的束缚，为自己激昂的思想寻找一种新的形式，这便是他的《无弦曲》词集，对“大胆叛前贤”做了尝试。

“大胆叛前贤”也正是黄庭坚的美学主张。他曾说:“随人学人成旧人，自成一家始逼真。”黄绮心领神会，并继承发展了这一理论:“书法重法，法能启发人，但又能束缚人。”“法是无穷止的，是不断改善、补充和变化的。法由我守，法必我破，法宜我立。我给法以时代的自由。”先生从黄庭坚出发，沿着“韵胜”和“不俗”的目标，探笔势于钟鼎汉隶，再以篆隶之笔入魏晋窥六朝，掺入其他笔法，融会贯通，再加上自己的创意，得心应手，终成绝诣，为当代书坛创造了辉煌，真草隶篆行都形成自己鲜明的艺术特色。

对于篆书“铁戟磨沙”体，先生自称“四取”，一取甲骨文之锋利，二取钟鼎文之凝重，三取汉隶之古朴，四取北魏之方劲。他的篆书老练纯熟、朴拙厚重、方劲奇崛，被誉为当今“北派书风”。他常写的“鹰”字，自题：“两周金文书之鹰隼，至秦刻石，不过是凤凰尔。我自好鹰，好其骨劲气猛，可移之于书中各体。”他写的“寿”字，笔如金石，气韵沧桑，俨然一个站如松、坐如钟的太极道士形象。

隶书行书化，是黄绮先生又一创新，自称“三间书”，即篆隶之间、汉魏之间、行草之间。写出来，汉隶为骨，行书为形，方圆并用，结体奇险，寓拙劲于流动之中，洋溢着浓郁的金石气和书卷气。欣赏先生为《艺术家导报》的题词：“宏伟端庄、高昂振奋、明快刚劲、潇洒风流。”这是先生的书艺宗旨，也是艺术实践的经典之作。全局取古拙飞动笔势，每个字又是笔、力、气、意四到的完美统一。16个字如同16位高人雅士，风流倜傥，神韵十足。真正达到了年高手硬、心静意闲、字字入微的境界。以先生的“三间书”，与乃祖的《松风阁诗帖》《伏波神祠诗卷》比较，有着不少新意，方笔有增，圆笔有减，多了些折叉股，少了点屋漏痕。钩笔加力，捺笔丰俏，篆笔之精用于毫素。而点画奇丽，方角转顿，宝盖右方小六角形，又得法于晋《爨宝子碑》。昂藏郁拔又加了风流俊美，豪放上又增加了些婉约。

山谷公论书必提人品：“范文正公在当时诸公间第一品人也，故余每于人家见尺牍寸纸，未尝不爱赏弥日，想见其人。”说苏东坡“文章妙天下，忠义贯日月，本朝善书，自当推为第一”。对品行不端者，毫不留情。说宋儋“笔墨精尽，但文辞污秽，不足以发其书”。评论晋丞相王敦的书法，只用了四个字：晋贼王敦。先生继承了乃祖的血气，正义凛然，爱憎分明。在西南联大有一首词《生查子·不贰适》表示心迹：“白纸有清真，以墨添图字。纸亦愿牺牲，代答人间意。烈火总燃烧，高热思吞水。水下就深渊，宁自身焚毁。”他追随闻一多先生参加民主运动，奋不顾身，以笔作枪，写下了著名的《吊四烈士词》。“文化大革命”中，中文系古汉语教授裴学海被迫害致死，一生心血《古书虚字集释》丢失，先生不顾环境恶劣，挺身而出，仗义执言，为寻找遗著奔走呼号，乃至上书中央，做到了“一生骨比青山健”。晚年自书《风荷》:“不甘终老守方塘，呼唤天风逞自强。花乘如来游世界，要掀死水直通江。”赤子之心，昭然在目，让人想起黄庭坚的《庭诲惠钜砚》:“郭君大砚如南溟，化我霜毫作鹏翼。安得剡藤三千尺，书九万字无渴墨。”我亲身经历过一件小事，有个地方官员渴求先生墨宝，让我转告，先生初允。官员等不及了，上门来要，遭先生拒绝，弄得我也下不来台。先生天生一副文人傲骨，不喜与官场打交道，又顾及学生面子，后来在蟠龙湖休养，专门把我叫去，一连写了三幅字给我。

黄绮之所以成为书法大家，是因为他有稀世的学问。学问产生先见，先见产生创造力。我上大学时，先生已是中国四大文字学家之一。那时出版的《部首讲解》，是中国部首研究开山之作，至今天无人超越，而部首偏旁常常是书法的关键部位。先生穷一生精力完成的百万字学术巨著《说文解字三索》，是当代文字学的扛鼎之作，是文字、训诂、音韵学科的重要文献。他以刻苦严谨的治学精神，对文字学历代论著深入研究，多处推翻定论，超越前人，震撼了学术界。他以同样的治学精神，在书法上高瞻远瞩，最早提出建立中国书法学的口号，提出继承与发展、理论与实践的辩证关系。进行书法与多学科关系的研究，从力学、光学、哲学、美学等入手，进行多角度、全方位的研究，写出了《论书法之力的美》《书法造型说》《笔姿、墨影、黑白》《释书画同源》，还探讨书法与“人学”的关系，强调从书法学习为人之道，并概括为“篆以端容，隶以谨行，行以丰姿，草以畅志”。生前又将自己收藏的 471 件艺术珍品和文物捐献给国家。写到这里，大家就会明白，书法界钢铁是怎样炼成的。

“秋至满山皆秀色，且看黄花晚节香。”黄绮先生别号九一，整整活了91岁，其中舞文弄墨86年，“铁戟磨沙”家喻户晓。在中国之外最熟悉中国书法，热爱程度不亚于中国的日本，他是最受欢迎的当代中国书法家，三次应邀访日，黄体旋风吹彻东瀛，被日本媒体称为“现代中国书法界的第一人者”，所以尊之为当代书法大家是有充分根据的。

刘凌沧

张灯结彩，喜气盎然。1987年4月的一天，中国美术学院举行庆贺三位名传遐迩的教授八十寿辰的活动。主席台上这三位银发皓首的老人都是中国画界的泰斗，一位是以画人物闻名于世的叶浅予，一位是画山画水独树一帜的李可染，另一位便是工笔重彩人物画家——我们的主人公刘凌沧。

刘老先生是中国国画研究会顾问，“北京工笔重彩画会”名誉会长。前不久，联合国教科文组织出版发行的一本珍贵画册，选中他的作品《文成公主》作为封面，足见其在世界美术界影响之大。

从学院归来，刘老感慨万千，夜不能寐。忽然，他从抽屉中抽出几年前创作的一首旧体诗，面对河汉灿烂的星空独自吟诵起来——

画笔辛勤六十年，饱经事变历时艰。
十四幼童离故土，老母蓬门泪未干。
发苍齿落胸犹昔，识途老马志弥坚。

丰枝丹青能报国，愿将耄岁荐轩辕。

故土亲情，陌路荆棘，像电视屏幕一样，伴着他那盈盈泪露在瞳仁间依次展开……

往事如烟。

1907年，刘凌沧出生在河北固安县南赵庄的一个学识之家。父亲刘风池是位国学先生，酷爱文学，写一笔龙飞凤舞的好字。也许是家庭的熏陶吧，刘凌沧自幼天资聪慧，倾心大自然那彩色的画布，四五岁时就常常用手指和草棍在地上画悠悠荡荡的云彩呀，画苍翠欲滴的绿树呀，画紫红血冠的公鸡呀，画东奔西走的花狗呀，乐趣陶然。一日，瞎了一只眼的三伯和几位老叟下地干活儿，见他正趴在地上画什么，一老叟说："小家伙，能画你三伯吗？"小凌沧朝三伯看了一眼，低头便在地上画了个独眼龙，惹得人们一阵敞怀大笑。

父亲看中了他脑瓜儿机灵，就吩咐他跟姐姐们一起读《千家诗》，"二十四桥明月夜，玉人何处教吹箫？"凌沧年纪最小，却背得最快。稍大，父亲送他上学，随着学识增加，他对画画的兴趣也愈发浓烈。平时节省下来的钱，他都用来买纸买笔。许多通俗小说插图和地方戏曲人物都是他临摹的对象，三里五乡都知道南赵庄刘家出了个画童。

噩耗从天而降。14岁时，父亲突然病故，家失栋梁酷似塌天。为了埋葬父亲，母亲把仅有的两间旧房变卖，借用乡亲一间小门房暂且栖身。岁月飘摇，母子相依为命。身材弱小的凌沧过早地背起了生活的重负，逢秋过麦打短工糊口，累得死去活来，可童心未泯，仍忘不了画画。母亲心疼不已，托亲靠友把他介绍到霸县（今霸州市）赵家务画匠李东园门下学徒，临别前夜，母亲为他缝补了一身干净衣衫，天明时分，凌沧挥泪告别老母，踏上了艰苦的艺徒之路。

旧社会讲卖身学艺，名曰学徒，实为仆役。一天到晚烧火做饭，提茶倒水，抱完孩子，扫完院子，师傅高兴了才让跟着打打下手。他的主要任务是把矿物砸碎，研磨色料，简单而又重复，寂寞而又乏味。小孩子干不多时候发困不已，免不了遭一顿呵斥。小凌沧颇有心计，师傅领进门，修行在个人，通过研磨学会了各种颜料的性能和配方，受用终身。

师傅李东园是京南著名画匠，常常受聘到京、津献艺。凌沧16岁那年，跟师傅到北京总统府做画工。那一年曹锟贿选成功，大肆张扬，在中南海设立工程处，广收木瓦、油漆各种匠人。他们师徒二人因为技术高超，奉命为曹锟画《孟子圣迹图》和《孟子历史图》。

生活是清苦而繁重的。画工们住在空荡荡的大殿里，睡在砖地草席上，过着困苦凄凉的生活。刘凌沧挑着饭菜从东华门出发，过御河桥进北海，到万佛楼为画匠们送饭，往返十数里。饭后打扫塑像上的灰尘，常常搪成一个土人。下工后，别人抑或上街抑或聊天，他不顾腰酸腿疼，把白天师傅构图、运色的路数默记下来，反复背画，直至深夜。

绘制《孟子圣迹图》，先由总统秘书夏书田朗读文字，师傅们根据内容构图作画，凌沧处处留意，点滴入心。这一段徒工生活使16岁的刘凌沧大开眼界，从前辈画匠那里学到了壁画的造型手段和设色方法，熟练地掌握了默记创稿的硬功夫。

1924年10月，冯玉祥将军发动“北京政变”，曹锟垮台，工程处的画工们解散回乡。师傅李东园从北京“戴连增”和“文盛斋”等画店联系了一批新画活儿带回去加工，回来由画店收购。那时不少画家为了生计也搞这种“攒片子”活动。齐白石、张大千等一幅画百十块银圆，为上等；中等画家、高手画匠列为中等，每幅十到几十元；下等的一幅画不过两三角钱。李东园够上中等，他根据一些历史故事和民间传说进行创作，师傅构图勾线，画脸部；徒弟着色，画身体。师徒二人一起赶活儿，绘制了《嫦娥奔月》《商山四皓》《三笑图》等画片，销路尚好。

这一段紧张的劳动，挣来的钱全进了师傅的腰包，刘凌沧也没白干。他从李东园手上学去了“行七坐五盘三半，尺山寸树点星人”“远人无目、远水无波、远山无皴，远树无根”等一类山水人物妙诀技法，迅速地由一位美术爱好者成长为一名功底扎实的民间画工。

名师出高徒。如果说跟李东园学艺只是一种求生的手段，那么，刘凌沧投师杨冠如则是趋于造就了。

1926 年，刘凌沧辞别师傅，经一位同乡引荐，二进北京，受教于著名画家杨冠如门下。杨是花鸟画家，中国画学研究会评研员。他第一眼见到刘凌沧的画便惊愕不已，想不到眼前这位一头高粱花的半大小子竟有如此深的造诣，当场收为弟子，并且把他介绍给画会会长周养庵。周连曰：“可以造就！”亲自介绍入会，还任命刘凌沧为画会秘书和《艺林旬刊》助理编辑，月薪五元，主要靠卖画为生。

北京画界人才济济，高手如林，站住脚跟着实不易。当时文人画派代表新潮流，而刘凌沧来自民间，用的民间画法，被人小瞧。一位内务府大臣的公子看了他的画，撇嘴道：“功夫不错，就是俗气！”

这使刘凌沧吃惊不小。他向来蔑视权贵，可此言却真的刺痛了他的心。他仔细研究齐白石、陈半丁等文人画，对比自己，深感构图、意境、内容、形式确有俗套，不如文人画大师们自然、鲜活。刘凌沧心事重重地向老师披露了他的苦闷，杨冠如肯定了他的感悟，同时，也对这两种画作了客观分析：“民间画结构完整，色彩鲜艳，生活气息浓郁；而文人画意境清新，秀丽典雅，各有所长，各有所短，不要另起炉灶，而要在自己原来的基础上发展变化。”

杨冠如不愧一代名师，一席话说得刘凌沧心明眼亮，这个农家子弟一旦认准了方向，便使出一身牛劲。他节衣缩食，买了许多名书名画，一边提高理论修养，一边加紧艺术实践。功夫不负有心人，勤劳自有好收获。刘凌沧在短期内取得了长足进步，在中国画学研究会第五次画展上，他脱颖而出，赢得了高度赞许。

刘凌沧的作品、人品进一步得到了周养庵的赏识，又被推荐到北平艺专进修深造。北平艺专是当时许多人向往的艺术殿堂，21 岁的刘凌沧如鱼得水。他如饥似渴地向徐燕荪学人物，向陈半丁学山水，还有幸结识了齐白石、张大千等一代宗师，学到了艺术精髓。

徐燕荪教他："唐人的豪迈，宋人的精致，是中国人物画的正统。"

陈半丁传授："山水画要有大气磅礴之势，要画出景物动人的气概，要用雄浑润泽的画笔，画出宇宙万象的华滋。"

管平湖告诫："作画切忌自恃才气，仓促草率而成。"一次，刘凌沧去颐和园国乐教堂拜访，张大千亲自烧了四川菜，边吃边指着一幅山水画讲解："有人说笔墨讲'水法'，其实石青石绿何曾没有'水法'？古画上的青绿等色，看上去艳丽明澈，实际上着色很薄，看起来却很厚，这就是'水法'功夫精湛的效果。"

刘凌沧谦虚好学，像海绵一样吸收各家所长，像农夫一样耕耘收获，专攻人物画。画会移址中南海，他在"流水音"画室潜心创作，这时期的代表作有《广陵赏菊图》《文姬归汉图》《杨姬出浴图》等。

1925 年 3 月 12 日，伟大的革命家孙中山在北京病逝。刘凌沧悲痛之余，花了半月时间精心绘制了巨幅《孙中山先生奉安行列图》，人物众多，规模宏大，全国各大报刊争相转载，连美国的《亚细亚》杂志等也不落后。在当时摄影艺术尚不发达的情况下，它真实完美地表现了这一重大事件，无论历史价值还是艺术价值，都难能可贵。

20世纪30年代初，刘凌沧崭露头角，以独特的艺术风格轰动京华。1933年他同时受聘于北平艺专等三个高等美术学校。26岁的他登上了大学讲台，成了美术界引人注目的人物。

刘凌沧并没有骄傲。他首先考虑的是加强理论修养，尽快充实自己。“世界艺坛是一片汪洋大海，自己那点学识只不过是沧海中的一滴水。国外的艺术有许多宝贵的经验值得学习和借鉴。”他对自己说。

刘凌沧虚怀若谷，下决心攻读外文，每天到东城青年会英文夜校学习英语，风雨无阻，始终如一。耕耘自有收获。两年中，他竟能达到阅读一般书籍的程度。借助英语，艺术世界得到了进一步拓展，对古典主义大师安格尔、浪漫主义画家德拉克洛瓦和印象派绘画深入研究，大有长进，先后撰写了《毕加索——四十年来各个时期画风的演变》《世界漫画三杰》《立体主义画家毕加索和雷格尔》等十几篇学术论文。

刘凌沧学习西方的绘画艺术目的明确，完全是为了洋为中用，发展中国的民族风格。他通过中西画法的比较悟到：“中国绘画用线选型，西方也用，但只用体积的分界线，而国画的线则是与作者的感情融为一体的。中国画重彩与水墨各尽其妙，水墨画以墨代色，变化万千。这些与西方的单色法有明显的区别。在构图上，国画利用散点透视，无拘无束。比之焦点透视，更便于发挥作者的主动性。寄情寓意，中国画无论山水花鸟还是人物，与西方也有区别。国画讲究寓意和意境，每幅作品都反映出作者的感情，比较优秀的还有浓厚的诗意，这是中国画突出的特点。”

他把这多年甘苦体味到的真知灼见和盘托出，用在美术教学上。

新中国成立后，刘凌沧一直在北京艺专和改名后的中央美术学院从事教学工作，用自己的丰富经验培育人才。他对新苗的厚望是颇动人心的：“上一代艺术匠师把长期保留下来的传统绘画技法教给了我们，借助我们这一代传给你们，使我国的优良民族传统不断推陈出新，有所扬弃，有所增益，继续发扬光大。”

他执教颇有一套行之有效的教案和方法。上重彩人物课，他要求学生掌握好绘画语言。他认为，掌握和运用历代画家千百年来创造出来的精练的绘画语言，是学习中国画的重要途径。借鉴传统技巧，不能生搬硬套，而是像胃肠消化一样，通过汲取与舍弃，达到新的艺术境界。

他十分重视临摹教学。他利用历史名画临本，结合自己的体会，讲授构图、造型、线描、上色的方法和技巧，把自己多年积累的矿质颜料的成分、特性、配方毫无保留地教给学生。学生们反映：“刘老的临摹课讲得透彻，看得清，听得懂，用得上。”

在不堪回首的动乱年代，一向以正直、勤奋、忠厚闻名的刘老也难以幸免。他几十年呕心沥血的上百件艺术珍品被污为“毒草”，付之一炬。大批镂骨铭心的讲义、著作毁于一旦。花甲之年的刘老被打成“反动学术权威”，押送农村改造。

粉碎“四人帮”之后，绝处逢生的刘老获得了第二次青春，重上讲台，重操画笔，英姿不减当年。

半世纪的辛勤耕耘，刘老已是桃李满天下。不少学生成为名扬中外的画家、教授。他们成名之后，不忘老师教育之恩。

著名重彩画家黄均是刘老最早的学生，有了著作请刘老作序；南开大学东方艺术系教授范曾，出国归来总要赴京看望老师；著名老画家周思聪画集问世，第一本捧送到老师家中……每每此时，刘老欣喜万分，比自己画上一幅好画还激动。

是呀，学生是教师的影子，是老师教授数载的结晶。进入20世纪80年代，耄耋之年的刘老视力成疾，病魔缠身，退休之后按说该享享清福了，然而，党的三中全会的精神使他无比振奋，改革之风吹得他心潮汹涌，生活从来没有这样使他激动，创作愿望从来没有这样高涨。

他仍孜孜不倦，梦寐以求。有人说刘凌沧的创作旺季是青年时代，创作高峰是老年时代，这真挚的话语道出了人间晚晴。

近年来，他继续创作了巨幅史画《淝水之战》，人物画《屈原与婵娟》《卓文君听琴图》《李白清平调诗意》《杜甫像》，仕女画《文成公主》《黛玉葬花》《红娘传书》，等等。

那是怎样的历史画卷哪！屈子徘徊于沅水之滨，岸边草叶飘零，人物枯槁憔悴，画面凄凉而旷远；文成公主雍容华贵，风度翩翩，满怀激情走上唐蕃古道，风格婉丽而轻盈。1983 年，刘老创作了一套《中国唐代文学家》邮票画稿，不光得到了美术家赞赏，还飞入寻常百姓家，把美的花雨洒向人间。

刘老是农民的儿子、大地的儿子。他从一个普通的民间画工成长为著名画家、教授，但始终保持着中国农民真诚朴实的优良品质。身居闹市，轻便简食，朴实无华，备受尊敬。半个世纪，他献身艺术，成就斐然，海内外有关人士一再邀请、敦促他举办个人画展，都被他婉言谢绝。他唯一的愿望是把毕生的画卷献给人民和故土。

1986 年 5 月，刘老怀一片桑梓之情回到固安田园，走亲访友。乡亲们看到举世闻名的画家，朴实得像一位老农，对他更加敬重。

少小离家老大回。刘老见到改革后的农村，丰衣足食，欣欣向荣，童年的梦幻成为现实，感慨万端，泪水纵横。为了在故土多逗留一些时光，为了有更多时间与乡亲生活在一起，他索性在本村买了一所房子，制了画案。隔不多久就回来住一阵，以解乡思之愁。

他每次回到村里，都像小孩子过年、过节一样新鲜、快活。1985 年夏天，预报要闹洪水，刘老思乡心切，捎信要回来，与乡亲们同甘共苦。刘老真的回来了，幸好预报不准，一场虚惊。

乡亲们幽默地赞道：“刘凌沧的画笔，是丈八长矛，把洪水吓跑了！”

笑话自是笑话，可乡亲们却真对他崇敬如神了。这是土地的酬报，也是故乡的拥戴。刘老笑得更可心，因为这里是他生命的起点，延续着他跋涉过的那漫长而曲折的路径……

鸡王小传

在石家庄哈老太酒店举行宴会，总经理李瑞科说给我介绍一位朋友。面面相觑，似曾相识，原来是被誉为“东方鸡王”的画家冯英杰。我们还是老朋友呢。40年前，在临西县吕玉兰的村子深入生活，吃的是一锅饭，点的是一灯油。饮酒叙旧，异常近乎。旁边还有他的老伴儿，两人都七老八十了，鹤发童颜，精神矍铄。席间上来一道芙蓉鸡，是酒店的招牌菜，我用公筷夹了一块递给老冯，他忙站起来，说对不起，我不吃鸡。李总解释说，冯老从画鸡那一天起就不再吃鸡了，奉为神明。一句话令我肃然起敬，难怪他的鸡画得那么好，因为他对艺术的信仰到了宗教的程度，仅此一点，就让我对他的艺术人生产生了浓厚的兴趣。

冯英杰，1932年生于河北省威县庞苏庄村一户耕读世家。祖上明朝出过一名进士，祖父冯瀛州是晚清贡生，诗书盈箧，为全县四大藏书家之一。到了他父亲这一代，因为军阀混战，兵荒马乱，再无读书的条件，家藏万卷而识字不多，因此懊恼万分，决心供独子英杰读书。在兵燹匪潮中，宁舍家产财帛，也不舍那半屋子旧书，留作传家之宝，以为儿子安身立命之用。

英杰孩提时期就被关在祖父屋里，背《三字经》《百家姓》《千字文》。8岁祖父过世后，自学《唐诗三百首》《古文百篇》，手不释卷，如饥似渴，受到了良好的启蒙教育，因此感到村里小学语文课本“人手口、刀牛羊”过于浅显，浪费光阴。念完初级小学四年级便不再上高小，自己改读四书五经、唐宋八大家，十岁上就能一口气背过《滕王阁序》、前后《出师表》等名篇。1943 年冀南大旱，赤地千里，碌碡没翻身，父母领着他外出逃荒，路过村镇、县城，看到不少对联、匾额。原来放大了的方块字这样千姿百态，魅力无穷，便心动手痒起来。第二年灾荒过去，回到家中，他便从祖父留下的古书堆中翻出《多宝塔感应碑》《玄秘塔碑》《九成宫醴泉铭》《胆巴碑》，颜柳欧赵、苏黄米蔡，逐一描红临帖，苦练起来。

冯家虽说是老中农，三十亩地一头牛，也全凭勤俭持家过日子。小英杰长到十二三岁，便不再吃闲饭了，正晌跟着大人下地劳动，午饭后歇晌练大字，晚上棉油灯下写小楷。日伪时期对解放区实行封锁，文化用品奇缺，只能因陋就简，刮下砖窑壁上的黑灰，加上一点儿水胶，用火熬一下做墨汁用。村里杂货铺只有土法炮制的草纸，粗而脆，包颜料用，八角钱一刀。英杰买不起，恳求掌柜的让他把草纸拿回去写小楷，写满了再交回去，反正包颜料也无大碍，这样一刀纸少花两角钱。练大字呢，把 40 米长的大院扫净，画成方格，木棍绑上麻头当笔，蘸水在地上写。三伏天光着膀子，晒得背上冒油起泡。冬天求人烧三尺见方一块蓝砖，用麻刷蘸着胶泥在上面写，写满了用水将泥冲掉接着再写。慢慢地邻居看他字写得不错，过春节和红白事都来请他写对联，贴出去人人说好。有个冬天，经人撺掇写了一百多副对联，腊月拿到集上去卖，一元五角一副，一抢而光。数数票子，不仅买足了笔墨纸张，全家还过了一个好年。从此十里八乡都传开，庞苏庄出了一个好写家。

1950 年是新中国成立后经济恢复第一年，“要发家，种棉花”，棉区威县一派兴旺。这一年英杰完婚了，家庭美满，春风得意，满眼诗情画意，心里萌生学画的念头。又从祖父的书山里刨出《芥子园画谱》《石竹斋画谱》，瓜棚柳荫写生，窗前灯下临摹。自古诗书画和而不同，不同而通，冯英杰有相当的文学修养，又熟知书道，学起来无师自通，两三年便画出了眉目。威县是座古城，金、元设威州，抗日战争和解放战争时期是冀南四专署所在地，文脉兴盛，商贾如云。1953年搞公私合营、社会主义改造，商家、业主家底公开，处理家产，其中也有不少名人字画，邓石如、华世奎、张裕钊、包世臣的，看得他目瞪口呆。听说天津也在搞运动，水陆码头，重要商埠，一定可以淘到好东西，便说服家人，卖了棉花，怀揣200元下了天津。南开区有个鬼市，三里长街，一街两厢，坐铺地摊，全是处理古玩字画的，堆积如山，类似现在的跳蚤市场。河里没鱼市上看，到处是名人字画，看花了眼，王石谷、方薰、彭旸的山水，任颐、虚谷、罗两峰的花鸟，郑板桥、王士禛、蒲华的竹子，费晓楼、改琦的仕女，邢一峰的猴子，高其佩的钟馗，不计其数，凭他的眼力，都是真迹。有的画面上还落着收藏者的名字，不少是盐商、茶商。这些平日踏破铁鞋无觅处的稀世珍宝，如今都变成了处理品，像菠菜、大葱一样论捆卖。多者二十多元一捆，少者十几元一捆。天津的资本家小业主，被吓破了胆，把这些昔日附庸风雅之物当成了累赘，像扔破烂儿一样，给钱就卖。当时的冯英杰还不大懂政治，只庆幸自己交了好运，捡了便宜，一捆一捆地往旅店里抱。200元花光了，十几捆书画像背柴火一样背回威县家中。这些珍宝如果留到今天，可以在威县建一条现代化的大街。当时他没有先见之明和足够的胆量，只觉得自己没上过大学堂，古画即是请来的一批老师，给他轮流上课。挂上一幅，面对面地揣摩几天，然后动手临摹。临了一幅换一幅，像海绵吸水一样，从中学习，吸收营养。

转益多师，冯英杰用了几年的工夫，从这些背回来的作品中学到了不少学问。比如郑板桥将真草隶篆集于一幅，笔法中侧、方圆、曲直、粗细无不完备。以兰竹画法融入书法，撇捺痕迹尤重，增加了对比与变化。章法正斜疏密，错落自然，如乱石铺街，如小雨夹雪。字形变化多端，大小方圆，各种形态，诡谲有致，摇曳多姿。用他的字对照他的诗，异曲同工，正是狂放不羁个性的流露。看王石谷的秋山红树，元人笔墨，宋人丘壑、唐人气韵兼收并蓄，学古而不泥古。山石以墨笔画，牛毛兼解皴，淡墨以笔擦染，再以浓墨点苔，笔法松秀，墨色滋润。秋树以朱磦、赭石参差点染，又以浓墨、石绿相间衬托，熠熠生辉。秋山素雅，红叶热烈，对比鲜明，又无火辣辣的刺眼和俗气。深湛的笔墨功力和控制青绿、朱磦等重色的技巧，达到出神入化的地步。看一幅，临一幅，学一幅，学得差不多了再把原件卖掉，又赚一笔钱。最后剩下 26 幅，再也舍不得出手了，留在家中，朝夕为伴，当作私塾老师。

1957 年 9 月，县里搞法制宣传，需要给监狱犯人画像，公安局想到了冯英杰。他来到监号，对要画的对象从不同角度看了又看，抓住相貌特征，又适当夸张、丑化，几笔就勾勒出来。展出后轰动县城，县委书记当场拍板，让县文化馆录用他，并派人下乡登门拜访。此时冯英杰夫妻二人正在地里挖井，他在井下面挖泥，妻子在井口拉滑轮提。叫上来看，活像一个泥猴，来人笑了，说真是一个土画家。

1959 年合大县、并地区，冯英杰作为画坛新秀，被县文化馆送到河北美术学院（现在的天津美院）进修，有幸跟在王麦杆、张其翼、刘奎龄等著名教授身边学习。王麦杆搞油画，张其翼画花鸟，都是美术界顶尖人物。那时正搞教育革命，提倡教育与实践相结合，老师们带着学生，边搞展览边讲授课程，朝夕相处，耳提面命。老师放下架子，毫无保留地教，冯英杰虚心谦恭，如饥似渴地学。手把手的教与学，使冯英杰学到了画面上看不到的学问和技法。比如张其翼老师，工笔细描细染，背景粗笔写意，工笔精致与润笔挥扫，点染和谐统一；尤其羽毛的画法，湿染、圆润，不亲眼看见，是不可想象更不好掌握的。刘奎龄的画法继承了唐宋工笔画传统技法，又吸收西洋画法，造型准确，明暗相映，立体感强，同时又描绘精微，一丝不苟，画面富有生气，雅俗共赏。冯英杰自学路上苦苦摸索而不得要领，知其然，不知其所以然的问题，一经点拨，茅塞顿开。一年废寝忘食、焚膏继晷的学习，使这个头上顶着高粱花子的土画家，一步深入了学院派的堂奥。

从天津美院回来，正是“三年困难”时期，县文化馆干部全部下放，只留下冯英杰一人支撑门面，辅导农村文化活动，排练节目。文化馆需要一专多能，文音美戏，琴棋书画，吹拉弹唱，自编自导，得益于他的文学功底和艺术修养。他更多的时间是参加省、地、县各种展览，还有省美术家协会布置的年画创作任务。1963 年为河北抗洪展览制作了巨幅宣传画；1964 年深入唐山农村，创作了年画《长城脚下育新苗》；1965 年深入平山县，创作了年画《南滚龙沟人》；1966 年深入临西县东留善固大队，创作了劳动模范吕玉兰的连环画。冯英杰不为名，不为利，吃苦耐劳，每一次都获得成功。

1966 年邢台地震之后，“文化大革命”突如其来，以冯英杰的名声，自然成为威县最大的反动权威和批斗对象。造反派挨门挨户扫“四旧”，古玩字画、线装书籍、红木家具、花瓶瓷器，凡陈旧一点儿精致一点儿的，都被拉到街上，或砸或烧。冯英杰背过脸去，砸一声他就心惊一下，放一把火他眼热一阵。他不由得想起 1953 年县里公私合营，天津鬼市。那一次是革人家的命，事不关己，还幸灾乐祸地去捡便宜；这一次下雨不打伞——淋（轮）到自己头上了。他首先想到家里祖父留下的古书和自己那 26 幅字画，心中害怕起来。出身老中农，父亲还当过几天旧军阀兵，本来就属于另类，再从家中搜出“四旧”那就是罪证，就要罪加一等，不堪设想了。尽管他知道那是文学艺术，对社会有益无害，但是秀才遇到兵——有理说不清。当夜悄悄溜回老家，把父亲和妻子叫到一起，说明利害："把那些古书和字画一把火烧了吧，咱家树大招风，省得让造反派抄出来。"父亲点头，妻子把半屋子线装书抱到院里，又从炕洞里掏出来两口袋字画。冯英杰颤抖的手，一次又一次划不着火柴，划了五次才点着火。火光下，他的脸抽搐着，他的心也抽搐着，眼角浸出来的泪水在火光照射下好像是血迹。这些祖父留下的书籍，这些从天津背回来的字画，他一直当作老师看待，想不到今天全毁在自己手里，这不是欺师灭祖吗？烧完以后，他像丢了魂儿一样，踉踉跄跄回到文化馆，一头瘫在床上，第二天起不来了，害了一场病。

病好以后，冯英杰在"牛棚"交代问题，百无聊赖，他把写检查当作练小楷，横平竖直，一丝不苟。一天造反派突然宣布"解放"，退回他半尺厚的交代材料。"从宽"对待的原因是需要他出去画毛主席像。几年中他先后画了 140 多幅，最大一幅高 13 米。能画毛主席是一种政治待遇，到哪儿都好吃好喝，末了还奖励几枚毛主席像章。冯英杰一向办事认真，画伟人像更加全神贯注，小心翼翼，一丝不苟，造型、光线、色彩十分讲究。他画出来的毛主席容光焕发，神采奕奕，好像要从画中走出来似的，艺术效果都比原作更好一些。邻近的邢台、邯郸，山东、河南等地，一再专程派人来邀请他去画伟人像，走到哪里都当贵宾招待。

粉碎"四人帮"，人民结束了长达十年的劫难，重新开始了正常的生活，恢复了爱美的本性。女人抛弃一身灰黑，开始找花布，学剪裁。男人们去掉一身晦气，打扫庭院，屋里需要红火。农村恢复了中堂，城里时兴起挂历，年画成为最受欢迎的美术形式，一下子拥有了最广大的市场。年画是冯英杰的长项，他生活在基层，了解正在变化的生活，又懂得广大农民的审美需求，熟悉群众喜闻乐见的形式。他学过古典的人物画、绣像画、武强年画、杨柳青年画，又学过西洋油画，特别经过学院派著名画家口传心授，对工笔人物花鸟画有专长，所以如鱼得水，游刃有余，很快成为全国最受欢迎的年画画家之一。人民美术出版社发行了他的《四季花香》四条屏——“牡丹孔雀”“荷花白鹅”“菊花公鸡”，“梅花仙鹤”。对开大画一次印刷120万份，根据市场需求，又加印全开轴画80万份。天津人民美术出版社印刷他的人物花鸟条幅，发行50万份，岭南、甘肃、内蒙古、广西各家美术出版社纷纷登门求画。那时还没有恢复稿费，画画完全出于个人爱好和一个艺术家的责任感。他经常骑着自行车下乡做中心工作，尾架上带着行李和画具，走到哪里画到哪里，几个月也不回一趟家。后来实行了稿费，一次收到3600元，差不多是他工资的100倍，除了被撺掇请客以外，买了一台原装日立牌彩电。祖父在世时，曾是全县四大藏书家之一，如今他成了全县最早拥有彩电的四大家之一。不过他买彩电并非为了炫耀，而是为了打开眼界，增长见识，便于美术创作。

年画红火了没几年，市场便萧条下来。从前群众都穷，烟熏火燎的墙壁，贴上花花绿绿的年画就出彩。城市住房狭小，一幅挂历就满堂生辉。改革开放，人民得到了实惠，新的生活需要新的包装。农村掀起一轮建房热，城市也兴建了一批职工宿舍，雪白的墙壁需要装饰。欣逢盛世，收藏之风也悄然兴起。多数人对年画和挂历不再感兴趣，印数锐减，美术出版社面临困境，冯英杰也跟着濒临失业。

对于冯英杰来说，“失业”并不意味着停笔。30年笔不离手，手不离笔，画画已经成为他生命的一部分，须臾割舍不得。这时他仍在画着，画人物，画山水，画花鸟，但是画得有点儿漫不经心、心不在焉，甚至心烦意乱。他像一位手握重兵的将军失去了对手，任你变化战阵，左冲右突，还是找不到目标。攻山水画，家在平原，无山可看；攻花鸟，梅兰竹菊多生于江南。经验告诉他，单凭书本知识临摹借鉴，很难跳出窠臼，易得鱼忘筌。要想创新，就要行万里路，采风写生。已经年过半百，时不我待了，何去何从，常常夜不能寐，辗转反侧。一天睡梦中突然听到鸡叫声，喔喔喔——清脆悠长，声传高远。接着一呼百应，满城的公鸡都叫起来，好像专门对着他呼唤似的。冯英杰灵感一动，翻身下地，找出来一首唐诗：“金距花冠傍舍栖，清晨相叫一声齐。开关自有冯生计，不必天明待汝啼。”诗中有个典故，秦昭襄王为了拆散齐楚联盟，邀请齐国贵族孟尝君到咸阳。看此人雄才大略，不能用又不舍得放，软禁起来。孟尝君有食客三千，不乏鸡鸣狗盗之徒。其中一位盗来一件贵重的银狐皮袍献给秦王宠姬，才得释放。孟尝君害怕秦王反悔，带了放行的文书连夜赶到函谷关。秦朝规定，鸡叫时才开关。另一食客冯驩捏着鼻子学公鸡叫，附近的鸡全叫起来，守关人开关放行。人刚走，秦王果然反悔，派追兵赶至关口，孟尝君已走远了。

一啼唤醒梦中人。冯英杰感到古代的那个冯生，正在呼唤他老冯，让他突破创作中的难关——画鸡。鸡是农民的宠物，又是农民的朋友，随处可见。鸡本来是鸟，很早被人类驯化为家禽，又被划为鸟类之外了。从古至今，花鸟画家很少画鸡，宋、元有一两个人画过锦鸡，就是野鸡。直到近代，才有徐悲鸿的《风雨鸡鸣》、王雪涛的《紫藤双鸡》、萧朗的《雄鸡捕虫图》，基本上都是偶尔为之，不曾以画鸡为专业，这无疑给自己留下了一个很大的空间。而且鸡作为国画题材很得体，它和人类关系密切，根据出土文物证实，人类在新石器时代开始养鸡，殷墟甲骨文中已有“鸡”字，西周时列为六畜之首。《诗经》中有“风雨凄凄，鸡鸣喈喈”“鸡既鸣矣，朝既盈矣”等诗句。鸡被称为德禽，有五德：“头戴冠者，文也；足搏距者，武也；敌在前敢斗者，勇也；见食相呼者，仁也；守夜不失时者，信也。”《晋书·祖逖传》中的“闻鸡起舞”成为家喻户晓的典故。在汉语中，“鸡”与“吉”同音，是吉祥之物。和平盛世，人图吉利，画鸡正逢其时。

听说丈夫要画鸡，妻子第一个支持。她在村里是养鸡好手，困难时期“卖头猪，半年粮。鸡屁股，是银行”。她得过养鸡的济，对鸡最有感情。搬进县城住，30 米长的大院养鸡很方便。他们买了五六十只公鸡、母鸡，黑鸡、白鸡，九斤黄、澳洲黑、芦花鸡。看公鸡打鸣，母鸡抱窝，小鸡刨食，其乐融融。冯英杰高兴了，就抄写了唐寅的一首七绝：“头上红冠不用裁，满身雪白走将来。平生不敢轻言语，一叫千门万户开。”如醉如痴地吟诵。

冯英杰像着了魔一样，一回家就给鸡“相面”：头顶朱冠，喉下垂肉，红脸碧眼，黄喙尖尖，花颈长长，金足高距，项羽纤柔，尾羽修长，浑身锦绣，从头到脚都是画。日久天长就找到了感觉，熟知了它们的结构、造型、神态。活蹦乱跳，顾盼呼应，相互追逐，奋力搏斗，引吭高歌。公鸡昂首阔步，旁若无人；母鸡仪态端庄，举步稳健；小鸡步履蹒跚，憨态可掬。它们和人一样，也有悲欢离合、喜怒哀乐、儿女情长。特别是公鸡，头戴盔缨，身披甲胄，雄赳赳，气昂昂，形象近乎完美，连调情做爱都是优美的舞蹈，像京剧舞台上的翎子生，一个个都有鲜明的个性：美气的吕布、小气的周瑜、稚气的陆文龙、帅气的杨宗保。时间久了，人通鸡性，鸡通人性，冯英杰迷恋其间，模仿鸡的动作，常常物我两忘，仿佛自己也变成了一只老公鸡，尾巴上翘起翎毛，成了《珠帘寨》里的李克用、《九江口》里的张定边。

万事俱备，冯英杰启动胸中酝酿已久的《百鸡图》。从数十幅写生素材中反复筛选，构图造势，三次起草又三番推倒重来，直到满意为止。然后倾注全部心血，使尽浑身解数，耗尽两年心血，工笔长卷《百鸡图》于 1988 年 5 月杀青。长卷以工笔浓彩的传统表现形式为主，探索既重形似更重神似，借助多年的年画创作经验和技巧，形成崭新又独异的艺术风格。构图变化，高低揖让；虚实浓淡，收放自如。百鸡百态，形神兼备，栩栩如生。逸笔细腻准确，线条灵动有力，色彩绚丽多彩，挨、撇、提随心所欲，点、皴、润、染恰到好处。

《百鸡图》问世，轰动了邢台乃至河北，人们奔走相告，全国美术、新闻工作者也都闻风而至，赞叹不已。正在河北视察工作的全国政协副主席王任重也闻讯赶来，大喜过望，百看不厌，在画前整整欣赏、玩味了两个小时，并且为此住下来，反复沉吟，琢磨了一段500字的评语，用了一个下午加一个晚上的时间，用方寸楷书工工整整地写了三大张纸。全文引录如下：

冯英杰同志生长在冀南平原，熟悉、热爱农村生活。金谷、红粱、青菜、白棉，濡染了他的色盘；鸡鸣、鸭戏、马驰、牛耕，糅合了他的画笔。他勤奋好学，刻苦进取，三十年如一日练笔不辍，绘画技艺与日俱增。他的作品有浓郁的乡土气息，业已形成了自己独特的艺术风格。既能和大师并驾齐驱，又可与新秀斗艳争奇。

百看不厌方为艺术精品。英杰同志为创作《百鸡图》工笔长卷，耗时两年光阴，倾注全部心血。二十余幅画面既独立成章又互相连缀，精勾细描绘制出田园美景，群鸡嬉戏，各形各势各态，立卧栖止，飞鸣起落，或护翼下，或伸颈高歌；恬淡者若信步隐士，威武者如怒目金刚；翘翘然如闻其声跃然眼前，可谓百花园中一枝令人注目的奇葩。

古人绘群鸡图者有之；今人作百兽画者不少，然而均不像英杰同志所作《百鸡图》，非但重其形，且更重其神，百鸡百态，栩栩如生，活灵活现地勾勒出了鸡的喜怒哀乐、生活情趣。愿乞画家新匠意，只研朱墨作春山。祝贺英杰同志努力进取，再攀高峰，运用纯熟的精笔妙墨画出社会主义新时期的满国春色。

王任重抗日战争时期被誉为“冀南四才子”之首，曾任武汉市委书记、中南局第一书记、国务院副总理、中共中央书记处书记兼中宣部部长、全国政协副主席，是党和国家意识形态领导层的重要理论家。他的评语经过深思熟虑，相当精确。这年夏天他邀请冯英杰携《百鸡图》到秦皇岛，在北戴河书画院展出，并组织全国政协和在秦政协委员到场参观，受到一致好评。王任重副主席也很兴奋，当场对冯英杰说：“你再努力一下，五年后在北京搞画展。”1992 年王任重病逝，临终前作为一个遗愿嘱托身边工作人员。1993 年元旦，冯英杰画展在北京当代美术馆隆重展出。首都文艺界人士蜂拥而至，社会名流络绎不绝，美术馆门里门外水泄不通，把 50 余辆轿车挤到马路一边。《人民日报》、《人民日报海外版》、《光明日报》、《中国青年报》、《中国新闻报》、中央电视台等新闻媒体悉数出动，《人民日报》发表了专版报道，河北电视台播放了四五十分钟的专题片。启功、王学仲、王麦杆、刘炳森、欧阳中石等众多书画名家题词祝贺，贺联挂了 50 多副。当代美术馆馆长说：“画展搞得如此红火，观众人数之多，为建馆以来第一次。”展览结束后，冯英杰又应邀到安徽、江苏、云南等省巡回展出，所到之处一片赞扬声，冯英杰名声大噪。

1997 年初，台湾艺术基金会来函，盛情邀请冯英杰赴台举办画展。顶着一头高粱花子的土包子并不发怵，在香港一个人扛着 50 幅画，登上国泰航空公司的航班。飞机呼啸上天，从万米高空往下看，一片茫茫云海，好像故乡威县中秋的棉田，一会儿又好像经过风的加工、弹出的厚厚的棉絮，连接着大陆和宝岛。在画家的想象中，大陆像一轮红日，台湾像一弯明月，日月相互依存，是难以分开的。飞机着陆，下榻在台北中信大酒店，画展在新竹美术馆举行。新竹美术馆富丽堂皇，只接待高规格画展，每年限制在 30 人以内。开幕那天，中国台湾文化、教育方面长官都来捧场，蒋孝严的花篮最为高大漂亮。文化艺术界人士熙熙攘攘，比肩接踵，大家看得很认真，许多人手持放大镜，看了画面还要看细部。台湾媒体争先恐后，各报都发了彩页。电视台作为重要新闻，隔一个小时播放一次，一连播放了三天。可能因为画展内容与千家万户都有联系，艺术风格显明突出，士农工商等普通百姓，奔走相告，一睹为快。以往的画展，展期最多7天。冯英杰的画展应广大观众强烈要求，一再延期，直到观众满意才勉强关上门。馆长说，已经创下开馆以来展期最长的纪录。最后艺术基金会再三恳求，将《百鸡图》等作品全部收藏。在台期间，冯英杰受到最高级礼遇，基金会派一辆专车让他游遍宝岛。期间结交了30多位书画界朋友，还收了两个弟子。《人民日报》和中央人民广播电台对冯英杰的宝岛之行进行了追踪报道。此后，冯英杰又到韩国、新加坡等国进行了艺术交流。至此，冯英杰已经成为蜚声海内外的大画家。

对于冯英杰的绘画艺术，前辈画家任率英先生推崇备至，认为他已经把中国工笔画推到了极高的境界。同时也建议他向写意方向努一把力。任老的建议是从应酬角度考虑的，画一幅工笔画少则几天，多则数月，碰到一定场合，友人恳求，一时拿不出手，相当难堪。其实冯英杰也早已意识到了，不过并非为了应酬，而是从艺术本身着想的。艺术形象与现实生活之间有一定距离，这就是画家表现自己艺术个性的空间。画工笔这个空间小一些，写意这个空间就大一些。这种现象不仅是画家的选择，而且还是艺术本能的表现。有的画家，甚至大画家，恪守固定的空间和位置，从一而终，形成一定的思维定式，还以为这就是艺术风格。而写意画，画家的想象力，艺术与现实之间，心源与造化之间，可以更加自由地驰骋。工笔与写意，并不可以说孰高孰低，但是中国古典美学更倾向于后者，认为艺术的本质就是刻画精神，精神是心灵的感觉。而工笔更多依赖技法，更多的是手的感觉。

写意画对冯英杰来说，水墨功夫并不是主要难题，从临摹《芥子园画谱》起，近50年的笔墨生涯，有童子功，也有多年修炼。只是近20年画工笔多一些，需要对自己固有的经验进行一次革命性的颠覆，需要尽快熟悉另一类艺术语言。需要时空借换，由繁而简，由清晰而朦胧，不再是将客观而是将主观感觉化为笔墨，达到一种新的境界："意匠如神变化生，笔端有力任纵横。须教自我胸中出，切忌随人脚后跟。"

几乎是从头做起，经过两年刻苦探索与磨炼，冯英杰的写意鸡画也"不鸣则已，一鸣惊人"了。陆续出手的《课子图》《五伯图》《雄风》《沐春》《双击》《常胜将军》在国画界标新立异，独树一帜，成为改革开放以来中国美术界一个重大收获，新时期艺术发展的一个标志性成果。以《雄风》为例，六尺整张，一只雄鸡怒发冲冠，尾羽高扬，一副雄赳赳大英雄气概。仔细看来，似鸡又不仅是鸡，有鹰的气魄、虎的威风、龙马精神，瞬间捕捉到一个十足的觉醒和振奋的意象。画面水墨淋漓，大气磅礴，托画言志，拙中求真，奇中见趣，将画家的灵魂自由与艺术自由发挥得淋漓尽致。让人感觉花鸟画中表现出山水画的气势、人物画的情致。构图新奇，设色泼辣，光泽绚丽的羽毛随着身体结构变化，合理而夸张，喙、冠、眼、爪写实，一丝不苟，朱砂点冠，象征吉利。羽毛有虚有实，身上淡墨渲染，油光而蓬松。尾羽浓笔重墨，气度飞扬。同一体上，虚实相生，刚柔相济，从而使画面魅力四射，精神呼之欲出，性灵的张扬与情感的弥散完美和谐，达到了"用情笔墨之中，放怀笔墨之外"的效果。自从冯英杰的写意鸡画横空出世以后，甚至有人把它与齐白石的虾、徐悲鸿的马、黄胄的驴相提并论了。

冯英杰的创作进入金秋时节。1989 年、1995 年四次出版个人画集，2003 年出版了《鸡的工笔画法》，一版再版，冯英杰的鸡画成为中国美术界叫得很响的品牌。除了"鸡""吉"谐音之外，也还可能另有一个原因，今天中国的版图像一只雄鸡，鸡头在东北，鸡尾在西北，台湾、海南两只脚，气势昂扬，象征着中国的觉醒，象征着中国人在"闻鸡起舞"。

为了 21 世纪第一个鸡（乙酉）年，2004 年全中国美术出版界把目光投向冀南的威县小城，在冯英杰身上大做文章了。3月，浙江摄影出版社副社长骆振龙第一个赶到，签订了一套工笔鸡画挂历。他前脚刚走，广东佛山超越文化公司经理后脚赶到，预订了工笔和写意两套高档挂历。接着中国美术出版界大哥大——上海人民美术出版社的人找到冯英杰家中，选了7幅工笔鸡画，要印制一套《金鸡报晓》高档挂历。山东美术出版社、广州诚信日历有限公司也不甘落后，齐聚威县，争相提高稿酬。上海人民美术出版社夏总编辑接到告急电话，马上回电："一定要把协议拿到手。"还不放心，又专程赶来面见冯英杰，三家协商，选用近作40余幅，各自满意而去。夏总编辑连说相见恨晚，并征求冯英杰意见："我曾见到全国各地不少画家的鸡画，冯老的工笔鸡特色鲜明，雅俗共赏，颇具实力，堪称'东方鸡王'。我们出版社拟冠此名，不知可否？"冯英杰连连摆手："不可，不可，我没进过科班，也没任何头衔，不能称王。"夏总再请："我们只看作品，不问头衔。"挂历出版后，夏总又从上海电话报喜："你的鸡画挂历深受群众喜爱，销售前景十分乐观，广州一家银行看了样品一次就订购了8000本。"于是"鸡王"之称不胫而走。冯老6月初接到天津人民美术出版社的电话，准备为他出一本精品画集。三天后社长兼总编辑刘建平亲自带领技术人员风尘仆仆来到威县，紧张地工作了两天，月底大八开《冯英杰鸡画精品集》上市，并增印一套挂历。刘建平是著名的美术理论家，专门著文作了高度评价。8月冯英杰应邀到京，参加国家贸易展览中心组织的工艺美术展，国内外知名出版社、文化产品生产经营企业汇聚一堂。冯英杰成为大会的中心人物，展出的挂历、画历达十几种，成为众多商家的抢手货。展览期间上海、广州等出版社出版的冯英杰的60余种作品被盗版，大批涌入市场，急得出版社纷纷诉诸法律。国家邮政局用他的工笔鸡画发行两枚邮票，中国人民银行选用他的《大富贵吉祥图》制作了金币、银币各2500枚发行全国。《北京晚报》不惜版面介绍，一个月内两次为他举行精品展示会和即兴表演。正在筹划的中华民俗文化《十二生肖丛书》中《闻鸡起舞》部分，精选历代有关鸡的代表作品，七幅中有三幅是冯英杰的作品。岁尾年头，全国几十家美术和文化单位邀请他去办个人画展。2004 年和 2005 年，在中国美术界不折不扣是冯英杰年。年逾古稀的冯英杰，艺术生命真正达到了巅峰。

说起妻子，冯英杰总是心存感激，由衷地说，自己能有今天，军功章里一多半应该归她。冯英杰是独子，没有姐姐妹妹，她进门就当家。在家里又做媳妇又做闺女，在地里又是牛又是马，孝敬二老公婆，养育六个子女。丈夫不在家，都是她独当一面，支撑着这个家。1958 年吃公共食堂，好一点儿的留给老人孩子，自己吃山药秧子、棉花落子磨成的代食品，饿倒了，回娘家养了 50 天才缓过神来。1961 年分了自留地，她没日没夜地守在地里，秋后亩产棉花 700 多斤，使全家度过了困难时期。1963 年洪水滔天，家里的房子冲倒了，她一个人从坑里往上堆土脱坯，盖起了三间房。那三间房是妻子的纪念碑，至今还在那里。1965 年，村外是根治海河工程，队上派公公上河，她跳出来"替父从军"，还可以多挣几个工分。工地上"三八"民兵排里，一色的闺女，只有她一个三十大几岁的媳妇。白天挖河治水，晚上住地窝子，还要抽空跑回去给老人孩子做饭。"文化大革命"，冯英杰住"牛棚"，她还加班加点地照看丈夫。婆婆 75 岁亡故，公公活到 90 岁，最后几年行动不方便，都是她一口水、一口饭地喂，翻身擦洗换衣服，还说说笑笑逗老人快乐。天天夜里把三次尿，从来没让老人身下湿过，难受过，真是比亲闺女还亲哪，直到老人最后心满意足地含笑而去。

千斤重担一人担，吃苦受累无怨言，几十年如一日。妻子所做的一切，都是为了丈夫，不让他分心，集中精力画他的画。更让冯英杰感激涕零的一件事，"文化大革命"烧"四旧"，她冒险藏下 26 幅画中的一幅——高其佩的《钟馗》。她知道这是他心爱之物，又怕他胆小怕事，心里承受不了，形成精神负担，十年守口如瓶，没透露一丝风声。直到粉碎“四人帮”，政策明白了，她才像变魔术一样，把一份惊喜送到丈夫跟前。冯英杰揉揉眼，看着劫后余生的珍宝，眼一热，泪水刷地流下来了。“知我者贤妻也”，他真想长揖到地，向她道谢。难得的患难夫妻，虽是女儿身，却有一颗男儿心，女中丈夫，有胆有识，让自己惭愧。妻子笑笑说：“我哪有那么好，只是迷信钟馗能驱鬼降妖，保佑你和全家人平安，想不到还真应验了。”

苦日子熬到头，幸福之神降临，自己画有所成，儿女成家立业，两个女儿还成为画家，出了专集。冯英杰晚年的两件大事，一是美术创作，二是报答贤妻。老夫妇形影不离，除了去台湾不让带家属外，20 年来，他走到哪里把老伴儿带到哪里，让她享受与自己同等的待遇，游遍了好山好水，吃尽了山珍海味。去年孙子办喜事，老两口带着小两口南下广东旅行结婚，看着孩子们甜甜蜜蜜，自己也好像在度蜜月。老冯想起童年读《诗经》中的一句“执子之手，与子偕老”，相约来生再做夫妻。

功成名就的冯英杰，今年 76 岁，既不是美协会员，也不是书协会员，更不是这理事、那会长。他以一颗平常心对待生活，一身轻松地去创作。对未来更是乐观向上，常说：“活到老学到老，九十不老，一百不休。”

戏说韩羽

到河北美术出版社看画展，大字会标“逢场作‘贼’”，吓了一跳，本能地捂口袋。又一想，兜里少钱，怕它作甚，莫非主家防窃？四下观看，展品钉在墙上，锁在橱里，众目睽睽，谁能得手。等到主持人闻章释义方才明白，此“贼”字乃鲁迅“拿来”同义词，是画家韩羽的座右铭，意思是不放过一切学习、借鉴的机会。

副标题“韩羽·水浒乱弹长卷展”，46幅水浒人物画。我是戏迷，当然不肯放过机会，“贼不走空”，仔细地看，啪啪地拍，一遍又一遍，才咂摸出味道来。韩羽说戏，戏也说韩羽。

韩公画仙，一向高人低调，布衣光头，嘻嘻哈哈，混迹百姓中。诸葛亮自诩“我本是卧龙岗散淡的人”，其实言过其实，他“东西征，南北剿”，“官封到武乡侯，执掌帅印”，鞠躬尽瘁，死而后已，哪里有一点儿散淡的样子。唯韩公真散淡，不求名利，没有架子，30年前突然“黄袍加身”，逼他做出版社总编辑，再三推辞未果。三天后全社出动去听报告，他早早出来，冬天亮得迟，摸到大巴找了个座位闭目养神。开车时间已到，车还没动，旁边停一辆小轿车，下来个人跑前跑后，到处嚷：“还缺一个人。”韩羽心中生气，什么人这么大架子，让大家等他一人。小车里的人上到大车来，猫腰看时，惊呼：“咳！韩总编你已经上来了，让我好找。”韩公尚不知当官的要坐小车。后来发现官场上的事懂得太少了，不到三个月，就交了辞职报告，挂印而去。前二三十年画坛牛市，猫三狗四都想发财，做“花子拾金”梦，个展、伙展赶集过庙一样多，说白了无非是展销会、订货会。韩公不为所动，安贫乐道，不去凑热闹，所以直到今天才有自己的第一次画展，还是出版社无意中挖掘出来的。这46幅水浒人物画，本是二三十年前的作品，为《河北日报》专栏画的，无论神韵、笔墨都堪称上品、艺术高峰，放到市场都是天价，他却束之高阁，藏而不露，让它们在那儿睡大觉，庐内生香。

我欣赏韩羽画，更为公之笔墨功夫、美学思想倾倒。他把自己创作称之为“玩”，玩世不“工”，玩世不“恭”，自由到必然，形而上。西方有“玩商”一词（Leisure Quotient，简称 LQ），以放松的态度发现生活的情趣和奥秘，拓展个人价值，是一种审美能力、智慧的指数。韩羽把美玩到了极致。

韩羽的功夫在画外，深厚的国学功底，文章写得漂亮，以画家身份而获得鲁迅文学奖，在中国无人能出其右。画上题跋更为一绝，或文言或白话，寥寥数语，画龙点睛，可称“画眼”。比如《宋江打宋江》一画，跋曰:“宋江身上有‘匪气’，也有‘官气’。由于‘匪气’，上了梁山；由于‘官气’，下了梁山。”一刀捅到了施耐庵的心窝子上了。

从满头高粱花子到艺术桂冠，韩羽的奥妙是“逢场作‘贼’”，得天独厚的是他生在响马窝里。韩羽生于堂邑，长于临清，周围各县是清河、高唐、郓城、阳谷，再往外说是水泊梁山、大名府，都是水浒中能找到的。梁山一百单八将，三分之二是土生土长的鲁西南人，个个耳熟能详，这便是他创作的资源。

还有，临清自古三省通衢，商贾云集，曾有 500 年兴盛，富甲天下，繁荣压两京。大运河是八大钞关之首，一城税收占山东全省十分之八。地灵人杰，人才辈出，明清以来就有谢榛、王朝佐、左良玉、王士禛、武训、傅斯年、范筑先、张自忠、李可染、季羡林、刘真、雁翼等。

临清还是戏曲的福地，京剧《陈三两》《连升三级》取材于此。抗战以后是冀南行署政治文化中心，李和曾、马又良、肖武仲等京剧名角长期坐镇，有个姓朱的丑角常给梅兰芳配戏。“水浒乱弹”，乱弹也是一个剧种，临清的东路乱弹很有特色。韩羽的画从戏剧“偷来”不少东西，瞄准对象，比如丑行，小花脸、彩旦，插科打诨，尖酸刻薄。比如副净中的二花脸，《算粮》中的魏虎、《法门寺》中的刘彪、《夜奔》中的解差等，颟顸鲁莽、蛮横凶狠。从脸谱、行头到动作四功（唱念做打）五法（手眼身法步），化而用之，形成一种戏剧化的画面语言，塑造出一个个性格鲜明的人物形象，形成自己独异天下的艺术风格。

堪喜韩公 87 岁高龄，还健康异常，中午巴掌大的包子，一口气吃下五个，廉颇未老，我等之幸，河北之福。

铁峰铁笔

走进刘铁峰的家，就自然走进他的篆刻里。一个个方形小屋，书橱、桌案、电脑、石料、印床，一切都方方正正，有棱有角，连他的脸庞都是国字形的，刻满深深的皱纹，像一枚印章。几十年避开喧闹的红尘，躲进小楼成一统，面壁用功，眯缝眼睛读印，握紧着小刀刻字，把青春年华和全部心血倾注在刀尖石面上。正如新加坡老一辈书法家潘受赠他的一首诗："呜咽磨刀唱大风，古来好杀即英雄。书生用武非无地，鞭汉笞秦寸石中。"

比起红火热闹的银幕舞台、气势恢宏的雕塑建筑，篆刻是一门微不足道的雕虫小技，然而印人刘铁峰却把这个"小技"玩得很大。以小见大，精致显高深，就像农民耕耘阡陌，就像海员经纬海洋。30 年来，他发表了 3000 多方印，钤盖在国内各大报刊，耀眼于书法篆刻展览，获得 20 多次大奖。人民美术出版社出版了《刘铁峰篆刻》，舆论评价甚高。他还多次应邀赴新加坡、韩国，以及中国香港等地演示，仅日本就去讲学 3 次。当地最著名的书法刊物《知远》的编辑曾以为他是七八十岁的老一辈篆刻大师，见面后才知道他是篆刻界新一代领军人物。

刘铁峰，1945 年生于山海关。河北人给他起了个侠客似的名字——刘一刀，凭着一把三寸刻刀闯荡印坛，名扬天下。宝剑锋自磨砺出，刘一刀这手功夫磨得好苦。

金石向为古董，诗书画印被称作中国文人“四绝”，可刘铁峰出身并非书香门第，而是地道的“下九流”。祖辈三代剃头，父亲还是理发高手，因为爱写字，被人戏称“梳发家”。到铁峰这一代，母亲坚持反对子承父业，巴望他改变门风，读书做官。可是铁峰小学期间偏偏喜欢上刻章，整天用小刀在橡皮、化石猴上比比画画。母亲说:“你爹当了一辈子剃头匠，可不许你再当石匠了。”小铁峰说:“写字刻章学问可大啦，我要当个真正的书法家。”

山海关是国之重镇，依山傍海，风景秀丽，文化传统悠久，文人墨客不少。有个书法篆刻家张同生，满城匾牌都是他的手笔，曾获唐山市篆刻比赛第一名。铁峰打听到他在西街开了一个刻字店，天天放学路上门前停步，踮起脚尖，趴在玻璃窗上贪婪地看着。一来二去引起张师傅的注意，说:“小孩子，要看就进来吧。”想不到这一脚踏进去，刘铁峰就再也没有回头。

张同生看小铁峰聪慧诚恳，就收他为徒，脸对脸地教他看书读印，手把手地教他捉刀刻字。不久“文化大革命”开始，断了求学之路，刘铁峰在秦皇岛港务局当了一名司炉工，白天拿锹上煤挥汗如雨，晚上刀咬石块默默攻坚。天天早上“闻鸡起舞”，睡眼惺忪就操刀练习，常常不小心刺破手指，血流如注，染红石料，他笑笑说，又一块鸡血石。没钱买石料，到处觅石头。耀华玻璃厂石英石堆积如山，他就跑去翻山寻宝，背回去自锯自磨。秦皇岛与山海关相距30华里，他天天跑通勤，等车的时候就蹲下磨石头，生生地把麻面马路磨光了30米。

张同生教了铁峰几年，尽其所能，眼看着青出于蓝而胜于蓝，就把他推荐给师兄——锦州李世伟。李世伟教了他一段，水平用干了，又把他介绍给篆刻家康殷。康殷也觉得他确实是一块好料，可以精雕细刻，建议他去北京见世面，投奔萃文阁魏长青。

“文革”初期大串联，热点是革命圣地，韶山、瑞金、遵义、西柏坡。刘铁峰却独自来到北京玻璃厂，那是他心目中的艺术殿堂。谁知一看傻眼了，刚扫过“四旧”，“萃文阁”牌子砸了，改名首都刻字厂，冷冷清清，门可罗雀。刘铁峰悄悄溜进去，打听哪位是魏长青老师。有个人指点：“那不，扫到马路边看自行车去了。”原来是魏先生的大弟子徐焕荣，战战兢兢，如同惊弓之鸟。铁峰要进里屋看看，徐用身子拦住，说这是“禁地”。刘铁峰有些绝望，但不死心，天天跑来缠磨，打水扫地套近乎，硬是把心灰意冷的徐焕荣感化了，看这小伙子真心痴迷，趁没人时就放他进去，一字一板地说：“当心中毒。”刘铁峰心有灵犀，回说：“毛主席教导我们，取其精华，去其糟粕。”小屋灰暗，落满尘土，可刘铁峰两眼生辉，看那一摞摞石料，方方石印，掩不住地激动，嘴吹手揩，一块块爱不释手。“给我刻个章吧，老师。”小伙子声音发颤，几近哀求。“你挑一块吧。”徐也喉头发热。刘铁峰并不外行，挑了十几元一块的石头，徐师傅撂荒多日，手也痒痒，操起刀来。铁峰目不转睛，看那手法有些特别，像捉笔写字。轻重深浅，运用自如，还带一种欢快的音乐般的节奏，手上全是功夫。还没看够，章刻好了，端详一番，还算满意，打了印儿，只收 7 角钱。递过来时，又说：“拿好了，仅供批判。”铁峰如获至宝，得寸进尺问：“您说，这印章哪个朝代‘流毒最深’？”“秦汉，先从秦汉入手批判。”那情景好似《红灯记》中传递密电码。刘铁峰包了一层纸，又包了一层手绢，揣在怀里，甜蜜蜜，晕乎乎，摇摇晃晃往回走。归来路上杜撰了一条秘诀：学棋找高手，弄斧到班门。

1979 年初秋，著名画家吴作人到秦皇岛游燕塞湖，为美丽景色感动，即兴赋诗一首：“人定胜开工，燕山蓄翠峰。坝头倾万斛，湖上立千峰。”铁峰觉得有意境，治印一组八枚，一句一枚，作者、落款各二枚，寄给《河北文艺》。当时我正在这家刊物供职，美术编辑张庚喜形于色，在编辑部传阅。为了加强宣传，张庚把印拓寄给吴作人先生，求他把原诗书写一幅，诗书印一同发表，珠联璧合。吴先生慨然应允，并对铁峰的篆刻大加赞赏："以业余而能钻研，得此水平殊不易，可贵！"这期《河北文艺》也借了光，发行17万份。

"路漫漫其修远兮，吾将上下而求索。"刘铁峰渴求上进，到处求师学艺。他拜在钱君匋先生门下20年，书来信往，频频登门。钱先生一面看印，一面指点，不足之处一针见血，并专为铁峰书赠一联："更筑园林负城郭；先安笔砚对溪山。"华君武先生作画一向不愿意别人在场，唯独对刘铁峰开恩破例，因为他为人忠厚，谦虚好学。当面画了一幅《小猫屁股摸不得》，写了赠言。情犹未了，又画了一幅《永不走路，永不摔跤》，签名盖章。且边画边讲，讲生活来源，讲构思过程。后来这两幅画成为名作，笔意简练，题词很多，而当时讲给刘铁峰的话更多，足够一节课。铁峰与费新我老先生相知甚笃，费老评价他："实我平生所遇中之佼佼者，亦钦亦幸。"当书法新潮画字变形波及篆刻界时，铁峰心怀忐忑，问计费老。先生语重心长教导他："不随古，不随时，不随人作嫁，吾行吾素，方可石破天惊。"

对刘铁峰关爱最深，提携最多的当属黄绮先生。黄先生不仅是久负盛名的书法家，而且是一位成就卓著的文字学家，铁戟磨沙体风靡天下。1958年我刚入河北大学中文系，就听说黄先生是国内四大文字学家之一。铁峰与黄老是忘年交，早在20世纪60年代还是毛头小伙的时候，他就贸然闯进黄先生书房，给先生的印象是：印如其人，后生可畏。并以诗相赠："少自秦汉入，壮忧不能出。又过三十年，有无新面目？"从黄先生那里他懂得了印宗秦汉，懂得了"学古与创新是个新陈代谢过程。古是祖先，新是后代"。黄先生是中国书法家协会副主席、河北省书法家协会主席，刘铁峰是省书协常务理事。年年开会，常常活动，言传身教中铁峰有了长足进步。黄先生对他的评价是："学古有文，创新不野，文学修养正是治印的基础。"有一次同游西安，黄先生请铁峰吃水晶柿子饼，铁峰美味进口，口占一绝：“长安酒家数百千，借问太白何处眠。我欲把盏同入座，醉握铁笔补诗篇。”黄先生笑道：“又想让我请喝酒了吧？”

在刘铁峰成长的背后，还有一大串让人惊羡的名字：徐之谦、苏白、启功、陈叔亮、楚图南、康毅、李骆公、刘炳森、韩羽……几乎每个名字的背后都有一个程门立雪之类的故事。

刘铁峰每次拜师回来，都要按照指点买回几本书，从《说文解字》到《甲骨文编》《金石学》《篆刻学》《中国篆刻全集》。黄绮先生给他开列的书目，不少于对一个博士生的要求。本来不大的房间，由于书橱的不断增加，空间小了一圈，可是他的知识空间却大大增加了。

在钻研古文字的同时，为了理论联系实际，铁峰有意识地接触起文物古董来。从秦砖汉瓦上学习古代纹饰和图案，从石器、陶片上学习古代文字风韵，从古币、古印上认识历代文字变迁。节假日逛古旧市场常有收获，他拥有了秦印、汉印、辽章、元押，只缺少战国古签了，他等待着运气。果然一天在残破的陶片、古币堆中，发现了一个锈迹斑斑的铜环，形同戒指，上面椭圆，一行朱文大篆，印面枣红，印体透骨锈十分典型。讨价还价之后买到手中，一连几个晚上查资料，看印谱，翻字典，又在《故宫博物院藏印》一书中找到同类，终于证实这是一枚极为珍贵的燕国地方官的印章。印风遒朴，刀法尖刻，章法天成，疏密有致，平正中透出灵气，残破中仍富活力。

铁峰研究秦汉瓦当砖刻，在西安开会时，一有空就去转古董市场，用多半年的工资购得一书包汉瓦，小心翼翼地背上火车，从西安到北京，从北京到唐山，从唐山到秦皇岛。转车时找小件寄存处，人家问什么东西，他说瓦。人家问不怕压吗？他说：“怕，特别怕。”扛起来就走，人不怕压瓦怕压。这些年来，刘铁峰的家变成博物馆了，已经收藏古印 141 件，瓦当 100 多块，铜镜 100

多块，古销 17 把，衣服钩几十件，古瓷 200 多件，古钱几十斤，石器、陶片 7 编织袋。特别是他对山海关一带新石器遗址的石器、陶器研究，已经取得相当大的成绩，发表学术论文十几篇，得到中国社会科学院考古研究所的高度评价。

一艺之成，在于综合修养。刘铁峰广采博取，融会贯通，印内求印，印外求印，锐意创新，逐渐形成自己工致巧整、粗犷古朴的艺术风格。他的篆刻，字法严谨，气韵生动；刀法恣肆，游刃自如；章法新奇，疏密有致；线条质感，尽情挥洒而无“浊”“俗”二气。通过字法、刀法、章法、线条的配置，印面形成一种和谐愉快的气氛，表现出一种雅致高洁的意境，方寸之中蕴含着美学与哲理。

刘铁峰渐渐悟到，篆刻不是简单的起伏，而是凹陷与凸显的艺术。不是用来消遣，而是一种斗争，是刻刀与石头的决斗，是创新与守旧的决斗。艺术是不能重复的，每一个章都应该是创作。所以不能驾轻就熟，而是越刻越难。以至于每拿起一块石料，面对一块空白，开始总觉着害怕。只有反复琢磨，几经推敲，胸有成竹之后，石头才怕他。这时心明如镜，印面上不是肉眼所见，而是一种感觉；刻字不是用心，而是用头脑。他给成千上万人刻过印，而不允许千人一面。刻名章他希望面见本人或相片，了解一下简历，以便因人而异，刻出个性，刻出神韵，刻出内涵。不是简单地刻一个名字，而是用线条对这个人作出说明。所以篆刻别人时，也是他的自我表现，是心血和生命的投入。正如他自己的一首诗表明：“半尺桌上雕小虫，天地虽小走蛇龙。壮心入铁身当印，热血润石拓更红。”

随着篆刻艺术的提高，刘铁峰名声越来越大，登门求印者络绎不绝。有报纸杂志，有朋友熟人，也有素不相识慕名而来的人，有中国人也有外国人，包括金日成、金正日、黑田寿男、曾宪梓、霍英东、马万祺、董建华、何厚铧……按他父亲的规矩，“有钱剃头，没钱也剃头”。官大的也不高看，平民百姓绝不小瞧。有个叫二花子的工人，买了一块石头，请他给刻个戳儿，不会说客气话，放下就走了。桌上排着100多块预约的石料，哪个也比二花子来头大，可他先给二花子连夜刻了一枚，质量上乘。二花子喜出望外，放在贴身口袋里，至今也没用过一次，见人就说:“刘铁峰给我刻了个戳儿，放着，这是国宝啊。”

刘铁峰是个业余篆刻家，从工人熬到办公室主任、党支部书记。白天忙工作，晚上忙篆刻，刻呀刻呀，不声不响地刻了30多年，刻印3万多方。刻秃了的刀数以千计。有人计算，论重量，可以打造10架双轮双铧犁。刘铁峰就是这样辛勤“耕石”，耕了30多年。

1999年7月，为了完成一项外事任务，刘铁峰三天四夜没合眼，刻好21枚印章之后，突然昏倒在地，被送进医院抢救。医生诊断说，由于长年神经紧绷，脖子用力，五六节椎间盘磨碎，骨髓流出。秦皇岛人一传十，十传百，刘铁峰刻呀刻呀，把脖子都刻断了。经过一次手术，牵引两个月，刘铁峰的颈椎修补好了，又拿起了刻刀，精神不减当年。正如吴作人先生所赞美的：铁峰铁笔。

内 画 王

以鼻烟壶为载体的内画艺术，起源于清朝嘉庆、道光年间，迄今已有200多年历史了。最初形成于不意，吸烟者以小勺从壶内掏烟，天长日久壁上留下丝丝划痕，凑巧出现菊瓣、竹叶形状。有粗通文墨之人试以竹签蘸墨作画，渐渐形成一种工艺，从业者多为民间艺人，模仿花鸟、仕女之类，因而200多年以来停留于民间艺术，难登大雅之堂。到了20世纪七八十年代，一向不为社会看好的内画来了个突飞猛进，从民间艺术一步步向中国画靠近，成为中国画耀眼而鲜活的一个品种，异军突起，并迅速走向世界。引导这次内画革命的领军人物，正是被誉为“内画王”的王立夫先生。用里程碑甚至开宗立派之巨擘来形容他，都不为过。我与立夫相识多年，深知他开山之路的艰难。内画革命应当尊之为师，因为他具备了智与勇两种特质。他的生命历程与内画发展史紧紧地联系在一起。

王立夫并非出身书香门第、美术世家。正好相反，1951年他诞生在贫苦农村，武术世家，外祖父刘锁是北腿戳脚派掌门人。他自幼习武，戳脚飞腿铁砂掌、形意八卦太极拳，练就了一身令人羡慕的童子功，发展下去，也许早就成为武术冠军、散打王了。10岁时一件小事改变了他的命运，天津美术学院下乡写生，一支普通的铅笔在纸上神奇地移动，三两下就造出一棵树、一头驴，比变戏法还精彩。小立夫看呆了，看那铅笔比他常耍的刀枪还厉害，不禁心动手痒起来。一位教师看他如此迷恋，且眉眼间透出一股灵气，临走送给他两支铅笔、一本画册。小立夫如获至宝，白天趴在窗台上描，晚上伏在油灯下画，好学如痴。“文革”开始，学校停课，他让家人把自己锁在家里画画，任外面吵翻了天，他却平静如水。后来找到了一本《芥子园画谱》，一边放羊，一边临摹，李笠翁成为他第一位启蒙老师。终于有一天，县文化馆下乡干部发现他临摹徐悲鸿的奔马，达到可以乱真的程度。

后来他有幸又接触到了来他家乡体验生活的一些画家，在他们的指导下勤学苦练。又被介绍到天津的一个美术院校学习。

1972年涉足内画，半年后初见成效，五六天能画出一个较满意的鼻烟壶，卖出的价格比他一个月的工资高几倍。但是，受过专业训练的王立夫并没有因此而去“致富”，他投入到内画中来，试图形成一种中国线条的变化和西方素描立体造型相结合的画法。当时他的内画作品全部出口国外，由于西洋画的造型、色彩等写实手法原本来自西方，适应了欧美的欣赏口味，所以王立夫的作品很快在国际市场受宠，价格比平时高出了几倍。但是国内反应却比较冷淡，特别是美术界高层并未表态。强烈的反差、主观愿望和客观实际的相互矛盾，严重地困扰着他。王立夫第一次感到自己的渺小，感到自己尽管艰苦跋涉，依然徘徊、彷徨在艺术殿堂大门之外，未曾登堂，何言入室。

农民出身的王立夫没有虚荣和架子，只想把自己的画苑建成“种子田”和“丰产方”。为此他一方面蹲下来检验自己那一亩三分地的“氮、磷、钾”，一面走出去拜师求艺，变成了一个十足的小学生。他的情况让当时的团中央书记高占祥知道了，推荐他到中央工艺美术学院向范曾先生学习。范曾先生看了王立夫的内画十分欣喜，当即表示愿意收下这个学生。同时也指出，王立夫的绘画线条十分过硬，画面也很传神，但是这种中西结合的方法已经脱离了中国画的宗旨，并以自己刚发表的《白描琐谈》中把阳光带进中国画为例，讲述中国的写意与西方的写实两种不同的美学体系。一语唤醒梦中人，王立夫知道了自己的病根，懂得了自己尚未从“工艺”二字脱离出来，需要脱胎换骨，毅然摒弃自己为之奋斗六年的画法，走中国文人画的道路，使自己变成一张白纸，一切从零开始。

然而，中国画博大精深，以“畅神”为最高境界的“澄怀观道”“以形写神”“迁想妙得”等传统人物画理论奥妙无穷。这种以道德的超越自我而达到的人物心灵完整、庄严和永恒的境界，对中国人物画家自我人格和传统文化修养，以及笔墨功力诸多方面，提出了很高的要求。这对只有中等学历的王立夫无疑是一条蜀道，然而艺术既不会迁就任何人，也不会照顾贫下中农。他的两个朋友，团中央的卢昌华和天津青年理论家侯军，分别与他进行了两次彻夜长谈，使王立夫认识到，内画也要像中国画那样，有深邃的意境、大家手笔和独具匠心，不做画奴，不为笔使，做到知识与情感、思想与笔墨的完美结合。侯军还专门为他寄去两大箱书籍。

对于王立夫来说，这一重大变革，题材、工具和材料不再是限制艺术发展的原因，技巧也不再是关键。艺术品位的高低，主要取决于个人文化修养和用美学精神解决问题的能力。张大千说："作画如欲脱去俗气、匠气、浮气，第一是读书，第二是多读书，第三是有系统地、有选择地读书。"为此，王立夫闭门读书，读了大量古今中外的文学、历史、哲学、宗教等多种典籍。从原始中国岩壁画、彩陶艺术到明清文人画，从文艺复兴欧洲艺术到禅学的"梵我合一"，从吴道子到张大千，从达·芬奇到毕加索；对书中的内容，从民间艺术到文人艺术，不管是意象的、具象的，抽象的、写实的，理性的、感性的，都加以分析，从中吸取更多的精髓。在老师的指导下，他为自己设计了一个艺术发展的蓝图，从理论和实践上，把中国画的大写意、小写意、工笔技法融为一体，用笔墨功夫在方寸之间表现自己的知识、技巧和情感，使内画艺术既有写意画的抒情，又有工笔画的细腻。真正做到知识与情感、意境与笔墨的完美结合。

边学习边实践，内美积累完善，修能计日程功。王立夫内功强了，底气足了，水墨功夫日臻完美。"骨法用笔""气韵生动""经营位置"等绘画原理与技法得心应手，画面上的骨肉、筋血、气韵日益明显。无论是大义凛然的关羽、跃马横枪的岳飞、须发风动的老子、潇洒倜傥的李白，还是多个人物的三英战吕布、竹林七贤、饮中八仙，都能栩栩如生，活灵活现，强烈地透露着作者自己的人文精神。

王立夫崭新的艺术天地，赢得了中国书画界高层的一片喝彩。中国书法家协会副主席黄绮称他"银毫藏天地，玉壶贮乾坤"。书画家启功称他“妙手慧心写万象，咫尺千里在玉壶”。老师范曾欣慰地说:“不只渐渐跳出手艺人之藩篱，而且骎骎与文人画争驱。从他追逐深邃的意境、酣畅的笔墨和清逸的造型上，看到他从人们概念中的民间艺人走上艺术家的道路。”王立夫经过残酷的精神自焚，实现了凤凰涅槃，走过了一段刻骨铭心的心智演化的过程。

中国科学电影制片厂为他拍摄了专题片《王立夫内画艺术》，这位农民出身、自学成才的画家走上了中国最高领奖台。外国评论家称他的作品是“无与伦比的瑰宝”，他的作品先后被20多个国家收藏，包括巴黎和里昂装饰艺术博物馆、奥地利烟草博物馆、威尼斯博物馆、莫斯科东亚民间艺术博物馆。

40多岁的王立夫年富力强，如日中天，正是踌躇满志时，一场突如其来的大病险些把他击倒。眼睛近乎失明，北京同仁医院诊断为双眼先天性三度外隐斜。怪不得他从小常头疼，吃了半辈子去疼片。按说这种眼病是不适合学画的，画画需要的是视力和脉力。王立夫习武，脉力越大，视力消耗也越大。年轻时超人的视力靠青春的神经、血管和肌肉调节视力的精确度，现在它们逐渐老化，已无回天之力。而他的职业却正是拼眼睛，上帝给他开了个不大不小的玩笑。北京同仁医院给他配了多棱镜，戴上疼痛难忍，动笔头疼，动脑更疼。疼起来神经像导火索一样刺啦啦响，像要引起全身爆炸的样子。这个钢铁汉子变得弱不禁风，经常处于感冒状态，几个月不敢开窗户，三伏天口罩帽子全副武装，摇一下扇子都会起鸡皮疙瘩，一接触冷空气立刻冷汗淋漓，几层衣服都湿透了。发作时面如黄纸，四肢冰凉，几次抢救后医生下了结论：严重疲劳综合征。

医生说得对，王立夫实在太疲劳了，迷恋沉醉于艺术，苦心孤诣、瘁力成疾。试想，一个五大三粗的汉子，拿起绣花针一样的画笔，用针尖一样的笔锋在20厘米的器皿深处，勾勒一根根头发丝一样细的线条，常常屏住呼吸，全神贯注，全身力气作用于笔尖，心跳、呼吸都改变了，神经紧张到了极限，总有一天弦要绷断，全面崩溃。医生劝告他，只有放弃绘画，才能保住眼睛，保住生命。王立夫不怕死，怕的是从此与画无缘。对他来说，画才是生命，画笔才是精神支柱。此时的王立夫觉得生不如死，陷于比头疼、眼疼更难以忍受的精神痛苦之中。

关键时刻，又是好友侯军伸来援助之手。这时在深圳工作的侯军建议王立夫换个环境，来南方休养。立夫也想到了一句农谚：树挪死，人挪活。不仅是求生的愿望，他更为在意的是内画事业。1999 年春天，王立夫让人抬上火车。

说也奇怪，也许是海风椰雨滋润了他干枯已久的神经，勒杜鹃点燃了他奄奄一息的生命之火，王立夫摘下戴了三年的帽子、口罩，热血又在任督二脉涌动了起来。

此时的王立夫眼疾未愈，拿不起画笔，可以动脑了。独自徜徉于锦绣中华、世界之窗，流连忘返。他接受 1994 年广交会的教训，一次露面，触动媒体，忙活了好几年。这一年正是知天命之年，他决心不向命运屈服，来一个大动作。他想锦绣中华、世界之窗的成功，在于把世界缩小，他能否把内画载体的空间放大呢？然而放大就不是鼻烟壶了，需要选择新的载体。他的眼光渐渐集中到六和塔、比萨斜塔上面，从塔的形象又联想到鼎，古代的后母戊鼎，现代的北京世纪宝鼎。如果内画艺术能与具有几千年传统、被国人视为中国历史文化象征的塔和鼎结合起来，不就意味着内画摆脱雕虫小技，堂而皇之地登上大雅之堂了吗？毛主席讲内容与形式完美结合，庄严而堂皇的载体，应该有庄严而伟大的内容，他想起了举世瞩目的三峡工程，想起了中国文学四大名著。

卫夫人有《笔阵图》，把书法比喻为作战。王羲之题曰："夫纸者，阵也。笔者，刀矟也。墨者，鍪甲也。水砚者，城池也。心意者，将军也。本领者，副将也。结构者，谋略也。飏笔者，吉凶也。出入者，号令也。屈折者，杀戮也。夫欲书者，先干研墨，凝神静思，预想字形大小，偃仰、平直、振动，令筋脉相连，意在笔前，然后作字。”他想这次举动，是一次重大战略转移，运筹帷幄，才能决战千里。

王立夫先设计了水晶鼎，高 20 厘米，直径 25 厘米，厚 2 厘米，加上三足高 38 厘米。这样超大的熔炼水晶体世界尚无先例，退火技术解决不了。一个月中，他通过 60 多个城市的 114 查询求助，没有一家敢接这活儿。最后上海光学研究所慕“内画王”之名，答应试制，一炉水晶 160 万元，三次试验才告成功，北京一位老艺人花三个月时间才掏空刨光。王立夫小心翼翼地抱回来，70 斤重的水晶鼎抱着画，笔杆儿加长到一尺三寸，120 天才画完。这件以《高峡宏图》命名的内画，以鸟瞰式构图，写意的笔法，精心描绘出三峡工程全景。只见千里碧波，万仞烟岚，苍茫氤氲中，坝似长虹，闸如楼台。巨大的水晶鼎载体，巨大的空间，形成磅礴的气势，黑白虚实，藏显隐露，出现近似宣纸的效果。这个作品出色地表现了中国人民改造自然，创造人间奇迹的宏伟气魄。山水景物让人神驰心骛，惊叹不已。从“一把抓”的鼻烟壶到庞然大物的宝鼎，内画载体完成了一次重大的改革。

如果说《高峡宏图》是王立夫的扛鼎之作，那么四大名著人物就是中国内画的艺术宝典，是一项规模宏大的艺术工程，也是他艺术人生的大轴戏。为了它们，这个拥有“内画王”桂冠的王者，悄然变为一个市井百姓，隐形于深圳闹市，连同一栋楼的邻居都不认识他。6 年闭门谢客，寝不得安，食不知味，外面春夏秋冬变化无所察觉，深圳市建设日新月异浑然不知。用秃的笔论斤称，用去的颜料以箱计。6 年时间，超过了一个五年计划，接近于一个全面抗战八年，真可谓毕其功于一役。

四部名著，四座水晶塔。每座塔分五层，高 75 厘米，玲珑剔透，本身就是罕见的艺术品。现在又锦上添花，加上精心塑造的 500 个绘形绘色的人物形象，王立夫再一次创造了奇迹。旷世之作，成为中国内画艺术的集大成者，中国内画的镇界之宝。每部名著都经过巧妙构思，把几十回、上百回文字和上百个人物概括为若干场景，仿佛把人民喜闻乐见的走马灯、连环画、折子戏，把同光十三绝、四大须生、四大名旦都请了出来，同台献艺。让人赏心悦目，大饱眼福。四大名著人物画有人说是王立夫的四个孩子，而且是老来得子，倍加珍惜，是他的几个亲生子女都不曾享受过的宠爱。王立夫把全部心血都倾注在了它们身上。

四大名著内画第一件是《水浒传》，人物最具个性特点，形象生动。豹子头、霹雳火、花和尚、鼓上蚤，个个夸张而浪漫，136 个人物用去了 326 天。《三国演义》人物性格复杂，曹操横槊赋诗，孔明老谋深算，周瑜心胸狭窄，曹植聪明文弱，表现人物气质和心计相对难些，100 个人物，用去 220 天。《水浒传》《三国演义》题材他平时常画，胸有成竹，极个别人物借鉴范曾先生作品，因为他的造型已达极致，无法超越。

四大名著最难驾驭的是《西游记》，因而也最具创造性和挑战性。《西游记》看起来是一部成人童话，表现的是民间俗文化，实际涉及知识面远远超过其他三部，包罗了佛学、儒学、道学及一些国内外民间传说、地理自然、人文知识。这些传说内容有的已载入史册，有考有证，不能任意改变小说中的历史痕迹和人物特征，只能在原著基础上修饰、发挥。有的小说中一带而过，而这些人物在历史传说中有一定位置，又相传不一，一个地方一个说法，一个时代一副形象，就要靠自己归纳、修订，既要尊重原著，又要符合历史和宗教，创作起来就要兼收并蓄，有自己独到的见解。二十八宿中的亢金龙、奎木狼、井木犴、昴日星官都是动物化身，十二生肖变化为六丁神、六甲神，是神而不是兽，画时人首加上动物之冠。虎力、狮怪、牛魔王，是怪而不是神，就要突出兽妖的风格特征。103 个人物用去 460 天。

如果说《水浒传》《三国演义》《西游记》是三个“男孩”，《红楼梦》则是最小的“闺女”。以往王立夫内画人物以英雄志士为主，仕女从来是配角，而《红楼梦》是众香国，阴盛阳衰，表现女性成为重头戏。为此他把原著反复研究，烂熟于心，从贾母、金陵十二钗到刘姥姥，都要理解到位，掌握性格特点，熟悉内心世界，迫使这个钢铁汉子有了一副女人心肠。好在他造型功力深厚，技艺精湛，用白描的形式、清秀的线条，表现了大观园美女如云、百媚丛生、风情万种，同时又突出了身世等级、气质性格的不同，使每个人物外在的吸引力和内在的感染力，都达到了一个相当高的水准。根本原因是他 20 年苦学苦练，提高了格调，使自己径曲回行，与圣贤为友了。

仅仅 200 多年历史的内画，相比几千年树大根深、枝繁叶茂的中国美术史，不过是一枚幼芽、旁枝小叶。因为兴起于民间手艺，困顿于手工作坊，靠的是面传口授，所以内画没有只言片语传书，而理论的缺乏，又直接阻碍了其发展。王立夫脱颖而出有他的偶然性，凭天资悟性、勤学苦练打出了天下；也有他的必然性，中国美学强大的生命力，又逢改革开放好年代，势必调剂补救，达到新的平衡。没有王立夫，还会有张立夫、李立夫，所以王立夫是应运而生的时代骄子。

从一位村童到内画大师，王立夫的成功是智与勇的结合，从另一个角度讲也是理论的成功。实践不等于理论，理论又不会在实践中自然生成。王立夫理论的获得，一是靠悟性，动手动脑，在实践中解决问题，符合了艺术规律；二是靠读书学习，名师指导，在正确的理论指导下实践，自觉地掌握了理论。理论、实践两只翅膀，把他带到了内画艺术的高峰。王立夫一面搞创作，一面钻研理论，理论和创作齐头并进。1985 年正式出版了《中国内画艺术与技法》，时隔 20 年又出版了《中国内画艺术》，分别代表了内画发展的两个阶段，代表了作者美学思想的两个境界。写第一本书时他血气方刚，意气风发，着力表现自己创作成就和艺术见解，更重要的出发点是助人，把自己成功的经验介绍给广大内画爱好者，使他们少走弯路，少缴学费，同时也是对自己学艺途中诸多老师的报答，叫作“受惠于前，施惠于后”。写第二本书时，他性格深沉稳健，思想已经成熟，艺术炉火纯青，着重用中国传统画论阐释内画创作，把内画的艺术技巧上升到理论的高度，把内画的发展纳入中国美学的范畴，同时也丰富了中国美学理论。画家的出发点更多的是责任，率先垂范，探讨建立中国内画美学的理论基础。

《中国内画艺术》是迄今为止唯一的，也是最具代表性、权威性的内画理论著作。为广大内画爱好者提供了学习、研究中国美术绘画理论，掌握提高绘画技巧的教材和工作用书，富于实用性和可操作性。从内画发展的角度追根溯源，梳理内画的形式及语言特征和嬗变过程，通过对各个时代代表性画家及其作品的分析，使读者了解内画发展脉络及历史走向。以讲授具体的表现技法为重点，深入浅出，由简而繁，步步深入，循序渐进。通过典型图例解析内画常用技法，特别是作者创作实践中探索出来的独特技巧，加深对绘画理论的理解，由技而入道。把内画艺术带入中国绘画的精神境界，通过对作品的分析鉴赏，感受生命的创造力，领悟艺术意境的奥秘，体会作品的文化意蕴和精神内涵，提高人文素质。

中国内画在改革开放的时代取得了长足的进步，开创了一个崭新的局面，而王立夫的创作实践和理论著作在这一进程中起到了承前启后、继往开来的历史性作用。历史经验告诉我们，艺术革新并走向成熟的高峰，往往需要更多人的努力，王立夫和他的同行们任重道远。

齐啸云

齐啸云是著名京剧表演艺术家。她自幼师从钱宝森、郝寿臣、马连良等京剧大师，在继承裘派、金派、郝派艺术成就的基础上自成风格，独树一帜。作为京剧舞台上为数不多的“女花脸”，她有着“中国第一女花脸”的美誉。此外，她还在中外文化的交流与融合上进行了有益的尝试。她曾根据莎士比亚的名剧改编、创作了京剧《奥赛罗》，且将古希腊悲剧《巴凯》翻译改编成京剧，并首次使用英语演唱中国传统名剧《赤桑镇》《铡美案》《除三害》的片段。2003 年 3 月 31 日，73 岁的齐啸云因病去世。

我自幼喜爱京剧。一天有个戏迷同学告诉我，邢台县东汪乡来了个角儿，唱功极佳，是外贸部下放干部。我立刻奔往东汪。

我打听到会唱戏的女干部住在烈属胡大娘家，那时她还叫齐润霖，当时上工地去了。胡大娘说：“小齐可是个好干部哩，天天顶着星星拾粪去，走在哪条村路上我都知道，因为她一边拾粪一边喊嗓子，咿咿呀呀，嗓门儿特大，连村里的公鸡都跟着叫起来。”

胡大娘看我没找到齐润霖有点儿扫兴，就领着我看她家后墙上的画，指点说是小齐画的。宣传画占了整面墙，上半部工人挥舞着钢钎，农民手握镰刀，干部扒拉着算盘；下半部钢水奔流，麦浪滚滚，红旗飘飘。大娘说：“像这样的壁画，小齐给村里画了 18 幅，都是劳动之余加班加点赶出来的，弄得她衣服颜色斑斑，像一身戏装。”

按照大娘的指点，我来到南大树村水库的工地，只见人山人海，红旗招展，喊声震天。一部分人在库底挖土装车，一部分人在上边垫土筑堤，堤下已经形成一个很大的坡堤。下坡时为了节省时间，一人坐车尾，一人手压车把双脚腾空，顺势滑下，叫作“飞车”。工地宣传员说找齐润霖不难，看哪辆车飞得最漂亮就一准儿是她。我在堤上转来转去看花了眼，经人指点才认出一位“壮士”，头扎白毛巾，腰系宽布带，一蹬腿腾空而起，身轻如燕，在空中划出一条长长的弧线，然后轻轻落在地面，那身段好像《挑滑车》的高宠、《三岔口》的任堂惠。等到推车上来时，才看出眉清目秀、巾帼英雄的样子。工间休息时，大家欢迎她来一段，只见她抹了把汗，端起粗瓷大碗唱道:“将酒宴摆置在聚义厅上，我与同众贤弟叙一叙衷肠……”那声音响如洪钟，灌满了偌大的水库。

齐润霖也像小孩子一样高兴。她对我说，幼时在天津云吟国剧社第一次登台时，扮演的就是窦尔敦，唱的就是这一段。

齐润霖出身官宦之家，祖上曾当过清代的吏部尚书。父亲是天津《民生报》主编，喜好京剧，梅兰芳、马连良、尚小云、裘盛戎都曾是家中的座上客。齐润霖幼有天赋，3 岁时马连良一句句地教她唱《桑园会》，6 岁时与马连良同台演出《三娘教子》，红遍沽上。

下放时，评选劳动模范，东汪村和水库工地的人都把齐润霖当作首选，但外贸部带队的人反对，说她有政治历史问题。齐润霖解释说，她 14 岁进入北京美国教会中学，当选为学生会主席。因为不满国民党的接收大员、贪官污吏，在天津《中华日报》发表了一篇杂文《奸商遗嘱》。天津警备司令部通缉她，经一地下工作者介绍，她躲进美国驻津领事馆，在一个小图书馆当了几个月的资料员。这桩事在燕京大学一年级已经如实交代，想不到从此她被列入“特嫌”，沉重的黑锅背在身上。她一度想跳楼自杀，站在窗前她想到了京剧，想到了钱宝森、郝寿臣等几位老师，他们都在期待着她学有所成，于是甩把泪水又抽身回来。

情况反映到县政府，县长何耀明热爱文化，怜惜人才，召集有关人员学习刚刚发表的毛主席的《关于正确处理人民内部矛盾的问题》，说家庭出身不能选择，革命道路可以选择，莫须有的事情不应影响干部使用，并大张旗鼓为齐润霖发了模范奖状。

不久何县长组织山区建设慰问团，点名齐润霖领衔主演。深山区的羊肠小道连自行车都用不上，大家自带行头道具。齐润霖总是头顶乌纱，身披蟒袍，斜挂玉带，手提朝靴，就差把脸谱画上了。一次演出，正当大家走得汗流浃背、疲惫不堪时，突然听到一阵锣鼓齐鸣，全村男女老少跑出十余里来迎接。家家户户张灯结彩，像过年一样热闹。《铡美案》演过后，齐润霖清唱了一段又一段，直到鸡叫两遍还谢不了幕。下台来不及卸妆，家家都排队请她吃饭，大把大把的核桃、栗子、花生往她身上塞。当晚齐润霖激动得一夜合不上眼。

不久她又与何县长合作完成歌舞剧《天上人间齐歌唱》，获得河北省文艺会演一等奖，齐润霖成为邢台家喻户晓的人物。

齐润霖在邢台下放劳动一年后被分配到云南省外贸局。临走时，齐润霖泣不成声，表示今生今世忘不了邢台，还要回到邢台来，这句话我印象颇深。四年后我大学毕业，申请分回故乡，可是齐润霖却杳无音信。

转眼到了 1980 年，传统戏解禁不久，偶然打开收音机，中央电台听众点播节目是《锁五龙》，正唱到摇板“怕你乱箭钻身无处葬埋，这一句话儿真爽快，叫贤弟把酒斟上来……”好耳熟，不是裘盛戎！他老人家 10 年前去世了，也不像裘派弟子方荣翔、王正屏、夏韵龙。会是谁呢？突然脑子里亮出一个名字：齐润霖。是她，就是她，20 年前就是这样的音质音色，高亮甜醇，润腔细腻，气息自然，有鼻腔、头腔乃至胸腔共鸣，偶尔还有炸音、宽音。晚上重播，演员名字叫齐啸云，一准儿是齐润霖的艺名。从此我天天收听这个节目，陆续听到了《铡美案》《盗御马》《赵氏孤儿》。我给中央电台写信询问，这个齐啸云果然就是齐润霖，供职于兰州市京剧团。

到了 1982 年春天，齐啸云率团到邢台演出。我闻讯赶到，她见面后的第一句话就是让我陪她回东汪看看。到了东汪，齐啸云第一个跳下车，蹦蹦跳跳走在前面，兴奋得像个小青年。在一家门口止步，蹑手蹑脚走进北屋，突然出现在胡大娘面前。大娘正在编席，抬头来思谋了一会儿，猛地拉住手："哎呀是小齐，哪阵风把你吹来的，你可把俺想死了。"大娘攥着她的手不放，说："闺女呀，这些年你是怎么过来的呀。"

齐润霖说她离开邢台，到云南外贸局，因为放不下京剧，几经努力就下海了。先到贵州省公安厅京剧团，正式用上齐啸云这个名字，很快就小有名气了。不久山东蓬莱京剧团挖她，整天到沿海部队慰问演出。那时学演京剧现代戏《红灯记》《芦荡火种》《洪湖赤卫队》。齐啸云是艺委会副主任、编剧兼导演，创作了《暴风骤雨》，扮演地主韩老六，在全国京剧舞台创造了一个新的艺术形象。

但是好景不长，舞台上的《暴风骤雨》还没有落幕，齐啸云被赶回天津，丢了公职，没了工资，成为街道上的"牛鬼蛇神"，生活没着落，靠扫街、扛包、拉车糊口。好容易找到了一个卖菜的临时工作，每月才 20 元工资。一天她正在地摊上摆弄西红柿，忽然下起雨来，觉得背后有人给自己加了一件雨衣，回头一看是评剧名角儿鲜灵霞……大娘换个话题问："闺女，成家了吗？"齐啸云长叹一声说："孩儿命不好，找了个对象，也是大学生，可是性格不合。他是个文静书生，我性格粗放，像个男人，阴阳颠倒。加上我为了艺术不想生育，他要接续香火，盼子心切，就分道扬镳了。1968 年我出了车祸，昏睡三天，醒来才知道他不辞而别，缘分尽了。大娘啊，孩儿今生今世再不嫁人了，因为我恋上了京剧。”是京剧给了她活下去的意志，给了她生命的诱惑和强烈的刺激。

齐啸云回京之后立即找到时任北京农业大学党委副书记的何耀明，二人相见喜极而泣，互诉别后经历，不再赘述。临别齐啸云拿出两张戏票，请何耀明看她彩排的英语京剧《奥赛罗》。说周扬赠给她一套英语《莎士比亚全集》，她试着改编一出京剧，关键时刻请何耀明出主意。在齐啸云心目中，何耀明是她文艺方向的指路人。在中央戏剧学院小剧场，“羞愤呀，羞愤煞英雄也！”随着一声长长的叫板，一个虬髯卷发的洋红净出台亮相，京剧史上一个里程碑式的角色诞生了。五分钟唱段，竟赢得十几次鼓掌喝彩。次日齐啸云又登门请教，何耀明兴奋不已，说：“经过‘文化大革命’的狂风暴雨，京剧这棵大树的枝头已经变得空空荡荡，硕果稀少了，你要珍视自己。你精通英语，便于走出国门，为中外文化交流，为京剧走向世界做出自己的贡献，这个角色非你莫属了。从太行山羊肠小道，到漂洋过海的航线，是另一种挑战和机遇。”听得齐啸云心明眼亮起来。

1984 年，齐啸云搭班淮阴京剧团到香港演出，与宋长荣珠联璧合，场场爆满，“乾旦坤净动港九”成为轰动一时的佳话。

齐啸云在美国演出，旧金山、洛杉矶、华盛顿、纽约，每到一处除了演出还用英语讲授《中国京剧艺术》。京剧使她喜悦，京剧又成为她的事业。在美国，她邂逅京剧前辈赵荣琛，兴之所至，赵荣琛亲自为她操琴。她信服了戏剧大师莎士比亚的一句话：“将世界当世界看待时，每个人必须独自演出一个角色。”

1993 年，齐啸云再赴美利坚，在夏威夷拜访了张学良将军和夫人赵一荻。张学良是一个老戏迷，亲自偕夫人到剧场，看了她的《赤桑镇》和《盗御马》，激动得老泪纵横。在张公馆，他们唱戏说戏，聊起来还是亲戚，张学良的妹妹与齐啸云的表兄是一对夫妇。谈兴正酣时，张学良还即兴提笔为她写了两首诗，其一曰：

“自古英雄多好色，未必好色尽英雄。我虽并非英雄汉，唯有好色似英雄。”其二曰：“唯大英雄能本色，是真名士自风流。不怕死来不爱钱，丈夫绝不受人怜。顶天立地英雄汉，光明磊落度余年。”

迷上奚啸伯

高中时代是我的京剧狂热期，节衣缩食买戏票。邢台是剧团流动的一个重要码头，几乎所有的名角都要光临。1956年，北京京剧四团来了，在人民剧场演出，头场戏是奚啸伯和吴素秋的《乌龙院》，演绎一个宋江逼上梁山的故事。

我花了五角钱买的后排座。奚先生上场，貌不惊人，但儒雅的台风一下子征服了观众，台下鸦雀无声。他身上有一种特殊的魅力，不是一般地走程式、做戏，而是着力地表现人物，写意传神，自然而又有法度，举手投足都是精心设计，带着锣鼓点。上楼下楼，第一次上楼与第二次上楼，手眼身法步各不相同。宋江的情态，从心平气和、油腔滑调到因忌而恨、精神恍惚、失去控制、恶向胆边生，性格变化层次分明，刻画逼真。第二天剧场经理张高生召开座谈会，一片赞扬。只是有个愣头青说，唱得好，就是声音小，后边听不清。那时还没有扩音器，全凭真嗓子。我也忍不住站出来表现一下，说这出戏通篇四平调，本来就低沉，只要静下心来，就听得真真切切，韵味无穷。奚先生善意地向我点了点头，转过来笑着说：“多高才算高，再高八度就是驴叫了。”一阵哄堂大笑。

在天津上大学期间，我一度住在劝业场等场地，四楼有个天华景戏院，混熟了，天天晚上泡在戏院里看戏。渐渐地由看戏发展到听戏，懂得了角要看熟，戏要听旧，京剧流派主要表现在唱腔上。须生一行，谭（鑫培）醇厚，余（叔岩）清新，言（菊朋）空灵，马（连良）潇洒，而奚派的特点是委婉细腻，雅致清新，有书卷气，位列中国四大须生当之无愧。

奚先生出身正白旗，曾祖官拜中堂。到他这一代家道没落，迷上了京戏。幼拜言菊朋为师，后又学余叔岩。19 岁在天津中和戏院下海，与坤伶陶默庵唱《武家坡》，一炮打响，先后搭尚小云、梅兰芳戏班，演二牌老生，27 岁挑班，红遍全国，时有须生一行“马跃潭溪”一说。天津是他的福地，一度定居于此，天津有他的知音、挚友，如夏山楼主、杨宝森兄弟，所以一到天津就兴致大发。

以奚啸伯的派头，是不在天华景演出的，通常是中国大戏院、新华礼堂。到天津又必演《杨家将》，一赶三，前令公，中寇准，后六郎。导板上场，凛冽北风中弹髯，抱肩，哈手，捂耳，一系列动作洗练生动。与其他名角不同，尽管满脸愁云，步履蹒跚，却不是着意渲染老态，而是表现英雄末路的无奈，一种悲怆美。

毋庸讳言，奚先生音域确有先天不足，音窄而量小。可贵的是他能绝处逢生，勤学苦练，扬长避短，在音律、发声、吐字、喷口、尖团音诸方面刻苦钻研，琢磨入微，创造出一种独异的嗓音，浑厚柔婉，清澈圆润，人称“有如洞箫之美”。《叹杨家》一段，慢板、快三眼、原板、散板，如泣如诉，声声绕情，句句入戏，听起来像一首叙事诗，在创造意境、刻画人物上起着至关重要的作用。

菊坛盛传先生擅长“一七辙”。因为它难唱，剧本已很少见。我给天华景的老经理说了，他常带我外出看戏。莫非他传言过去？几天后先生唱了一出《焚绵山》：“春草青青隐翠溪，老母叮咛结草衣……”二十二句一韵到底，果然名不虚传。鼻腔共鸣，膛音充沛，低回凝重，美如旦行的程派，让我听得过足了瘾。这出本来是马派的戏，比较起来，马先生的美声在空中飘荡，而奚先生是脚踏实地地行吟，更符合此情此景。

京剧现代戏从李少春《白毛女》之后不断出现，一些名角也都参与，我还看过马连良先生在《南方来信》中扮演的一个角色。但是热衷京剧现代戏，演出既多又好的名角，应当首推奚啸伯先生。我在天津、石家庄、邢台先后看过他的《白毛女》《霓虹灯下的哨兵》《血泪仇》《节振国》《桥头镇》《红云崖》。因为年岁原因，不戴髯口，他一般不演主角，只充当配角，据说编导唱腔设计出了很大力。因为学了毛主席《在延安文艺座谈会上的讲话》，明白了“应当唱哪些戏，做怎样一个演员，塑造怎样的人物”。对时代和人物的理解，使他创造了范进、杨白劳这样的典型人物。他演的杨白劳，从扮相到声腔更接近人物性格，被称作舞台上的“活杨白劳”。

1968 年，我进入石家庄省直文艺学习班，身边的“三名三高”被一网打尽，残酷迫害。想起身在石家庄地区京剧团的奚啸伯，他是京剧界有名的右派分子。当年北京成立京剧联谊会，梅兰芳、马连良任正、副会长，他被推举为秘书长，名角中属他文化高。传说他是大学生，实际上过中学，给张学良当过录事。“大鸣大放”时一言未发，做记录，也被扣上帽子，流落石家庄。“文革”来了，横扫一切牛鬼蛇神，恐怕没人能保他了。我抽空从省直学习班来到地区京剧团，空无一人，也到下边搞运动去了。

1972 年，我到省文艺组，《河北文艺》复刊后，当诗歌编辑兼管戏曲，认识了石家庄市一名诗歌作者，名叫孙纪才，求他带我去见奚先生一面，尽管他并不认识我。

八一礼堂不远，西拐棒胡同，一间矮小的平房，除了一张床、一张桌子，别无长物。时值隆冬，寒风从破门帘钻入，小小蜂窝煤炉哪里抵挡得住。只见一个老人蜷缩在被窝里，须发皆白，满脸褶皱，两颊深陷，显然牙齿脱落。哪里还是昔日叱咤风云的四大须生，哪里还是舞台上羽扇纶巾的“诸葛亮”、风流倜傥的“宋公明”，比那《碰碑》的杨继业、《白帝城》的刘备、《七星灯》的孔明更加凄惨十分，他就是水深火热中穷困潦倒、奄奄一息的一个老演员。

提起这些年的遭遇，先生潸然泪下，用了一句常见的戏词：“一言难尽了。”“文革”突如其来，右派问题倒还罢了，造反派又抓住他的“现行反革命”不放。1964年，剧团在束鹿县搞“四清”，白天劳动，晚上开会。他多年养成的习惯，午夜前难以入睡，听半导体收音机。转动旋钮找台，忽然听到“昔日有个三大贤”，《珠帘寨》那段西皮导板转原板，嗓音好耳熟，唱到快板“耳边厢又听人呐喊”，是自己当年在“百代”灌的唱片，末了报的是台湾电台。不防隔墙有耳，抓了他“反攻倒算”，外加“偷听敌电”。“文革”后每月只给他15元生活费，只能抽一角钱一包的“太阳”烟。解放初，他戒了大烟，烟卷儿因此比别人抽得多，有时买火柴的钱都没有。

后来两派武斗，被子也被人抢了。眼看冬天到了，剧团的老陈给出一个包行头的大包袱皮，儿媳给他做了一条被子。此事让造反派发现，上纲上线，胆小怕事的老陈上吊自杀了。可怜老陈师傅给他当“跟包的”（管理行头），跟了20年，情同手足，遭此不幸，奚先生悲痛欲绝，当场晕倒在地，突发脑溢血，经过一位戏迷医生的抢救，才保住一条性命，落下了半身不遂。

说到伤心处，老人哽咽不止。考虑到先生的病情，赶快转变话题，可是我自己的泪水却怎么也止不住了。扭转头来，看四壁空空，如此清冷，脑子生又冒出了一句常用的戏词：“打入冷宫。”倒是“冷宫”里的奚啸伯先生没有绝望，没有丧失生活的信心。念念不忘两件事：一是给孙子奚中路谈戏，二是练习书法。说以后不能登台了，给剧团写字幕。

不便久待，告别出门，我想起了先生演过的《七星灯》，二黄慢板:“四百载东西汉六元七甲，传至在献帝朝群寇如麻。十常侍乱宫闱董卓强霸，许田射猎曹孟德把主欺压。曹丕贼篡汉位万民叫骂，我主爷扶汉室年不天加，哭一声先帝爷九泉之下，保佑臣增寿算扶保汉家。”气息奄奄，奚啸伯心中的汉家，就是中国京剧事业！

看梅兰芳

中学时期我的记忆力好，不费什么劲儿各科成绩皆优，剩余精力都花在学京剧上。进入高三下学期，兴致有增无减，因为1958年“大跃进”，全民亢奋，上不上大学就无所谓了。

春天梅剧团来邢台演出，我心里京剧的火苗被扇得熊熊燃烧，用现在的话就是疯狂的追星族。我从初中起学演过《打渔杀家》《霸王别姬》《玉堂春》《宇宙锋》等梅派名剧，做梦也想有朝一日亲眼看到梅兰芳的风采。如今梅先生大驾临小城，千载难逢的机会，真要美梦成真了。

梅剧团在新落成的邢台剧场演出，买票人成千上万，排了一里多长的队。邢台穷乡僻壤，京剧之风颇盛，南宫出了尚小云，隆尧出了马富禄，李和曾也曾经常光顾冀南，民谣说:“李和曾真稀松，三天两头借东风。”连四小名旦之一的毛世来都登过我村的土台子。那时没有电影、电视，也不兴歌舞、话剧，京剧就是农民的流行歌曲，人人都能喊两嗓子，“一马离了西凉界”“苏三离了洪洞县”。

我花了一元钱买了张前排偏座票，那可是高中生一个星期的菜金呢。正式演出那天傍晚，我提前两小时来到剧场，大门未开，就在外转磨磨。海报上压轴戏是梅兰芳的《贵妃醉酒》，我一字一句地背着剧本。梅兰芳1925年以白居易《长恨歌》为题材，编演了4本连台的《太真外传》，曾经红极一时，可他自己不甚满意，又借鉴汉剧《醉杨妃》改编成了《贵妃醉酒》，取得极大成功，成为持续40年的代表作。1953年吴祖光拍彩色戏剧片《梅兰芳的舞台艺术》，上下两集，《贵妃醉酒》在下集，我曾经看过。今天仰慕已久的梅大师就要出现在眼前了。

《贵妃醉酒》剧开场，琴师换成了徐兰沅。贵妃由众宫女服侍，翩翩而至。只见大师舞步轻盈，如芙蓉出水，腾落俯仰，飘飘欲仙，抚肩凝神，玉雕瓷塑，回身转睛，桃李春风。好一个"回眸一笑百媚生，六宫粉黛无颜色"，雍容华贵的醉美人跃然台上。听那唱腔，行云流水，婉转滑烈，近于流莺，吐音咬字，一声百折，如柔丝一缕，摇漾晴空，忽而扬高，可上九天，忽而抑低，可下重泉。韵味十足，如饮美酒，如啜佳茗。当时的梅大师已是64岁高龄，可是衔杯、下腰、卧鱼、闻花、扇舞、袖舞、云步、醉步、碎步、圆场，举手投足，美轮美奂，妙不可言，俨然一个妙龄女子。给他配戏的姜妙香则是老态龙钟，跪下起不来的样子。

大师毕竟是大师，对剧本有独到的理解，他的贵妃摒弃了一般演员醉酒思春、放浪形骸的失态，代之以突出宫怨的主题。我记得原剧本贵妃戏弄高力士，左右两个"漫头"（替高戴帽子身段）之后，有个唱段："安禄山卿你在哪里？想你当初进宫之时，娘娘是何等的待你，何等的爱你。到如今一旦无情忘恩负义，我与你从今后两分离。"可能大师考虑到杨与安的暧昧关系出自野史，与全剧不太调和，改为"杨玉环今宵如在梦里，想当初你进宫之时，万岁是何等待你，何等爱你，到如今一旦无情明夸暗弃，难道说从今后两分离。"辙口不变，唱腔依旧，而意境完全改观，更符合《长恨歌》原旨了，实在高明。

大师表演时，台下鸦雀无声，掉根针都能听见，一向懂戏的邢台戏迷连声“好”都不敢叫，生怕耽误了眼睛、耳朵。演出结束掌声山呼海啸，一次次把大幕抬起，许多人眼含热泪不肯离去。后来前排人看到连连躬身答谢的大师脸上沁出的汗水连成道，不忍心再影响他的休息，我带头离开剧场。此时已是深夜，可是观众们到了门外又不肯离去，一群一伙，啧啧称赞，比手画脚，依然沉浸在艺术享受里，直到鸡叫三遍，才渐渐散去。邢台戏迷过了一个热烈异常的狂欢节。

几天后梅先生热情答谢邢台观众，地点在马路街人民剧场东边的邢台饭庄——一座临街的二层小楼。梅大师站在二楼阳台上，斯文儒雅，满面春风，颔首而笑。红润的笑脸，在人山人海的戏迷眼里，不啻一轮朝阳，带着光环。大师频频招手致意，待欢呼热潮平静下来后，亲切而热忱地说:“我从前多在大城市演出，1953 年 3 月，第一次到中等城市石家庄专区礼堂演出，看到台下白花花的羊肚毛巾，很受感动。一位农民从几十里外赶来看戏，一连四天排队买票，带来的钱花光了，找到剧团，想要张戏单带回去留作纪念。这件事让我激动了好几年，决心放下架子，为工农兵服务。这次来邢台演出，印象更为深刻，邢台人民爱戏、懂戏……”大师尽量提高嗓门儿，好让更多的人听见。金玉良言永播在邢台人民记忆之中。

看了梅兰芳的《贵妃醉酒》，我自己却从此“君王不早朝”，不敢再登台演戏了，因为看到了京剧的高峰，甚至是顶峰，高不可攀，只好“高山仰止”，知难而退了。

尚小云回乡

农历五月，冀南平原一片金黄，小麦丰收在望。小城南宫披红挂彩，喜气洋洋，天下尚派传人齐集大师故乡，与全市50万人共庆这一盛大节日。大街小巷，抬头就能看见一个大写的“尚”字，连幼儿园的孩子都认识。“尚”字已经成为南宫文化的象征，崇尚艺术，以演唱京剧为时尚，学习大师高尚的品格。

64年前的夏天，县工商联和人民戏院的代表手持政府公函，带着奚啸伯、杨荣环的亲笔信，找到正在石家庄演出的尚剧团，诚邀先生回故乡演出。秘书面带难色，大师艺术如日中天，全年台口都已排满。先生听说，亲自出面接见，还叫了一桌酒席，恳切地说：“我是南宫人，多年没回去了，正打算回家看看，感谢你们给我一个探亲的机会。”答应得很爽快，其实背后作了不少难，辞了太原的合同，也赔了一些钱。

当时交通不便，乘火车到衡水，再往前都是土路，坐敞篷卡车，一路暴土扬尘。大家兴致勃勃，在车轮颠簸的节奏中，唱一出《喜荣归》。一城四关，干部群众，夹道欢迎。先生老远就跳下车来，眼含热泪，连声问好，步行两三里到住处。先生夫妇住工商联西屋，秘书、勤杂住南屋，其余人等在大车店。先生出身贫微，父辈走出南宫，流落北京当勤杂，在京城大腕儿中最没架子，何况这次是回故乡。

小城条件有限，用北街良棉厂的电动机发电，前台两个汽灯，后台几盏油灯，上面是席棚，下边是长凳，不对号。老人们记忆犹新，当笑话说。戏院1400个座位，场场都容纳3000人以上。

票不分等，分坐票、挤票、挂票、扒票。五个座位的长凳挤七八个人，叫挤票。两厢窗台上站满人，叫挂票。挡在人后，扒肩膀头，不时求人闪个空看两眼，叫扒票。说到票价，当时还是冀南票，在别处一万二到两万四千元。（1953 年一万元冀南票兑一元人民币）到南宫只要五千元，周末凭工会会员证减半。平时老板和演职员对半分账，票价降低，先生的份子分文不取，收入全部分给大家，实际上是义务演出。每场还要自掏腰包，买 30 张戏票，赠送给尚家庄父老乡亲。

南宫人爱京剧，因为走京下卫的生意人多，把这雅俗共赏的艺术带回来。七七事变前，马德奎、马又良父子坐镇南宫，影响很大。抗战以后，南宫是冀南行署驻地。当时的冀南包括石家庄、德州、邢台、邯郸、聊城、安阳大部分地区，直到黄河边上，范围就是解放初的平原省。冀南行署有个民主建设京剧团，主演李和曾，也是京剧的一个高潮。如今盛况空前，尚小云是四大名旦之一、京剧的最高峰，本地人为之骄傲，周边各县群众赶集上庙一样涌来。当时流传一句话："砸了锅，卖了盆，也要看看尚小云。"威县一位老农民，带着干粮跑几十里路来看戏，排了两天队没买上票，不死心，闯到工商联门口，说什么也要看尚小云一眼才回去。先生深受感动，送给他一张票，老人千恩万谢，逢人便讲。先生热恋故乡，抽空就去街上转悠，还到城外"一人村"看望了一个孤寡老人，放下几块钱。市场街有家饺子馆，吃过两顿饭，味道不错。掌柜的张文范备下一张红纸，让先生留下墨宝。先生顺便用左手写了"古道热肠"，挺秀苍劲，颇见功力。张掌柜制成一块匾，挂在门口。过往人看见，称赞正是尚小云先生自己的写照。

剧团原定演出 7 天，应各方人士请求，加演两天，共 9 天。这 9 天，南宫天天如过年，好戏连台。尚剧团阵容豪华，尚小云外，其弟尚富霞工小生，女婿任志秋工青衣花旦，还有武生赵和春、老生方英培、刀马旦田荣芬，都是当红演员。幼子长荣年方12，崭露头角。主要剧目有《汉明妃》《磨坊产子》《墨黛》《乾坤福寿镜》《霍小玉》《桑园会》《梁红玉》《打渔杀家》《虎哺儿》《峨眉酒家》《十三妹》《打焦赞》等。先生年过半百，天天登场，场场尽力，不让观众失望。

南宫戏迷算是开眼了，身在穷乡僻壤而能看到京剧顶尖艺术。尚小云比传说的还要神奇，扮相俊美，嗓音宽亮，铁嗓钢喉，能轻易地把唱腔送到最后一排。哪像如今的演员，离开扩音器就哑巴了。《乾坤福寿镜》是唱功戏，高亢峻峭，酣畅淋漓，行云流水又错落有致。正宗青衣，又文武昆乱不挡，精通旦角各个行当。《汉明妃》文戏武唱，载歌载舞，声情并茂，形神兼备，曲子、翎子、鞭子、斗篷，表演手段层出不穷，把一对佳人烈马表演得活灵活现。《梁红玉》更是武功见长，举手投足，威风矫健。开打时旗不乱，靠不翻，翎不倒，掏翎挫腰，骑马亮相，纹丝不动，一身武功发挥得淋漓尽致。就是《桑园会》《打渔杀家》等一般折子戏，也都是一板一眼，满宫满调，一招一式，一丝不苟。还有个插曲，演《磨坊产子》时，监场疏忽了，把磨子放反了方向。先生不慌不忙，反向推之，不露痕迹。可是下场之后，大为光火，把手里的茶壶都摔碎了。

最后一个晚场，帷幕落下，观众不肯离去，欢呼、掌声经久不息。先生谢幕多次，几千名观众约好了似的“岿然不动”。先生带妆唱了一段又唱了一段，激动地说：“感谢乡亲们、观众们对我盛情招待和欢迎。其实敝人也没有什么高超的艺术造诣，徒有虚名而已。承蒙各界关照，顺利地完成了这次演出任务。来日方长，后会有期。”抱拳拱手，连连鞠躬，缓缓退到后台，给南宫人民留下一个狂欢之夜、不眠之夜。

先生走后四处奔忙，无暇再回南宫。乡亲们理解，尚小云是属于全国的，他的胸怀像我们的平原一样宽广。他热爱京剧而不固守京城，推广京剧，志在四方。1959 年响应号召，全团移师西安，扎根西北。长子长春去了佳木斯，次子长麟去了济南，三子长荣去了上海。他历时 12 年，倾家荡产创办的荣春社，两科 590 名学员，一生收徒 216 名，遍布全国各地。得意弟子耿荣先、崔荣英来到邢台地区剧团，南宫籍的郭荣相、郭荣江、郭和永三兄弟返回故乡，创建县、村京剧团，播下众多京剧种子。如今南宫有京剧协会、京剧社、京剧研习社等票房十几家，涌现了一批京剧人才。齐玉柱、陈淑敏等被专业剧团选走，杨金祥、何桂林连续在全国电视票友大赛获金奖，高冬珍、肖为民被评为邢台市十大京剧名票。

后会有期，故乡人民怀念大师，布置了尚小云纪念馆，筹建尚小云大剧院，成立了尚小云艺术研究院，制作了画册和电视艺术片，连续三年举办尚派名家演唱会。游子更思念故乡，尚长荣 2003 年参加了南宫棉花大会，去年又回来参加演唱会，为尚小云纪念馆题词“文化南宫”，书风与乃父 64 年前所书“古道热肠”一脉相承。

2016 年纪念尚小云先生 116 周年诞辰全国尚派名家演唱会，人才济济，有亲传弟子王紫苓、周百穗，再传弟子李莉、张艳玲、鞠小苏、周利，四代传人金梦、高秋云、张婵玉、周美慧、查斯娜、李兵。尚小云长孙女尚慧敏、尚先生琴师王君笙、荀慧生之子荀令言也来献艺助阵。大家演的都是尚派传统剧目，刚健婀娜的唱腔，各有千秋，异彩纷呈，高潮迭起。南宫观众感觉像是 64 年前一样，大师又回来了，眼前一个个是先生熟悉的形象，耳边一个个是先生熟悉的声音。不同的是戏棚换成了大剧场，场面更红火了，气氛更热烈了。64 年前一个尚剧团，今天是一路尚家军。众多的艺术家来认祖归宗，认同南宫是他们艺术生命共同的故乡。

荀慧生说戏

看树看尖儿，听戏听角儿。我虽穷乡僻壤一顽童，吃糠咽菜长大，却奢望看尽天下名角儿。儿时在家乡看了不少地方好演员，上中学在邢台看了不少全国大腕儿。报考大学时我选择了天津——全国京剧的“擂台”，那时河北大学有词曲大师顾随，南开大学有戏曲教授华粹深。

这一年河北省会搬到天津，省长刘子厚是个戏迷，力主成立了河北梆子剧院，聘请荀慧生、李桂春为名誉院长。二人都是河北籍，梆子名宿，艺名远播，一个叫白牡丹，一个叫小达子。

开展农业“大跃进”，戏剧舞台有些冷场。听说荀先生在梆子剧院收徒说戏，有时候在黑牛城小礼堂，有时候在解放路河北宾馆，我心里痒痒，拐弯抹角找到剧院导演李冰，混在闲杂人等中旁听，有人问及，就说自己是学写剧本的，我当时正上中文系一年级。

看一眼就被震住了，先生眉清目秀、端庄儒雅，浑身散发着迷人的光华，令我神往。学员安秀花、齐花坦，都是十五六岁的小姑娘。说戏时一方慈祥，轻声慢语，循循善诱；一方乖巧，俯首贴耳，聚精会神。舞台宛如一个和谐的家庭。说戏时，说着说着，先生就说到自己的身世。七岁离开阜城八里庄，被五十大洋卖给天津一家戏班，订了生死文书：想打就打，想骂就骂，打死无论。不久又像贩卖奴隶一样，被转卖另一家。进戏班如同进地狱，班主为栽“摇钱树”狠下刀斧，常用一种叫“懒驴愁”的鞭子，抽得他皮开肉绽。一次练腰功，双手抱头从裆下穿过来，师傅用力过猛，只听“咔嚓”一声，腰椎断了，才由武生改学花旦，十岁唱红了，先生说他这朵白牡丹是无数鲜血染红的。

第一出戏说京剧《红娘》，荀派名剧。先生从讲解剧本、分析人物、到外表内心、一招一式，掰开揉碎，不厌其烦。第一场《惊艳》，幕后几句念白，先声夺人。然后飘然而上，大步流星，水袖漫卷，玉臂半露，像一只彩蝶翩翩起舞。几遭圆场下来，学员们都已气喘吁吁，先生依然面不改色，气定神闲。先生说，都是天长日久苦练出来的。

从前旦角要踩跷，三寸小木鞋，跷柄绑在小腿上，如同上了刑。天天围绕一块特制的砖练，那砖长40厘米，宽20厘米，厚5厘米。先站在平面上练习，然后把砖横立起来，长边上练，之后把砖竖立起来，短边上练。最后上凳子、上桌子，层层加码。一整天下来，脚上长泡，水泡变血泡，血泡变老茧。一天湿透两套衣服，身上衣服能替换，脚上木跷不能解下。踩着跷台上扑打，台下干活儿，甚至轻伤时也要踩着跷赶路，木跷成了身体不可分割的一部分。台上一分钟，台下十年功，先生足下的功夫已有五个十年了。

一次先生正领着学员们跑圆场，忽然自己出列，示意齐花坦也停下，留下安秀花一个人继续跑。大家以为是观摩示范，小安一向学习勤奋，一丝不苟。先生笑着说：“这孩子学到家了，连我的毛病也模仿。我是上了年纪，肚子大了，收不住，她也腆着肚子跑。”学艺讲惟妙惟肖，不能肖而不妙，邯郸学步。这一年先生虚岁六十，体态、体力都不似往日了。先生已经把自己的形象带进幻境，在我眼前，他还是一个妙龄少女。

教授唱腔时，先生语重心长地说：“唱戏，唱戏，不光是要声声入耳，还要字字入心。咬字清楚，观众才能听懂。”第一次近距离听先生的唱腔，比以往戏匣子、广播电台真多了，好听多了。字正腔圆，流利清新，缠绵悱恻，从未有过的艺术享受。先生说他的唱腔并非天赋，全凭勤学苦练，转益多师，博采众长，吸收最多的是河北梆子。以《红娘》为例，南梆子“一封书倒做了婚姻媒证”，几乎是照搬梆子的旋律。反四平“小姐呀你多风采”，用梆子的口语化，亦唱亦叙。“你枉读诗书习经典”，用的是梆子的滚板。一些流水、耍腔中学习了梆子的垛板、垛字，一个一个音符地咬，如珠成串，也是梆子的特点。全剧几十个曲牌，不是为唱而唱，选用标准是为了塑造人物。唱腔随着身段、手势自然流出，时而如荡轻舟，时而风摆杨柳，时而愁云密布，时而雨过天晴，旋律、音符都是人物的血肉。有人不懂这个道理，“一曲多用”，随意在人物身上“贴膏药”，唱腔与人物性格两层皮。李冰若有所悟地说：“大师原名荀慧声，声音的声，唱腔要好听。后来改成慧生，人生的生，生命的生，栩栩如生的生，大概就是这意思。”

学唱腔，学身段，学员们轻松愉快，像小鸟儿蹦蹦跶跶，叽叽喳喳。赶到学念白一个个却噘起嘴来，低头耷脑，都喊太难了。李冰反映给先生，先生开了一个专题讲座，说：“梨园行有句俗话，千金话白四两唱。演员与观众情绪交流，念白比唱腔更直接，更有力。”唱时胡琴有“垫头”“过门”，演员有躲闪的余地，能讨巧，还有一定板眼、有腔调可循。念白则不然，无一定之规。念出声来还要抑扬顿挫，轻重缓急，有语气和喜怒哀乐，念不好就成了小学生背课文。

李冰解释，先生作为四大名旦之一，开宗立派，靠的是荀戏（剧目）、荀腔、荀味。荀味之特殊，念白起着重要作用。在传统的韵白、京白的基础上，进一步创新，既不是韵白，也不同京白，也不似苏白，独树一帜，人称“风搅雪”。早年宗王瑶卿，后来有意识地减轻王的脆和爽，加强妩媚温柔。学员们还说荀腔中有许多虚字，“哇呀哪啊”，念白中有许多语助小音儿，“呢吗哟啊”，用得巧妙自然，学起来常常记错。李冰说，京酱肉丝、麻婆豆腐、京味川味，同样食材，不同味道，往往是佐料使然，花椒、大料、五香面、葱姜蒜。这些虚词，语助小音儿，就是荀先生常用的佐料，加上火候、技术、经验，“烹饪”出了荀味儿。你看《红娘》中那个嗯字，配以点头咂嘴，挤眉弄眼，把一个天真烂漫、亦娇亦憨的小姑娘演活了。

一出京剧《红娘》也把整个河北梆子剧院激活了，美术组制作海报，导演组准备彩排，音乐更是先行一步，着手河北梆子唱腔设计了。没想到接近尾声时，气候变了，传来小道儿消息，批评帝王将相、才子佳人占领戏剧舞台，甚至女扮男也有非议。省文化局艺术处戏研室，白白的于建中、黑黑的刘春风、瘦子林岩、胖子张特，都失去了笑容，最后路一局长拍板，京剧《红娘》排演暂停。

最后一折《长亭送别》:“四周山色中，一鞭残照里，遍人间烦恼填胸臆，量这些大小车儿如何载得起？”大幕落下，先生有点儿扫兴，仍不失风度，拉住安秀花，似有准备地说:“《红娘》走了，师父教你一出《辛安驿》。1926 年我自河北梆子移植京剧，现在送它回家。”一个师父，一个徒弟，一对一教了一个多月。戏里主人公周凤英，先生很看重这个人物形象。武旦扮，用哑巴身段表演一个待嫁女孩秘不可宣、含而不露的内心情感，这是先生的一个创造，被称作“暗思春”。

从此荀慧生先生再未登上舞台，直到 1968 年逝世。十年后京剧舞台重新开放，荀派艺术大放异彩，梨园行有“十旦九荀”一说。河北梆子剧院怀念恩师时公演《辛安驿》，安秀花成为唯一能演此戏的演员。我也是每场必到，进剧场眼前就出现先生在天津说戏的一幕，看着看着，周凤英就变成了荀慧生。

记王昌言

大学毕业申请到基层，王永淮县长把我安排到文化馆，说这儿是一块福地。第一任馆长是王昌言，后来调进省梆子剧院，是著名剧作家。馆员杜庆芳辅导农村俱乐部，后来调进海政文工团，多才多艺。省话剧导演付长生，爱新觉罗家族的人，下来拍戏，迷上了邢台县，不走了，调到县文化馆，安家落户。说得我心里热乎乎的，报到第三天便步行上山去了。

王昌言的名字早就熟悉，是我没见过面的戏剧老师。我从小在村里看打戏班，师傅口口相传。演员没文化，农忙种地，农闲唱戏，台词记不准，尤其是小花脸和彩旦，临场发挥，随便抓词儿，往往一场一个样。1953 年看了《河北文艺》上王昌言、李庆番改编的《借髢髢》《闹花墙》，才懂得戏有本、唱有谱，不能乱来。《借髢髢》和《闹花墙》是隆尧秧歌、武安落子传统剧目，整本戏我都能背，与修改本对比，显著的变化是干净了很多。《借髢髢》原来的二嫂写得很脏，为了攒体己买髢髢，去地里偷麦子，被人逮住，脱了裤子，踢了二十四个响瓜子，一脚踢坏了孩子窝。有伤大雅，有的地方禁演。新本把她写成了一个勤劳善良的妇女形象，一出庸俗的小戏变成生动活泼的小喜剧。

解放初戏改任务很大，农村舞台上充满封建迷信、低级趣味，口素喜荤。法海是正面人物，白蛇是妖精，梁山伯是小丑，戏改把他们颠倒过来。这方面昌言做了大量工作。《两狼山》原来是一场跑梁子大戏，人物形象和故事情节都不完整，情节带有迷信色彩。昌言和庆番把它改编成一出完整的剧目，塑造了杨家将英雄形象，突出了爱国主义思想。《借髢髢》和《两狼山》双获首届河北省会演剧本奖。

1958年农业“大跃进”，文化也不甘落后，河北梆子剧院新建“跃进梆子团”。剧团主打新秀，张淑敏、张小奎、齐长垣、田春鸟、裴艳玲，编剧选中了王昌言。文化厅艺术处处长张特、戏研室主任林岩送来600部梆子剧目手抄本，供他作资料。昌言如鱼得水，畅游在艺术海洋中，吸足了营养，制定了创作的长远计划和短期目标，当下任务是修改《杜十娘》《陈三两》《挡马》。紧锣密鼓，精雕细琢，彩排试演，充分准备后，进京为国庆十周年献礼。一炮打响，让首都文艺界耳目一新。

河北梆子有个传统剧目《劈山救母》，既有老生、青衣的唱功戏，又有武生用武之地，适合本团演员条件，王昌言决意着手修改。原来人神参半，有两条线、三大块。一条是刘彦昌与三圣母的神话爱情，一条是刘彦昌与王桂英的人间生活，加上沉香劈山救母，人物情节较分散。他试着删去第二条线，割爱《二堂舍子》一场折子戏。突出三圣母对爱情的追求，加重沉香的反抗，宣扬刘彦昌和三圣母的爱情是“利人济物”，小沉香劈山救母是为民除害，主题思想有了新的高度。剧名定为《宝莲灯》，1960年在天津参加河北青年戏剧会演，我有幸观看了首场公演，观众掌声雷动，久久不散。随后赴福建前线慰问，回途过上海、南京，在江南掀起了好一阵河北梆子热。1962年暑期在北戴河演出，毛主席看后接见主要演员，鼓励说：“你们这个戏很好，有反抗精神，你们演出很成功。”接着应邀赴香港，又赴美国、加拿大巡回演出，河北梆子的锣鼓轰动了世界。剧本在《剧本》月刊发表以后又搬上银幕，入选《中国大百科全书》，王昌言成为公认的振兴河北梆子的功臣。

1963年特大洪水，冀西南山区5天降雨2050毫米，太行山到渤海湾一片汪洋，子牙河告急。洪水未落，昌言就背起行李，跳上卡车，奔赴抗洪前线。夜以继日守护在子牙河大堤上，和群众一起顶风冒雨，手举芦苇排成人墙，经受大风大浪的考验。邢台是重灾区，记者、作家纷纷赶来。曹禺来了，在地区北招开座谈会，鲁速来了，昌言也来了，县委把我从救灾前线召回，陪同采访。先到东川口水库，大坝崩溃，水库见底，像一张大嘴仰天长叹。又到黄店，洪峰“舔”去半个村子，水痕留在高高的山岩上。山下的米粮川变成乱石滩，王志琪在瓦砾中站起来，组织群众重建南会。城东的东汪、王快公社，稻田上压了一米厚的沙子，原来的北国江南变成了一片沙漠。昌言在邢台县土生土长，一边走一边叹息，泪水和墨水一起留在笔记本上。时间过去一年，曹禺没有动笔，鲁速交出了话剧《战洪图》，河北梆子剧院推出了《子牙河战歌》，作者不是昌言，署名集体创作。我不理解，文化馆刘金铭馆长沉重地说，“四清”运动已经开始，阶级斗争的弦越绷越紧，昌言为出身和历史问题所累。我才恍然大悟，怪不得上次采访东川口，他老家近在咫尺而不回去看看。

昌言是邢台县丘陵区龙泉寺村人，1925 年生，大户人家，有坡地百亩和旅店、药铺、货栈、饭店四处家业。兄弟四人分家，昌言这支分得货栈。昌言是独生子，边上学边习店里营生。七七事变后，家里先被国民党溃军扫荡，后遭日本鬼子掘地三尺，一贫如洗。一二九师开辟太行抗日根据地，他上抗日高小，15 岁参加工作，17 岁入党，进区文教科工作，办小报，刻一手好字。下乡时带一块石板，每天学一首唐诗，写了擦，擦了写，一年背过了《唐诗三百首》。

昌言工作的邢台县八区与内丘县搭界，管辖范围在李梅花村与谈话村两个炮楼之间。区长李桐生就是后来的县文教局副局长，王昌言是区秘书。区政府没有固定办公地点，分散在堡垒户家中，昌言住在西青山刘金铭家。一天去东羊村找局长，绕道走内丘县东青山村，被当地伪军抓住，没有暴露身份。关押期间，给看守讲三国，唱京戏，修家具，使他们渐渐放松了警惕。一天邻村唱大戏，演《八大锤》，趁台上打得热闹，溜出去，一口气跑回八区。及时向组织如实交代。县长拍拍他肩膀说：“湿了一点儿鞋，晾干了就行了。”

但是，王昌言这双鞋，几十年也没有晾干。虽说是一般历史问题，也是小辫子，想抓就抓。1947年土改，阶级斗争扩大化，他家被定成地主成分，本人被拉回去斗争，穿上女人衣裳，当众出丑。后期纠偏，改为“错斗中农”，但是历次运动宁“左”勿右，并无大变化。

1964年城市“五反”农村“四清”，强调阶级斗争，年年讲，月月讲，昌言被打入另册，写了剧本不能署自己的名字，写某某领导编剧。即使写了，也必须排在后面。1968年办学习班，省直文艺单位都圈在一个旧兵营里，低头不见抬头见。昌言属“死老虎”，不是重点批斗对象，重点是整“党内走资派”。见到他总是在劳动，什么脏活、累活都派他去干。一次梆子团开批斗会，让我们去旁听，造反派吹胡子瞪眼睛，追问“走资派”炮制“大毒草”《藏舟》《草桥关》是何居心。领导甲说：“‘毒草’是王昌言炮制的，我就顶个名，被拉下水。”领导乙说：“‘毒草’是王昌言主笔，我不过挂个名，上了当。”造反派转问王昌言是这样吗，昌言站起来，当众大声说：“是我写的。”不费吹灰之力就收回了著作权。一个造反派说：“你出力他出名，不过是一个枪手。”另一个说：“好枪手，打出去就是十环。”

党的十一届三中全会后拨乱反正，昌言恢复了清白，重新入党，感慨万千，夜不能寐，写诗一首：“昔遵严教尚童稚，重入慈怀鬓有丝。故里暗滴失母泪，滨海高唱日出诗。孤鸿奋力击风雨，智叟断言笑忘痴。哀伤归来心未老，恋巢梁燕自惭迟。”此时他已近花甲，身体羸弱，但是喜逢重生，初心未改。又翻出那600部手抄本和20年前的长期计划，重点剧目是《娘子关》《苍岩山传奇》《八仙过海》《大唐名相》《关羽》《赵氏孤儿》《艺侠响九霄》，废寝忘食，只争朝夕。

1982 年他查出食道癌，医生说是长期压抑、郁闷的结果，从癌细胞发展到肿瘤至少十年时间。昌言苦笑了一下，说命运之神还不肯放过我。他一如既往，并不放在心上，既来之则安之。等候化验结果那段时间，稳如泰山，在病房里完成了《娘子关》初稿。化疗期间，药物反应，吃不下饭，咽不下水，常常呕吐。只要头脑清醒，手中笔就不停下来，有时一句唱词反复推敲一两天，出院时把一部成熟的大型剧本交给了剧院。

出院之后，他也没有遵医嘱，没把爱惜生命放在第一位，他的生命就像农民种的庄稼，一茬接一茬，已经投入《关羽》的创作。不用问医生，自己的病情写在家人的脸上，当面强作笑容，转身愁眉苦脸，心里有了数。医生悄悄给他儿子说，最多还有半年时间，他听见了装作没听见，反而更觉得时不我待，不能放跑一寸光阴。全神贯注，也就觉不得不适和疼痛，写作效果奇佳，有如神助。《关羽》一剧，思想和艺术都有创新，虽然故事情节如“屯土山”“降汉不降曹”“斩貂蝉”“白马坡”“赐袍赠马”“封金挂印”“灞桥挑袍”“华容道”“走麦城”传统戏里都有，人物、情节都是旧的，戏却全是新的，塑造了一个胸怀博大、心图大业、爱才如命的大英雄曹操的形象。剧中的貂蝉也一改“女人祸水”的观念，变成一个深明大义的痴情女子形象，获第四届河北省文艺振兴奖。接着九集电视连续剧《大唐名相》获第十二届“飞天”奖。

20 世纪八九十年代，我在省文联分管戏剧，与剧协一起举办了王昌言剧作研讨会，授予他“德艺双馨艺术家”称号。会后出版了《王昌言剧作选》和他的小说、散文、评论合集《赏花植草集》。2000 年 4 月，昌言同志带病工作 18 年以后逝世，享年 75 岁，石碑上刻着他自撰的墓志铭：“一世不被名利信，平生只为诗书勤。”

李文珊文学之路

红军路32号院，一座二层小楼，河北省政协原主席李文珊同志就住在西边的房子里。他家西边院内一片菜地，四季常青，表明主人时时关注着农事。白天菜畦连着外面广大阡陌，晚上阡陌缩小为案上稿纸，天天笔耕到深夜。

李文珊，职业革命家，业余作家。在他身上“业”和“余”不大矛盾，反而互为因果，相得益彰。

他1928年出生于太行山东麓武安县的一个农民家庭。三年小学又三年私塾，14岁到奉天学徒，天天挑水、扫地、倒夜壶。粗俗生活中的他给自己起了一个文雅的名字——李文珊。字典上说，珊乃高洁飘逸貌。古人形容竹子“淡妆雅服，玉骨珊珊”。从此文珊成了他人生的符号，人品、文品的规范，一生未改。

学徒三年空手而归，教小学当了模范教师，一年后到武安师范学习爱上了文学。上学期间奔赴豫北战役火线，打汤阴光荣负伤，试着以自己亲身经历写了几篇战地通讯:《破击汤阴北关桥》《彩号的友人》《热爱伤兵如亲人》。20岁调入《新华日报》，成为太行区的小秀才，文学之路在他眼前光明地铺开。

开国大典前夕，李文珊奉调进入《山西日报》，从事农村报道。从此一双布鞋、一个笔记本走遍三晋大地，所到之处总有新闻出手，未留一处空白。山西是农业大省，1952年全国五位农业劳模荣获最高级别的金星英雄奖，山西占了四位，李顺达、曲耀离、王锦云和郭玉恩，后来又出了一位名声更大的陈永贵。一系列长篇典型经验在《山西日报》连载，有的还入选了中共中央办公厅编的《中国农村的社会主义高潮》一书。他们的成名都与李文珊的报道宣传有着直接关系，因而也成了终生好友。李顺达死于“文革”，临死前还念着李文珊的名字。这些作品后来被收入《火红年代留影》。

从太行区到山西省，李文珊把赵树理当作偶像，写起小说来。写完短篇小说《担谷》《互助》之后，又写了反映农村阶级斗争的中篇小说《前梁庄》。《山西日报》发表以后轰动一时，省委书记赖若愚说:“好啊！咱们也有了小说连载。”写农村的赵树理看了十分佩服，连说:“后生可畏，后生可畏。”马烽更是欣赏地说:“土到极致便是洋。”李文珊早期小说突出的优点是用群众语言制造浓郁的生活气息，善于通过人物自身的行动和语言来表现人物，在互相衬托和对照中，显现每个人物的思想和性格。语言朴实中夹带着诙谐、幽默，从而使作品具有了喜剧色彩。山西 10 年，李文珊写出 60 万字中短篇小说，结集为《金梁和玉柱》，成为早期“山药蛋派”代表作家之一。

1959 年 9 月，李文珊作为山西省援藏干部队长兼支部书记，沿着当年文成公主的路线，历时 26 天来到拉萨。雪域高原给他的生活和创作展现了一幅壮丽的前景，但是那时西藏文学艺术气氛沉闷。一是各种矛盾复杂化，党的工作重心有所转移；二是随着 50 年代文艺大繁荣的降温，边疆文艺失去了往日的轰动效应，形势正处于低谷。答案要到哪里去找？深入群众。李文珊过起马背上的生活，白天在广袤无垠的草原上赶路，晚上野营露宿，牛粪火上烤干粮，睡觉时把马绳拴在自己腿上。一夜呼出的热气，先凝为水珠，继而结成冰花。一觉醒来，头发和被头冻成一块冰疙瘩。“文革”中他曾孤身一人在山南看了 8 个月仓库，变成了鲁滨孙式的“野人”。正因如此，他才在藏区扎了根，交了许多朋友，藏民给他起了一个外号“擦巴列空”（写报的人），把“脖子以下的话”讲给他听。

学习和深入生活，使李文珊进入西藏历史文化，进入藏民们的精神世界。他开始用新闻和文学形式反映民主改革和生产发展，中篇报告文学《仁增旺杰》《血海怒》《百万农奴的榜样》风行一时，家喻户晓，成为人民群众摆脱贫困走向富裕的精神力量。中短篇小说有《第八级人》《长袖善舞》《顺流而上》《船客》《三等世家之子》《多龙小传》《四郎翁堆和他的影子》等。作家站在西藏人民的立场上，研究历史和现实，揭示社会矛盾和群众的命运，表达建设美好新西藏的愿望。在这些作品中，作者塑造了形形色色的人物，奴隶英雄斯顿巴姆、水利工作者格桑旺堆、牧羊姑娘巴珠、“第八级人”巧格桑、商官布仁钦、爱管闲事的老人多杰、上层人士邦色、民间艺人四郎翁堆等，这些人物各具特色，千差万别，共同构成藏族人民众生相。

李文珊的系列作品，深化了现实主义，并把“山药蛋派”的语言特点带到了雪域高原，诞生了另一种“酥油糌粑”语言风格。在当代西藏作家中，李文珊是最熟悉民族语言的作家之一，是拥有最多藏族读者的汉文作家之一，他把一个地域的文学流派推向一个新的高度，使西藏的文学艺术得到复兴。李文珊像一头牦牛在雪域高原辛勤耕作了27年，从《西藏日报》编辑部副主任做到总编辑、区党委宣传部部长、副书记。这27年是他人生最可宝贵的岁月，也是他文学创作的高峰。

27年的缺氧超负荷工作，使李文珊的身体受到严重损害。组织上安排他回河北任省委副书记、政协主席。1986年元旦他从北京买了一张硬座火车票悄悄上任。石家庄空气中氧的含量比拉萨多了40%，李文珊的精神常常处于亢奋状态，生活节奏快了许多，夜以继日、马不停蹄地工作着。创办了中国吴桥国际杂技艺术节，创建了武强年画艺术馆，开创了徐福东渡研究，发现了耿村故事村，挖掘了武安傩戏，抢救了国宝鸡鸣驿，扶持了固安屈家营古乐……样样工作都在全国有响动。文学艺术他更是内行，提出了一系列“人才抓尖子，作品抓拳头”的实施方略。人们说，他白天汽车跑的公里数最多，晚上办公室熄灯最晚，是“省委的总值班”。宣传部部长刘荣惠曾对手下人说：“这老头儿，光喝水不撒尿，咱熬不过他。”

回河北之后，李文珊的创作主要是文艺理论和散文。文艺理论包括评论和随笔，收入《文艺散论》的计 70 篇。他的评论都是从工作实际出发，有着显明的针对性、实用性和可操作性。核心内容是“四个不能丢”和“三个贴近”。即在文艺服务方向上，为大多数人民群众服务的宗旨不能丢；在文艺探索与创新上，内容重于形式的宗旨不能丢；在创作方法上，现实主义的传统不能丢；在叙事性文学艺术上，马克思主义文艺创作的“典型论”不能丢。贴近时代，贴近生活，贴近群众。在他主张和亲自过问下的主要作品，有《大唐名相》《少年毛泽东》《徐福研究》《耿村民俗》，以及刘章的诗歌，贾大山和杨显惠的小说，王立新、梅洁、肖扬、张立勤的散文、报告文学，他还推动了“三驾马车”的初步形成。

作为河北省主要领导人之一，随着改革开放的进程，李文珊率代表团出国的机会越来越多，足迹遍及欧、亚、美洲许多国家。工作之余写出几十篇域外游记，其中不乏名篇，如《威尼斯的一次宴会》《访朱丽叶之家》《敲钟人今何在》《邯郸—帕多瓦遐想》等，为自己的文学创作开辟了一片新天地。

李文珊的域外游记与众不同，他避开了风景和猎奇的模式。每到一处，都是着重人文景观，进行文化比较，认识地缘价值。他的视角着重于文化比较，突出文化差异的同时又在寻找文化的共同性，时刻不忘文化交流和友好往来的使命。他称赞马可·波罗“把西方的文化带到了东方，把东方的文化带到了西方”。他赞美莎士比亚把罗密欧与朱丽叶的爱情故事推到了人类文化史上一个“光辉的高度”，成为“全人类的精神财富”。他善于以一个现代人的眼光，在一景一物上捕捉灵感和兴奋点，因而他的散文充满了诗意和哲学思考，在艺术感受上进入了“空气嗅觉”的层次。在语言风格上，也一改“山药蛋”和“酥油糌粑”味，而呈现一种与往日大不相同的儒雅之风和书卷之气。

从太行山、黄土高原、世界屋脊到五湖四海，李文珊的文学之路一步一个脚印，一步一个闪光点。回头一看，像一座金桥、一条哈达、一道彩虹那样令人欣赏，耐人寻味。

怀念解青林

一个月前，先收到解青林65万字的《风雨情痴》，后接到一次电话。他说话还是那么风趣：“市里筹备召开一个‘解青林现象研讨会’，‘现象’是别人说的，‘现想’是我的本意，借机会与朋友见见面，聊聊天。肚里那家伙已经长到9公分了，闯五关斩六将，阎王爷又派来了最后一个杀手。”电话打得很长，不肯放下。哪想到这最后一关他终于没有闯过去。

解青林，这个被称作中国的保尔·柯察金、当代吴运铎的人，在石家庄市第一医院病床上顽强抗争了7年。曾经魁梧的身材抽缩成一根麻秸棍儿，他倒下去的时候身旁隆起了著作的高山，长篇小说《杨柳韶华》、《松声竹韵》、《桑榆金秋》、《椿桂生辉》、《风雨五十载》三部曲、《风雨情痴》等10部，诗文集《我的70年》《好事多磨》《中华道德歌》《文明新风曲》《病房遐想录》等16部，共计26部700万字，10年中写作出版数量超过新中国成立后河北任何一名作家。这“山”太重了，那根“棍儿”再也支撑不住了。解青林，这个用生命写作的人，究竟是艰苦的写作缩短了生命，还是愉悦的写作延长了生命？这就是需要研究的“解青林现象”。

1992年春节，他已经出版了《杨柳韶华》和《松声竹韵》两部长篇，提出了加入河北省作协的申请。解青林的名字我早就知道，他曾经是省委书记高杨帐下一员闯将，《人民日报》头版头条发表了《解大胆——记获鹿县委书记解青林的事迹》。我去医院见他时大吃一惊，这还能算个活人吗？被窝扁平，好像没有什么支撑，脑袋一动不动，脑门儿和颧骨只贴着一层皮。主治医师说，他身患心肌梗死、肝硬化、糖尿病、胃静脉曲张、十二指肠溃疡、肠粘连等八种顽症，三年来六次大出血，四次发出病危通知书，两次大手术，体重由78公斤降至35公斤，一个浑身画满“+”号的垂危病人。

医生说他能活下来就是奇迹了，家人说不要再拼命了，可他还是说：“让我写吧，不然我会像严监生那样死不瞑目，从棺材里伸出五个手指头，我至少还有五部书要写呢。”听说作家协会主席来了，他突然来了精神，还开玩笑说：“我这是提着篮子卖杜梨——冒充果木行的人。”医生指着他眼中涌出的泪水，说他的眼窝已经干涸三年了。

别人说解青林是个故事篓子，天天讲，能三个月不重样。他说自幼酷爱文学，天天记日记，光资料就积攒了20公斤，住牛棚批斗之余写了70万字的回忆录。他说他的经历是一部长篇小说，问题不在怎么长而在怎么写好，写得出来就是遗作，写不出来就是遗憾。哥伦布发现新大陆，没有海图，全凭一个信心，他写小说没有经验，也是全凭一个信心。

解青林13岁参加抗日，工作战斗半个世纪，任过科长、局长、书记、主席等职务，有过河北省优秀共产党员的称号，但是他最看重的还是作家这个头衔，认为生命找到了归宿。他每天4时起床，常常写到深夜。别人劝他休息，他说将来到坟墓里有足够的时间睡眠。

解青林以常人无法想象的毅力与死神搏斗，以十分乐观的情绪对待病痛。一次做静脉穿刺，医院最好的护士连连失败，望着骨瘦如柴的老人不忍心再下手，他反而安慰说：“没关系，我知道你技术好，都怨我血管太细，喘口气慢慢来。”用“三腔管”止血，为防止他手脚乱动，需要用绷带把他固定在椅子上，他说这么一来自己就是十字架上的耶稣了。插管从鼻腔穿刺到气管，他说大胆走，只要胶管比鼻孔细一点儿就行。还有一次他下床摔倒，眼镜片扎到眉里去，护士不敢拔，他说拔吧，这是博士伦贴错了位置。镜片拔出留下两道伤口，他说把中间挑开就变成一道口子了嘛。医生说他太虚弱，需要增加营养，一向吃素的他就与红烧肉结下了不解之缘，体重一度增至 50 公斤。是强烈的写作欲望支撑着他的生命。

为了与死神争抢时间，1995 年解青林买了一部电脑，那时他已经是 67 岁的老人了。可他只有小学三年级的学历，不认英文字母，也不会汉语拼音，求人指导学习五笔字型，像小学生一样死记硬背。我看过他自己总结的一份“解氏电脑使用说明”。一个月过去了，居然每天能打 3000 字。他说好像独眼冲换上机关枪，很过瘾，用手指头说话，大概弹钢琴就是这种感觉。而且随着需要，他把电脑机型从 286 换成 386，386 又换成 586，在人生最后三年中从他指尖上跳出来 300 万字。临终那天还打了 3000 字，打印出来最后一页是他的遗嘱：“人遗子，衣食住，我遗子，书一库，精神食粮补充足，胜似家财万贯。”

解青林是花甲之年提笔写作，危病之中成为高产作家，在文学有些贬值的时候高扬起文学旗帜的。

安息吧！他实在太累了。

缅怀韦野先生

转眼间，韦野同志离开我们已经十年了。十年来，我感觉他仍旧生活在我们中间，他的音容笑貌、事业，仍在我们眼前。

韦野是新中国成立以来河北省的重要作家。新中国成立前，他毕业于济南艺校，新中国成立后成为河北省文工团成员，先后当过《河北文艺》的编辑、《河北日报》记者，长期主持《河北日报》文艺副刊，为发现和培养河北作家做了很多工作。他还创建了《杂文报》《杂文月刊》，以后又当了河北省文化厅副厅长，对河北文学艺术的发展起到了重要作用。

韦野同志是一位著名作家。在诗歌、散文、剧本创作方面多有建树。诗歌方面有诗集《故乡的月季》《漫游集》《难忘的航行》，散文集有《春影集》《酒花集》《雪桃集》《海外散文集》，剧本有《郭隆真》《五月榴花》等。散文名篇《酒花喜剧》《名楼赋》《灵脂米》《牛泪》等都是影响面比较大、脍炙人口的名篇，可称为河北省散文的经典之作。

韦野同志是一位热心的文艺活动家、组织者。在他主持《河北日报》文艺副刊时期，几十年间，发现培养了一批又一批作者，特别是在散文领域做了开创性的工作。

在“文革”以前，河北省没有专业的散文作家，有的只是小说家，比如刘真、张庆田，其他的都是散兵游勇。他就给我说：“作协这边，咱们要建立散文队伍，成立个文学的方面军。”达成共识后，我们就积极开展了工作。省作家协会成立了“散文艺术委员会”，韦野任主任委员，有意识地发现培养散文作者，比如梅洁、张立勤、刘芳、杨林勃、郭淑敏，重点抓了承德、邯郸、石家庄三个地方的散文创作基地，从此，散文作家蔚然成林。之后，又抓了散文评论队伍，如王聚敏、席学瑶、王帆等。当时真是创作、评论双轮驱动，得到了省委副书记李文珊的支持，形势一片大好。

之后经过一系列的工作，在1985年成立了“河北省散文学会”。不久，又创办了《散文百家》杂志和《散文家》内刊，这样一来，我们既有作家队伍，又有评论家队伍，还有创作园地，河北省的散文事业进入到一个高生长期。散文学会成立以后，在韦野、郭秋良、浪波、张志春等同志的促进下，开展了一系列的散文创作活动。先后在邢台、康保、承德、井陉、塞罕坝举办了散文创作采风活动，举办了“作家笔下的邢台县”“作家写康保”等活动，召开了张立勤、梅洁、郭淑敏作品研讨会，特别是在张家口的鸡鸣驿举行了全国性的大型散文创作活动，影响巨大。

韦野同志长我8岁，亦师亦友。1958年，《河北日报》在天津，我在天津上大学，不断地给报社投稿，当时提倡工农兵方向，报刊上发表作品作者名字前要冠以工人、农民、战士等字样，我是学生不能列入重点培养对象，但我的稿子他都认真看，不好发表时也舍不得丢弃，给我专门存起来，以便等待机会发表出来。记得有一次，我鼓足勇气找到赤峰道的《河北日报》社，韦野同志接待了我。韦野同志身材高大，风度翩翩，比得我穷学生先自萎缩起来。韦野同志俯下身子，与我拉老乡关系。他是冀南文工团员，曲周人，当时邢台、邯郸合并一市。他说早就注意上我了，一直观察、等待，边说边从他书架上取下一个卷宗，里边全是我的稿件，编上号，圈圈点点，也有问号、惊叹号，爽快地说了意见。他让我认真学习毛主席《在延安文艺座谈会上的讲话》，从中寻找答案。学完，我大彻大悟。

1962年我大学毕业，田间同志鼓励我到农村去，到生活中去，韦野同志积极支持。下到基层以后，我接触了生活，创作有了新气象。期间我写在墙头上鼓舞士气的街头诗被传给《河北日报》社，韦野同志在《布谷》上发表了半版。后来我寄给《布谷》的诗又选发了十几首。根治海河那年，我写了首表现农民积极性的叙事诗《这棵槐》，韦野同志发头条，还动员大诗人田间写了评论。之后的作品就明显多起来，韦野同志"连篇累牍"地发表我的作品，有短诗、组诗、长诗，几乎每个月都有。比如1963年洪水以后的抗洪街头诗、1964年的社教街头诗、1965年的海河组诗等。翻资料，我的作品在《布谷》上发表过600多次了，这些成绩都饱含着编辑们的心血和汗水。

回到农村生活中，我如鱼得水。有一次为迎接一次会演，我一天写出了一个小戏《轰鸡》，没想到一炮打响，连得河北和华北大奖，还受到周总理的表扬，从此，我被选调到省文联成为一名专业作家。

仔细想来，我的成绩都是前辈们和《布谷》等报刊苦心培养的结果。我创作早期的每一点进步，都离不开韦野同志的爱护、支持和帮助，所以他是我这辈子永远铭记在心的恩人，也是我永远缅怀尊敬的先生。

草长"鹰"飞毛玉林

走出"河北残疾人书画展"大厅，还禁不住频频回头，一幅幅书法精品如同挂在眼睑上，摘不走，抹不去。半生参观过大大小小许多展览，从没像今天这样激动过，也许因为参展的主角是我的朋友毛玉林。

对书法我是门外汉，看不出门道，反正感觉很好。行书行云流水，或苍老如岩上古松，或遒劲如长天雄鹰，或豪放如平原走马，或淡雅如闲云野鹤。楷书正气凛然，或庄严如深山古寺，或整齐如平川杨林，或活跃如操场健儿，或圆熟如秋架瓜豆。着力处，有棱有角，让人想起表演艺术家裴艳玲的《夜奔》和《钟馗》，举手投足都是功夫。轻妙处淡墨飞白，随心所欲，让人想起国画高手田辛甫的藤萝葫芦，点点滴滴都有学问。难怪书法家黄绮先生称他："敏而好学，师古创新，去媚求健，能自成家。"黄老是我大学四年授课老师，深知其一向治学谨严，从不奉承人的。

也许是太熟悉了，满厅翰墨争奇斗艳，件件都是珍品，尤其屡次出现的"鹰""草"二字，像一场音乐的主旋律，重重叩击人心。我知道，这两个字是他生命的象征，也是用生命写成的。

初识毛玉林是在粉碎"四人帮"不久。那时我四壁空空，想从积攒的劈柴中将就一两件家具。有人介绍来个小木匠，20出头，瘦巴巴的，双腿残疾。看我有些迟疑，小伙子撸起袖子露出一堆疙瘩肉。做什么呢？妻子想要立柜，我说全部行头不过一包袱，看我堆摞半间屋子大箱小捆都是书，给它们"落实政策"做两个书橱吧。小伙子眼睛一亮，打量着书堆羡慕不已，对我也肃然起敬起来，估量一堆劈柴还少两个立柱，小伙子硬是粘贴钉合成顶千斤的立柱，像给我的书们做嫁妆一样做成了一对书橱。知道我有睡前看书的习惯，又用边角余料做成两个床头柜，用不同颜色的木条、木片拼成图案，精致如工艺品。算工钱坚持分文不取，提出要几本书。那时社会还没从"读书无用论"的误区走出来，我也好像找到了知己。小伙子挑了文艺、美术的几本书欢跳而去，这就是毛玉林。

毛玉林出身贫苦，三岁感冒高烧没钱医治，落下了小儿麻痹后遗症。可是这孩子特别聪慧，成绩超人。等他懂事了，双腿残疾意味着雄鹰失去翅膀，失去翅膀也就失去了蓝天。他哭闹着要做手术，开刀几个小时不掉泪。由于营养不足，昏迷了两天。结果手术失败，他曾痛不欲生，好心人给他送来有关保尔·柯察金和吴运铎的小说。他从读书中认识了世界，形成自强不息、艰苦奋斗的性格，说书籍是他的学校。

青少年时期的毛玉林的确像一棵小草，在生活贫瘠和社会夹缝中默默生长着，在俗人白眼和粗人践踏下苦苦挣扎着。为了攒钱买书，半年不知肉味；为了锻炼病腿肌肉，他天天夜里在家门口的体育场上歪扭36圈。起初他学木匠，两手水泡变成血泡，血泡磨成老茧。为了练眼力，他盯砖缝、盯纱窗、盯布丝，能接口无缝。为了练锯工，由墨线而铅笔线而指甲线，不用画线锯口笔直，最后成为石家庄小有名气的木匠，有了锛去鞋底泥、斧削手指甲的功夫。

有一次玉林写了一则寻人启事让我修改，我发现他写有一手好漂亮的钢笔字，笔体潇洒，字迹流畅，布局得当。要不是一连串大白话，我真怀疑是否出自他手。他说从小喜欢写字，老师表扬他作业认真，越表扬越来劲，别人写一遍他写十遍，写板报像描红绣花，久而久之练成了写好字的习惯，后来当木匠就放下了。我好像发现了书法天才，劝他这一手可不能丢，像学木匠一样练字吧，也许这对你更合适，齐白石就是木匠出身。

毛玉林开始练习书法，而且一迷上就十分投入。潜下心来，临摹字帖，越是暑期，越是关闭门窗，写得汗顺笔流；越是严冬越是门窗洞开，控制笔管抖动。一摞摞报纸、白纸涂成了黑板，吃饭桌上想起来一个好字，筷子蘸着菜汤画了又画。坐公共汽车看见一个好牌匾望出神，黑手描在爱人的白衬衫上。一两年不见，真草隶篆、颜柳欧赵都可以达到相当的程度。人更加消瘦，眼窝陷了下去，我心疼得掉了几滴泪，亏他有当过木匠的身体。

毛玉林十分灵透，艺术感觉极好。随着文化修养的提高，博采众长，触类旁通。从李白、苏轼的诗词中领略气魄，从任伯年、齐白石的国画中学习布局。有一次吴桥杂技节他连看了两场，研究高凳顶碗、车技的平衡问题，对构思独体字、合体字笔法有了新的发现，在诸如“鹰”字写法上有了创新的运用。

功夫不负有心人，毛玉林的书法逐渐被社会承认，破格被吸收为中国书法家协会会员，当选为河北省残疾人书画协会主席。他的书法受到日本、韩国、新加坡等地书法界一致好评，也有美国、欧洲各国的人慕名求字。在中国书协、中国美协、中国信息报社联合举办的全国书画大赛中荣获一等奖。

一只年轻矫健的鹰飞起来了，高高地飞起来了。

八年前在河北残疾人书画展上，发现毛玉林是个奇才。那时他刚刚拿了全国书法大奖，破格加入中国书法家协会，举办了画展,《人民日报》、中央电视台《晚间新闻》、《东方之子》等做了专题报道。邀请信雪片似的飞来，求字者门庭若市。真可谓春风得意，红极一时。可是，不久这一切都戛然而止，毛玉林的名字从媒体上销声匿迹了，从书画界隐退了，我也渐渐淡忘他了，偶尔提起来只能摇头惋惜。

几天前一个偶然的原因，我贸然推开了毛玉林的家门，一下子惊呆了。客厅内书画满墙，有过去他常写的“鹰”“龙”“虎”字，有许多条幅、对联，感觉焕然一新，判若两人。原来他断然埋头是隐而不退，是卧薪尝胆。士隔三日刮目相看，何况整整八年，其人其书达到了一个全新的境界。

当年，毛玉林一个“鹰”字飞遍长城内外、大江南北。八年后，那“鹰”更加健美，更加成熟了。形体结构和笔力都有较大创新，鹰首昂扬，骨骼矫健，雪爪星眸，让人联想起明人申时行的一首诗:“何处苍鹰掣锦条，霜林飒飒洒寒毛。攫身万里云霄迥，侧翅三秋杀气高。”

毛玉林的书法以行草为主，自然、流畅，有激情，富神韵。用笔沉健恬淡，结体雍容自如，势如平原走马，步步皆可推敲。

结字布局颇具匠心，阴阳向背，轻重深浅，安排自如。文字多并重造，笔画多寡悬殊，皆能变化无穷，各具形态，即使是用点，上下左右也会含而不露，自备一格。苏东坡谓真书难于飘扬，草书难于严重。观毛玉林书法，龙飞凤舞而下笔稳缓，行云流水而绝不飘忽。可以说达到古人“狡兔暴骸，将奔未驰”的地步了。

间杂于书法作品之间，还有他几幅国画，画葡萄、葫芦、藤萝等，也都达到了相当高的水准。毛玉林善于画藤，或苍劲如松，或缠绵如线，突出时横空出世，隐蔽时若有若无。藤是他立意布局的核心，如为文的线索、作诗的意境、写剧的情节道具，抓住了藤就抓住了枝叶果实，浓墨重彩、轻描淡写就都有了章法。毛玉林的国画可以看作他书法的延伸，行笔用墨皆得益于纯熟的书道。如果没有书法的功底，也就不会有他的国画。

望着这满室锦绣，我对毛玉林说:“你是否想十年不鸣，一鸣惊人啊。”玉林说:“绝无此意。八年前开画展是一时心血来潮，少年气盛，不知深浅。依我的修养，这样下去三两年便会江郎才尽。多亏那时听了黄绮先生等老一辈教导，看了许多名人名作，才有了点儿自知之明。黄老用古训启发我:‘学书一要品高，品高则下笔妍雅，不落尘俗；二要学富，胸罗万有，书卷之气自然溢于行间。古之大家，莫不如此，断未有胸无点墨而能超轶等伦者也。’当时想，我不会马上成为大家，但可以尽快脱俗。前者是实力修养，不是一朝一夕能做到，后者是决心问题，可以当机立断。”

八年来，毛玉林拒绝一切书展，取下街头巷尾的题字。在机关工作，在家里孝敬父母，关爱妻儿。毛玉林自幼双腿残疾，没有机会上大学，但是他懂得国家照顾残疾人，而学识技能面前人人平等，不会优待残疾人，唯有超过常人十倍的努力，才能取得成绩。

八年来，毛玉林一头扎进墨池书海之中。经史子集，诗词歌赋，一本本地啃，啃破了的书一本又一本。颜柳欧赵，苏黄米蔡，一字字地摹，磨秃了的笔一把又一把。从前鹰一样的视力磨损了，不得不戴上近视眼镜。夜里两点之前没有睡过觉，一个大字一张条幅，十遍二十遍地写，写废了的纸铺在褥子底下，比较满意的挂在墙上，反复推敲，吹毛求疵。第二天又照样行事，选出好的，把昨天的置换下来。这样每个月好字只有一张，铺下的废纸却有一两寸厚。然后把铺下的纸一把火烧掉，再从头开始。毛玉林的每一个字都是用纸堆起来的，都是用墨水泡出来的。

学而知不足。毛玉林说他天不怕地不怕，就怕铺在面前的宣纸，因为每幅字画都会把自己的精神内涵、文化内涵暴露无遗。所以他时刻不忘加强自己的文化修养。走进毛玉林的家，就仿佛走进一个袖珍的艺术馆，他养花，养鱼，选择的都是珍贵品种。他唱歌，弹琴，排除一切通俗作品。他喜欢收集石头，有彩陶石、红河石、云雾石、寿山石、泰山石，都是雅石中的珍品，其中一块黑灵璧石一米多高，形状酷似一只雄鹰，为稀世珍宝。玉林把他的斋号也取作“寒鹰巢”。这个几十平方米的家确实养着三只鹰：鹰石、鹰字，还有一个像雄鹰一样的人，虽然早早就折断了翅膀，但是飞得高远。

毛玉林勤学苦练，深得老一辈艺术家的鼓励和赞赏，黄绮先生评价:“敏而好学，师古创新，去媚求健，能自成家。”曹禺先生称赞:“青松劲挺姿，凌霄耻屈盘。”刘炳森先生题词:“天行健，君子以自强不息。”毛玉林自己则把这些鼓励当作鞭策。坚信书道万里，全凭艰苦跋涉，何况自己腿脚不便。我说:“那么，什么时候才能看到你个人书展呢？”玉林低头沉思说:“50 岁吧。希望届时能够‘人书俱老’。”

书而兼画，是中国文人常见的现象。书画同源，同宗于线。不仅同出于象形文字，还在表现形式上有着共同的规律和审美标准，在用笔上高度一致。书法完全用线条完成，绘画依靠线条，又重视美感和笔法的精妙。学画必先学书，学画不懂书法，有画无笔；学书不明画理，书难有韵。张大千说：“学画第一重要是勾稿练线条。”潘天寿说：“把书法中具有高度艺术性的线应用于绘画上，就使中国画中的线具有千变万化的笔情墨趣，形成具有高度艺术性的线条美。”

毛玉林习书几十年，线条功夫老到，所以转而学画顺理成章。学画过程中，对书转画理解很快。文与可画竹，笔行纸上，疾徐、轻重、气势，都是草书用笔。徐文长的石榴、白寿章的藤萝，田辛甫的葫芦，也都是草书入画。郑板桥的竹子更具想象力，不光枝如草，还有干如篆、叶如真、节如隶。书法的章法、部局和一些审美特点，如龙跳虎卧、戏海游天，霜收月上，也都可以借鉴到绘画上。

书画同源，同源于诗，源于对诗意的追求。苏东坡说王维“诗中有画，画中有诗”。王维常有禅意的诗与画，是中国传统美学的高境界。中国诗词创作中幽雅、宁静、淡泊等诸多意境，成为中国人民审美的趣味，也成为中国绘画追求的格调，所谓“意在笔先”。宗白华说：“中国画以书法为骨干，以诗境为灵魂，诗、书、画同属于一个境层。”毛玉林学习黄绮先生写“鹰”字，一手能写丈二匹的大鹰。他觉着超不过先生的神韵。后来读到唐人高越的鹰诗：“雪爪星眸世所稀，摩天专待振毛衣。虞人莫谩张罗网，未肯平原浅草飞。”明白了自己原来只求形似，而最后一句才是诗眼。他要把这种意境画出来，以狂草笔法写鹰之身躯和羽毛，表现劲猛的力量，全部神韵聚焦在眼上，画龙点睛，也就合乎古人的诗意，“草枯鹰眼疾”“侧目似秋胡”。眼神目光充分显示了一种紧握制空权的霸气。

再者，毛玉林把花鸟当作人物来画。深思熟虑，心领神会，以心造境，呼之欲出时才把它们请出来，这种过程是一种沟通，一次神交。这样自己才感觉到花能生香，鸟能解语。画出这样的效果，手上功夫靠磨炼，情趣意境却来自内心。他常常能在自己的性情、笔墨功夫和艺术构思之间寻找到一种契合。

作为一名残疾人，毛玉林结识书画，找到了一条生路。他醉心艺术，全身心投入，眼前一片光明。可是忽然有一天，他发现世风在变，文艺界、书画界俗气大长，让他扫兴，使他迷茫。求教黄绮先生，先生教导他，不要眼花缭乱，追求时髦，要认准方向，走自己的路，“不怕人骂，不听人夸”。黄绮先生走了，他去求教先贤。托尔斯泰说：“替富人提供逸乐的艺术，简直比娼妓还不如。”当前脂粉气、靡靡音，庸俗书画的责任究竟在谁？席勒说得好：“一般人说大众使艺术的水准大降，真是岂有此理。事实是，艺术家使大众的水准大降。任何艺术堕落的时代，都是由艺术家一手造成的。”毛玉林懂得，一个人在潮流面前无能为力，只有洁身自好，通向艺术殿堂大门的钥匙，才是握在自己手里的。

现代杂技之父孙福有

全球公认，吴桥是世界杂技之乡，孙福有是现代杂技之父，所以吴桥之行必先拜访孙福有故居。

孙福有的故乡孙龙村属沟底铺乡，在县城东北 20 里。一进村就给人异样的感觉，多见房屋少见人，村民多数出外走江湖去了，只把他们的身影留在村里，那就是布满大街小巷墙壁上形形色色的杂技艺术造型。

孙福有故居在村东头路北，一座大院，满园树木，绿荫托起一座灰色小洋楼，与村里其他红砖平房相比，真是羊群里跑出来了一只骆驼。小洋楼是孙福有为他的俄罗斯妻子所建，水泥圆柱，拱门尖窗，门楣雕刻图案，房檐上有瓶形栏杆，三面木制回廊，一派十足的俄式建筑风格。1933 年施工时花费 14000 块大洋，水泥从天津漕运而来，砖瓦石灰当地定做，工料讲究，磨砖对缝，70 多年过去依然光彩如初。据说落成那天，来看热闹的人山人海，风传杂技之王为他的俄罗斯妻子盖起了一座小克里姆林宫。这般豪华家宅当然会引起一方眼红，不久便招来一次土匪绑票，孙福有的女儿被打死，母亲被劫走，赎资花了 500 块大洋。

大院和小楼是孙福有人生的见证。那棵老枣树还记得，孙福有 1882 年生人，早年丧父，一心想学艺养母，可是没钱拜师，只能自己偷学苦练。练空翻时，爬到树上往下折，多少次摔得鼻青脸肿。随着花开花落，枣青枣红，孙福有练就一身功夫，身轻如燕，气壮如牛。可是因为没有师门，只能给小班当挑夫，拿杂役的工钱，风餐露宿，跑遍了东三省。

一楼后门有面影壁，图案精美，只有半墙高。这是孙福有独出心裁，为了妻子北望家山，也为了他那 15 年俄罗斯生活。1901 年，18 岁的孙福有离开小班，只身卖艺，出山海关一路闯荡到莫斯科，在一家杂技班当杂工，卖票、看房子、收拾道具，偷空揣摩俄国杂技艺术。经过两年苦心钻研，已经能够上演“飞刀”“马叉”“钻刀门”等十几个节目。他的演技既有浓厚的中国传统特色，又吸收了俄国杂技的精华，在莫斯科红极一时，并与当地女艺人嘎丽结婚。后来又从中国招募演员，增加了“空中飞人”“跳板”“大车轮”等十多个大型节目，轰动了整个俄罗斯。1917 年“二月革命”后，孙福有率团辗转土耳其、阿富汗、印度，回到阔别已久的祖国。

爬上 17 层木楼梯，二楼晾台像个宽阔的广场，出门就能练功。孙福有每次回家都待不长，总是凭栏南望，他一生的事业在南方，他一生的辉煌在南方。

孙福有从俄国回来，在家乡创办了“中华国术马戏团”，1926 年南下港澳，以及东南亚十几个国家，声誉日高，曾被泰国国王邀请到皇宫演出。这时的孙家班已成为世界最大的马戏团，拥有120名演员，6只老虎、9头大象、4头狮子、8只豹子、10只熊、30匹马，经常上演的节目有50多个。孙福有身为团长照常登台献艺，拿手好戏是杂拌子，棒子、雪茄、礼帽、文明棍，在他手中飞来飞去，神出鬼没，使人眼花缭乱，惊叹不已。他耍飞刀更是一绝，用5把板斧代替飞刀，甩手出去，10来米处，紧擦合作者的头、颈、肩上、腋下，插在身后木板上，让人惊心动魄，毛骨悚然。孙家班每到一处，华侨们便奔走相告，引以为荣。

1933年夏天黄河决口，正在缅甸演出的孙福有接到救灾义演的电报，二话没说率团回国。当时正有一个英国杂技团在上海演出，老板趾高气扬，狂称天下无敌。市民无比愤慨，纷纷登门要求中国杂技与之对垒。孙福有亲自登台，拿出看家本领，全市轰动，场场爆满。英国杂技团门前冷落，老板晚上混进中国杂技团大棚窥视，对孙福有的一身绝技惊讶不已，气恼羞愧，突发脑溢血当场毙命。英国杂技团只得偃旗息鼓，夹着尾巴溜出上海。消息传遍全国，大快人心，孙福有成为中国家喻户晓的英雄人物。

中华国术马戏团在沪上演两个多月，收入20万大洋悉数上交救灾。此事引起青帮头子黄金荣眼红，千方百计讨好孙福有，挤进来当上前台老板管外交，还自恃势大，准备把节目拍成电影赚大钱。孙福有不同意，他就组织地痞流氓搅闹。孙福有惹不起撤离上海，黄仍不罢手，追到杭州、南京寻事，非置之死地而不快。

抗日战争全面爆发后，孙福有率团从江西、湖南、广东到达广西，在空袭间隙演出，给战争恐怖下的桂林带来一丝快乐，李宗仁、白崇禧都成为座上宾。田汉与孙福有交上朋友，提议中华国术马戏团改名为华侨国术马戏团，利于各处演出。1943年孙福有率团到达重庆，在校场口支起大盖棚，常年演出。1945年2月17日一代杂技大师在芦席棚中病逝，惊动整个山城，送葬队伍从校场口一直排到嘉陵江边，其中有冯玉祥、田汉、白杨以及重庆市市长杨森等。

眼前这座小洋楼已经接待过数十万名参观者，其中包括上千名世界各国杂技界知名人士，大家对这位杂技大师献上了无限的敬意。人们称孙福有为现代杂技之父，不仅因为他超人的技艺和组织才能，还因为他有两项重大发明，对世界杂技事业的发展产生了划时代的作用。一是他研制的大盖棚，使杂技自古以来由撂摊演出走向舞台艺术；二是他发明的保险绳，使杂技艺人由危机四伏进入了文明和人性化时代。大盖棚和保险绳一直沿用至今，在成千上万名杂技艺人眼里，它们是孙福有大师的化身，是杂技人的保护神。

洪福远和蜡染艺术

贵州不穷，它拥有的风景名胜富甲天下，声势浩大的黄果树瀑布、奇丽无比的龙宫、织金洞……还有一种世界级的艺术瑰宝：安顺蜡染。前不久我访问了民间艺术家洪福远和他的蜡染作坊。

洪福远身材瘦小，才 50 多岁就筋疲力尽的样子，面色憔悴蜡黄，脖颈一大块白癜风，好像经过 40 多年艰苦拼搏，他把心血和色素都倾吐给光辉灿烂的蜡染艺术事业了。

蜡染古称“蜡缬”，是一种传统的集绘画与染色于一体的民间艺术。《后汉书》记载，贵州一带“土地沃美，宜五谷、蚕桑，知染采文绣”。数千年经久不衰，美化一方水土和人民。

一楼几个展销厅汇集了洪福远多年来对民族艺术传统纹样、古典纹饰及佛教艺术研究、整理、探索和再创造的精美作品。花鸟虫鱼、龙凤狮猫，线条简洁明快，夸张大胆；中华脸谱系列，光怪陆离、斑斓多姿，映照着巫文化的圣光。《龙纹大观》《凤纹集锦》汇集了历代艺术精华，从远古简明奇异的造型到明清繁复华丽的装饰都有所表现。特别是他的一些代表作，融民族、古典、现代艺术于一炉，表现了无限的生命力和创造力。《雄关铁骑》，千军万马，长城透迤；《丝路明珠》，商贾云集，一路春风。一开放一闭关，对应互参，意味深远。作为向香港回归献礼的巨幅作品《华魂》，表面上是一幅组合式风景画，实际上把代表中华民族的华表、雄狮、长城、铁骑、铜鼎、日月融合于苍松翠柏之中，昭示了深远的历史和丰厚的文化内涵，难怪轰动一时。

洪福远早年毕业于贵州大学艺术系附中，长期奔走于山村苗寨，又磨炼于蜡染作坊，熟练地掌握了各地蜡染纹样风格。丹寨的简洁明快，安顺的丰富组合，镇宁的对称统一，织金的精美花纹，黄平的几何构图，他在广泛继承的基础上寻求发展创造。

他相信万物有灵，皆可入画，大自然和谐地融为一体，相互依存，世界才会美妙。无论山石、云水、花木、虫鱼、鸟兽，他都赋予其人的情感、神的灵气。他把纯真、美丽、浪漫的幻想带进作品之中。鸟头上生桃子，身上绣花纹，尾上长石榴。蝴蝶头上是花，身后拖凤尾。一棵树上开四季花，花中结果，果中开花。正看是鱼，侧看是石榴，几个鱼头又组成花。初看像鱼，再看像鸟，重看又是花。万物是花是美，又成龙成神。伟大的魂灵孕育在超自然的境界中。

感情融合于艺术时，思维便得以升华。他说设计蝴蝶时，眼前许多蝴蝶就飞来，成双成对，成群结队，落下是花，飞起是蝶，编织着美丽的图案。喜欢鱼儿，他就用最美的图饰打扮它，口叼荷花，尾带牡丹，身绣梅花，游起来浪似菊花，追逐时漩纹成花团，兴之所至，花变蝶，叶变花，鸡成凤，鱼化龙。在他的眼中，生活是万花筒，万物都可以人格化。

洪福远的艺术触角伸向四面八方，古典、现代、东方、西方，古为今用，洋为中用，他汲取各种营养，增强自己的艺术表现力。他曾经分阶段地钻研过彩陶纹饰、青铜艺术、汉画石刻、岩画造型，曾经深入研究过神话传统、佛经哲理、唐诗意境、国画技法，使自己的表现手法丰富多彩，变化无穷。

在40年的艺术实践中，他找到了一把开启民族艺术殿堂的钥匙——寓意双关，谐音和形似的双关，运用在创作实践中，便能得心应手，出神入化。

看了洪福远的蜡染艺术之后，我迫不及待地想去参观一下工艺流程。蜡染作坊在二楼以上，各厅里排列着许多画案，技工们按着洪福远的设计描图。画笔是鸭嘴式的铜刀笔，不是尖的，一厘米宽，可以画线条也可以画色块。内装熔化蜂蜡当墨汁，在白色布帛上勾勒，形成蜡画。然后放入院内蓝靛缸内反复浸泡，色温饱和后，置于大锅煮沸，蜂蜡熔化，漂洗干净，便出现美丽的图案。在制作过程中，蜡变硬后产生细微的裂缝，染料渗入，形成美丽的“缤纹”，这是蜡染的主要特色。

洪福远对蜡染业的贡献在于给古老的艺术注入现代意识，并使家庭作坊工厂化，不仅批量生产生活实用型蜡染制品，还能制作观赏型艺术品。他的蜡染作品多次参加全国艺术大展，被中国美术馆和香港特区政府收藏，并远涉重洋到美国展览，把蜡染艺术带给世界，受到各国艺术家和人民大众的青睐。洪福远的作品成为蜡染艺术史上一个重要的里程碑。

墨道荷魂

“墨海云涛起龙蛇，心韵天成妙可得。忽有峰回惊风雨，漫卷冲劲齐咂舌。”《中国书画艺术报》主编黄玉海先生，五年前参观侯晓河荷魂系列作品，当场赋诗一首，也正如我的看法。我与晓河相识20多年，也可以说是看着他长大的，目睹了他从“小荷才露尖尖角”到“新一代荷魂画家”的变化。

20世纪80年代初，我在省会文学讲习班授课，晓河才20出头，听课十分认真，还交上了一篇散文《荷塘清香》，虽然稚嫩，但很质朴，便把他留下来交谈。这才知道他是1962年出生在邢台地区南和县，与我是同乡，自幼喜爱荷花。我信手写了几句话送他:“芝兰生幽谷，无人自芬芳。清水出芙蓉，天然去雕饰。”

后来了解到他又从文学创作转入美术绘画，喜欢水墨荷花，并当场给我背诵宋代大儒周敦颐的《爱莲说》:“水陆草木之花，可爱者甚蕃。晋陶渊明独爱菊。自李唐来，世人甚爱牡丹。予独爱莲之出淤泥而不染，濯清涟而不妖，中通外直，不蔓不枝，香远益清，亭亭净植，可远观而不可亵玩焉。予谓菊，花之隐逸者也；牡丹，花之富贵者也；莲，花之君子者也。噫！菊之爱，陶后鲜有闻；莲之爱，同予者何人？牡丹之爱，宜乎众矣！”119字，一字不错。我想，孺子可教也。

但是又不能不提醒，以荷入画，他给自己绘画选择了一道难题。早在魏晋南北朝，菩萨莲座已出现，隋唐佛经壁画更以“净土变”中荷花池的形式出现。随着花鸟画在北宋时期日渐成熟，荷花以独幅画题之作也已产生。明末清初，八大山人、石涛、恽南田等一批画荷大家崛起。八大山人以一花片叶和大量余白、简笔明墨见长。石涛笔下画面宏大，开创了大写意画法，泼墨写意画法沿用至今。而恽南田主张“去华糜，还本色”，粉笔带脂，点染通用，开了岭南画派花卉画之先河。清代中期以降，画荷成风，大家辈出，工笔写意两派争奇斗艳，吴昌硕、齐白石、潘天寿、张大千、张大壮、谢稚柳群峰并峙，各有千秋，把荷花艺术推到了一个相当的高度，令后人望而生畏，不敢攀登。

侯晓河是不知深浅，闯将进来，幸好遇上了一位高明的指路人。1983 年冬天，他在北京军事博物馆参观全国检察系统书画作品展，认识了著名国画大师何海霞，耄耋之年的国画大师与这个初学美术的毛头小伙子一见如故，结成忘年之交，对他厚爱有加，收为关门弟子。何老还亲自示范《秋荷图》，画成相赠。以后又先后亲笔题词："纸上得来终觉浅，绝知此事要躬行。""路漫漫其修远兮，吾将上下而求索。"并为他的画室题名"爱莲堂"。晓河把这些都挂在画室，日日鞭策自己，刻苦历练。何海霞曾投师张大千，追随多年，深得其真传，他青绿与水墨结合的艺术特色风靡一时。何老谆谆教诲唤起了侯晓河艺术追求和求知之路。在石家庄，他与著名画家钟志宏先生也有师生之谊。钟志宏不仅手把手教他技法，还为他筹办画展，主持开幕式。病重期间还对守候在身边的晓河留下无限的期盼："爱莲修其身，植荷写精神。"晓河敏而好学，循序渐进，经久不辍。他深知当今学画者多，"如闹市求前，摩肩叠足，得一步便紧一步。"学习改变着他的人格，也改变着他的画风。1997 年以来，他先后在海南、山西，石家庄、天津、上海等地举办"荷魂"国画系列作品展，好评如潮，令人刮目相看。

晓河画荷，早期多为荷塘小景，和风荡漾，荷柄摇翠，流光溢彩，一派清凉世界。笔墨趣味在清艳柔情、赏心悦目，反映了他当时的心境，天真烂漫，心地纯净，世界在他的眼里像荷田一样美丽。那时他对荷花的认识也只限于表象，水面上的荷花是一种"美"的符号，笔下的荷花也是一种理想的虚幻之物。随着阅历的增加，他既有对社会复杂、泥沙俱下、物欲横流、腐败滋生的忧患，又有对生活提高、物质丰富、盛世景象的感奋。开始对荷花有了深刻的认识，出淤泥而不染。他看到了水面下的荷花，是一个"洁"的意象。笔下的荷花变为真实的荷花，把廉洁的热望倾注笔端，影射社会。画出来的荷花，豪放里夹杂着几分伤感。

构图章法变得奇崛不群，笔墨变得狂肆野逸，这也正是他内心世界的外露。有形无声之画面，是他婉转而曲折的抗争，从而进入画荷的新境界。

现在，晓河画荷基本上不再画小品，着力于宏幅巨制。360cm×146cm的《风荷图》、800cm×170cm的工笔画《和谐图》、720cm×360cm的《荷塘清韵》，通景巨障，笔起高意，构图饱满，笔墨飞动，左右纵横，酣畅淋漓，挥洒自如。这些须臾间的挥洒，即能形成风奔云腾之势，画面无法抵制的豪气扑面而来，令人联想起了国画大师张大千的《绿云千里》。晓河的画，构图奇崛不群，密不透风，疏可跑马，参差离落，善于变化。他能殚精竭虑，花样翻新，荷叶俯仰向背，花朵大小闭合，形象似非而是，似是而非，清晰无误地表达了不求形似抒写逸气，尽吐胸中块垒为快的创作欲望。作品一气呵成，神气十足，盛开的花、焦枯的叶、风中的草，同娇嫩的莲蓬对话，诉说着从荣到枯、从华到实这一大自然的规律和表现残而不败、疏而不凋、简劲清苍的风格，告诫世人，自由发展又要廉洁自律。劝说官员，唱戏哪有听戏乐，上台须知下台时。以生活感悟为反端，以形式确立为旨归，画家就找到了对象的情态，春荷之清新，夏荷之茂盛，秋荷之凋零、冬荷之枯萎。

晓河的墨荷，层次清晰，节奏明快，是心源的释放，也建立在扎实的功夫上。他以力以势取胜，寓硬朗的气质于强力的笔法美。阔叶大笔，酣畅淋漓，墨色铺张，墨点聚散，浓淡相宜，双勾、点厾、泼墨、泼彩，用皴擦相辅相成的画法表现荷叶、荷柄与莲蓬的结合，气韵蓬勃而潇洒。以如篆如刻的荷炳，突出形体穿插变化中的空间分割。线条穿插在画面之间，轻重、软硬、疾徐，变化得当。纤蔓中见遒劲，曲折中见圆润，粗疏中见严肃，直率中见精俨，轻松自如，不卑不亢，这也正是荷花的本性。

晓河另一种常用的形式是条屏，四条、八条的荷花组画。条屏狭长的幅面很适宜画荷花，也易于施展他上乘的线条功夫，驰兴乘势。荷柄疏落，线条有力而柔韧，参差穿插，似隐非隐，摇曳多姿，支撑着画面。勾花描临，信手拈来，皆生妙趣，几株水草上下提动，顿挫之间，神采飞扬。条屏中色与墨、线与面、收与放、精巧与率意、缜密与粗疏，都恰到好处。一组画里布局、手法又各不相同，生旦净丑巧妙组合，才能好戏连台。

后来晓河的荷花作品又加上禽鸟虫鱼。同一幅画面两种反差较大的形象，荷花高雅，虫鸟通俗，荷花用写意，虫鸟用工笔，更需要巧妙构思映衬有致，增加了绘画的难度。

晓河喜欢画鹤。认为荷与鹤是两个清高的形象，又是谐音。荷婷婷净直，鹤翩翩孤傲，结合一起，和谐吉祥。视觉上墨荷与白鹤对比分明，相映成趣。以荷、鹤为题材的长卷《和谐图》《奥运飞歌》，更是千姿百态，气象万千。有时也点缀游鱼，淡墨画荷，中墨画苇，浓墨画鱼，以鱼点醒主题，使得画面主次分明、层次井然。以浑成润厚的荷叶、荷花烘托流线型游鱼，画面便生动活泼起来。有时也画水鸟，荷柄欹倾，临水横斜，上边落一只灵动的翠鸟，画面便产生了动感的生气。写意荷花与工笔蜻蜓，更是一种完美的组合，让人想起杨万里“小荷才露尖尖角，早有蜻蜓立上头”的名句，有妙不可言的意境，妙不可言的理趣。

看晓河的荷花，隐约有张大千的影子，而张大千的墨荷源自八大山人，花鸟取法石涛，这也正是中国画传承发展的正路。晓河既无家学，又没进过学院，全凭自己勤奋好学。张大千主张“七分人事三分天”，反对依靠天分聪明作画，认为后天的努力是主要的，他奉为圭臬。除了努力探讨绘画之外，还研习诗词古文，读万卷书，行万里路，广结师友，集思广益，开拓胸襟，努力使自己心明如镜，能够照见一切事物、一切色彩。

一位聪明好学的荷魂画家，值得我们期待。

相识范德元

范德元，未出场已经先声夺人。

1982年，河北高筑黄金台，征召天下英才。《光明日报》登出启事，响应者成千上万，西安来了一个大小伙子，三十五六岁，土头土脑，一口陕北话。他既非硕士也不是博士，只有中学学历，不慌不忙地递上一个土布包袱，抖搂开来，是他发表的一些作品、获奖证书，还都是大报名刊。李锋副省长当即拍板：人才难得，破格录用。

报到时情景更为离奇，没有一件像样的家什，全是坛坛罐罐，还背来一个88岁的老祖父。这些都成为新闻，不胫而走，传到我这里，迫不及待要去拜访。听说他分配在《河北林业》杂志社，我找上门去，同事说他常外出，办公室在田间地头。不久，他的摄影作品就在刊物亮相，果然出手不凡。选材新颖，构思巧妙，画面漂亮，河北作者有此水平者不多。看到我的羡慕之情，主编陈英洲叫我给他配诗，常使我发黄鹤楼之叹：眼前有景道不得。

一直追了八九个月不见人影。1983年秋，我好容易找到塞罕坝林场，他人却不在，林场硕大的办公室里，一伙人正围着他的作品赞不绝口，说小范神了，会变戏法，普通男女从他的相机里出来，就像是演员、明星一般，山里人从他的相机里出来就成了油画、西洋景。晚上，他回来了，让我大吃一惊，作品与作者形象对不上号：头发蓬松，衣衫不整，劳动服裤子都磨白了，胶鞋前头两个窟窿。一脸憨厚，慈眉善目，说话也不利索，还有点儿腼腆，倒像个老实巴交的农民，“文如其人”的规律全被他颠覆了。让我纳闷儿，这么一个土气的人，怎么就弄出来这么洋气的作品？

同住十几天，出来进去观摩，我终于明白小范这块钢铁是怎样炼成的了。每天扛着机器出门，早出晚归，哪儿高上哪儿，哪儿偏僻上哪儿，塞罕坝方圆几百里，他踏查了个遍。大光顶子山、将军泡子、望火楼、一棵松林场，总场、分场到处有他的脚印，最后还乘播种的飞机上了天，航拍林场全貌和三北防护林工程，你说水平能不高吗？

英国哲人培根说："艺术是人加自然。"小范的工作可不只是用相机、胶片，而是用眼睛和手，更重要的是用脑子。他拍每一个选题，都是事先采访、看文件、学政策、看资料，听取群众意见，把眼睛和镜头一起擦得亮亮的，把胶片和方案准备得足足的。到了现场，这儿瞄瞄，那儿试试，为了一缕朝霞、一朵白云，可以等上几个小时，甚至几天。万事俱备，到时候按下快门，就像战士射击一样，养兵千日，用兵一时，"咔嚓"一声，就要十环，瞬间定格为永恒。出来一组图片，就是一幅画、一首诗、一篇美文，都有独到见解。这镜头下的塞罕坝，千姿百态，万紫千红，千差万别，因为他心里有一个美丽的"中国梦"。

小范的作品所以与众不同，是因为他不是照相，而是创作，是艺术品，因此才能从成千上万照相人中脱颖而出。他的作品登上了《瞭望》《人民日报》《人民画报》等报刊，实现了他的人生价值，为河北争了光，也得到了很多人包括新华社河北分社社长孟宪俊、总社社长穆青的赏识，他又一次被破格调进新华社河北分社，取得"新华社记者"这一金字招牌。这一次破格，破的不仅是学历，还有年龄，这时小范已经人到中年。

范德元在河北工作了 14 年，把一生最宝贵的时光留在燕赵大地，记录了一个轰轰烈烈的时代。他的作品像天女散花一样，留给城市乡村、千家万户、亲朋好友。留给我的不多，却很珍贵，我像传家宝一样收藏，一张是塞罕坝林区的一幅彩照，当时还是黑白照片时代，彩照紧缺，我很珍惜，当作标准像一再复制，出书、发文章、上展览会都用它，谁要给谁，总要附上一句话，出自著名摄影家范德元之手。还有儿子结婚喝完喜酒，太阳将坠，德元张罗院里、屋里拍照，不用灯光布景，就借用夕阳和灯笼，拍下一张又一张，洗出来一色玫瑰红情调，喜气洋洋，灿烂如花，把光的艺术用到了极致，我都做了镜框珍藏起来。节日展示，不待人问，就讲出自摄影家范德元之手。

1996年，小范事业如日中天，连续三年荣获新华社十佳、双十佳新闻记者，名满全国。忽然奉调陕西，河北很多人包括我都舍不得。又一想，树挪死，人挪活，西安是大城市，历史文化名城，会提供一个更为高大的平台，展示他的才能。

十几年后，我去西安开会，说起范德元，无人不知。他是陕西摄影家协会副会长、新华社西安分社摄影组长、名记者，本人就是一个新闻人物，一举一动都有声响。新华总社有主要任务，航拍三峡截流、水库移民区，展示黄河等大型报道活动，总要特约他去，大型画册《民居瑰宝》《空中看合阳》《舌尖上的合阳》《舞台光影》，出版一次轰动一次，洛阳纸贵，范德元已成为西安的一个文化品牌。

范德元来宾馆看我，十几年没见，依旧朴素无华，老成持重。不容分说把我拽到家里，好酒好菜招待。我坐不住，走去观察他的家当。不是豪宅，摆设也很一般，书屋内外，柜橱上下，满墙满地，都是书籍、画册、底片，整个范家就是一座黄土高原和华北平原的资料库、档案馆，压缩着无数城市、乡村、山脉、河流，蛰伏着无数英雄、模范、芸芸众生，珍藏着无数民俗、乡情、奇闻逸事。只要老范一声招呼，它们就会跳出来，焕发光彩，栩栩如生。这是老范一生走南闯北、跋山涉水、废寝忘食、辛勤劳动的结晶，他对待它们比子女都亲。

十几年不见，小范长成了老范，摄影艺术更加老道，比之河北又有了不小进步，像我预料的那样。范德元艺术风格越来越明显，产生了不少经典之作，大片大气磅礴、气象万千；小品小中见大，见微知著，融豪放与婉约于一炉，唯艺术家才有这般能力。有了这般能力，他的艺术之花才不会一时红火，而是随着岁月的流逝，永远枝繁叶茂、长盛不衰。

范德元是一个懂得大爱的人。他无限地热爱自然，大自然创造了花卉，他把花朵变成花环；他无限地热爱人民，人民创造着生活，他把生活提升为艺术。世界在变化前进，他的艺术才能够满足任何时代、任何时尚中的任何人。

从农民工到藏书家

农民工、古建筑高级工程师、藏书家，风马牛不相及，汉中市卢慧杰却能集三者于一身，是一个奇迹。他的藏书楼已经成为这座历史文化名城的一处新奇观，不仅当地文化人争相探访，也吸引众多外省慕名而来的学者。

汉江南岸，城乡接合部大河坎镇，一家普通院落。走进古典式大门，顾不上旁边金桂紫藤、竹影鱼池，直奔一座四层藏书小楼，门口有陈忠实手书楹联：“世上数百年老家全在积德，天下第一等好事还是读书。”迎门是霍松林的题词：“金石书画博古贵今。”这二位先生从不奉承人的，我不禁肃然起敬。

小楼不小，四层，十五六米高，七百平方米面积，地板和天花板之间摆满书架，排列整齐，纵横成行，百十个书架，近十万册书，抵得上一个地级市公立图书馆的规模。难怪中国收藏协会书报刊委员会主任李润波说:“在全国各地藏书界的朋友中，个人藏书比你多的我还没看到。”力荐他当上书报刊协会常务理事。

卢慧杰藏书不仅多——经史子集、工农医商、诸子百家，种类繁多——而且还有不少珍本、善本。《永乐大典》《四库全书》部分影印本；楼观台大篆体《道德经》，全国仅刻十本他占其一；当年西岳庙复建工程，竞争者不计其数，他凭一部道光版《华岳志》力拔头筹。与我同来的一位甘肃中医师，上了四年中医药大学，老师常讲的《普济方》她一直没找到，却在这儿看到了，还是明永乐年间的影印本全套，她捧读起来不肯撒手。

流连书山书海间，望洋兴叹，难以相信这藏书楼主既非名门显贵，也不是书香门第，而是五大三粗、紫红面皮，一个只会家乡话的河南人。卢慧杰 1954 年生于河南西平县卢庙乡，世代务农，从小半耕半读，还当过两年生产队长。1975 年洪水滔天，他爬到树杈上困了四天四夜，水退了逃荒到陕西韩城深山老林去务农。后来到韩城古建队当小工，搬石头，扛木头，凭着高中学的数学、史地知识成为技术骨干。奋斗几年当上西安古建公司一级项目经理、高级古建筑工程师，承建陕西历史博物馆，荣获国家级鲁班奖；瞿塘峡石刻搬迁工程受到新华社和中央电视台跟踪报道，迅速成为中国古建界后起之秀。

卢慧杰事业成功，得力于读书、藏书。他童年精力过人，三天不打，上房揭瓦。在外上学的姐姐试着给他寄小人书、《故事会》、中外小说。小慧杰天生与书有缘，一头扎进去，拾柴筐里背着书，睡觉头下枕着书，吃饭再不挑肥拣瘦，课堂提问频频举手，作文水平突飞猛进，身旁总有一帮小粉丝，称他为“小先生”。班主任以为背后有高人指导，家访时才知道是柜里装着的那半墙高花花绿绿的书刊。每本书都仔仔细细包了书皮，扉页上工工整整盖上姐姐给他刻的印章。六年级时藏书多达 600 本，成为附近小朋友人人羡慕的人物，小小年纪出口成章，语文老师夸他说话带一股文气。

想不到“文化大革命”突如其来，因其父抗战时是国民党军队的少校军医，家庭属于“专政”的对象。一个刚刚12岁的孩子被大会点名，说他家里堆满大“毒草”，满脑子封、资、修，经常向学生们“贩毒”。慧杰听后如五雷轰顶，小小年纪经不起这样的打击，回家把多年积攒的书刊付之一炬，片纸不留。大火烧了一个下午，小慧杰心疼害怕，泪水满脸，火光下殷殷如血。眼烧红了，心掏空了，难以忍受的饥饿，胸中腾起一种报复念头，有朝一日要拥有更多的书！在当时那个疯狂年代，不仅粮食紧张，而且找不到书看，忍受着双重的饥荒。一次他发现了一本《实用内科学》，借来一字不落地看了三遍，给人说可以开诊所了。又一次找到了一本《食品工艺学》，又一字不落地看了三遍，对人说可以开饭馆了。

后来挣工资了，十几元钱，有吃的没花的。在书店看到一本《木工结构计算手册》，非常有用，定价三元五角，翻遍全身仅有三元三角，再有就是几斤粮票，黑市一斤两角五，他想顶钱花，少吃几顿饭。售货员看他诚恳，就卖给了他。这本书带在身边几十年，是他藏书楼的第一本宝贝。随着技术长进，工资上涨，书垛也长高，而且长得更快。他经常买书，买出了经验。那时“读书无用”余响尚在，除了逛书店，还去书摊、废品站淘宝。他在书摊上5角钱买过一本《南越古国考》，在废品收购站中4角钱1斤，9元钱买下一套《汉中府志》及《南郑县志》的影印本。《世界史》丛书4角钱1斤，百十元买得130个国家的历史，17元买了1985年到1990年的《读书》杂志合订本。越买越有信心，总觉着有好书在前面等着他哩。一次在银川新华书店，他看到《永乐大典》影印本落满灰尘，已经在那里沉睡十几年。（后经专家鉴定是真本，当年全国只影印300部。）卢慧杰花四折买下，偷偷乐了好些天。

卢慧杰再后来当上老板，更加大把大把花钱买书，随心所欲，不计成本。可是日常生活却很抠门，一件蓝毛褂子披了十几年，一家几口挤在三间小屋内，确切地说是书堆里。可是他把每一本书刊都当成座上宾，藏书楼经常收拾，敞亮、通风、干净。十万册书是十万个朋友，他几乎记着每个“人”的门牌号码，能说出和它们邂逅、奇遇、相思的故事。坐下来，又找回“小先生”的感觉。面对知识的海洋，他觉得自己渺小，沧海一粟。楼内寂静无声，并不感到孤独，而是一个热闹的社会，藏龙卧虎，一个个鲜活的人，一颗颗跳动的心，可以对话聊天，可以陶醉其间，像朋友、老师及老伴儿。

常在江边站，怎能不湿鞋。看书、藏书，他终于写起书来，而且出手不凡。他的《古建筑三十年随笔》，16开，544页，重1600克，70万字，集中体现了他的建筑理念和设计艺术，已经成为当今古建界的重要范本，北京大学考古学院图书馆一次收藏5本。而其中也记录了他多半生的亲情、友情，形象生动，如泣如诉，感人至深。

卢慧杰最崇拜宁波天一阁，富甲天下，相比那个崇高的文化殿堂，他自嘲这小楼不过是个“土地庙”。天一阁主范钦是明朝兵部侍郎，位高权重，能得到一般人得不到的宝贝，并束之高阁，“外姓人不得入阁”，有幸一见者都是达官贵人。而卢慧杰的“土地庙”服务一方百姓，接地气，化文为俗，化文为习，当地教师写论文，公务员写报告，作家创作，推门而进，是大家的“写作基地”。读书为乐，大家快乐着，他也快乐着。